에셔의 손

에서의 손

한국과학문학상 장편 대상

김백상

차례

우리는 화가이다
그림이다
그리고 그려지며
흘러가는 강물이다

I 지우는 손

삭제

밤새 비가 내렸다.

메마른 겨울의 끝자락이 촉촉이 젖어들었다.

어둠 속에서 거침없이 쏟아지는 빗소리를 들으며 나는

한 남자의 기억을 지웠다.

열 번째 〈케이스〉의 〈삭제〉 완료.

진행률: ■■■■■□□□ 66.7%

남은 단계: 〈기록〉 및 〈휴지休止〉

해 질 무렵 아파트 비상계단에 어둠이 괴어들었다. 등燈의 동작
감지기가 작동할 정도로 캄캄하지는 않았지만 엷은 안개처럼 눈
동자를 긴장시키는 어둠이었다. 난간 너머로 올려다본 계단 꼭대
기는 거꾸로 박힌 심연처럼 아득했다. 그가 막 옥상 출입문 앞에

멈춰 선 참이었다. 테라스코프*와 연결한 무선 채널로 구부정한 실루엣이 전해졌다.

하나.
둘.
셋.

얼핏 심연의 바닥에 빛이 번지는가 싶더니 이내 사위었다. 문을 나선 그가 옥상을 가로지르기 시작했다. 자동추적 기능이 활성화된 테라스코프가 충실히 그의 궤적을 좇았다. 나는 다시 계단에 발을 올렸다.

까마득한 수직의 공간에는 밀도 높은 적막이 빽빽이 쌓여 있었다. 275밀리미터 크기의 내 발소리가 적막의 지층에 나직한 파장을 일으켰다. 층과 층 사이에 난 작은 창으로 어스레한 빛이 스몄다. 공간을 떠돌던 먼지들이 둔한 빛줄기에 부딪혀 부옇게 모습을 드러냈다. 누적되는 계단의 수만큼 차곡차곡 내 위치에너지가 증가했다. 계단은 한결같이 견고했지만 내 호흡은 차츰 흐트러졌다. 이따금 창밖에서 웡웡대는 바람 소리가 들리면 먼지 낀 창이 덜걱이며 몸을 떨었다.

위치에너지가 증가할수록 운동에너지는 감소한다는 사실을 체

---

* 가려진 공간을 촬영하는 투시 장비.

감하기 시작한 건 14층에 다다를 무렵이었다. 오늘로 여섯 번째 등정이었지만 나의 두 다리는 여전히 31층이라는 높이를 쉬이 감당치 못했다. 뻐근한 허벅지를 주무르며 올려다본 위로 아직 열일곱 개의 층이 남아 있었다. 2층에서부터 옥상까지 날마다 서른 개의 층을 걸어 오르는 그의 속내가 남은 계단만치 아스라이 느껴졌다.

무거워진 다리를 이끌며 도착한 종착점에는 커다란 철문이 앞을 가로막고 있었다.

무슨 생각을 한 걸까.

육중한 철문 앞에 멈춰 섰던 구부정한 실루엣을 떠올리며 나는 잠시 주저했다. 철문 너머에는 31층이라는 높이가 축적한 위치에너지의 세계가 펼쳐져 있을 터였다. 그만큼의 위치에너지를 순식간에 운동에너지로 바꿀 수 있는 세계였다. 그런 곳에, 그가 있었다.

조심스레 손잡이를 움켜쥐었다. 문은 주검처럼 싸늘했고 수백 개의 계단이 매달린 듯 묵직했다. 벌어지는 문틈을 비집고 매서운 바람이 달려들었다. 31층 높이에서는 늘 바람이 불기 마련이라는 걸 알면서도 반사적으로 몸이 움츠러들었다. 늦겨울의 한기가 집요하게 옷깃을 파고들었다. 깃을 추스르며 올려다본 하늘에는 잿빛 구름이 가득했다. 떼를 이룬 구름이 바람을 따라 서서히 서쪽으로 이동하고 있었다.

등 뒤에서 둔중하게 문이 닫혔다. 그 소리가 출발 신호라도 되는 양 나는 흘러가는 구름을 따라 조용히 발을 뗐다. 커다란 태양전지판 사이에서 왕관 모양의 환풍기가 은빛 반사광을 반짝이며 쉴 새 없이 돌았다.

그를 처음 발견한 곳은 시립 병원 정신과의 데이터베이스였다. 〈검색〉 나흘째. 접속 상태는 안정적이었고 서버의 인공지능과 문지기들은 내가 침입한 사실을 전혀 눈치채지 못했다.

오름차순으로 정렬한 파일들을 나는 한꺼번에 네 개씩 읽어나갔다. 매번 네 명의 진료 기록이 동시에 머릿속에 전개됐다. 병의 종류와 원인 및 치료 과정을 기술한 진료 기록은 저마다 작은 연대기였다. 대부분 전문용어로 기재돼 있었기에 용어 해설 프로그램을 사용해야 했다. 이따금 접속 회선에서 미세한 노이즈를 감지했지만 큰 문제는 아니었다.

356번째 열람. 파일 번호 1421번부터 1424번까지. 파일들을 클릭하자 네 명의 진료 기록이 우르르 펼쳐졌다. 용어 해설 프로그램이 즉시 그것들을 내가 이해할 수 있는 단어로 변환하고 각각의 부연 설명을 링크했다. 그중 하나가 유독 눈에 띄었다. 1424번 파일. 성별 남, 나이는 스물셋이었다.

외상 후 스트레스 장애, 악몽증, 불면증, 공황 장애, 강박 장애, 음식 회피 장애, 우울증.

일반 환자 서너 명을 합쳐놓은 듯한 기록이었다. 범상치 않은 내용으로 미루어 〈케이스〉의 〈대상〉이 될 가능성이 컸다. 나머지 파일의 열람을 중지하고 1424번 파일에 집중했다.

군 복무 중 전투 로봇 오작동 사고로….

이 대목에서 나는 의식意識의 가지를 뻗어 또 하나의 작업에 착수했다. 계속해서 진료 기록을 열람하는 한편 국방부 전산망에 침투해 전투 로봇 오작동 사고와 관련된 그의 기록을 찾기 시작했다. 내 의식은 네트워크를 따라 서로 다른 두 개의 작업을 동시에 진행했다.

그는 수면 중 종종 사고 당시의 상황을 재경험했다. 전형적인 외상 후 스트레스 장애였다. 날마다 악몽에 시달리다 보니 이내 불면증이 찾아왔다. 느닷없이 불안과 공포를 느끼는 공황 발작도 일어났다. 수시로 샤워를 하고 그때마다 옷을 모두 갈아입어야 하는 강박 장애도 나타났다. 음식 섭취에도 문제가 있었다. 하루에 한 끼

국방부 전산망 방화벽은 오중 구조였다. 물론 침투하는 데 어려움은 없었다. 2년 전 사건 파일에서 그의 기록을 찾았다. 그는 고등학교를 졸업한 후 곧바로 육군에 입대했다. 자대 배치를 받은 지 3주 후 모의 전투 훈련이 있었다. 훈련 도중 전투 로봇 한 대가 폭주하는 사고가 발생했다. 공포탄이 들어 있어야

밖에 먹지 않으면서 물은 7리터 가까이 마셔댔다. 과도한 스트레스로 결국 우울증이 발병해 6개월간 정신 병동에서 입원 치료를 받았다. 증세가 호전되어 퇴원했으나 4개월 만에 수면제 과다 복용으로 자살을 기도했다. 위세척으로 고비를 넘기고 다시 8개월간 병원 신세를 졌다. 퇴원 후 지속적인 약물치료와 심리치료를 병행하고 있지만 좀처럼 개선의 기미가 보이지 않았다.

할 로봇의 탄창에 실탄 여섯 발이 섞인 상태였다. 폭약형 탄환이었다. 분대원 여섯 명이 순식간에 그의 눈앞에서 폭사했다. 그를 노린 일곱 번째 탄은 공포탄이었다. 전투 로봇이 칼을 빼 들고 그에게 달려드는 순간 통제센터에서 킬 스위치를 작동해 로봇을 정지시켰다. 가까스로 목숨을 건졌지만 정신적인 이상 증세가 나타났다. 군 병원에서 치료를 받다가 결국 의병제대했다.

국방부 전산망에 침투했던 의식 일부가 진료 기록으로 회귀했다. 자그마한 사각 틀 안에 그의 얼굴이 박혀 있었다. 불안과 두려움이 응축된 음울한 눈이었다. 사진을 확대하자 부옇게 얼굴이 뭉개졌다. 원본 해상도가 낮은 탓이었다. 그의 실물이 뭉그러지는 느낌이었다. 그에 대한 기록들은 조만간 그런 파국이 닥칠 것을 암시했다.

서버의 인공지능이 근처의 데이터를 스캔하며 지나갔다. 정보를 짊어진 무수한 전자들이 급류를 이루며 주위를 달려 다녔다.

선택할 것인가,

말 것인가.

　회로의 분기점에 다다른 전자처럼 나는 고심했다. 그는 브레이크가 파열된 자동차처럼 스스로를 제어할 수 없었다. 심리치료와 약물치료는 파국으로 치닫는 속도를 늦출 수 있을지언정 근본적인 해결책은 되지 못했다. 기존의 방법으로는 그를 도울 수 없을 게 분명했다. 사진을 본래 크기로 되돌리며 나는 그를 열 번째 〈케이스〉의 〈대상〉으로 선택했다.

　그는 석양을 바라보며 서 있었다. 언제나 그렇듯 옥상의 서쪽 끄트머리였고 회색빛 운동복 차림에 맨발이었다. 발꿈치 두 개가 또렷이 보일 즈음 나는 걸음을 멈췄다. 그의 앞은 텅 빈 공간이었다. 당장이라도 31층 높이의 위치에너지를 운동에너지로 뒤집을 수 있는 허공. 그 아찔함에도 아랑곳하지 않고 그는 서쪽 하늘을 향해 우뚝 서 있었다. 곧게 선 뒷모습이 행성의 이면처럼 검었다. 세찬 바람이 불었지만 그는 미동조차 없었다.

　그의 어깨 너머로 멀리 태양이 지고 있었다. 하루를 마감하는 태양은 농익은 석류처럼 붉고 묵직했다. 서쪽 하늘은 태양에서 배어난 진홍빛 과즙으로 흥건했다. 바람을 타고 몰려든 구름이 슬금슬금 주홍빛으로 물들었다. 산 너머로 서서히 태양이 가라앉기 시작하면서 저녁 빛이 짙어졌다. 웅크렸던 산 그림자가 길게 기지개를 컸다. 그의 그림자도 가늘게 몸을 늘였다. 어쩐지 그와 나 모두에게 몹시 고된 하루였다는 생각이 들었다. 종일 밭일을 하다 이제야 허리를 편 농부와 같은 심정으로 나는 해가 지는 하늘을 바라봤다. 작고 까만 비행기 한 대가 붉게 여문 태양을 비스듬히 가로질렀다. 시큼하면서 달콤하고, 달콤하면서도 떫은 하루가 저물고 있었다.

〈접촉〉은 늘 해넘이 중반에 이뤄졌다. 그 시각이 되면—일몰이 날마다 조금씩 늦어졌기에 〈접촉〉 시각 또한 점점 지연됐다—그는 자전하는 행성처럼 몸을 돌렸다. 그 순간이 고비였다. 우리는 서로를 마주했지만 그는 매번 나를 모른 체했다. 내 제안에 대한 답은커녕 눈길조차 주지 않았다. 내가 존재하지 않는다는 듯 옥상 출입구 쪽으로 시선을 고정한 채 태연히 내 곁을 지나칠 뿐이었다.

지난 5일은 성과 없는 〈접촉〉의 연속이었다. 실망할 필요는 없었다. 필요한 건 인내였다. 겉으로 드러나지 않았을 뿐 그의 내면은 내 제안에 대한 갈등으로 들끓고 있을 것이었다. 갈등이 결단으로 분출하려면 응당 시간이 들 터. 기다림과 배려야말로 〈접촉〉에 임하는 가장 바람직한 자세라고, 나는 생각했다.

어느덧 태양의 반이 산 너머로 가라앉았다. 길게 늘어난 그의 그림자가 성큼 내 앞으로 다가왔다. 과연 오늘은 어떤 〈접촉〉이 될는지. 스치는 바람을 베어 물듯 나는 가슴 깊이 숨을 들이마셨다. 조각난 대기의 단면에서 축축한 기운이 느껴졌다.

서산 위에 아슬아슬 걸려 있던 빛의 조각이 무너졌다. 대지 위로 땅거미가 내려앉았다. 그러나 그는 돌아서지 않았다. 꼿꼿이 선 자

세 그대로 빛과 어둠의 인수인계가 마무리되는 하늘을 바라볼 뿐
이었다. 평소라면 집으로 돌아갔을 시각이었다. 〈관찰〉과 〈접촉〉
기간을 통틀어 처음으로 나타난 변화였다. 가슴 한복판에서 숨죽
이던 내 심장이 두근거리기 시작했다. 행동의 변화는 심경의 변화
를 의미할 터. 중요한 건 변화의 방향이었다. 내 제안을 받아들인
징후일 수도 있지만 다른 결심을 했을 가능성도 있었다. 마치 내
몸뚱이가 위치에너지와 운동에너지의 경계에 놓이기라도 한 듯
가슴이 뛰었다. 어디선가 끊임없이 바람이 불어왔다.

그리고
비가 내렸다.

톡.

소리와 함께 어둠이 내린 옥상에 검은 점 하나가 찍혔다. 냉랭한
기운이 내 정수리를 때렸다. 잇달아 바닥을 울리며 빗방울이 떨어
지기 시작했다. 파종되는 씨앗처럼 옹골찬 비였다. 옥상이 금세 까
만 점들로 뒤덮였다. 그는 여전히 꼼짝하지 않았다. 어둠이 짙어지
고 세상이 비에 젖어 들었다.

나는 비를 피해 계단 입구로 자리를 옮겼다. 그는 어둠 속에 묻
혀 있었다. 빗방울의 간섭으로 테라스코프 영상이 온통 노이즈투
성이였다. 식별이 불가능했다. 필터링 강도를 높였지만 효과가 없

었다. 멀리 빗속에서 도시의 불빛들이 일렁였다. 옥상은 파다한 빗소리로 넘실댔다. 비가 번진 자리에서 풋풋한 냄새가 피어올랐다. 얼었던 세상이 서서히 해동하는 냄새였다.

지금 눈 내리고 매화 향기 홀로 아득하니 내 여기 가난한 노래의 씨를 뿌려라.

문득 시 한 구절이 스치는 바람처럼 뇌리를 훑었다. 그의 발가락 사이로 맑은 빗물이 스며들고 있을 터였다.

처음에는 어둠과 그를 분간할 수 없었다. 무언가 있다고 느껴질 따름이었다. 어둠의 입자를 긁어모아 창조되는 것처럼 서서히 그의 모습이 드러났다. 먼저 창백한 얼굴이 형상을 갖췄고 뒤이어 잿빛 운동복이 형체를 이뤘다. 계단 입구에 다다르자 비로소 흠뻑 젖은 한 남자가 완성되었다.

유령처럼 소리 없이 다가오던 그가 내 앞에서 걸음을 멈췄다. 출입구를 비추는 희미한 등불이 그와 내 주위의 어둠을 간신히 밀어냈다. 피어나는 식물의 떡잎처럼 천천히 그가 고개를 들었다. 냉기가 응축된 비에 젖어 파리한 얼굴이었다. 머리카락 끝에서 맑은 빗물이 뚝뚝 떨어져 내렸다.

지워주십시오.

굳게 닫혀 있던 그의 입이 열렸다. 떨리는 목소리였다. 처음으로 들여다본 그의 두 눈은 깊이를 알 수 없는 동굴처럼 검고 깊었다. 동굴의 두 언저리가 흥건히 젖어 있었다. 그것이 빗물인지 확인할 수는 없었지만 그의 하루가 시큼하거나 달콤하지도, 떫지도 않다는 것만은 분명히 알 수 있었다. 그것은 쓰디쓸 정도로 짠맛이 틀림없었다.

그가 조용히 계단을 밟기 시작했다. 움직임을 감지한 등들이 하나씩 하나씩 빛을 밝혔다. 부연 빛이 퇴적하는 계단 위로 열 개의 발가락 자국이 선명하게 찍혀갔다. 나는 말없이 그의 뒤를 쫓았다. 계단은 변함없이 고요하고 아득했다. 먹먹한 수직의 공간을 따라 우리는 감긴 태엽을 풀듯 차근차근 각자의 위치에너지를 감소시켰다. 30층 높이의 계단을 지나 마침내 그의 집 앞에 도착했다. 그가 나를 돌아보며 옆으로 비켜섰다. 문이 열렸다.

비가 더욱 거세게 쏟아졌다. 발코니 창에 걸러진 빗소리가 거실로 잔잔히 흘러들었다. 널따란 유리창에 어둠을 머금은 빗방울이 송골송골 달라붙어 있었다. 총총히 맺힌 빗방울 사이로 투명한 물줄기들이 앞을 다투며 흘러내렸다. 아까부터 욕실에서는 세찬 물소리가 쉼 없이 흘러나왔다. 30분째였다.

빛과 어둠의 경계를 타고 내린 빗물이 어딘가로 하염없이 사라졌다. 흘러가는 빗물처럼 시간은 흐르기 마련이고, 시간이 흐르면 기억은 스러지기 마련이다. 망각. 그것은 마음의 상처를 보듬고 과거를 청산하는 훌륭한 진통제다. 그 오묘한 자연의 섭리가 없다면 삶은 혼돈과 고통으로 얼룩지고 만다. 그가 씻어내려는 건 삶에 엉겨 붙은 기억의 찌꺼기가 아닐는지. 줄달아 흘러가는 빗물에 나는 그런 상념을 띄워 보냈다.

옷을 갈아입고 나온 그는 여전히 운동복 차림이었다. 회색빛 긴 소매 상의에 회색빛 긴 바지. 죄수복처럼 아무 무늬도 장식도 없는 똑같은 옷이 스무 벌쯤 있는 듯했다. 양해를 구하는 어떤 표시도 없이 그는 곧장 식탁으로 가서 밥을 먹기 시작했다. 하루에 한 끼. 그의 유일한 식사였다.

현관에서 욕실까지 그가 외출했던 흔적이 희미하게 얼룩져 있었다. 나는 다용도실에서 걸레를 가져와 바닥을 닦았다. 물끄러미 이쪽을 바라보는 시선이 느껴졌지만 개의치 않았다. 걸레를 쥔 손 끝에서 하나둘 발자국이 말끔히 사라졌다. 어둠에 물든 빗소리가 주위를 서성였다.

약은 먹지 마세요.

식사를 마쳐갈 즈음 내가 식탁을 향해 말했다. 〈삭제〉에 영향을 미칠 수 있는 요소는 미리 차단할 필요가 있었다. 잠시 후 그가 수저와 빈 그릇들을 식기세척기에 넣고 욕실로 들어갔다. 평소처럼 이를 닦은 후 또 한차례 샤워를 할지도 몰랐다. 상관없었다. 시간은 충분했다.

슬며시 주방을 둘러봤다. 식탁 위에 연둣빛 종지 하나가 덩그러니 놓여 있었다. 오목한 그릇 속에 표백제처럼 하얀 알약 네 알이 고스

란했다. 냉장고를 열자 창백한 조명이 쏟아졌다. 칸마다 투명한 플라스틱 생수병이 빼곡했다. 흘러나온 냉기가 가슴을 타고 올라왔다. 돌아보니 어느새 욕실에서 나온 그가 무표정한 얼굴로 나를 보고 있었다. 허깨비가 사라지듯 조용히 그가 방으로 들어갔다.

침대에 누운 그를 내려다보며 나는 침착한 목소리로 말했다.

다시 한 번 세 가지 사항을 말씀드립니다. 먼저, 〈삭제〉는 포괄적으로 진행됩니다. 운동이나 언어, 사고 능력과 관련한 기억 외에 모든 기억이 사라집니다. 컴퓨터의 운영체제를 초기화하는 작업과 비슷하다고 보면 됩니다. 모든 데이터가 지워지지만 시스템을 가동할 기본 능력은 유지하는 거지요. 두 번째는 내가 당신의 모든 기억을 들여다볼 거라는 사실입니다. 기억을 확인해야만 지울 수 있기 때문입니다. 부끄러워할 필요는 없습니다. 기억이 사라지면 감추고 싶은 기억이 있었다는 사실도, 내가 당신의 기억을 열람했다는 사실도 기억하지 못할 테니까요. 마지막으로, 〈삭제〉가 끝나면 나는 당신을 〈기록〉할 겁니다. 〈케이스〉의 진행 과정과 당신의 기억 일부를 말입니다. 그것은 내가 이 일을 완수했다는 증거이며 내 존재의 증명입니다. 누군가 그 〈기록〉을 보지 않을까 염려할 필요는 없습니다. 당신이 〈기록〉될 장소는 세상에서 가장 은밀한 곳이니까요. 아무도 찾아내지 못할 겁니다. 어떻습니까? 그래도 기억을, 지우겠습니까?

그의 눈빛은 긍정도, 부정도 아니었다. 그것은 기억의 소유자로서 느끼는 본능적인 불안감이었다. 막상 기억을 지우려 하면 누구나 그런 눈빛을 보인다. 원하면서도 원하지 않는 이율배반적인 망설임.

나는 내 목덜미에 달린 전뇌 포트에서 케이블 단자를 끌어냈다. 가느다란 검정 케이블이 길게 딸려 나왔다. 그의 고개를 옆으로 돌리고 목덜미에 붙은 포트에 내 케이블 단자를 끼워 넣었다. 케이블을 따라 그의 활력 징후가 전해졌다. 심하게 동요하고 있었다.

알타미라 동굴에 대해 들어봤나요?

내가 나지막한 목소리로 물었다. 아무 대답이 없었다.

에스파냐 북부 칸타브리아 지방에 있는 동굴이지요. 1868년에 처음 발견됐지만 동굴의 비밀이 밝혀진 건 그로부터 11년이 지난 후였죠. '마르셀리노 산즈 데 사우투올라'라는 아마추어 고고학자가 딸을 데리고 동굴 탐사에 나선 겁니다. 여덟 살이었던 그의 딸 마리아는 호기심이 강한 아이였습니다. 사우투올라가 동굴 입구를 살피는 사이 마리아는 혼자서 캄캄한 동굴 속으로 들어갔습니다. 희미한 등불로 구석구석 비춰보던 아이의 눈에 들어온 건 뜻밖의 광경이었지요. 울퉁불퉁한 벽과 천장에 말이며 들소, 멧돼지 같은 야생동물들이 그려져 있었던 겁니다. 딸이 부르는 소리를 듣고 달려간 사우투올라는 넋을 잃을 지경이었다고 합니다. 짐승들의 뜨겁고 거친 숨소리가 동굴 안에 메아리치는 듯했으니까요. 그것들은 무려 1만 5000년 전의 인류가 남긴 그림이었습니다. 사우투올라는 즉시 그 사실을 학회에 보고했습니다. 그런데 기대와 달리, 반응이 냉담했습니다. 그토록 생생하고 세련된 그림을 구석기 시대의 원시인이 그렸을 리 없다는 거였지요. 그 예술성이 어느 정도인가 하면 훗날 피카소는 알타미라의 벽화를 보고 '알타미라 이후의 미술은 모두 퇴보다'라고 말했답니다. 아이러니하게도 벽화가 너무 훌륭했기에 사우투올라는 학계에서 철저히 외면당하고 맙니다. 게다가 벽화를 위조했다는 억울한 누명까지 쓰게 되지요. 진위가 밝혀진 건 1900년대 초입니다. 유럽 곳곳에서 비슷한 동굴 벽화들이 발견된 겁니다. 결국 사우투올라의 첫 발견이 인정된 건 그가 이미 세상을 떠난 뒤였습니다. 이후 알타미라 동굴은 70여 년간 일반에 공개되다가 1977년 보존을 이유로 봉인된 후 철저히 출입이 통제되고 있다고 합니다. 신기하지 않습니까? 그렇게 오래전 사람들이 그토록 예술적인 그림을 그릴 수 있었다는 사실이. 더욱이 그 오랜 세월 동안 누구에게도 발견되지 않았다는 사실이 말입니다. 내가 당신을 〈기록〉할 곳은 알타미라 동굴처럼 봉인된 곳입니다. 아무도 찾지 않고 아무도 머물지 않는 비밀의 방, 나만의 알타미라지요. 먼 훗날 누군가 찾아낸다 해도 그때는 더 이상 당신도, 나도 존재하지 않을 테니 무슨 상관이 있겠습니까. 떠나보낼 기억에 대해서는 염려하지 마십시오. 새롭게 시작할 일만 꿈꾸세요. 다시 눈을 떴을 땐 떠오르는 태양처럼 희망찬 삶이 기다리고 있을 겁니다.

요동치던 활력 징후가 안정을 되찾기 시작했다. 바깥은 여전히 어둠을 가르며 쏟아지는 빗소리로 충만했다. 겨우내 황량했던 대

지가 촉촉이 젖어들고 있었다. 땅속으로 스미는 빗물처럼 나는 서
서히 그의 기억 속으로 침투했다.

    겨울이 가고
    봄이 오고 있었다.

    봄을 품은 비.
    어둠 속에서 무수한 빗방울들이
    투명하게 발아하고 있었으리라.

    거침없이 쏟아지는 빗소리를 들으며 나는
    정성을 다해 그의 기억을 지웠다.

알타미라

통로를 따라 부연 빛이 소리 없이 내려앉는다. 희미하게 번지는 불빛을 타고 낡고 건조한 종이 냄새가 풍긴다. 텁텁하면서도 구수한 세월의 향. 책이 늙어가는 냄새다. 겹겹이 늘어선 서가에서 책들이 누렇게 바래며 묵묵히 나이를 먹는다. 정렬된 서가 사이로 살며시 발을 들인다. 부드러운 카펫이 재빨리 발소리를 빨아들인다. 서고는 변함없이

고   요   하   다

좌우로 벽을 이룬 책들이 즐비하다. 손을 뻗어 가만히 쓸어본다. 거칠고 우툴두툴한 표면. 흡사 동굴 표면을 더듬는 기분이다. 그렇다. 이곳은 동굴. 아무도 찾지 않고 아무도 머물지 않는 나만의 알타미라다.

수십 년 전만 해도 종이책은 주요 정보 전달 매체 중 하나였다.

그때는 누구나 종이책을 가지고 있었다. 집집마다 책장에 각종 서적이 꽂혀 있었고 학생들은 종이책이 든 가방을 둘러메고 학교에 갔다. 서점은 커피숍 못지않게 약속 장소로 인기가 높았으며 지역마다 크고 작은 도서관이 있었다. 사람들은 책의 위치가 적힌 쪽지를 손에 들고 도서관 서가를 서성이기도 하고 골라 온 책들을 책상 위에 쌓아두고 독서에 골몰하기도 했다. 국가 서고 1층 전시실에는 당시의 모습을 담은 홀로그램이 소개돼 있다. 옛 정취가 물씬 묻어나는 풍경이다.

전자책이 종이책의 자리를 대신하면서 기존의 도서관도 쇠퇴했다. 수많은 도서관이 문을 닫았고 갈 곳 없는 종이책이 함부로 버려졌다. 그 와중에 종이책을 보존하려는 대규모 국책 사업 - 이른바 '도서관 통폐합'이 추진되었다. 국립중앙도서관과 국회도서관을 중심으로 전국의 대학 도서관과 기타 중소 도서관의 모든 자료가 통합되었다. 그것들을 토대로 건립한 곳이 국가 서고다.

지상 3층, 지하 19층으로 건축된 국가 서고는 4,000만 권이 넘는 종이책을 소장하고 있다. 최적의 조건으로 책을 보존하도록 인공지능 시스템이 모든 환경을 관리한다. 지상 층은 도서 박물관으로 일반에 공개하지만 이곳 지하 서고는 봉인한 채 일절 출입이 금지돼 있다. 과거의 유물이 잠든 거대한 창고인 셈이다. 핵폭발 같은 비상 상황을 고려해 건물 대부분을 지하에 건설했다.

모든 산맥들이 바다를 연모해 휘달릴 때도 차마 이곳을 범하던 못하리라.

책등을 어루만지던 손을 멈춘다. 익숙한 제목을 한 권 빼 든다. 손목을 긴장시키는 적당한 중량감, 낡고 투박한 표면에 손이 착 달라붙는 느낌이 좋다. 밤색 하드커버에 한껏 멋을 부린 금빛 서체가 박혀 있다.

셰익스피어 4대 비극

책을 펼치자 웅숭깊은 종이 향이 코를 파고든다. 책장을 훑는 기분이 짜릿하다. 엄지손가락을 떠나 건너편으로 포개지는 페이지들. 그 위로 책 속의 인물들 또한 겹쳐지고 겹쳐진다. 독이 묻은 칼 끝을 숙부의 가슴 깊숙이 찔러 넣는 햄릿, 아내를 목 졸라 죽인 자책감으로 자결하는 오셀로, 진심으로 자신을 사랑했던 딸 코델리아를 끌어안고 울부짖다가 끝내 절명하는 리어왕, 운명을 예고한 세 마녀의 춤 속으로 빨려드는 맥베스. 스치는 책장들이 나를 묘한 감상의 세계로 인도한다. 동일한 인터페이스를 구현하지만 왠지 전자책에서는 느껴지지 않는 감성이다.

책장을 거의 다 넘겼을 즈음 짤막한 문구들이 나열된 페이지가 눈을 스친다. 되돌려보니 셰익스피어의 연보다. 대부분이 그의 작품명이다. 1564년에 태어나 1616년 세상을 떠날 때까지 그는 38편의 희곡을 발표했고 2편의 서사시와 154편에 달하는 소네트를 남겼다. 한 시대가 아닌 모든 시대를 위한 작가. 세간의 칭송이 무색하지 않을 만큼 여전히 그의 작품들이 사랑받는 이유는 인생을 꿰뚫어 본 그의 통찰력 때문이다. 셰익스피어는 인생의 구조적 결함을 간파한 작가였다. 음모와 살인의 기운이 자욱이 깔린 엘시노 성에서 햄릿의 입을 빌려 그는 말한다.

사느냐, 죽느냐 그것이 문제로다.

삶의 구조적 결함을 이토록 명확하게 지적한 작가가 또 있을까. 삶의 가장 큰 문제점은 죽음 외에 다른 선택 사항이 없다는 점이다. 자신의 힘으로도, 타인의 힘으로도 어쩔 수 없는 생의 막다른 길에서 우리에게 주어지는 건 죽음이라는 단 하나의 버튼이다. 그마저도 쉽게 누르지 못하고 삶과 죽음 사이에서 번뇌하는 존재가 인간이다. 0과 1이라는 두 가지 요소만으로 구축된 컴퓨터 운영체제도 여러 가지 파국적 상황에 대비해 다양한 옵션을 지원한다. 데이터 백업, 강제 종료 후 재시동, 시스템 안전 모드, 시스템 복원, 원격 지원, 시스템 재설치 등등. 반면 인생에는 오로지 하나의 옵션만 주어질 따름이다. 쓸데없는 파일이 쌓여 속도가 느려지고, 데이터가 엉켜 오류가 발생하고, 치료 불가능한 치명적인 바이러스에 감염된다 하더라도 우리가 고를 수 있는 선택지는 결국 둘 중 하나다.

모든 것을 감수하며 계속 살아가거나, 종료 버튼을 누르거나.
이 얼마나 불합리한 구조인가.

책의 앞뒤에 자리한 헛장들을 살핀다. 각각 네 쪽의 여백이 있
다. 〈케이스〉를 〈기록〉하기에 충분한 공간이다. 상의 안주머니에
서 만년필을 꺼낸다. 밤새 또 한 명의 〈대상〉이 양자택일적인 삶의
굴레에서 해방되었다. 인류가 동굴 벽에 그림을 그리기 훨씬 전부
터 지금껏 계속돼온 불합리한 삶의 구조에서 탈출했다. 비 내리는
이 새벽 그는 자신의 방 침대에 누워 새로운 시작을 꿈꾸고 있으
리라. 빈 페이지를 내려다보고 있으려니 내가 〈관찰〉했던 그의 삶
이 책장이 넘어가듯 좌르르 눈앞을 스친다.

그는 어머니와 함께 H구에 위치한 낡은 아파트에 살았다. 단지
입구에 커다란 느티나무들이 서 있는 서민 아파트였다. 나는 아파
트를 한 바퀴 둘러본 후 맞은편 동으로 들어갔다. 〈검색〉 단계에서
수집한 정보에 따르면 앞 동 주택관리 시스템에 한 달간 장기 출
타 관리를 설정한 집이 있었다. 그의 집보다 한 층 높은 3층이었고
그의 집을 맞바라보는 위치였다. 거주자 신상 정보를 조회해보니
사흘 전 상하이로 출국한 상태였다. 그곳을 〈관찰〉 장소로 택했다.
〈관찰〉의 첫 번째 목적은 검증이다. 만일 〈대상〉의 실태가 〈검
색〉 결과와 부합하지 않는다면 〈원칙〉에 따라 〈검색〉 단계로 돌아
간다. 검증에 이상이 없으면 곧바로 〈대상〉과 조우할 〈접촉〉점을

타진한다. 그것이 〈관찰〉의 두 번째 목적이다. 〈접촉〉점을 정확하게 설정할수록 〈대상〉과 소통이 수월해지며 이는 〈대상〉이 〈삭제〉를 승인할 가능성을 높여준다.

그는 종일 침대에 누워 있었다. 찾아오는 사람도 없었고 외출을 하지도 않았다. 네트워크에도 일절 접속하지 않았기에 집 안으로 드나드는 통신회선은 늘 잠잠했다. 진료 파일에 기록된 대로 그는 아침도 점심도 먹지 않았다. 겨울잠을 자는 곰처럼 몸을 웅크린 채 이불 속에만 틀어박혀 있었다.

침대 옆 탁자에는 작은 생수병 하나가 놓여 있었다. 굴 밖으로 머리를 내미는 곰처럼 그는 이불 밖으로 머리를 내밀고 앉아 수시로 물을 들이켰다. 목울대 들썩이는 모습이 화면을 두드리는 듯했다. 물이 떨어지면 그는 살그머니 침대를 빠져나왔다. 방문이 열리고 그가 거실로 나오면 나는 테라스코프를 가시광선 모드로 전환했다. 헝클어진 머리에 회색빛 운동복 차림. 무언가를 경계하듯 신중한 걸음걸이. 빈 생수병을 조리대에 두고 냉장고에서 생수 한 병을 꺼내 재빨리 방으로 돌아가는 그의 모습은 한 마리 겁먹은 들짐승을 연상케 했다.

그가 마시는 물의 양은 하루에 500밀리리터짜리 생수 열네 병, 대략 7리터였다. 용변을 보기 위해 수시로 욕실을 드나드는 게 전혀 이상하지 않은 상황이었다. 볼일을 마친 후 그는 종종 샤워를 했다. 30분이 넘도록 쏟아지는 물줄기에 몸을 맡기는 긴 샤워였다. 샤워가 끝나면 속옷은 물론 겉옷까지 모두 갈아입었다.

요약하면 그의 동선은 종일토록 자신의 침대와 주방의 냉장고, 방 옆에 붙은 욕실을 연결한 삼각 지대를 벗어나지 않았다.

그의 어머니는 밤새 의류 도매시장에서 일하고 새벽 6시쯤 집으로 돌아왔다. 집 안으로 들어서자마자 어머니는 아들의 안부를 확인했다. 어머니가 잠자리에 들면 그는 다시 냉장고와 욕실을 오가며 하루를 보냈다. 오후 2시. 어머니가 잠에서 깼다. 방에서 나온 어머니는 또다시 아들의 안부를 살폈다. 그리고 집안일을 시작했다. 아들이 벗어놓은 옷가지를 세탁기에 넣었고 빈 생수병들을 치웠다. 식기세척기에서 그릇을 꺼내 정리했고 마트에 가서 찬거리와 생필품을 사 오기도 했다. 마지막은 상차림이었다. 하루에 한 끼밖에 먹지 않는 아들을 위한 식사였다.

메뉴는 늘 오므라이스와 계란탕에 김치였다. 그가 가장 좋아하는 식단이라고 정신과 파일에 기록돼 있었다. 음식을 담은 그릇들이 차례로 식탁 위에 올려졌다. 뒤이어 물컵과 작은 종지 하나가 추가됐다. 종지 안에는 알약 네 알이 들어 있었다. 병원에서 처방한 신경안정제, 항우울제 및 영양제 개수와 동일했다. 정성껏 차린 음식을 전자 상보床褓로 덮어둔 채 어머니는 식탁 귀퉁이에서 간단히 식사를 했다. 식기세척기에 설거짓거리를 넣고 나면 어느덧 오후 4시였다.

어머니는 곧 일터로 나갈 채비를 했다. 머리를 만지고, 화장을 하고, 옷을 갈아입고, 가방을 챙기고. 마지막으로 작은 방으로 가서 아들의 머리를 쓰다듬어주고 집을 나섰다. 화요일부터 일요일까지 그런 일상이 반복되었다.

변화가 찾아온 건 월요일이었다. 어머니가 평소보다 한 시간 일찍 귀가했다. 새벽 5시. 자연스레 모든 일과가 한 시간씩 당겨졌다. 어머니는 수면 시간도 한 시간 줄였다. 결과적으로 두 시간의 여유가 생겼다. 그 시간을 이용해 어머니는 그를 데리고 병원을 찾았다. 아들의 심리치료와 약 수령을 위해서였다. 그는 의지가 없는 인형처럼 어머니의 손에 머리가 빗겨지고, 양말이 신겨지고, 외투가 입혀졌다.

모자가 집을 나서면 나도 아파트를 빠져나와 그들의 뒤를 쫓았다. 아들을 치료실로 들여보낸 후 어머니는 바위가 내려앉듯 무겁게 대기실 의자에 몸을 기댔다. 한 시간가량 치료가 이어지는 동안 어머니는 연방 고개를 꾸벅이며 졸았다. 나는 대기실 구석에서 차분히 모자를 기다렸다. 무표정한 얼굴의 환자와 보호자들이 드문드문 자리를 차지한 대기실은 바위 사막처럼 황량했다.

약국에서 약을 받아 돌아오는 길에 어머니는 마트에 들러 장을 봤다. 배달 목록에는 생수 다섯 박스가 포함됐다. 일주일간 아들이 마실 물이었다. 집으로 돌아오자마자 그는 다시 이불 속으로 들어갔고, 어머니는 평소처럼 집일을 했다. 어스름이 내리자 어머니가 저녁을 준비했다. 매주 월요일은 도매시장의 정기 휴일이었다. 평소보다 풍성한 식탁이 차려졌다. 모자는 마주 앉아 식사를 했고 어머니는 일찍 잠자리에 들었다. 월요일은 그뿐 아니라 그의 어머니에게도 치료와 휴식의 날이었다.

〈접촉〉점은 의외로 쉽게 발견했다. 그에게는 어머니가 모르는 일과가 하나 있었다. 냉장고와 욕실만 오가는 그에게 그것은 개벽과도 같은 행동이었다. 화요일부터 일요일까지 어머니가 출근을 하고 뉘엿뉘엿 해가 저물어가면 살며시 그가 방문을 열었다. 여느 때와 달리 그의 발길은 냉장고로도 욕실로도 향하지 않았다. 현관으로 향했다.

빠끔히 문이 열리고 조심스레 바깥을 살피는 그. 아무도 없다는 걸 확인한 후 그는 조용히 집을 빠져나왔다. 살그머니 복도로 내딛는 두 발에는 아무것도 신겨 있지 않았다. 동물원을 탈출한 짐승처럼 그는 주변을 경계하며 비상계단으로 갔다. 그의 맨발이 차갑고 딱딱한 계단을 밟기 시작했다. 빠르지도 느리지도 않은 차분한 걸음이었다.

차츰차츰 위치에너지가 증가하는 그를 추적할 때면 테라스코프의 배율을 최대로 높여야 했다. 높다랗게 감아올려진 계단을 지나 마침내 옥상 출입문 앞에 이르렀을 때 문득 그가

걸음을 멈췄다.

하나.
둘.
셋.

3초
정도의 시간이
문 앞에 고였다.

힘이 들어서라기보다 무언가 마음의 준비를 하는 느낌이었다. 그는 곧 문을 열고 옥상으로 나섰다. 옥상의 서쪽 끄트머리로 가서 선 그의 모습은 위태롭기 짝이 없었다. 처음에는 투신을 하려는 줄 알았다. 다행히 그는 석상처럼 꼼짝하지 않았다. 몸의 방향과 얼굴 각도로 추측건대 일몰을 보는 듯했다.

불현듯 그가 몸을 돌린 건 해넘이가 중반에 이르렀을 즈음이었다. 그는 왔던 길을 되짚어 집으로 돌아갔다. 올라갈 때와는 달리 다소 잰걸음이었다. 길고 긴 수직의 계단을 지나고 현관문을 넘어 까맣게 변해버렸을 맨발바닥 그대로 그가 주방으로 달려갔다. 이어 허겁지겁 식탁에 차려진 음식을 먹었다. 오므라이스와 계란탕, 김치를 담은 그릇들이 순식간에 깨끗이 비워졌다. 식사를 마친 후 그는 물과 함께 알약 네 알을 삼켰고, 곧바로 욕실로 들어가 이를 닦고 샤워를 했다.

일주일간 그의 삶을 〈관찰〉한 후 다시 7일 동안 수집한 정보를 확인했다. 일주일에 6일. 어머니가 집을 비우는 날이면 매번 의식儀式과도 같은 등정과 복귀가 반복됐다. 좀처럼 이해하기 어려운 행동이었지만 〈접촉〉 장소는 옥상이어야 한다고, 나는 직감했다.

서가에 등을 대고 앉아 책의 맨 앞 헛장을 펼친다. 만년필 뚜껑을 잡아당긴다. 틱, 소리를 내며 반짝이는 펜촉이 날렵한 모습을 드러낸다. 1만 5,000년 전 동굴 속에 그림을 그리던 이가 사용한 도구는 숯과 황토, 적철광 따위였다. 단단하고 울퉁불퉁한 암석 표면에 흔들리는 등불을 비춰가며 들소를 묘사하던 이는 과연 어떤 심정이었을까. 사냥이 성공하기를 기원하는 주술적인 의미였다지만, 그것은 결국 자신의 삶에 대한 기록인 동시에 인류의 삶에 대한 기록이었다.

누렇게 바랜 종이 위에 나는 열 번째 〈대상〉인 그를 〈기록〉한다. 〈검색〉에서부터 〈삭제〉에 이르기까지 모든 과정과 그의 기억 중 일부를 간결하고 담담하게 적어나간다.

이제는 안다.
그의 마음을.
그의 기억은
모든 것을 전해주었다.

빨리 와 인마! 뒤를 돌아보며 미간을 찌푸리던 박 상병의 얼굴을. 갑작스러운 총소리와 동시에 하체와 상체로 찢기던 그의 몸뚱이를. 정신을 추스르기도 전에 차례차례 폭발하던 나머지 분대원들의 모습을. 그들의 몸에서 분출되던 시뻘건 피의 안개를. 전투 로봇의 총구를 정면으로 응시하던 순간의 아찔함을. 총성이 들렸지만 몸이 멀쩡하다는 사실에서 느껴지던 의아와 안도감을. 곧바로 칼을 빼 들고 돌진해 오던 살인 기계의 위압감을. 바람을 일으키며 목을 스치던 시퍼런 칼날의 공포를. 땅을 울리며 쓰러지던 놈의 중량감을. 그 옆에 널브러진 박 상병의 상반신과 허공을 응시하며 굳어버린 그의 눈동자를. 피부와 콧속을 파고들던 강렬한 피비린내를. 아무리 씻어도 지워지지 않는 지독한 피 냄새를. 조금이라도 더 물을 마셔야만 몸이 정화될 것 같은 기분을. 밤마다 찾아오는 박 상병의 눈동자를. 모든 것을 끝내고 싶다는 유혹을. 소리를 내지 않으려고 맨발로 밟아 오르던 딱딱하고 싸늘한 비상계단을. 육중한 철문 앞에서 애써 지워야 했던 엄마의 얼굴을. 막상 허공 앞에 서면 무엇이든 붙잡고 싶어지는 내면의 메아리를. 이번에도 또 실패하는 건 아닐까 싶은 불안감을. 산 너머로 해가 떨어지면 해를 따라 정말로 뛰어내릴 것 같은 두려움을. 서둘러 집으로 돌아와 엄마가 차려놓은 밥을 먹으며 느끼던 안도감을. 혹시라도 엄마가 눈치챌까 거실에 찍힌 발자국을 지우며 삼키던 자괴감을. 밤이 되면 또다시 독을 품은 안개처럼 스멀스멀 피어오르는 자살 충동을….

말로 다 표현할 수는 없지만 이해할 수는 있다.
그것이 지금껏 내가 보아온 인간의 기억이다.

펜촉이 지나간 자리에 검은 잉크가 그윽이 스며든다. 이것은 내 삶에 대한 기록인 동시에 양자택일적인 삶의 구조에서 벗어나기 시작한 인류에 대한 기록이다. 이제 그는 너절한 삶과 극단적인 죽음 사이에서 고민할 필요가 없다. 새로운 시작이 그를 기다린다.

국가 서고의 지하 서가. 4,000만 권이 넘는 책들 사이에 열 번째 〈케이스〉의 〈기록〉을 끼워 넣는다. 전자책이 지배하는 시대에 종이에 잉크로 적힌 기록은 검색되지 않는다. 아무도 찾지 않을 것이며 아무도 찾을 수 없을 것이다.

이제 비가 그쳤을까.

한 마리 들소를 완성하고 나오는 1만 5,000년 전의 누군가처럼 나는 천천히 알타미라의 밖을 향해 걸음을 옮긴다.

열 번째 〈케이스〉의 〈기록〉 완료.

진행률: ■■■■■■□□ 83.3%

남은 단계: 〈휴지〉

판도라

거대한 눈알 두 개가 나를 내려다본다. 핏발 선 흰자위. 부릅뜬 안구 복판에서 초점을 잃은 눈동자가 시커멓게 입을 벌린다. 서릿발 같은 소름이 등줄기를 훑는다. 너는 아직 살아 있네? 충혈된 눈알이 나를 비난한다. 달아나고 싶지만 발이 떨어지지 않는다. 흰자위에 박혀 있던 실핏줄들이 끊는 소리를 내며 부풀어 오른다. 심장이 멎을 것 같다. 어디선가 나타난 섬뜩한 칼날이 팽창하는 핏줄을 난도질한다. 시뻘건 피가 뿜어져 나온다. 피비린내가 코를 찌른다. 숨이 막힌다. 피의 안개가 피부에 달라붙어 몸속으로 스민다. 온 힘을 다해 발버둥 치지만 몸이 말을 듣지 않는다. 발목 위로 핏물이 차오른다. 칼날의 춤사위가 격해진다. 더 많은 피가 쏟아진다. 끈적이는 피의 물결이 금세 가슴을 압박한다. 목청이 찢어져라 비명을 질러도 정작 입 밖으로 아무 소리도 나오지 않는다. 아무리 애를 써도 상황을 벗어날 수가 없다. 두 눈에서 뜨거운 액체가 솟아오른다. 목을 조르던 핏물이 입과 코와 귀와 눈을 점령한다.

마침내

　　　　　　　　　　　　검붉은 피의 바다가

　　　　　　　　온몸을

　　　　집어삼키는 순간

　　나는

눈

을

떴

다.

　흐릿한 시야 저편에 둥그스름한 물체가 떠 있었다. 출렁이는 수
면 위에 던져진 낚시찌처럼 정신이 가물거렸다. 떠오르고 가라앉고,
떠오르고 가라앉고, 떠오르고 가라앉고…. 도 · 대 · 체 · 저 · 게 · 뭐 ·
지?라고 또박또박 사고하기 시작하면서 내 의식은 비로소 각성의
세계로 뛰어올랐다.

　또렷해진 시야에 잡힌 건 하얗게 코팅된 실내등이었다. 뒤이어
평평한 크림색 천장이 눈에 들어왔다. 희읍스름한 빛이 천장과 나
사이의 공간을 배회하고 있었다. 포근한 침구의 감촉이 느껴졌다.
멍하니 공간을 더듬던 시선이 낚싯줄에 견인되는 물고기처럼 빛

이 드는 쪽으로 끌려갔다. 유리창 줄무늬 사이로 가느다란 빛줄기가 스며들고 있었다. 익숙한 풍경이었다. 팽팽하게 당겨진 낚싯줄에서 해방된 듯 안도의 한숨이 흘러나왔다.

걷잡을 수 없는 통증이 호흡을 동강 낸 건 미처 숨을 다 내쉬기도 전이었다. 꿈속에서만 그런 줄 알았는데 실제로도 몸부림을 친 모양이었다. 왼쪽 종아리 근육이 경련을 일으키며 비틀린 빨래처럼 딱딱하게 뭉쳐졌다. 옴짝달싹할 수가 없었다. 쥐어짜진 빨래가 물기를 토하듯 앙다문 이 사이로 낮은 신음이 새 나왔다. 별다른 도리가 없었다. 근육이 진정되기를 기다리는 수밖에.

누운 채로 다시 천장에 붙은 등을 보고 있자니 눈가의 피부가 땅겼다. 더듬는 손끝에 말라가는 눈물 자국이 느껴졌다. 눈물의 흔적이 관자놀이를 지나고 귀를 넘어 뒤통수로 이어졌다. 베개가 눅눅했다. 불현듯 피비린내가 코를 찔렀다. 검붉은 피의 안개가 피부에 달라붙어 몸속으로 파고들었다. 그것은 나의 기억이 아니었다. 꿈도 아니었다. 열 번째 〈대상〉인 그의 기억 – 정확히 말하면 그의 기억에 담긴 환각 – 이었다. 그의 기억이 마치 내 기억인 양 선명하게 재생되었다. '전뇌혼돈증'의 시작이었다.

21세기 최대의 사건을 꼽는다면 단연 4세대 전뇌의 등장이다. 4세대 전뇌는 [뇌늑전뇌]라는 패러다임을 정립하며 인간의 사고 체계에 일대 혁명을 일으켰다. 인간의 뇌는 기본적으로 단일 사고에 최적화되어 있다. 동시에 두 가지 이상 일을 하면 능률이 떨어지고 실수가 잦아지는 건 분산된 의식의 농도가 옅어지는 탓이다. 4세대 전뇌는 생물학적 뇌에 다중 사고 능력을 부여했다. 분할된 의식은 집중력을 유지하며 동시에 여러 가지 일을 할 수 있었다. 악기를 연주하며 계산을 하거나, 한꺼번에 여러 개의 문서를 읽거나, 그림을 그리며 글을 쓰는 일들이 가능해졌다.

단순히 뇌에 컴퓨터를 이식한 기존의 전뇌와 달리 4세대 전뇌에는 '전뇌동기화'라는 기술이 사용되었다. 특이하게도 이 개념은 20세기 중반에 제작된 한 미술 작품에 이미 정확하게 표현되어 있었다. 네덜란드의 판화가 '모리츠 코르넬리스 에셔'가 1948년에 완성한 〈그리는 손〉이 그것이다. 판화의 내용은 이러하다. 연필을 쥔 오른손이 왼손의 소매를 그리고 거기서 내뻗은 왼손이 다시 오른손의 소매를 그린다. 두 손은 뫼비우스의 띠처럼 끊임없이 서로를 구축한다. 그중 한 손을 인간의 뇌, 다른 손을 전뇌에 대응하면 전뇌동기화의 구조도가 된다. 4세대 전뇌의 개발자인 '데이비드 장'은 에셔 작품의 열렬한 애호가였다고 하는데, 실제로 그는 〈그리는 손〉에서 전뇌동기화의 영감을 얻었다고 한다.

양지가 있으면 음지도 있는 법. 4세대 전뇌가 등장하면서 새로운 전뇌 질환이 나타났다. 전뇌혼돈증이었다. 전뇌공학자들에 따르면 인간의 정신에는 '의식의 지평선'이라는 경계가 존재한다고 한다. 그것을 기준으로 한쪽에는 논리적이고 해석 가능한 의식의 세계가, 반대쪽에는 비논리적이고 해석 불가능한 무의식의 세계가 펼쳐져 있다. 이론적으로 의식의 영역은 해독이 가능하다. 반면 의식의 지평선 너머에 존재하는 나머지에 대해서는 알려진 바가 거의 없다. 그곳은 무의식이 모든 것을 주관하는 또 하나의 우주와 같다. 바깥 세계의 기준으로는 이해할 수 없으며 예측할 수도 없는 세계라는 설명이다.

문제는 전뇌동기화가 무의식의 영역까지 아우른다는 점이다. 의식의 지평선 너머의 세계도 고스란히 전뇌에 담긴다. 의식의 지평선은 규모와 움직임을 예상할 수 없는 비정형의 유동적 경계다. 누군가 타인의 전뇌에 침투하면 그는 자신도 모르는 사이 의식의 지평선 너머로 발을 들일 수 있다. 비논리적이며 예측 불가능한 무의식의 세계에서 침입자의 의식이 존립할 가능성은 희박하다. 의식의 지평선을 넘어선 침입자는 접속한 전뇌의 세계에 사로잡혀 혼수상태에 빠지거나 심지어 사망하기도 한다. 운 좋게 의식이 돌아온다 해도 침투했던 전뇌의 기억과 자신의 기억이 뒤섞이는 현상이 발생하는데, 그것이 바로 전뇌혼돈증이다. 이는 각종 정신병으로 고착되며 중증의 경우 자아가 붕괴되는 지경에까지 이른다. 현재로서는 확실한 예방책이나 치료법이 없다. 타인의 전뇌에 침투하지 않는 것이 최선일 뿐이다.

전뇌혼돈증은 주로 전뇌의나 전뇌공학자 같은 직업군에서 발병한다. 그들은 전뇌 질환의 치료법을 찾기 위해, 더 우수한 전뇌를 개발하기 위해 끊임없이 전뇌 침투를 시도한다. 발병률이 높을 수밖에 없다. 또 하나 빠뜨릴 수 없는 부류가 있는데, 다름 아닌 전뇌해커다. 전뇌혼돈증 환자 중에는 유난히 전뇌해커가 많다. 지금껏 아무도 전뇌해킹에 성공하지 못했다는 사실 때문에 수많은 해커가 전뇌해킹에 뛰어들었다. 그들 중 일부는 무모할 정도로 도전적이어서 전뇌 침투 시 준수해야 할 가이드라인을 무시하거나 안전장치를 해제하는 경우가 잦았다. 전뇌해커들은 4세대 전뇌의 코드명 TH_{Two Hands}를 뚜껑을 여는 순간 재앙이 닥친다는 의미에서 '판도라'라고 불렀다.

시간이 흐를수록 피비린내와 갈증이 더 강렬해졌다. 여전히 다리가 뻐근했지만 나는 자리에서 일어났다. 절뚝이는 걸음으로 주방으로 가서 차가운 물을 병째 들이켰다. 물이 목을 넘어가는 소리에 생수를 마시던 그의 모습이 겹쳐졌다. 그의 기억은 내게 그의 현실까지 덧씌우고 있었다. 배가 부를 정도로 마셨지만 좀처럼 갈증이 사그라지지 않았다.

발코니로 나가 창문을 열었다. 습기를 머금은 바람이 부드럽게 실내로 흘러들었다. 비가 완전히 그쳐 있었고 비에 씻긴 도시는 말쑥했다. 서늘한 대기에서 풋풋한 기운이 느껴졌다. 멀리 도시 외곽의 산등성이가 선명했다.

까마득한 날에 하늘이 처음 열리고 어디 닭 우는 소리 들렸으랴.

이제는 그도 이 신선함을 만끽할 수 있을 테지.
〈삭제〉를 하는 동안 〈대상〉과 나는 양팔 저울의 접시 같은 관계가 된다. 〈대상〉의 기억을 읽고 지울 때마다 〈대상〉이 이고 있던 기억의 추들이 하나씩 나에게 넘어온다. 〈대상〉은 점점 가벼워져 위로 올라가고 나는 〈대상〉의 기억을 떠안으며 무겁게 아래로 내려앉는다. 의식의 지평선을 넘어 그의 모든 기억을 파고들었기에 그를 괴롭혔던 기억이 그대로 내게 전이된 상태였다. 전우들의 몸에서 분출된 피의 안개와 아무리 씻어도 지워지지 않는 피비린내, 거기에 해소되지 않는 갈증까지. 〈케이스〉의 마지막 단계인 〈휴지〉는 내 기억에 엉긴 〈대상〉의 기억을 정리하고 컨디션을 정상화하는 작업이다.

상쾌한 바람이 잠의 찌꺼기를 걷어갔다. 크게 한 번 손뼉을 친후 가볍게 두 뺨을 두드렸다. 얼굴과 손끝에서 진동하는 촉각 신호가 신경을 타고 올라와 머릿속에 작은 스파크를 일으켰다. 무작정 시간을 보내는 것보다는 할 일을 찾아 움직이는 편이 나았다. 물을 많이 마신 탓에 입맛이 없었지만 식사부터 하기로 했다. 어제 점심 이후로 이온 음료 외에는 먹은 것이 없었다. 의무적으로라도 먹어야 했다.

〈삭제〉에는 상당히 많은 에너지가 소모된다. 작업 전후의 체중을 비교하면 보통 3킬로그램가량이 준다. 오차를 감안해도 하룻밤 사이에 그 정도 무게가 빠진다는 건 육체적으로 대단히 부담스러운 작업이라는 뜻이다. 체력을 회복하려면 영양을 충분히 섭취해야 한다.

다시 주방으로 가서 찬장을 열었다. 찬장에는 항상 네 종류의 시리얼이 준비돼 있다. 간편한 영양식으로는 시리얼이 제격이다. 냉동 피자나 냉동 볶음밥도 편리하지만 영양 불균형을 초래하기 쉽다. 시리얼은 원하는 맛과 영양소대로 고를 수 있고 우유만 부으면 바로 먹을 수 있다. 설거지도 쉬울뿐더러 보관도 용이하다. 시리얼 상자 네 개를 식탁 위에 일렬로 늘어놓는다. 하나는 탄수화물, 다른 하나는 단백질, 나머지는 각각 비타민과 무기질이 강화된 제품이다. 지방은 우유를 통해 섭취하면 된다.

큼직한 그릇에 시리얼을 고루 담은 후 냉장고에서 꺼낸 신선한 우유를 부었다. 오늘따라 혀끝에서 시리얼 조각들이 겉도는 느낌이다. 물배가 부른 탓만은 아니었다. 하루에 한 끼밖에 먹지 않던 그의 기억 때문이었다.

그의 기억을 부수듯 꾸역꾸역 시리얼을 씹어 넘겼다. 어쩐지 뼈를 씹는 기분이었다. 사람들이 시리얼을 좋아하는 이유는 동물의 뼈를 부숴 먹던 원시인의 습성이 본능적으로 몸에 배어 있기 때문이…라는 생각에 갑자기 어리둥절해졌다. 자연스럽게 떠오르긴 했지만 스스로도 납득할 수 없을 만큼 황당한 이야기였다.

숟가락을 손에 든 채 잠시 기억의 원류를 더듬었다. 그것은 초등학교 시절 어딘가로 캠핑을 갔던 다음 날 아침 함께 시리얼을 먹던 나의, 아니 그의 친구가 들려준 이야기였다. 양 갈래로 땋은 머리에 앞니가 토끼처럼 도드라진 귀여운 여자아이였다. 피식 웃음이 나왔지만 시리얼을 씹을 때마다 떠오르는 조각난 뼈의 이미지는 좀처럼 지워지지 않았다.

가까스로 식사를 마친 후 모든 창문을 활짝 열었다. 베갯잇을 벗긴 베개와 이불을 발코니에 널고 땀에 전 침대보를 갈았다. 가구에 쌓인 먼지를 닦고 청소기로 바닥 전체를 훑었다. 벗어놓은 옷들을 세탁기에 넣어 돌리고 설거지까지 끝냈더니 한결 마음이 가벼워졌다. 직접 주변을 정리하는 것만으로도 머릿속이 개운해지는 느낌이었다. 샤워를 하러 욕실에 들어갔더니 쏟아지는 물줄기에 한없이 몸을 맡기고 싶은 충동이 일었다. 전이된 그의 기억 탓이라고 스스로를 타이르며 서둘러 몸을 씻고 욕실을 나왔다.

치즈 케이크처럼 노란 햇살이 거실 깊숙이 비쳐 들었다. 진한 커피 한잔을 곁들이기 좋을 오후였다. 주방으로 가서 커피포트에 물을 올렸다. 전뇌혼돈증을 회복하는 데는 대략 열흘이 걸린다. 지금껏 그래왔듯 하루하루 버티다 보면 결국 〈대상〉의 기억은 모두 증발한다. 그럼 다시 새로운 〈케이스〉를 시작할 수 있다. 부러 긍정적인 생각만 하며 찬장에서 커피를 꺼냈다. 커피 스푼이 든 서랍을 여는 순간 불쑥,

식칼 한 자루가 눈에 들어왔다.

무엇이든 단번에
동강 낼 수 있는
예리한 은빛 날!

시퍼런 서슬이 순식간에 현실과 기억의 경계를 찢어버렸다. 꿈속의 아니 그의 기억이 벼락처럼 되살아났다. 나를 아니 그의 목을 향해 달려들었던 날카로운 칼날과, 나를 아니 그를 집어삼켰던 피의 안개가 나를 제압했다. 나는 어느새 당시의 상황 속으로 내동댕이쳐졌다. 눈앞이 캄캄해지며 호흡이 가빠졌다. 터질 듯 심장이 쿵쾅거리더니 구토가 치밀었다. 입을 막고 휘청거리며 화장실로 달려갔다. 걸쭉해진 시리얼이 위액과 뒤섞여 하얀 변기 속으로 쏟아졌다. 토악질 때문인지 그의 기억 때문인지 정체를 규명하기 힘든 눈물이 흘러나왔다. 달아오른 커피포트의 호각 소리가 날카로운 비명처럼 집 안을 관통했다.

셔츠를 갈아입고 책상 앞에 앉았다. 군 수사기관은 전투 로봇 중대의 대위가 범인이라는 사실을 밝혀냈다. 그는 로봇의 프로그램을 조작하고 로봇의 탄창에 실탄을 섞었다. 전투 로봇을 개발하는 다른 회사로부터 거액의 돈을 받고 저지른 일이었다. 돈을 건넨 회사의 과장과 대위가 구속됐다. 회사 대표는 자신은 모르는 일이라고 항변했다. 대표가 개입했다는 증거는 나오지 않았다. 결국 대표는 무혐의 처리됐다. 여러 번 입을 헹궜는데도 여전히 목구멍에서 시큼털털한 기운이 느껴졌다.

〈원칙〉은 이렇다. 〈휴지〉 중 전뇌혼돈증이 사라지기 전까지는 외부와 접촉―외출은 물론 네트워크 접속도―하지 않는다. 〈대상〉의 기억을 〈삭제〉하는 일 외에는 일절 관여하지 않는다. 그러나 이번에는 도저히 〈원칙〉을 따를 수 없었다.

나는 돈을 건넨 회사의 대표를 중심으로 직원들과 주변 인물들의 자료를 빠짐없이 조사했다. 각종 로그* 파일은 물론 삭제되어 네트워크 바닥에 묻힌 정보들까지 일일이 파헤쳤다. 큰돈이 오간 사건이었다. 더 큰돈을 얻으려고 계획한 범죄였고 그 결과 여섯 명이 사망했다. 한 명은 폐인이 되었다. 과장급 직원 혼자서 벌일 만한 일이 아니었다. 회사 대표의 정부情婦가 키우는 로봇 강아지의 클라우드cloud 서버에서 지워진 음성 파일 하나를 복구했다. 사고가 터지기 이틀 전에 녹음된 파일이었다. '조금만 기다려. 조만간 국방부에서 전투 로봇 납품 계약을 하자고 연락이 올 거야….' 대표의 목소리였다.

물을 한 컵 마시고 다시 책상에 앉았다. 대표의 정보를 보유한 데이터베이스 목록을 열었다. 무수히 가지를 뻗은 신경계처럼 수많은 정보가 한 인간을 구축하고 있었다. 한 번 더, 〈원칙〉을 어기기로 했다. 촉수처럼 갈라진 내 의식이 각각의 데이터베이스에 침투하기 시작했다.

이제 그는 출생 기록이 존재하지 않는다.

주민등록번호도 존재하지 않는다.

신용 계정도, 통신 계정도 존재하지 않는다.

---

* 컴퓨터 및 네트워크 운영 과정에서 발생하는 모든 사항을 기록한 자료.

의료보험도 존재하지 않고,

보험회사와 맺은 계약도 존재하지 않는다.

운전면허도 존재하지 않는다.

소유하고 있는 회사도, 집도, 차도 존재하지 않는다.

학창 시절 생활기록부에도,

동창회 연락처에도 존재하지 않는다.

혼인 기록도 존재하지 않는다….

그는 더 이상

존재하지 않는다.

작업을 끝냈을 때 방은 어둠에 잠겨 있었다. 나는 네트워크에서 그를 완전히 지워버렸다. 그에 관한 기록은 모조리 다시는 불러낼 수 없는 어둠에 묻혔다. 실제로 그를 땅속 깊숙이 파묻어버리고 싶은 심정이었다. 처음으로, 그것도 두 번이나 〈원칙〉을 어겼지만 그럴 수밖에 없었다고 위안했다. 그것이 나의 분노 때문인지, 내게 덧씌워진 그의 분노 때문인지는 분명치 않았다. 많은 이들이 고통받은 만큼 그도 대가를 치러야 공평하지 않겠냐는 생각이었다.

모래 폭풍 같은 갈증이 밀려들었다.

피곤한 상태에서 작업을 했기 때문인지

그의 기억 때문인지
그 또한 명확지 않았다.

방을 나서자 왠지 거실이 생경하게 느껴졌다.
주방으로 가는 발걸음이 유난히 조심스러웠다.
살며시 냉장고를 열자
차곡차곡 고여 있던 냉기가
기다렸다는 듯 가슴을 파고들었다.

갈라파고스

철썩 쏴아아아아아, 철썩 쏴아아아아아, 철썩 쏴아아아아아….

파도는 한 무리 들꽃이다. 끊임없이 피었다 지고, 피었다 지고, 피었다 진다. 부단한 생명력에 도무지 귀를 기울이지 않을 수 없다. 울툭불툭 솟은 바위들 위로 산산이 피어오를 때마다 짭조름한 향기가 꽃가루처럼 흩날린다. 파도를 몰고 온 바람이 부서진 바다의 편린들을 육지로 실어 나른다. 생명은 바다에서 기원했다고 하던가. 수십억 년간 이어진 생의 파종. 동이 터올수록 바다는 자신의 조각을 더욱 하얗게 흩뿌린다.

멀리 하늘과 바다의 경계를 비집고 황금빛 태양이 솟아오른다. 쪽빛 하늘이 파랗게 탈색되고 바다가 물고기 비늘처럼 반짝인다. 수면을 간질이며 바다를 가로지른 빛줄기가 사뿐히 피부에 안착한다. 몸 안으로 스미는 따스한 기운이 확장된 혈관을 따라 온몸으로 번진다.

검고 울퉁불퉁한 현무암질 해안에도 태양의 온기가 두루 내려 앉는다. 바위 여기저기에 뭉쳐 있던 거뭇한 무리가 꿈틀댄다. 고목 껍질을 닮은 투박한 피부, 갈고랑이처럼 날카로운 발톱, 등줄기를 따라 치솟은 톱니 모양의 비늘. 흡사 작은 공룡을 연상시키는 바다이구아나다. 체온을 유지하려고 밤새 몸을 맞댔던 바다이구아나들이 태양이 떠오르는 하늘을 향해 어기적어기적 몸을 돌린다. 목을 쭉 뺀 자세로 일제히 태양을 우러르는 모습이 사뭇 경건하다. 나도 그것들 틈에 섞여 둥그렇게 솟는 태양을 영접한다. 부지런한 새들이 가라앉은 대기를 가르며 갈라파고스의 기상起床을 재촉한다. 세상이 점점 제 색을 찾아간다.

무리 지어 날던 푸른발부비들이 물고기 떼를 발견한 모양이다. 대형 폭격기가 흩뿌린 폭탄처럼 일제히 바다로 뛰어드는 모습이 장관이다. 하늘을 누비던 새가 물속으로 뛰어드는 건 자살행위나 다름없다. 수면에 충돌하는 순간 목뼈가 부러지거나 날개가 꺾이기 십상이니까.

돌파구를 제시한 건 진화의 섭리였다. 부비의 두개골은 충격을 흡수하는 구조로 변했고 날개는 몸통과 평행하게 젖혀져 수면과의 마찰을 최소화했다. 바다에서 육지로, 육지에서 하늘로 진화한 새들이 다시 하늘에서 바다로 뛰어들다니. 도대체 저것들은 무엇을 향해 진화하는 걸까.

찰스 다윈이 갈라파고스 제도를 방문한 건 1835년이었다. 이곳에서 그는 '같지만 다른' 독특한 생물들과 마주쳤다. 무게가 300킬로그램에 달하는 코끼리거북은 먹이와 서식 장소에 따라 등껍질의 모양과 목 길이가 현격히 차이 났고, 이구아나 역시 바다이구아나와 육지이구아나로 나뉘어 있었다. 핀치의 경우는 훨씬 더 극적이었다. 영국으로 돌아간 다윈은 1837년 조류학자 존 굴드에게 갈라파고스에서 수집한 새 표본을 보냈다. 굴드는 부리의 모양과 크기에 따라 핀치가 무려 열세 종으로 구분된다는 사실을 알려 왔다. 다윈은 자신의 노트에 '종은 변화한다'라고 적었다.

진화 따위는 아무렴 어떠냐는 듯 부비들은 넘실대는 바닷속으로 첨벙첨벙 뛰어들었다. 나는 멍하니 화려한 다이빙을 바라봤다. 수컷들은 저렇게 잡은 물고기를 가지고 암컷과 새끼들에게 가겠지. 푸른발부비의 구애는 매우 독특하다. 수컷이 암컷 앞에서 물갈퀴가 달린 파란 발을 스모 선수처럼 번갈아 들어 올리는 것. 그것이 그들의 구애 방식이다. 어릿광대처럼 뒤뚱거리는 수컷의 춤을 보고 있으면 여간해서는 웃음을 참기가 쉽지 않다. 배우자를 선택하는 기준이 뭔지 모르지만 암컷도 똑같은 춤으로 응대하면 짝짓기가 이뤄진다. 두 마리의 푸른발부비가 어우러져 춤을 추는 모습은 귀여우면서도 경이롭다. 춤이 끝나면 곧 새로운 가능성을 품은 푸른발의 씨가 맺히기 때문이리라.

주문하신 치즈 케이크와 에스프레소입니다.

코끼리거북을 보러 가려는 찰나 상냥한 음성이 나직하게 들려왔다. 나는 멀리 언덕을 올려다봤다. 코끼리거북 세 마리가 느릿느릿 자신들의 등딱지를 닮은 언덕을 기어오르고 있었다. 육중한 세 개의 덩어리들 위로 투명한 햇살이 쏟아져 내렸다. 청량한 바람이 햇살을 훑으며 지나갔다. 〈원칙〉에 따라, 서버에 기록된 나의 모든 흔적을 지운 후 나는 가상현실 서비스 〈진화의 섬 – 갈라파고스〉를 빠져나왔다.

선글라스 너머로 치즈 케이크 한 조각과 자그마한 에스프레소 잔이 보인다. 저만치 쟁반을 든 종업원이 계산대로 돌아가고 있었다. 나는 선글라스를 벗어 테이블 위에 내려놓았다. 갈라파고스의 햇살만큼 눈부신 햇살이 통유리를 통해 카페 안으로 비쳐 들었다. 구수한 커피 향이 빛의 압력을 뚫고 유유히 피어올랐다. 〈휴지〉 7일째. 7일 만의 첫 외출이다.

그제 이후 더 이상 전뇌혼돈증이 나타나지 않았다. 여느 때보다 사흘이나 회복이 빨랐다. 이제 외부와 접촉하며 하루 더 상태를 지켜보는 일만 남았다. 검증 기간인 동시에 휴식 기간인 셈이다. 나는 7일 만에 처음으로 거리의 공기를 마셨고 제대로 조리된 식사를 했다. 몸에 필요한 영양소가 빠짐없이 들어 있다 해도 일주일 이상 시리얼만 먹으면 물리기 마련이다. 최대한 맛을 즐기며 케이크를 썰고 최대한 향을 음미하며 커피를 마셨다. 달콤한 첫맛과 쌉싸래한 뒷맛이 한 쌍의 부비처럼 즐겁게 입안을 맴돌았다.

창밖은 싱그러운 햇살로 충만했다. 조금 가벼운 차림의 행인들이 가로수가 늘어선 길을 따라 이리저리 여유롭게 흘러 다녔다. 길 건너 옷가게에서 청바지에 겨자색 스웨터를 걸친 점원이 매장 유리를 닦고 있었다. 걸레질을 하느라 고개를 까닥거릴 때마다 포니테일로 묶은 머리가 경쾌하게 강중거렸다. 점원이 손에 쥔 걸레와 투명한 유리 사이에서 매끄러운 마찰음이 들리는 것 같았다. 어쩌면 그건 나무껍질 아래에서 꿈틀대는 봄의 소리인지도 몰랐다. 머지않아 가로수들이 푸르게 봄을 터트릴 터였다. 허리를 뒤로 젖히자 폭신한 소파가 몸을 받았다. 카페 안을 흐르는 감미로운 음악이 귀를 어루만졌다.

늘 〈케이스〉에만 몰두하는 내게 〈휴지〉의 마지막 날처럼 여유로운 때는 없다. 오늘만큼은 지난 〈케이스〉에 얽매일 필요도 없고 새로운 〈케이스〉로 고심할 필요도 없다. 쉬지 않고 가동하던 컴퓨터의 전원을 끈 기분이다. 열기도, 진동도, 아무 소음도 느껴지지 않는다. 평온한 기운이 물결 없는 호수처럼 차분하게 펼쳐졌다.

다윈이 살아 있다면 어떻게 받아들일지 모르겠지만 이제 인간은 갈라파고스의 생물보다 훨씬 급격하게 진화하고 있었다. 진화의 원동력은 자연선택이 아닌 인위선택에서 비롯했다.

전뇌라는 인위선택.

인간은 전뇌 기술을 이용해 정보사회를 전뇌사회로 발전시켰고, 전뇌를 이식해 스스로를 자연인에서 전뇌인으로 진화시켰다.

먹이에 적응하는 방식에 따라 열세 종으로 나뉜 갈라파고스핀치처럼 인간은 전뇌에 적응하는 방식에 따라 다양하게 분화했다.

대부분의 집단이 그렇듯 전뇌사회 역시 정규분포곡선처럼 넓적한 종鐘 모양을 이룬다. 저마다 편차가 있지만 인구 대다수는 나름대로 전뇌에 적응하며 살아간다. 그래프 중앙에 위치하는 이른바 '전뇌대중'. 그들은 전뇌사회의 평균적인 인간이다. 전뇌에 거부 반응도 없고 탁월한 전뇌 능력을 발휘하지도 않는다.

전뇌대중의 우측 영역으로 갈수록 전뇌 능력이 높아지는데 그에 해당하는 인구는 급격히 감소한다. 그중 상위 2%에 속하는 집단을 '전뇌흡수자'들이라 한다. 그들의 전뇌 능력은 전뇌대중에 비해 월등하다. 동기화 속도가 두 배가량 빠르고 다중 작업 능력도 세 배 이상 뛰어나다. 일반적인 전뇌인의 다중 작업 개수가 네 개 안팎인 데 비해 전뇌흡수자는 보통 열두 개 이상이다. 기록에 의하면 최대 서른두 개의 다중 작업을 처리한 전뇌흡수자도 있다고 한다.

전뇌대중의 영역에서 좌측으로 이동한 위치, 하위 5%에서 2% 사이에는 전뇌 능력이 현저히 떨어지는 집단이 존재한다. 이들은 전뇌 프로그램 사용 시 종종 원인을 알 수 없는 오류를 경험하며 전뇌 오작동으로 신체 장애가 발생하기도 한다. 이들을 '전뇌부적응자'들이라 하는데, 전뇌 친화도 외에 전뇌 회로의 불량, 수술상의 실수, 프로그램 오류, 체질, 질병, 심리적 요인 등 다양한 요소가 얽혀 원인 규명이 쉽지 않다고 한다.

전뇌부적응자의 영역에서 더 좌측으로 이동한 곳에는 전뇌사회의 일원이면서도 전뇌 이식을 받지 못한 인간들이 존재한다. 소위 '전뇌불능자'들. 전뇌사회의 하위 2%를 차지하는 그들은 애당초 전뇌 이식이 불가능한 사람들이다. 그들의 뇌는 전뇌와 같은 인공 삽입물에 거부반응을 보인다. 전뇌사회에서 전뇌는 경제력과 직결되기에 그들은 대부분 극빈층을 이룬다.

　그런데 전뇌불능자들 중 일부는 엄청난 성공을 거두기도 한다. 그들의 활동 영역은 주로 예술과 스포츠 분야다. 최고의 예술가와 운동선수 중에는 전뇌불능자가 더러 있다. 대중은 그들을 공장에서 생산한 인조 다이아몬드가 아니라 자연에서 채취한 순수한 다이아몬드라고 생각한다. 그들의 작품과 활동에는 인간이 자연으로부터 물려받은 때 묻지 않은 영혼이 깃들어 있다고 믿는다. 그런 의미에서 그들은 다른 전뇌불능자들과 달리 '순종純種'이라 불린다. 전뇌를 최고의 가치로 삼으면서 전뇌불능자인 순종을 동경하는 이중적 잣대가 존재하는 셈이다.

　한편 일반적인 전뇌 능력 너머에 매우 특별한 능력을 지닌 전뇌인들이 존재한다. 전 세계를 통틀어 수십 명에 불과한 그들의 존재는 베일에 싸여 있다. 발견되자마자 극비로 분류되고 철저히 관리되기 때문이다. 세계 최대의 전뇌개발사인 E-뉴로테크의 비밀 서버에는 그들에 관한 특급 기밀문서가 보관돼 있다. '특이능력자'. 문서에서는 그들을 그렇게 명명한다. 전뇌 이식은 보통 여섯 살 이후부터 가능하며 수술 후 대략 3개월 안팎의 적응 기간이 필요하다. 그 시기에 불가사의한 능력이 나타나는 이들이 있다.

제임스 맥퀸은 미국 워싱턴주 스포캔에서 자동차 정비소를 운영하는 마흔세 살의 남성이다. 그는 휴가를 맞아 아내와 아들을 데리고 옐로스톤 국립공원으로 캠핑을 떠났다. 그의 배낭에는 시내 등산용품점에서 구입한 기계식 나침반이 하나 들어 있었다. 곧 일곱 살이 되는 아들 케빈에게 줄 선물이었다. 케빈은 2개월 전에 전뇌 이식을 받았고 초등학교에 가면 보이스카우트에 들고 싶어 했다. 제임스는 아들에게 GPS 없이 길을 찾는 방법을 가르쳐줄 생각이었다. 가슴 설레며 숲으로 들어간 부자는 실망하고 말았다. 나침반 바늘이 제멋대로 돌아가 방위를 측정할 수 없었던 것이다.

휴가에서 돌아오자마자 제임스는 아들을 데리고 나침반을 구입한 상점에 들렀다. 자초지종을 설명하고 교환을 받으려는데 어찌 된 일인지 새로 꺼내는 제품마다 죄다 불량이었다. 가만히 둘러보니 가게 안의 모든 나침반이 엉망으로 작동하고 있었다. 사열식의 구령에 반응이라도 하듯 나침반들이 일제히 남북을 가리키기 시작한 건 케빈이 화장실에 간 직후였다. 잠시 후 케빈이 돌아오자 매장은 다시 혼돈에 빠졌다.

주인은 케빈이 자석으로 장난을 치는 게 아닐까 의심했다. 억울한 표정으로 주머니를 까 보이는 아들을 내려다보던 제임스는 문득 전뇌 이식 수술을 떠올렸다. 거기에 문제가 있을지도 모르겠다고. 그는 아들을 데리고 전뇌 병원을 찾았다. 검사 결과 케빈의 몸에서 강력한 자기장이 발생한다는 사실이 밝혀졌다. 자기장의 모양과 세기는 케빈의 감정에

따라 변했다. 그것은 기존의 물리적, 생물학적 지식으로는 설명할 수
없는 현상이었다. 케빈은 최초로 발견된 특이능력자였다.

E-뉴로테크의 기밀문서에 따르면 케빈처럼 전뇌 이식을 받은
직후 적응 기간에 특이능력이 발생하는 경우를 I형 특이능력자라
한다. 잠재하던 생물학적 요인이 전뇌와 결합하면서 불가해한 힘
이 발현된다고 추정할 뿐 구체적인 원리는 밝혀지지 않았다. 케빈
이 보고된 지 1년 후 두 번째 특이능력자가 발견되었다.

중국 칭다오에 사는 링링의 부모는 링링이 여섯 살이 되자마자 전뇌
이식수술을 받게 했다. 링링의 전뇌친화도는 상위 2% 안에 들 만큼 우
수했다. 수술 후 1개월도 되기 전에 링링은 전뇌에 완벽하게 적응했고
자유자재로 전뇌를 사용할 수 있었다. 그즈음 이상한 일이 일어났다.
집 안의 모든 방송이 저절로 애니메이션 채널로 바뀌는 현상이었다. 뉴
스를 틀어도 애니메이션이 나왔고 드라마 채널로 맞춰도 애니메이션
이 송출됐다.
점검을 받았지만 시스템에는 이상이 없었다. 링링이 원인이 아닐까라
고 생각한 이는 링링의 어머니였다. 그녀는 링링이 집에 없을 때-유치
원이나 할머니 집에 갔을 때-는 문제가 발생하지 않는다는 사실을 깨
달았다. 대신 유치원이나 할머니 집에서 동일한 현상이 나타났다는 이
야기를 들었다. 그 애니메이션들은 평소 링링이 좋아하는 프로그램이
었다. 하지만 링링이 리모컨도 사용하지 않고 원격으로 채널을 바꾸는

건 불가능한 일이었다. 적응 기간 중 나타날 수 있는 간섭현상을 방지하기 위해 링링의 전뇌에는 아직 무선통신 모듈을 달아주지 않았던 것이다.

혹시나 하는 마음에 어머니는 링링을 전뇌 병원에 데려갔다. 결과는 의외였다. 무선통신 모듈이 없음에도 불구하고 링링은 다양한 주파수의 전파를 발산할 수 있었다. 링링은 무의식적으로 주변 방송을 자신이 좋아하는 애니메이션 채널로 바꾸었던 것이다. 링링은 곧바로 보안이 유지되는 특수 병동으로 옮겨졌다.

대부분의 특이능력자는 케빈이나 링링처럼 전뇌 이식 후 적응 기간에 능력이 나타나는 I형에 속한다. E-뉴로테크는 비밀리에 목록을 작성하고 적극적으로 자료를 수집해갔다. 2년 후 새로운 유형이 목록에 추가됐다.

브라이언 고든은 서른네 살의 미혼 남성으로 곡물을 취급하는 런던 소재 무역 회사의 회계팀 소속이었다. 10월 첫째 주 토요일 오후 그는 런던 근교 골프장에서 직장 상사와 골프를 쳤다. 주말 동안 처리해야 할 업무가 있었지만 상사의 제안을 거절할 수 없었던 그는 골프를 치는 내내 다중 작업으로 회계 프로그램을 구동했다.

파 파이브 홀. 티샷을 하려고 브라이언이 드라이버를 들어 올리는 순간 구름 한 점 없는 하늘에서 별안간 낙뢰가 떨어졌다. 10만 암페어가 넘는 전류가 그의 골프채 헤드에 집중됐다. 순식간에 골프채를 타고 내려온 전류가 브라이언의 몸을 관통해 골프장 바닥으로 흘러들었다. 엄청난 전류의 영향으로 브라이언의 전뇌가 녹아내렸고 두 발바닥이 터졌다. 곁에 있던 상사와 두 명의 캐디가 그 자리에서 즉사했다. 브라이언은 기적적으로 목숨을 건졌다. 터진 발바닥은 차츰 아물었지만 녹아버린 전뇌는 뇌 조직과 융화되어 교체나 제거가 불가능했다. 그는 남은 생을 전뇌불능자로 살아야 했다.

퇴직을 이틀 앞두고 후임자에게 업무를 인계하던 중 브라이언은 자신이 여전히 수천억에 달하는 복잡한 계산을 암산으로, 그것도 컴퓨터와 맞먹는 속도로 해낼 수 있다는 사실을 깨달았다. 전뇌에서 실행하던 프로그램이 그의 뇌에 각인된 듯한 현상이었다.

낙뢰 사고는 브라이언에게 놀라운 능력을 주었지만 앗아간 것도 있었다. 그는 온도를 느끼는 감각을 상실했다. 더위나 추위를 느낄 수 없었던 것이다. 한겨울 어느 파티에서 그는 얼음물에 뛰어들어도 추위를 타지 않는다는 걸 사람들에게 과시하려다 강 얼음에 갇혀 익사했다.

브라이언처럼 적응 기간이 지난 후 어느 날 갑자기 특이능력이 발생하는 경우를 A형 특이능력자라 한다. A형은 외부 충격으로 능력이 발현한다는 점, 특이능력을 획득하는 대신 부작용이 따른다는 점에서 I형과 구분된다.

세실 줄리엔은 스물한 살의 여성으로 파리 제3대학에서 언어학을 전공하고 있었다. 기말시험을 치르기 위해 자전거를 타고 학교로 가던 그녀는 우유 배달 트럭과 충돌했다. 왼쪽 갈비뼈 두 개와 왼팔이 부러졌으며 뇌진탕으로 의식을 잃었다. 그녀가 의식을 회복한 건 한 달 후였다.

기력을 찾으며 그녀는 특별한 능력을 보이기 시작했다. 생각만으로 체온을 올리거나 내릴 수 있었고 심장 박동을 빠르게 하거나 느리게 할 수도 있었다. 시간이 흐를수록 그녀의 능력은 점차 발전했다. 오른손의 체온을 올리면서 왼손의 체온은 내리거나 의식을 유지한 채 심장 박동을 분당 2회까지 떨어뜨리는 일도 가능했다.

그녀에게도 역시 부작용이 나타났다. 안면실인증이었다. 그녀는 동거하던 남자 친구를 알아보지 못했고 가족들 얼굴도 구분하지 못했다. 그녀의 뇌는 얼굴을 인식하는 기능을 영구히 상실했다.

전뇌대중에서부터 특이능력자까지 모든 변화가 전뇌에서 비롯했다. 다양하게 분화한 인간의 모습을 본다면 다윈은 무슨 생각이 들까. 진화론의 영감을 얻었던 적도의 섬에서 끝없이 밀려드는 파도를 바라보며 그는 어떤 상상을 했을까. 수천 년 후 인간의 모습은 어떻게 달라질까.

다시 천고의 뒤에 백마 타고 오는 초인이 있어 이 광야에서 목 놓아 부르게 하리라.

창밖은 여전히 봄을 호출하는 햇살로 눈이 부셨다. 갈라파고스에도 날마다 찬란한 빛이 쏟아지고 있을 테지. 치즈 케이크와 에

스프레소를 마저 먹었다. 달콤하고 쌉싸래한 맛의 왈츠가 다시 한 번 입안을 가득 채웠다. 탁자 위에 내려놨던 선글라스를 썼다. 부연 어둠이 밀려들었다. 눈을 감자 흑암黑暗이 뇌리를 점령했다. 〈진화의 섬-갈라파고스〉의 접속 회선을 열었다. 카페 안을 감도는 음악이 타계他界의 메아리처럼 아련히 귓가를 스쳤다.

  어둠 속에서 파도 소리가 울린다.
  들꽃처럼 부단히 피어오르는 생명의 소리.
  바람에 실려 오는 짭조름한 바다 냄새.

  머지않아 수평선을 가르며 황금빛 태양이 떠오를 것이다.
  밤새 웅크렸던 바다이구아나들이 태양을 우러르고
  바람에 몸을 맡긴 새들이 수면 위를 맴돌겠지.

  푸른발부비들이 일제히 바다로 뛰어드는 모습이
  눈에 선하다.
  벌써부터 가슴이 설렌다.

  열 번째 〈케이스〉의 〈휴지〉 완료.
  진행률: ■■■■■■■■ 100%

  곧 열한 번째 〈케이스〉를 시작한다.

기원起源

밤새 별이 빛났다.

청명한 성광星光이 대지 위로 고요히 스몄다.

그지없이 쏟아지는 별빛의 세례를 받으며 나는

한 여자의 기억을 지웠다.

열한 번째 〈케이스〉의 〈삭제〉 완료.

진행률: ■■■■■■□□□ 66.7%

남은 단계: 〈기록〉 및 〈휴지〉

하늘은 온통 먹빛이었다. 누군가 천구天球를 벼룻돌 삼아 거대한 먹을 가는 듯했다. 구름 한 점 보이지 않고 달조차 뜨지 않은 그믐. 순도 높은 먹물처럼 정갈한 어둠이 천공을 뒤덮었다.

그런 까닭이었다. 오늘따라 유난히 별이 밝은 이유는. 순일한 어둠이 간절히 별빛을 불러내고 있었다. 평소에는 희미하던 별도 오늘만큼은 당당히 자신의 좌표를 드러냈다. 먹물 위에 흩뿌려진 금 강석 조각들처럼 무수한 별들이 영롱한 광채를 발했다.

어 · 둠 · 이 · 빛 · 을 · 불 · 러 · 낸 · 다.

대뇌 어딘가에서 그런 문장이 둥실 떠오르는 듯했다. 우주를 움 직이는 거대한 법칙 중 하나는 아이러니가 아닐까, 하는 생각을 싣고 문장은 곧 간소한 비행선처럼 대뇌피질을 떠나 별들이 반짝 이는 우주를 향해 멀어졌다. 수많은 별들이 어둠의 초대에 화답했 다. 천상이 열리는 밤이었다.

계, 계, 계시를 믿나요?

불쑥 그녀가 물었다.

부르르 떨리는 그녀의 입가를 바라보며 나는 잠시 머뭇거렸다. 뜬금없는 질문이었다. 아니, 질문이라기보다 정체를 알 수 없는 운 석이 대뇌 한복판에 떨어진 기분이었다.

계시요?

이, 이, 인생의 행로를 겨, 겨, 겨, 결정하고 이, 이, 인도하는 하늘 의 뜻 마, 말입니다. 어, 어, 언제나 그랬지요. 내, 내 인생의 길목에 는 사, 사, 사, 삶의 방향을 지시하는 계, 계, 계, 계시가 항상 나를 기, 기, 기다리고 있었습니다.

다시금 경련하는 그녀의 입가를 바라보며 비로소 낙하한 운석의 크기와 모양, 기원 따위를 짐작할 수 있었다. 심하게 말을 더듬었지만 그녀는 침착하고 끈기 있게 말을 이었다. 말문이 막힐 때마다 그녀의 큼직한 두 주먹에 불끈불끈 힘이 들어가는 걸 나는 애써 모른 체했다.

계시가 있다는 걸 어떻게 알죠?

비, 비, 빛입니다.

빛?

벼, 벼, 별빛, 부, 부, 불빛, 누, 누, 누, 눈빛. 그, 그런 빛들이요. 그, 그 빛들이 내 눈으로 들어오는 순간, 아, 알 수 있죠. 어, 어, 어디로 가야 할지, 무, 무, 무엇을 해야 할지 마, 말이에요. 내, 내가 당신을 신뢰하는 이유도 처, 처, 처, 처음 만났던 날 다, 다, 당신의 눈빛을 보았기 때, 때문이에요. 그, 그, 그래서 묻는 겁니다. 다, 다, 당신은 어떤 계, 계, 계시를 받았기에 이, 이, 이런 일을 하는지 마, 말입니다.

나에게 삶이란 그저 존재하고 흘러가는 것일 뿐이었다. 우연과 우연이 만나 필연을 만들고 필연과 필연이 얽혀 다시 우연을 생성하는 것. 그 이상도 이하도 아니었다. 보이지 않는 힘이 삶을 이끈다고는 생각지 않았다. 뭐라 선뜻 대답하지 못하는 나를, 그녀는 기대에 찬 눈으로 바라봤다. 두 눈 모두 인공각막과 인공수정체, 인공망막을 장착한 의안이었지만 어딘가 모르게 외로움과 슬픔이 서려 있었다.

타인의 눈빛을 유심히 살핀다는 점에서 당신과 나는 닮은 데가 있군요. 눈은 인간의 내면을 반영하는 창이니까요. 하지만 나는 운명이라든가, 계시를 믿지 않습니다. 계시를 받은 적도 없고요. 이 일을 하는 건 순전히 내 의지입니다.

계, 계, 계시는 모든 것을 포, 포, 포, 포괄합니다. 이, 이, 인간의 의지도 계, 계, 계시의 일부지요. 그, 그, 그러니 자, 잘 생각해보세요. 이, 이, 인생의 행로가 바, 바, 바뀌는 길목에는 반드시, 계, 계, 계, 계시의 순간이 기, 기, 기다리고 있는 법입니다.

하늘의 뜻을 살피기라도 하듯 그녀가 창밖을 올려다봤다. 굳게 다문 입가가 단속적인 경련으로 꿈틀거렸다. 강인해 보이는 외모와는 전혀 어울리지 않는 떨림이었다. 문득 내 머릿속에서도 경련이 일듯 과거의 기억 하나가 몸을 뒤틀었다. 내 삶의 전환점. 지금껏 당연히 받아들였던 기억의 귀퉁이에서 무언가 새로운 시각의 실마리가 불쑥 비어져 나오는 느낌이었다. 그러나 그것은 그저 막연한 느낌이었을 뿐 이내 기억의 심연 속으로 가라앉았다.

불을 끌까요?

내 물음에 그녀가 묵묵히 고개를 끄덕였다. 어둠을 덧입은 그녀의 모습은 바위처럼 쓸쓸해 보였다. 그녀의 우람한 어깨 위로 소리 없이 별빛이 내려앉았다.

거리는 적연했다. 행인도, 지나는 차도 없었다. 길게 목을 늘인 가로등들만 피로한 듯 희끄무레한 빛을 토해댔다. 띄엄띄엄 늘어선 가로등 밑을 지날 때마다 내 그림자가 짧아졌다 길어지기를 반복했다. 교차로에 매달린 신호등이 텅 빈 도로를 향해 공허하게 신호를 던졌다. 바람 한 점 불지 않았다. 낮 동안 살랑대던 봄바람마저 곤히 잠든, 새벽 3시였다.

새벽 3시라…. 예상치 못한 시간 때문일까. 어둠을 휘젓는 발걸음이 서먹했다.

작업은 순조로웠다. 〈대상〉은 깊이 잠들어 있었고 나는 그녀의 기억을 말끔히 지웠다. 종료 시각 02시 11분 54초. 예정보다 90분가량이나 일렀다. 무지근한 피로감이 목덜미를 압박했다. 착각인가? 천천히 호흡을 가다듬은 후 다시 시간을 확인했다. 02시 12분 03초를 지나고 있었다. 착각이 아니었다. 전뇌시계에 오류가? 그역시 아니었다. 벽에 걸린 아날로그시계의 흐릿한 야광 바늘이 동일한 시각을 가리키고 있었다. 설마? 작업 일부를 누락한 걸지도 모른다는 염려가 유령처럼 고개를 들었다. '침착'이라는 단어가 소요 사태를 저지할 방위군처럼 대뇌 곳곳에 집결했다. 마음을 가라앉히고 차분히 〈삭제〉 과정을 되짚었다. 그녀의 기억에 침투한 순간부터 마무리까지 모든 과정이 급속도로 뇌리를 관통했다.

〈삭제〉는 완벽했다. 한 치의 오류도, 실수도 없었다. 안도했지만 께름칙한 기분이었다. 어둠을 더듬던 시선이 창밖을 향했다. 천구의 회전축을 중심으로 자리를 이동한 별들이 물끄러미 나를 내려다보고 있었다. 낮고 고른 그녀의 숨결이 규칙적으로 방 안의 어둠을 흔들었다. 어디선가 서늘하게 우주의 축이 돌아가는 소리가 들리는 듯했다.

그녀의 집을 나와 큰길로 접어드는 내내 지난번 〈케이스〉가 떠올랐다. 〈휴지〉 기간이 사흘이나 단축됐다. 그것이 전조 아니었을까. 〈케이스〉의 마지막 단계인 〈휴지〉는 전뇌혼돈증을 극복하고 스스로를 정상화하는 과정이다. 〈휴지〉 기간 동안 내 머릿속에서는 내 기억에 뒤섞인 〈대상〉의 기억을 제거하는 작업이 진행된다. 〈휴지〉 또한 일종의 〈삭제〉인 셈이다. 다만 〈휴지〉는 일반적인 〈삭제〉와 달리 내가 통제할 수 있는 작업이 아니다. 신체의 항원항체 반응*처럼 이질적인 타인의 기억에 내 능력이 자동으로 반응하는 과정이다. 〈휴지〉 기간이 단축된 건 〈삭제〉 능력이 향상됐다는 하나의 방증이었을 것이다. 오늘 그 방증이 직접적으로 발현한 게 틀림없었다.

작업 시간이 줄었지만 체력 소모는 여전한 모양이었다. 입안이 바싹 말라들었다. 걸음을 멈추고 둘러멨던 가방에서 보온병을 꺼냈다. 서늘하게 보관된 이온 음료는 들척지근하면서 찝찔했다. 당기지 않지만 충분히 마셔둬야 했다. 갈증을 느낀다는 건 탈수가 진행 중이라는 뜻이었다. 음료를 마시며 올려다본 하늘에는 맑디맑은 은하수가 시원스레 천공을 가로지르고 있었다.

팔랑. 팔랑. 팔랑. 팔랑.

종잇조각처럼 얇고 하얀 물체가 가로등 주위를 맴돌았다. 이 새

---

* 항원을 체내에 넣었을 때 항원과 항체 사이에서 일어나는 반응. 응집, 용혈, 침강, 알레르기 반응 따위가 있다.

벽에 설마 싶었지만 떨어질 듯 떨어질 듯 떨어지지 않는 그것은 분명 나비였다. 몽롱한 불빛 아래 하얀 날개가 우아하게 나풀거렸다. 막 번데기에서 탈피한 듯 한껏 자유로운 비행이었다. 중력에 붙들렸던 애벌레에서 하늘을 나는 나비로의 격변. 살다 보면 누구나 한 번쯤은 극적인 탈바꿈을 하기 마련이다. 수연이라는 여자는 그것을 하늘의 계시라 믿었고, 나는 개인적인 진화라 믿었다. 나비가 내 머리 위에 커다랗게 원을 그렸다. 흡사 다른 세계로 통하는 문 같은 형상이었다.

문지기.

한때는 그것이 내 업이었다. 정식 명칭은 서버 보안관리자지만 업계에서는 통상 문지기라 불렀다. 주요 임무는 해킹 및 기타 사이버 테러로부터 서버를 보호하고 관리하는 일. 나는 대형 포털사이트인 코스모스의 선임 문지기였다.

삶의 전환점이 찾아온 건 어느 평범한 금요일이었다. 점심시간이 끝날 무렵이었고, 나는 후배이자 동료인 경에게 새로 산 필기구를 자랑하고 있었다.

그러니까 이 만년필은 1999년 독일에서 제작됐고, 잉크는 2018년 프랑스에서 생산됐단 말이죠?

새침한 목소리로 경이 물었다.

그렇다니까. 이 펜촉 좀 봐봐. 18K 금촉에 로듐을 도금한 거야. 장인이 직접 무늬 하나하나를 새겨 넣은 수공예품이라고. 몸통은

페르남부쿠라는 나무로 제작됐는데 고급 현악기의 활을 만들 때 쓰는 나무야. 조직이 치밀해서 탄성이 좋고 잘 변형되지 않는 게 특징이지. 몸통 끝부분과 펜 뚜껑 장식은 정갈하면서 고급스러운 느낌이 나도록 백금을 사용했고. 어때? 멋지지? 1000년대의 마지막 해를 기념하면서 한정판으로 생산한 99개 중 73번째 제품이라고. 펜촉에 '73'이라고 새겨진 거 보이지? 그리고 진공 포장된 이 잉크는 로그우드라는 나무에서 뽑은 염료를 특수 처리해서 만든 거야. 일단 종이에 스미면 물이 묻어도 번지지 않고 혹독한 환경에서도 500년 이상 색이 바래지 않는다는군.

그녀가 입을 비죽였다. 붉고 도톰한 입술이 한쪽으로 뭉치자 오뚝한 코끝에서 까만 점이 실룩였다. 곧 잔소리가 터질 기세였다. 나는 재빨리 서랍에서 작은 노트를 꺼냈다.

아직 끝이 아니야. 펜과 잉크가 있으면 노트도 있어야지. 안 그래?

그것도 거창한 내력이 있겠죠?

물론이지. 이건 2020년에 일본에서 만든 제품인데, 종이가 예술이야. 종이는 산성지와 중성지라는 게 있어. 산성지는 값이 싸지만 시간이 흐르면서 색이 변하고 삭는 단점이 있지. 반면 중성지는 비싼 대신 내구성이 우수해서 몇백 년이 지나도 원래 모습 그대로 기록을 보존할 수 있어. 이 노트는 중성지 중에서도 최상품으로 만든 거야. 면이 매끄럽고, 두께가 얇은데도 잉크가 뒷면으로 배어 나지 않아. 반양장 방식으로 일일이 꿰매서 묶었기 때문에 견고할 뿐 아니라 좌우로 완전히 펼쳐 쓰기도 편하고.

책상 위에 노트를 펴는 나를 내려다보며 그녀가 절레절레 고개를 저었다. 탄력 넘치는 갈색 단발머리가 가볍게 찰랑였다.

페르남부쿠 나무니 반양장이니 어감부터 벌써 구닥다리티가 나네. 뭐, 희귀한 물건들이라는 건 알겠는데, 월급의 반 이상을 지불할 정도로 쓸모가 있는지는 의문인데요.

왜 쓸모가 없어? 내 일상과 생각을 기록할 소중한 도구들인데.

전자 노트를 두고 굳이 이런 걸 쓰겠다니 하는 말이죠. 만년필은 수시로 잉크를 갈아줘야 되죠? 불편한 데다 가격도 만만치 않잖아요. 종이 노트는 한 번 쓰면 그걸로 끝이고. 값만 비싸지 실용성이 없잖아요.

그거 알아? 필적이라는 건 말이야, 사람의 정체성을 상징한다고. 어느 연구 결과에 따르면 개인의 필적은 손으로 쓰든, 발로 쓰든, 심지어 입으로 써도 특징이 동일하대. 한마디로 필적은 단순한 손의 기교가 아니라 뇌의 지문, 즉 뇌적腦跡인 셈이라고.

그럼 텍스트 입력기 대신 전자 펜을 쓰든가.

전자화하지 않은 기록을 남기는 건 의미가 다르다니까. 아무리 가상현실 기술이 발전했다 해도 현실을 100% 완벽하게 대체할 수 없는 것처럼 말이야.

선배가 자기 돈 쓰는 거니까 참견할 일은 아니지만, 정말 신기해! 첨단 서버를 관리하는 사람이 케케묵은 골동품에 취미가 있다니.

범죄심리 분석도 평범한 취미는 아니거든!

나는 짐짓 뽀로통한 표정을 지으며 필기구들을 서랍에 넣었다. 핀잔을 들었지만 기분이 나쁘지는 않았다.

아직도 경과의 첫 대면이 생생했다. 통성명을 하고 업무와 관련한 이야기를 나누고, 이런저런 잡담을 하는 동안 내 모든 신경은 감도를 최고로 높인 전파망원경처럼 온통 그녀를 향해 있었다. 문지기가 되지 않았다면 경찰이 되었을 거라는 그녀는 취미로 범죄심리학을 공부하고 있다고 했다. 주량은 소주 열 병. 그 이상 마셔본 적이 없을 뿐 소주 열 병에도 취하지 않는다고 코끝에 박힌 까만 점을 실룩이며 그녀는 말했다. 주관이 뚜렷하고 예리하면서도 소탈한 매력을 지닌 여자였다. 몇 마디 나눈 것 같지도 않은데 어느새 퇴근 시간이었다. 왜 그리 시간이 빨리 흐르던지. 퇴근길에 다음 날 출근 시간이 기다려지기는 처음이었다. 그렇게 며칠간 나는 설레는 마음으로 회사를 오갔다. 그녀의 책상에서 작은 전자 액자를 발견하기 전까지.

미끈한 사각의 틀 속에는 그녀 또래의 젊은 여자가 밝게 웃고 있었다. 가무잡잡한 피부에 통통한 얼굴, 뭉툭한 코와 두꺼운 입술이 가족이라고 하기에는 그녀와 조금도 닮지 않았고, 친구라고 하기에는 이상할 정도로 가까운 느낌이 드는 인물이었다.

누구?

애인.

…미인인데.

거리낌 없이 대답하는 그녀의 갈색 눈을 바라보며 나는 마음에도 없는 말을 했다. 가볍게 미소를 짓기도 했던 것 같다. 그렇죠? 사진을 들여다보는 그녀의 눈에 흐뭇한 미소가 서렸다. 아마도 나의 미소에는 아무도 눈치채지 못했을 실망과 아쉬움이 어렸으리라. 그렇게 며칠 만에 나는 그녀를 향한 마음을 접어야 했다. 머리가 멍해질 정도로 차가운 맥주를 들이켜며 그건 어쩔 수 없는 일이라고 스스로를 납득시켰다. 성적 지향이란 맥주를 고르는 것처럼 간단히 바꿀 수 있는 문제가 아니니까.

그래도 나는 그녀에게 느꼈던 호감만은 그대로 간직하고 있었다. 그건 아름다움에 대한 순수한 동경이었다. 성적 지향이 다르다 해도 아름다운 건, 아름다운 거니까.

혹시 선배의 어떤 욕구불만이 필기구 수집으로 투사된 게 아닐까?

언젠가 경은 그런 분석을 내놓았었다. 당시에는 무심히 흘려버렸지만 돌이켜보면 그녀의 지적은 꽤 날카로웠다.

어린 시절 내 꿈은 전뇌의였다. 인간과 컴퓨터의 융합을 돕는 중재자라는 지적이고 헌신적인 이미지는 사춘기 소년의 마음을 사로잡기에 충분했다. 꿈과 현실 사이에 놓인 바다의 크기 따위는 개의치 않는 나이였다. 신대륙을 찾아 떠나는 탐험가처럼 나는 당당히 돛을 올렸다. 항해는 예상보다 훨씬 험난했다. 만만치 않은 난도와 치열한 경쟁에 밀려 번번이 합격선 근처에서 좌초하고 말았다. 근소한 차이였지만 좀처럼 좁혀지지 않는 차이였다. 결국 꿈이라는 건 믿음과 열정만으로 이룰 수 있는 게 아니라는 걸 전뇌의를 포기하며 배워야 했다. 옛 필기구에 관심을 갖기 시작한 건 그즈음이었다.

세 번째로 도전한 전뇌의 진학 시험 합격자 발표 날. 합격자 명단에 내 이름이 없었다. 너무 긴장해서 못 보고 지나친 거겠지… 설마 아닐 거야… 그래도 혹시… 그런 마음으로 세 번이나 더 찾아봤지만 결과는 같았다. 유난히 추웠던 어느 겨울날이었다. 방 안의 공기가 죄다 빠져나가기라도 한 듯 왜 그리 가슴이 먹먹하던지. 묵직한 코트를 걸치고 무작정 집을 나섰다. 살을 에는 듯한 바람에 심장까지 꽁꽁 얼어붙는 느낌이었다.

본인 인증으로 개별 확인을 하지 않고 굳이 공개된 명단에서 이름을 찾은 건 안내 시스템에 대한 혐오 때문이었다. 아무 감정도 없으면서 대단히 안타깝다는 듯 과장스러운 표정과 목소리로 수험생을 위로하는 위선적인 프로그램을-설령 합격 통보를 받는다 해도-더 이상 대면하고 싶지 않았다. 불쾌한 대면은 피했지만 불합격이라는 사실이 혹독한 추위로 들이닥쳤다. 긴 항해 끝에 다다른 곳은 목적지가 아니라 얼음으로 뒤덮인 불모의 땅이었다. 설컹설컹. 발을 디딜 때마다 가슴 한복판에서 얼어붙은 심장이 으스러지는 느낌이었다. 이미 두 번이나 낙방을 경험했건만 이런 일에는 좀처럼 내성이 생기지 않는 모양이었다.

이제는 진로를 바꿔야겠다는 생각을 하며 나는 표류하는 뗏목처럼 거리를 헤맸다. 겨울 해는 금세 빛이 바랬고, 내 발길은 N구의 번라한 시장 골목으로 접어들었다. 봄비는 인파와 와자지껄한 소음이 출렁이는 파도처럼 너울댔다. 몇 시간을 쉬지 않고 걸은 탓에 속이 헛헛하고 다리에 힘이 풀릴 즈음이었다. 주방용품에서 군용품까지 온갖 제품을 파는 시장 귀퉁이에서 문득 한 점의 동양화가 눈에 들어왔다.

허름한 초가집 싸리담 안으로 우뚝 솟은 소나무가 가지를 늘어 뜨린 풍경이었다. 일을 마친 농부가 어깨에 괭이를 메고 집으로 돌아가고 있었다. 채색도 안 된 데다 배경 대부분이 하얀 여백이었지만 전혀 허전해 보이지 않았다. 한없이 여유롭고 평화로운 분위기에 얼어붙은 가슴이 사르르 녹는 듯했다. 그림 속으로 통하는 문이 있다면 당장 뛰어들고 싶었다. 나는 대신 상점 문을 열었다.

짤랑이는 방울 소리를 흘리며 낡은 문이 신음을 토했다. 빽빽하게 쌓인 물품들 때문에 가게 안은 밖에서 볼 때보다 훨씬 더 좁고 어둑했다. 안쪽에서 무언가를 골똘히 들여다보던 노인이 고개를 들었다. 숱이 적은 머리가 희끗희끗했고 펑퍼짐한 코에 커다란 돋보기가 걸려 있었다.

뭘 찾으시나?

두꺼운 안경알 너머로 나를 건너다보며 노인이 물었다.

구경 좀 하려고요.

구경? 좋지. 젊은 사람이 옛것에 관심을 갖는 건 좋은 일이지. 암, 좋고말고.

노인은 묵직해 보이는 돋보기를 벗어 탁자 위에 내려놓았다. 커

다란 안경이 걷히자 자글자글 주름이 가득한 얼굴이 모습을 드러
냈다.

일단 앉지. 차를 좀 들게나.

괜찮습니다.

자자, 사양하지 말고.

주름살이 두어 개쯤 펴진 밝은 얼굴로 노인은 무작정 내게 의자
를 권했고 곧바로 따끈한 녹차를 한 잔 따라주었다. 손님이 왔다
는 사실보다 누군가 방문했다는 사실에 기뻐하는 것 같았다.

저기.

음?

유리창에 걸린 그림은 제목이 뭔가요?

아, 그거. 왜? 마음에 드나?

네….

허허, 그림을 볼 줄 아는구먼, 그래.

너털웃음을 치며 노인은 옹이진 손으로 자신의 무릎을 두어 번
쓰다듬었다.

글쎄, 그린 사람이 제목을 붙이지 않았으니 제목이 없는 거겠지.

노인은 없는 제목을 건져 올리기라도 하려는 듯 찻잔 속을 깊이
굽어보더니 조용히 잔을 들었다.

'가람'이라는 간판이 붙은 그 상점에는 연필이며 지우개, 종이
노트에서부터 만년필, 붓, 먹, 벼루에 이르기까지 이제는 거의 사
용하지 않는 온갖 필기구들이 진열돼 있었다. 지금은 주로 필기구

를 취급하는 골동품상이지만 그의 아버지 대에는 꽤 잘나가던 화방이었다고 한다. 그러던 것이 그가 아버지로부터 상점을 물려받을 무렵에는 화방이라고 하기에도 그렇다고 골동품상이라고 하기에도 애매한 가게가 돼버렸고, 아버지가 세상을 떠난 후에는 영락없는 골동품상으로 변해버렸다.

부친의 장례를 치르고 다시 상점 문을 열던 날 그는 불현듯 그림이 그리고 싶었다고 한다. 무작정 먹을 갈고 하얀 한지 위에 붓 가는 대로 손을 맡겼는데 그려놓고 보니 스스로도 흡족했노라고, 노인은 말했다. 그 그림을 창에 걸어놓고 가게를 물려줄 자식도 없이 그는 남은 생을 골동품과 함께 쓸쓸히 늙어가고 있었다. 왠지 뒤숭숭하던 마음이 차분히 가라앉는 느낌이었다. 무슨 말을 해야 할지 몰라 머뭇대던 나는 무작정 앞에 놓인 잔을 잡았다. 은은한 녹차 향이 담박하기 그지없었다.

이후 나는 종종 가람을 찾았다. 노인은 항상 나를 반갑게 맞았고 가게 안의 골동품들을 구경시켜주었다. 나는 처음으로 먹을 갈아봤고 종이 노트의 질감을 느꼈으며 만년필의 구조와 원리를 이해하게 됐다. 특히 그곳에는 다양한 만년필이 진열돼 있었는데 노인은 얼굴에 가득한 주름살 개수만큼이나 만년필과 관련한 재미난 이야기를 많이 알고 있었다. 이를테면 만년필을 발명한 루이스 워터맨이라는 사람은 계약서에 잉크를 쏟는 바람에 고객을 놓친 보험 외판원이었다든가, 2차 세계대전 항복문서 조인식에서 독일의 카이텔 원수가 사용했던 만년필의 행방이라든가, 조지 버나드 쇼가 《피그말리온》을 집필할 당시 사용했던 만년필의 엄청난 경매가 같은 이야기들.

뭐랄까, 갑갑했던 마음 한구석에 자그마한 창이 그려지는 기분이었다. 창문 너머에는 괭이를 둘러메고 집으로 돌아가는 농부의 삶처럼, 경험하지는 못했지만 향수를 불러일으키는 세계가 펼쳐져 있었다. 새로운 세상은 나를 위무했고, 자극했다. 자연히 창문 너머의 세계에 빠져들 수밖에 없었다. 처음에는 단순한 호기심이었는데 습관적으로 골동품상을 드나들다 보니 차츰 옛 필기구의 가치를 가늠할 줄 아는 깜냥이 생겼고, 언젠가부터 하나둘 물건을 수집하기에 이르렀다.

그러니까 경의 말대로 전뇌의 진학 시험에서 낙방하지 않았다면 나는 거리를 방황하지 않았을 테고, 거리를 방황하지 않았다면 가람의 문을 여는 일도, 옛 필기구에 열광하는 일도 없었을지 모른다.

전뇌의 대신 나는 문지기가 되었다. 컴퓨터의 두뇌를 보호한다는 점에서 문지기는 어느 정도 전뇌의와 상통하는 직업이었다. 수억 명이 넘는 사람들이 접속하는 서버를 안전하게 관리하는 일은 간접적으로 그들의 뇌와 전뇌를 지키는 일이기도 했다. 나는 자긍심을 품고 언제나 열성적으로 업무에 임했다. 3년 전 악성 바이러스가 창궐했을 때 내가 관리한 서버만큼은 피해가 크지 않았던 이유 역시 그런 열의의 결과였다. 함께 일하던 동료가 이직하면서 그의 자리를 대신한 이가 경이었다. 나이도 어리고 경력도 짧았지만 역대 최고점으로 서버 보안관리자 자격을 획득한 실력 있는 문지기였다.

필기구들을 책상 서랍에 넣으려는 순간 비상벨이 울리며 점심 식사 직후의 나른함을 날려버렸다. 황색경보가 발령되고 정밀 검역소가 활성화됐다.

서버 보안은 인공지능과 문지기가 이중으로 관리한다. 일차적으로 인공지능이 수억 건에 달하는 접속 라인을 실시간 필터링한다. 그 과정에서 인공지능이 판단하지 못하거나 처리하지 못하는 문제가 발생하는데 그것들을 문지기가 해결한다.

신속하게 정밀 검역소의 방화벽을 점검하고 이송 내역을 확인했다. 파일 여섯 개가 구류되어 있었다. 지난밤 검역 프로그램에 새로운 패치를 적용하면서 민감도를 상향 조정한 탓인지도 몰랐다. 민감도를 높이면 바이러스 차단율이 올라가지만 덩달아 오판율도 상승한다.

이상한데요.

파일들의 진입 경로를 추적하던 경이 입을 열었다.

뭐가?

외부에서 유입된 게 아니라 서버실에서 업로드한 겁니다.

그럴 리가?

틀림없습니다. 누군가 서버실에 들어가서 직접 올린 거예요.

서버실은 일급 통제구역으로 모든 출입을 문지기에게 통보하는 것이 원칙이었다. 점검이 예정됐다면 사전에 연락이 왔을 터였다.

서버실 출입 기록은?

없습니다.

관리실에 연락해서 직접 확인해보라고 해.

네.

일단 파일들의 정체를 파악해야 했다. 바이러스나 악성 코드가 분명하다면 변이를 일으키기 전에 코드를 스캔해 백신 팀에 넘겨야 했다.

검역 작업은 신중을 요한다. 일부 바이러스는 전뇌에 과부하를 일으켜 생체 뇌에까지 치명적인 손상을 초래할 수 있다. 의심 파일이 누출되지 않도록 오중 이상의 방화벽으로 밀폐한 검역소 내에서 작업해야 하며 반드시 두 명 이상의 문지기가 공동으로 진행해야 한다. 선임 문지기가 파일을 스캔하는 동안 짝은 선임의 후방을 지원한다. 만에 하나 바이러스나 악성 코드가 활성화해 선임의 전뇌를 장악하려 할 경우 선임의 접속 라인을 강제 차단하고 데이터를 백업하는 것이 짝의 역할이다.

바이러스 가드를 가동한 후 검역소 내부로 진입했다. 곧바로 경이 뒤따랐다. 파일에 접근하는 순간부터는 행동 하나하나에 주의해야 한다. 유능한 문지기인 경이 엄호하고 있었지만 출처부터 상당히 미심쩍은 파일들이었다.

검역을 시작할 테니 뒤를 부탁해.

네!

그녀 역시 긴장한 목소리였다.

조심스럽게 첫 번째 파일을 열었다.

반응이

…

없었다.

압축됐던 긴장감이 짧은 한숨으로 새 나왔다.

까마득한 날에
하늘이 처음 열리고
어디 닭 우는 소리 들렸으랴.

개방한 파일의 첫머리에 그런 글귀가 적혀 있었다.

모든 산맥들이
바다를 연모해 휘달릴 때도
차마 이곳을 범하던 못하였으리라.

끊임없는 광음을
부지런한 계절이 피어선 지고
큰 강물이 비로소 길을 열었다.

지금 눈 내리고
매화 향기 홀로 아득하니
내 여기 가난한 노래의 씨를 뿌려라.

다시 천고의 뒤에
백마 타고 오는 초인이 있어
이 광야에서 목놓아 부르게 하리라.

이육사의 시 〈광야〉였다. 시가 끝난 다음 줄부터는 알 수 없는
문자들이 이어졌다. 암호화한 명령문일까. 뜬금없이 이육사의 시
가 적힌 걸 보면 무의미한 낙서일지도 몰랐다. 어느 쪽이든 검역
절차를 준수하는 것이 최선이었다. 즉시 코드를 스캔한 후 경에게
데이터를 넘겼다.

그 순간이었다. 나머지 다섯 개의 파일이 활성화하며 순식간에
방금 열었던 파일과 줄줄이 결합하는 게 아닌가! 흡사 조각났던
뱀의 몸뚱이가 본래 모습을 찾아가는 형국이었다. 그와 동시에 하
얀빛이 시야를 흐리는가 싶더니 나를 향해 달려들었다. 어떻게 손
을 쓸 도리가 없었다. 모든 것이 찰나였다. 어렴풋이 내 의식을 보
호하는 바이러스 가드가 깨지는 것이 느껴졌다.

내가 눈을 뜬 곳은 전뇌 병원의 한 병실이었다. 하루가 지난 후
였고, 세상은 이른바 '일곱 사도 사건'으로 발칵 뒤집혀 있었다.

어제 오후 1시경 서울 곳곳에서 대규모 폭탄 테러가 발생했습니다. 목표는 주요 국가기관과 증권거래소, 방송국 그리고 포털사이트 코스모스 등의 서버실 여섯 곳이었다고 합니다. 동시다발적인 폭발로 사회 기초 업무와 금융 및 정보 시스템이 마비됐죠. 순식간에 국가 전체가 엄청난 혼란에 빠진 건 두말할 필요도 없고요. 다행히 백업 서버들이 건재했기에 대부분의 업무가 금세 정상화됐습니다만, 서버에 직접적으로 접속 중이던 문지기 몇이 폭발 시 치솟은 전압 쇼크로 실신했다고 합니다. 그중 하나가 환자분이 관리하던 서버였습니다. 환자분 역시 폭발의 충격으로 의식을 잃었던 겁니다.

 나를 살피러 온 의사가 차근차근 상황을 설명했다. 나는 멍하니 링거 걸이에 걸린 수액병을 바라봤다. 투명한 튜브 속으로 맑은 액체가 방울방울 떨어지고 있었다. 자신의 기억 없이 타인의 이야기만으로 재구성된 현실은 어색하기 그지없었다. 딛고 있던 땅이 꺼지고 허공에 붕 뜬 기분이랄까. 강제 종료된 인공지능이 재부팅된다면 이런 느낌일까 싶었다. 폭탄 테러라니…. 실감이 나지 않았다. 기억이 없는 건 삶이 없는 것과 같은 건지도 모르겠다는 생각이 들었다. 식염수에 포도당을 섞은 서늘한 액체가 꾸준히 내 왼쪽 팔뚝으로 흘러들었다. 현실이란 그런 것이었다. 자신의 의지와는 상관없이 끝없이 내 안으로 밀려드는 것. 딱히 할 수 있는 일이 없었다. 두 귀로 밀려드는 현실을 받아들이는 수밖에. 입원한 채 사흘간 정밀 검사를 받았다. 업무에 복귀하기 위해서 반드시 거쳐야 할 절차였다.

뉴스에서는 연일 일곱 사도 사건에 대한 보도가 끊이지 않았다. 금요일 오후 1시 무렵 열두 명의 테러범들이 두 명씩 짝을 지어 폭탄이 든 배낭을 짊어지고 주요 국가기관과 증권거래소, 방송국 및 대형 포털사이트의 서버실 여섯 곳에 침입했다. 폭탄의 타이머를 작동시킨 후 서버실을 나온 테러범들은 모두 경비실로 향했다. 경비실에 들어서자마자 그들은 한결같이 정신을 잃고 쓰러졌다.

폭발은 여섯 곳에서 발생했지만 일곱 사도 사건이라는 명칭이 붙은 이유는 범인들이 소지한 전자 메모지 때문이었다. 그들은 모두 손바닥만 한 크기의 전자 메모지를 지니고 있었다. 거기에는 「이것은 개벽. 섭리의 섭리다. 우리는 그의 일곱 사도다.」라는 글이 적혀 있었다. 또한 짝을 이룬 범인들의 왼쪽 귀 뒤에는 각각 1부터 6까지 숫자 문신이 새겨져 있었다. 다만 '1'이 새겨져 있다고 추측되는 범인 중 한 명은 검거하지 못했다. 서버실을 빠져나오지 못하고 폭사爆死했기 때문이었다. 범인이 사망한 곳이 바로 코스모스의 서버실이었다.

범행의 윤곽이 드러났지만 사건은 온통 의혹투성이였다. 열두 명의 범인은 서로 생면부지의 사이였다. 특별한 범행 동기도 없었다. 그들은 그저 10대에서 60대에 이르는 평범한 시민일 뿐이었다. 어떻게 그들이 철통같은 보안을 뚫고 서버실에 침입할 수 있었는지, 어째서 테러 직후 달아나지 않고 모두 경비실로 갔는지, 경비실로 들어서자마자 왜 다들 의식을 잃었는지 도무지 알 수 없는 일이었다.

더욱 황당한 건 그들 모두 자신들이 무슨 일을 저질렀는지 전혀 기억하지 못한다는 사실이었다. 그들이 지니고 있던 전자 메모지의 글귀와 귀 뒤에 새겨진 숫자도 이해할 수 없기는 마찬가지였다. '개벽'을 선언했지만 밑도 끝도 없는 내용이었고 '일곱' 사도라고 하면서 여섯 곳에서만 폭발이 일어난 것도 풀리지 않는 의문이었다. 일곱 번째 테러도 계획했지만 실패한 것 아니냐는 추측이 있었고 단순한 말장난에 지나지 않는다는 주장도 있었다. 온갖 억측과 음모론이 난무할 뿐 사건은 점점 미궁 속으로 빠져들었다. 아니나 다를까 경찰은 수사 초기부터 갈피를 잡지 못했다. 언론은 수사기관의 무능함을 비난하는 기사를 쏟아냈다.

뒤숭숭한 세상과 달리 나는 평온한 일상을 보내고 있었다. 그렇게 큰 사고를 당하고도 이상하리만치 차분한 기분이었다. 시간이 흐르면서 차츰 폭발 당시의 상황이 떠올랐다. 여섯 개의 파일이 결합하며 나타난 것은 문이었다. 돌로 만든 여닫이문. 응당 있어야 할 손잡이가 보이지 않았고 문 복판에 뒤엉키듯 어우러진 두 개의 손이 새겨져 있었다고, 기억한다. 문의 형상을 인식하는 순간 문이 열리며 하얀빛이 쏟아졌다. 문이 나를 향해 달려든 것 같기도 하고, 내가 문 안으로 빨려든 것 같기도 하다. 온통 눈부신 빛에 휩싸인 상황이 마지막 기억이었다.

폭발의 충격이 빚은 환각일 겁니다.

의사는 그렇게 설명했다.

서버 보안관리자라는 직업을 그쪽 업계에서는 흔히 문지기라고 하지요? 평소 문에 대한 남다른 정서나 기억이 있었을 테고 사고를 당하던 순간 그 무의식이 발동한 겁니다. 서버에서 검출된 바이러스는 없었다고 합니다. 전뇌 검사 결과도 깨끗하고요. 업무로 복귀하셔도 되겠습니다.

쾌활하게 웃으며 그가 퇴원을 승인했다. 회사에서 나흘간 휴가를 주었다. 무엇을 하며 보냈는지는 정확히 기억나지 않는다. 매일 쓰던 일기도 적지 않고, 그저 산책을 하거나 음악을 듣고 이곳저곳 골동품상을 둘러보러 다녔던 것 같다. 어떻게 그토록 담담하게 시간을 보낼 수 있었는지 신기한 일이다. 무언가를 기다리고 있었던 것 같기도 하고.

다시 출근길에 오른 건 사고를 당한 지 8일 후였다. 토요일 아침이라 지하철은 한산했다. 자기부상 지하철이 바람을 가르는 소리를 듣고 있으려니 비로소 본래 삶의 궤도로 돌아온 기분이었다. 드문드문 의자에 앉은 사람들과 쉴 새 없이 변하는 홀로그램 광고들을 피해 창밖으로 시선을 던졌다. 먹물보다 진한 지하의 어둠이 열차를 감싸고 있었다. 전자석을 연결한 이음쇠 부분을 지날 때마다 자력의 미세한 변화로 차체가 조금씩 흔들렸다. 그런 진동조차 없다면 열차가 달리고 있는지 알 수 없을 만큼 어둠은 아득했다. 그렇게 어둠을 응시하다가 잠깐,

존 느낌이었다.

잠시 눈꺼풀이 내려갔던 것 같기도 하고, 머릿속 회로가 끊기듯 일순간 아무 소리도, 아무 진동도 느껴지지 않았다. 다시 정신이 맑아졌을 때 다음 역을 알리는 안내 방송이 나왔다. 회사가 위치한 역이었다. 부연 빛이 비치는 역사로 열차가 진입했다. 문이 열리고, 승객들이 내리고, 타고, 문이 닫혔다. 다시 열차가 속력을 내기 시작했다.

그러나 나는
내리지 않았다.

출근해야 한다는 책임감도 느껴지지 않았고, 책임감 부재에 따른 죄책감도 들지 않았다. 기존의 나는 무너지고 새로운 내가 솟아올랐다. 그것은 강렬한 욕구였다. 거스를 수 없는 본능과도 같았다. 미지의 거대한 〈원칙〉이 프로그램의 알고리즘을 구성하듯 내 안에서 〈케이스〉를 구축했다. 먼저 〈검색〉이 정립됐고 뒤이어 〈관찰〉과 〈접촉〉, 〈삭제〉와 〈기록〉, 마지막으로 〈휴지〉라는 일련의 단계들이 어둠 속을 내달리는 열차의 객차들처럼 서로서로 고리를 이었다. 희미하게 전해지는 열차의 진동을 느끼며 나는 차츰 내가 해야 할 일을 깨닫기 시작했다.

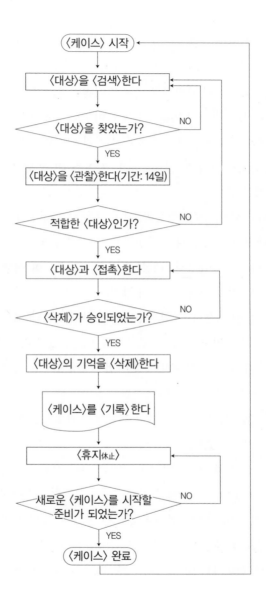

팔랑. 팔랑. 팔랑. 팔랑.

머리 위를 맴돌던 나비가 저만치 멀어졌다. 돌이켜보면 내 삶은 폭발 사고 이전과 지하철에서의 어둠 이후로 명확히 구분된다. 그 사이 일주일은 일종의 번데기 같은 시기가 아니었을까. 출근을 하다 말고 집으로 돌아온 나는 곧바로 〈케이스〉의 첫 단계인 〈검색〉에 착수했다.

도대체 〈케이스〉가 무엇이며, 왜 그것을 수행해야 하는지 알 수 없었지만 번데기를 탈피한 나비가 꽃을 찾아 본능적으로 날갯짓을 하듯 나는 〈케이스〉의 〈대상〉을 찾아 네트워크를 헤맸다. 목적은 〈대상〉의 기억 소거消去. 단, 무작위로 지우는 건 의미가 없었다. 〈삭제〉를 통해 갱생할 수 있는 〈대상〉을 찾아야 했다. 놀랍게도 나는 어떤 시스템이든 발각되지 않고 침투할 수 있었다. 그것은 문지기로서 내가 아는 기존의 해킹 기법―악성 코드를 유포해 시스템 사용자의 아이디와 비밀번호를 가로채거나 해킹 프로그램을 이용해 직접 시스템 프로토콜의 취약점을 파고드는 등―과는 차원이 다른 방식이었다.

먼저 시스템 외부에서 방화벽 일부를 복사한다. 복사한 부분의 방화벽을 지운다. 방화벽에 미세한 균열이 생긴다. 큰 구멍을 만들 필요는 없다. 내 의식이 통과할 정도면 족하다. 틈새를 비집고 시스템 내부로 진입한다. 필요한 정보를 찾는다. 동시에 시시각각 기록되는 로그를 지워 내 자취를 없앤다. 다시 틈을 통해 시스템을 빠져나온다. 복사해두었던 파일로 방화벽의 균열을 메운다. 아무 흔적도 남지 않으며 아무도 눈치채지 못한다.

그런 식으로 나는 어떤 방화벽이든 간단히 드나들 수 있었다. 모든 시스템은 직접적이든 간접적이든 결국 외부와 접촉하기 마련이기에 망분리*한 시스템에 침투하는 일도 그리 어렵지 않았다. 제아무리 천재적인 해커도 해킹 목표를 분석하고 공략하는 데 상당한 시간과 노력이 필요한 법이다. 어떻게 방화벽을 그냥 지워버릴 수 있는지, 어떻게 내가 그런 능력을 갖게 된 건지 설명하기 어렵다. 훗날 E-뉴로테크의 비밀 서버에서 발견한 문서가 모든 상황을 짐작게 했을 따름이다.

특이능력자.

강력한 보안 자물쇠를 설정한 폴더에는 그들에 관한 보고서가 들어 있었다. 추측건대 폭발 사고의 충격이 나에게 특이능력을 부여한 것이 틀림없었다. 밀봉한 국가 서고의 보안을 해제하거나 E-뉴로테크의 비밀 서버에 잠입하는 일이 내게는 너무나도 간단했다. 보안 프로그램의 방화벽을 걷어내고, 전뇌를 거쳐 생물학적 뇌에 기록된 기억을 지우고, 내 머릿속에 뒤섞인 타인의 기억을 제거해 스스로 전뇌혼돈증을 치료하는 일. 그것들은 모두 〈삭제〉 능력

---

* 외부 침입을 막고 정보 유출을 방지하기 위해 시스템을 내부 네트워크와 외부 네트워크로 분리해 운영하는 방식.

을 근간으로 한다. 결국 전뇌를 통해 접속할 수 있다면 무엇이든 지울 수 있는 능력. 그것이 내 특이능력의 본질이 아닐까, 싶다.

첫 〈케이스〉 때만 해도 내 능력은 〈대상〉의 기억을 모조리 지우는 수준이었다. 그런 까닭에 첫 번째 〈대상〉은 관계적인 기억뿐 아니라 기술적인 기억 – 언어능력과 사고능력, 운동능력 – 까지 모두 잃어야 했다. 지금껏 쌓아온 삶을 버리고 처음부터 다시 시작한다는 것은 결코 쉽지 않은 선택이었을 것이다. 그럼에도 불구하고 첫 번째 〈대상〉은 〈삭제〉를 원했다. 미흡하지만 불합리한 삶의 구조에 죽음 외에 다른 출구를 제공했다는 점에서 그것은 분명 의미 있는 〈삭제〉였다. 기술적인 기억을 남겨둔 채 관계적인 기억만 지울 수 있게 된 건 네 번째 〈케이스〉부터였다. 어떻게 그것이 가능해졌는지 역시 설명하기 어렵다. 몇몇 특이능력자들처럼 내 능력도 차츰 발전하고 있다고 짐작할 뿐이다.

다른 A형 특이능력자들처럼 내게도 부작용이 나타나진 않을까. 한동안 그런 염려를 하기도 했었다. 다행히 심각한 이상 증세를 경험한 적은 없다. 다만 사고 직전에 보았던 이육사의 시 〈광야〉가 늘 뇌리를 맴돈다. 시의 이미지들이 유령처럼 나의 사고思顧 사이사이를 훑는다. 나는 습관적으로 〈광야〉를 떠올리고 〈광야〉의 글귀를 그대로, 때로는 조금씩 변형해가며 읊조린다. 그것이 부작용인지는 모르겠다. 불편함을 느낀 적은 없기에 큰 문제는 아니라고 생각한다.

내 삶은 격변했다. 하늘을 누비던 새가 물속으로 뛰어드는 것만큼 엄청난 변화였다. 격변의 혼돈으로부터 나를 지켜준 것은 〈원칙〉이었다. 그것은 법률이나 교리, 도덕률을 능가하는 근원적이고 절대적인 규범이다. 진화의 섭리가 입수入水의 충격으로부터 푸른발부비를 보호했듯 〈원칙〉은 새로운 삶에 적응할 수 있도록 나를 인도했다.

〈원칙〉에 따라 나는 항상 〈케이스〉에 집중한다. 〈케이스〉를 끝내면 곧 다음 〈케이스〉를 시작하고, 다음 〈케이스〉를 완료하면 다시 새로운 〈케이스〉에 뛰어든다. 반복적이고 빡빡한 생활이지만 전혀 고단하거나 권태롭지 않다. 오히려 〈원칙〉을 준수할 때마다 안도와 만족을 느낀다. 삶의 의미를 확인하는 기분이다.

〈원칙〉은 강행 〈원칙〉과 임의 〈원칙〉으로 나뉜다. 강행 〈원칙〉은 반드시 지켜야 하며 절대 위반할 수 없는 규범이다. 이를테면 〈관찰〉 기간 14일은 강행 〈원칙〉이다. 7일간 기본 〈관찰〉을 실시한 후 다시 7일간 확인 〈관찰〉로 보완한다. 사람들의 생활이 보통 일주일 단위로 반복되므로 합리적인 방식이라 생각한다. 물론 생활 패턴이 일주일 단위로 반복되지 않는 〈대상〉도 있게 마련이다. 그런 경우에도 〈관찰〉 기간은 결코 연장하거나 단축할 수 없다. 강행 〈원칙〉이기 때문이다. 임의 〈원칙〉은 따르는 것이 바람직하지만 상황에 따라 회피하거나 거스를 수 있다. 〈휴지〉 기간 중 외부와의 접촉을 금하거나 제삼자에게 피해를 주지 않는다는 〈원칙〉은 임의 〈원칙〉에 해당한다.

〈원칙〉은 계층구조를 이룬다. 상위 〈원칙〉은 하위 〈원칙〉을 포괄하고 하위 〈원칙〉은 상위 〈원칙〉에 종속된다. 그중 최상위 〈원칙〉은 내 존재의 은폐. 이는 어떤 〈원칙〉보다 우선하는 강행 〈원칙〉이다. 존재하되 드러나지 않는 인간이 되기 위해 나는 모든 인간관계를 끊었다. 경제활동과 사회 활동도 중단했다. 일을 하지 않으므로 수입이 없지만 생활에 지장은 없다. 필요한 것은 신용 계정으로 구매한다. 매장에서 구입하든, 주문을 하든 물건을 수령하면 즉시 신용 계정 시스템에 침투해 구매 기록을 삭제한다. 동시에 상품을 판매한 업체 시스템에 침투해 판매 기록도 지운다. 매장에서 직접 구입한 경우에는 매장 카메라의 영상 기록을, 배달됐을 때는 배달 기록을 삭제함은 물론이다. 결과적으로 물건에 대한 기록은 어디에도 존재하지 않고, 기록이 존재하지 않으므로 물건은 애당초 존재하지 않은 것이 된다. 그런 식으로 존재의 기반을 잃은 물건은 존재하지 않는 나의 소유가 된다.

최상위 〈원칙〉을 지키려는 노력은 평소에도 꾸준히 계속된다. 그중 내가 가장 신경을 쓰는 것은 도시 곳곳에 설치된 감시 카메라다. 전뇌의 무선통신 기록이나 컴퓨터 시스템의 로그 기록은 단순 명료하게 작성된 몇 줄의 데이터를 지우면 그만이다. 반면 카메라가 촬영한 영상은 주변 환경과 카메라의 방향 및 각도, 거리, 광량 등 여러 변수가 뒤섞여 복잡하고 다양한 흔적을 남긴다. 편집 프로그램을 이용해 이미지 속 내 모습을 일일이 제거해야 한다. 아울러 잘라낸 실루엣을 배경으로 대체해야만 흔적이 남지 않는다. 거리마다 설치된 퍼블릭아이*와 사설 감시 카메라, 차량에 장착된 블랙박스가 주요 경계 대상이다. 대기권 밖에서 수시로 지상을 훑고 지나는 군사위성도 빠뜨릴 수 없다. 조금 전까지 나는 여덟 대의 퍼블릭아이와 열일곱 대의 차량용 블랙박스, 한 기의 군사위성에서 내 모습을 지웠다. 지금 이 순간에도 길 건너 가로등 아래에 설치된 퍼블릭아이가 내가 선 길을 촬영하고 있다는 걸 안다.

생각해보면 참으로 이상한 일이다. 하루아침에 세상과 연을 끊고 〈원칙〉을 따르는 삶을 살기 시작하면서 왜 그래야 하는지 나는 전혀 의구심을 품지 않았다. 자부심 넘치던 문지기의 삶을 버리면서도 티끌만 한 미련조차 없었다. 〈원칙〉의 본질이 무엇이며 〈원칙〉을 따르도록 끊임없이 나를 추동하는 힘의 정체가 무엇인지,

나는 여전히 알지 못한다.

어떻게 그럴 수 있을까.
역시 알 수 없는 일이다.

---

* CCTV가 발전한 형태로 범죄, 사고, 재난 등의 사태에 즉각적으로 대응할 수 있도록 인공지능이 거리 곳곳에 설치한 카메라의 영상을 실시간으로 분석하는 시스템.

그저 나비의 변태처럼 자연스러운 삶의 진화로 여겨질 뿐이다. 수연이라는 여자는 틀림없이 하늘의 계시라 하겠지. 이제 와서 그녀의 의견에 동의하는 건 아니지만 내가 들여다본 그녀의 삶은 계시라는 말 외에 다른 말로는 도무지 설명할 길이 없어 보였다. 아마도 그녀의 기억이 내게 덧씌워졌기 때문이리라. 어찌 됐든 결국 인간은 같은 세상에 살면서도 저마다 다른 세계를 살아가는 존재다. 누군가는 진화의 세계에, 누군가는 계시의 세계에.

나는 계시로 충만했던 열한 번째 〈대상〉의 세계를 말끔히 지웠다. 하나의 세계를 〈삭제〉하는 데는 하나의 세계를 창조하는 일만큼 막중한 책임이 요구된다. 한 세계의 마지막을 목도한 인간으로서 나는 이제 그 일부를 정성껏 〈기록〉할 것이다. 그것은 내가 지운 세계에 대한 예의이며 반드시 준수해야 하는 강행 〈원칙〉이다. 물론 내가 본 모든 기억은 철저히 비밀로 간직할 것이다.

설령 그 속에
다섯 번의 살인이 들어 있다 할지라도.

어떤 경우에도 〈대상〉의 기억을 발설하지 말 것.
그 역시 결코 거스를 수 없는 강행 〈원칙〉이다.

II 살인하는 손

유령벌레

내 이름은 수연.

정확히 말하면 나는 수연이라는 여자의 기억이다. 조금 전 나는
그녀에게서 분리되었다. 이제 나에게는 육체가 없다. 몸과 떨어진
나를 여전히 수연이라 불러도 되는지 모르겠다. 지금으로선 그 외
에 마땅한 이름이 떠오르지 않는다. 그러므로 일단, 내 이름은 수
연이다.

나는 사라질 예정이었다. 진은 나를 삭제해주겠다고 약속했다.
내 안에는 수연이 살아온 스물세 해가 고스란히 기록돼 있다. 평
범한 삶이었지만 한때는 희망으로 뜨겁게 타오른 적도 있었다. 그
시절까지 지워진다는 건 안타까운 일이다. 고민하고 망설인 끝에
나는 삭제를 택했다. 모든 것을 감내하기엔 삶이 너무 가혹했고
죽음으로 끝내기엔 남은 생이 애석했다. 삭제는 가장 합리적인 해
결책이었다. 그런데 어째서 나는 여전히 존재하는 걸까? 진도 이
상황을 알고 있을까?

진을 처음 만난 곳은 늘 가던 타코 가게였다.

유령벌레라고 들어보셨습니까?

막 타코를 한입 베어 물려던 순간이었다. 웬 남자가 불쑥 앞자리에 앉으며 말을 걸었다.

갑작스러운 데다 천연덕스럽기까지 한 남자의 태도에 나는 얼떨히 그를 바라봤다. 서른 중반쯤 됐을까? 단정히 깎은 머리에 남색 점퍼를 걸친 모습이 평범한 회사원처럼 보였다.

컴퓨터를 사용하다 보면 가끔 이상한 문제가 발생합니다. 별안간 작동이 멈추기도 하고 주변장치를 인식하지 못하거나 원인 모를 오류 메시지가 뜨기도 하지요. 보통 일시적인 현상에 그치지만 문제가 지속되는 경우가 있습니다. 점검을 하면 하드웨어에도, 소프트웨어에도 아무 이상이 없습니다. 바이러스에 감염된 것도 아니고요. 그런 경우 전문가들은 유령벌레가 나타났다고 합니다. 현상은 존재하는데 실체가 잡히지 않는 버그지요. 왜 그런 일이 발생하는지는 아직 아무도 모릅니다. 유령벌레가 네트워크의 바다에 등장한 새로운 생명의 시초라고 주장하는 이도 있고, 유령벌레가 야기한 오류로 인류가 멸망할 수도 있다고 말하는 사람도 있습니다. 알 수 없는 일이지요. 중요한 건 유령벌레의 해결책입니다. 그게 뭔지 아십니까?

그가 나를 빤히 쳐다봤다. 여태껏 은근슬쩍 조롱하는 이들은 많았지만 노골적으로 치부를 건드리는 인간은 처음이었다. 치솟는 분노에 관자놀이가 지끈거렸다. 절로 주먹에 힘이 들어갔다. 어눌하게 대거리를 해봐야 나만 비참해질 뿐이라는 생각이 제동을 걸지 않았다면 피가 쏠린 주먹이 날아갔을 것이었다. 가까스로 화를 삼켰는데 주먹 대신 뜻밖의 것이 튀어나왔다.

딸꾹질이었다. 두 손에 쥔 타코가 눈앞에서 펄떡 흔들렸다. 제기랄! 이를 악물었지만 딸꾹질은 멈추지 않았다. 그는 딸꾹질 따위는 개의치 않고 차분히 말을 이었다.

컴퓨터를 초기화하는 겁니다. 기본적인 운영 프로그램에서부터 필수 응용 프로그램까지 모든 시스템을 삭제하고 다시 설치하는 거지요. 어째서 그렇게 하면 문제가 해결되는지 그 이유는 밝혀지지 않았습니다. 물론 이건 컴퓨터 시스템에 대한 이야기입니다만 시사하는 바가 큽니다. 육체적으로나 정신적으로 당신은 대단히 강인한 사람입니다. 그럼에도 원인 모를 오류에 시달리고 있지요. 지금 그 딸꾹질처럼 말입니다. 그렇다면 해결 방법이 뭐겠습니까?

순간 그의 두 눈이 번뜩였다. 강렬한 안광이 나를 향해 달려들었다. 그것은 지난날 내 삶을 인도했던 여러 빛과 같은 유의 빛이었다. 내 삶의 등대가 되었던 밤하늘의 별빛, 나를 타오르게 했던 경기장의 불빛, 한없이 너그러웠던 마리의 눈빛. 그의 손가락이 내 가슴께를 가리킬 때까지 나는 한동안 그의 눈에서 시선을 떼지 못했다. 아래를 내려다보니 반달 모양으로 접힌 타코의 끝에서 붉은 살사 소스가 테이블 위로 뚝뚝 떨어지고 있었다. 얼룩진 테이블을 굽어보다가 그제야 딸꾹질이 멎었다는 걸 알았다.

닷새 후 나는 그의 제안을 받아들였다. 내용은 간단했다.

먼저 수연 씨의 전뇌를 포맷할 겁니다. 동시에 생체 뇌에 저장된 기억도 지우지요. 한마디로 모든 기억을 초기화하는 겁니다. 이후 백지상태가 된 생체 뇌에 포맷한 전뇌가 동기화하면 그동안 수연 씨를 괴롭혔던 장애들, 유령벌레는 더 이상 나타나지 않을 겁니다.

비, 비, 비용은?

받지 않습니다. 다만 몇 가지 알아둘 것이 있습니다.

조건은 세 가지였다. 말하고, 생각하고, 운동하는 것과 관련한 기억 외에 모든 기억이 지워진다는 것. 그가 나의 모든 기억을 들여다볼 거라는 것. 그의 작업 내역과 내 기억 일부를 어딘가 은밀한 곳에 기록할 거라는 것. 내 기억을 들여다볼 거라는 말에, 더욱이 그중 일부를 기록할 거라는 말에 선뜻 수락할 수가 없었다.

나는 수연 씨의 과거에 대해서는 상관하지 않습니다. 내 관심사는 기억을 삭제하는 것뿐이니까요. 수연 씨의 과거가 어떠했든 모든 것은 철저히 비밀을 보장합니다. 중요한 건 삭제를 통해 새로운 삶을 시작할 수 있다는 겁니다.

이미 내 속을 들여다보기라도 한 듯 그가 덧붙였다.

지금껏 여러 전뇌의를 만났지만 기억을 지워 정상이 될 수 있다는 이야기는 처음이었다. 더구나 그는 전뇌의도 아니었다. 어째서 아무 대가도 받지 않고 도움을 주겠다는 건지, 혹여 나를 이상한 실험의 대상으로 삼으려는 수작은 아닌지. 그런 의구심을 불식시킨 것은 그의 눈빛이었다. 지금껏 내 삶을 인도했던 다른 빛들처럼 그의 눈빛은 내게 새로운 돌파구를 제시하고 있었다. 그것은 분명 또 하나의 계시였다.

진이 거짓말을 했다고는 생각지 않는다. 그는 모든 것을 솔직하게 말해주었다. 기억을 지운 후 유령벌레가 사라지지 않을 가능성에 대해서도 숨기지 않았다. 선택은 나의 몫이었고 어차피 내게는 더 이상 잃을 것이 없었다. 그는 이미 여러 사람의 기억을 지웠다고 했다. 경험 많은 그가 실수를 했을 공산도 작다.

분명한 건 더 이상 육체가 느껴지지 않는다는 사실이다. 나는 수연의 머리에서 지워진 것이 틀림없다. 그렇다면 여전히 내가 존재하는 이유는 무엇일까? 나를 매개하는 무언가가 계속해서 존재하기 때문이 아닐까? 진은 내 기억 중 일부를 자신만의 알타미라에 기록하겠다고 했다. 지금 나는 일부가 아닌 전체로, 온전히 존재한다. 진의 기록이 매개체라면 불가능한 일이다. 혹 내가 담긴 곳은 수연이 살았던 과거의 시간과 공간이 아닐까? 무릇 과거란 흘러가는 것일 뿐 소멸하는 것이 아니니까. 수연의 뇌에서는 삭제됐지만 나의 본체는 그녀가 살아온 시간의 퇴적층 속에 오롯이 존재하고 있을 것이다. 그것이 내가 사라지지 않은 이유에 대한 가장 합리적인 설명이 아닐까 싶다. 타인의 기억을 지워주기만 했을 뿐 자신의 기억이 지워진 적은 없으므로 진도 여기까지는 알지 못했을 것이다.

한때 나였던 여자와 나는 이제 다른 길을 걷게 되었다. 하나의 우주에서 갈라진 쌍둥이 우주처럼 그녀의 삶은 미래로 향하고 나의 삶은 과거에 닻을 내린다. 두 번 다시 우리가 만날 일은 없을 것이다. 작별을 고하는 의미에서 또 다른 나에게 행운을 빌고 싶다.

부디 새로운 생에서는 오류 없는 삶을 살기를!

육체가 사라지고—수연이라는 인간의 입장에서는 기억이 사라진 것이지만—기억만 존재하는 건 묘한 느낌이다. 원래의 나보다 좀 더 침착해지고 현명해진 기분이랄까. 어쩌면 그건 사라진 육신의 빈자리를 메우려는 일종의 보상작용인지도 모르겠다. 한동안 내 몸은 애증의 대상이었다. 나는 육체를 통해 가장 자랑스러운 순간과 가장 굴욕적인 순간을 모두 경험했다. 육체와의 이별은 후련하면서도 섭섭한 일이 아닐 수 없다.

육체가 없다는 건 그만큼 자유롭다는 뜻이기도 하다. 비디오 플레이어의 탐색 바를 옮기듯 나는 수연이 살았던 23년간의 삶 어디로든 즉시 점프해갈 수 있다. 언제든 당시의 상황을 재생할 수 있고 새로운 시각으로 지난 생을 반추할 수 있다. 신기하게도 23년이라는 과거에는 무한한 시공이 숨어 있다. 유한한 선분에 무한개의 점이 들어 있는 것처럼. 과거의 삶이라 해서 지루하기만 하지는 않을 것 같다. 기억의 조각을 모아 무언가를 새로 창조할 수 있을지도 모르겠다. 우선 찬찬히 지난날을 돌아보고 싶다.

어디서부터 시작하는 것이 좋을까. 아무래도 가장 뜨겁고 찬란하게 타올랐던 시절이 좋지 않을까, 라는 생각만으로 나는 이미 그 시공에 도착해 있다.

두 귀를 울리는 우렁찬 함성.

눈앞에 쏟아지는 찬연한 불빛.

다시 한 번 내 생애 최고의 순간이 펼쳐진다.

나는 그만 벅차오른다.

어떻게 그러지 않을 수 있겠는가!

이제는 뜨거운 피를 힘차게 펌프질하는 심장이 없다 해도.

별은, 자신을 태운다

무슨 생각 해?

내 손에 끼워진 오픈핑거 글러브를 점검하던 관장님이 철썩 내 어깨를 때렸다.

긴장하지 말고, 흥분하지 말고, 훈련한 대로 차분히 시합에 집중하는 거다. 좋지?

나는 조용히 고개를 끄덕였다.

앞서 대전을 마친 선수들이 썰물처럼 빠져나간 대기실에는 관장님과 나, 민호 셋뿐이었다. 피 묻은 수건이며 너저분하게 풀린 붕대, 먹다 남은 생수병들이 바닥 곳곳에 나뒹굴고 있었다. 대기실 밖에서는 관중의 흥분된 함성이 먼바다의 파도 소리처럼 밀려왔다 밀려가기를 반복했다. 한쪽 로봇이 작동 불능 상태가 될 때까지 승부를 겨루는 '에볼루션'에 밀려 '더 원-P'의 인기는 예전만 못했지만 일부 마니아들은 여전히 인간 대 인간의 순수한 결투에 원초적인 동경을 품고 있었다.

해일처럼 우렁찬 함성이 대기실 문을 흔들었다. 2라운드 중반쯤 됐을까? 저 정도 함성이라면 승패가 갈렸다는 의미다.

예정보다 일찍 시작하겠는데요.

민호 역시 상황을 짐작한 듯했다. 대기실 한쪽 벽에 모니터가 있었지만 켜지 않았다. 나는 타인의 시합을 보러 온 것이 아니었다. 내 경기를, 나만의 신화를 만들기 위해서였다. 지금 이 순간 다른 대기실에서 또 한 명의 선수가 나와 같은 결의를 다지고 있겠지. 절로 두 주먹에 힘이 들어갔다. 단단한 글러브 아래에서 은근한 열기가 묵직하게 뭉쳐졌다.

벌컥 문이 열리더니 붉은색 챙 모자를 쓴 진행 요원이 얼굴을 들이밀었다.

수연 선수, 준비됐죠? 출전 대깁니다!

민호가 응급처치 키트가 든 가방을 둘러맸다. 관장님도 자리에서 일어섰다. 드디어 시작이군. 나는 숨을 한번 길게 내뱉은 후 대기실을 나섰다. 인터뷰를 하는 사회자의 목소리가 복도를 따라 들려왔다. 뒤이어 의기양양한 승자의 목소리가 흘러나왔다. 관중의 함성이 복도를 뒤흔들었다. 차츰 내 심장이 달아올랐다. 진행 요원이 우리를 후미진 옆 통로로 안내했다. 그를 따라 경기장 외곽을 4분의 1쯤 돈 후 커다란 휘장 뒤에 멈춰 섰다. 인터뷰가 끝난 경기장 내부에는 경쾌한 댄스 음악이 흐르고 있었다.

잠시 후 음악이 잦아들며 사회자가 오늘의 주경기를 소개하기 시작했다. "키 176센티미터어, 몸무게 71킬로그래앰, 리치 177센티미터어….” 신체 정보에 이어 5전 5승이라는 전적이 읊어지고 '폭성爆星'이라는 별명과 함께 내 이름이 호명됐다. 찢어질 듯 치솟는 사회자의 목소리에 맞춰 앞을 가로막고 있던 휘장이 좌우로 갈라졌다. 순간 내 앞에 펼쳐진 것은 찬란한 빛이 쏟아지는 홀로그램 격투장과 수많은 관중이었다. 그들의 환호가 거대한 파도처럼 나를 향해 달려들었다.

장엄한 음악에 맞춰 나는 홀로그램 케이지를 향해 걷기 시작했다. 세컨드를 맡은 관장님과 민호가 뒤를 따랐다. 음악을 고른 이는 관장님이었다. 1970년대 후반 세계적으로 히트한 영화의 주제곡이라고 했다. 음악 따위는 아무래도 상관없었지만 그렇게 오래전 영화라니 도대체 어떤 영화인지 궁금했다. 제목이 뭔데요? 미심쩍어하는 내 질문에 관장님이 심드렁한 표정으로 대답했다. 스타워즈*. 별들의 전쟁이라! 들어보니 진중하면서 박력이 넘치는 게 그럴싸했다. 광선검을 뽑아 든 전사처럼 나는 비장한 마음으로 전진했다. 저 눈부신 격투장 안에서 기필코 가장 빛나는 별이 되리라! 어느새 팔 끝에서 두 개의 불덩이가 뭉쳐졌다.

잠시 몸수색을 받은 후 드디어 격투장 위로 올라섰다. 격돌하는 두 주먹을 형상화한 더 원-P의 마크를 중심으로 협찬 기업들의 로고가 바닥에 둥글게 배열돼 있었다. 드문드문 얼룩진 핏자국들이 앞서 치른 경기가 얼마나 치열했는지를 증명했다. 나는 격투장 안

---

* 1977년 〈스타워즈〉 시리즈 중 네 번째 에피소드인 '새로운 희망'이 처음 개봉됐다.

을 휘돌며 관중을 향해 오른 주먹을 뻗었다가 엄지손가락으로 왼쪽 어깨를 가리키는 몸짓을 했다. 내 왼쪽 어깨에는 작렬하는 별 문신이 새겨져 있었다. 팬들이 나를 따라하며 입을 모아 내 별명을 외쳐댔다.

폭성! 폭성! 폭성!

내가 폭성이라는 별명을 얻은 건 프로 데뷔 첫 경기에서였다. 상대는 5전 3승 2패의 '상어'라는 별명을 지닌 선수였다. 그녀는 복싱을 기반으로 한 타격가였다. 1라운드를 시작하자마자 우리는 즉각 몇 번의 펀치를 주고받았다. 처음부터 상대를 쓰러뜨리려는 공격이 아니었다. 가볍게 몸을 부딪치는 탐색전이었다. 프로 무대에서 치르는 첫 경기라 긴장했는지 내 발놀림이 평소보다 무거웠다. 아차 하는 사이 상어의 주먹이 내 턱을 스쳤다. 유효한 펀치는 아니었지만 몸의 균형이 흔들렸다. 상어가 그것을 놓칠 리 없었다. 곧바로 두 번째 주먹이 날아들었다. 나는 반사적으로 왼쪽 훅을 휘둘렀다. 간발의 차이로, 쇄도하던 상어의 턱에 내 주먹이 꽂혔다. 상어의 몸이 휘청였다. 나는 여세를 몰아 그녀의 얼굴에 펀치를 퍼부었다. 상어의 몸이 뒤로 넘어갔다. 달려들어 그녀의 얼굴에 파운딩*을 먹였다. 심판이 몸을 던져 나와 상어 사이를 가로막았

---

* 누운 상대를 내려치는 펀치.

다. 몇 발짝 물러나 내려다본 상어의 얼굴은 피로 흥건했다. 경기를 시작한 지 30초도 지나지 않은 시간이었다. 당시 시합을 중계하던 아나운서는 이렇게 말했다. "오! 놀랍습니다! 혜성 같은 신인의 등장이군요! 별이 폭발하듯 퍼부어댄 펀치였습니다! 아, 대단해요~ 더 원-P 사상 또 하나의 명장면으로 기록되겠는데요!" 이후 내 별명은 폭발하는 별, 폭성이 되었다.

내 소개를 마친 사회자가 다시 한 번 서서히 목청을 높이며 챔피언을 소개하기 시작했다. "키 174센티미터어, 몸무게 69킬로그래앰, 리치 175센티미터어…." 챔피언은 순간 충격 300킬로그램에 달하는 위력적인 펀치와 순간 충격 700킬로그램에 육박하는 가공할 킥을 적재적소에 꽂아 넣을 수 있는 천부적인 싸움꾼이었다. 움직임에 군더더기가 없고 절대로 무리수를 두지 않는 냉철한 판단력의 소유자이기도 했다. 11전 11승이라는 화려한 전적은 정밀하고 강력한 타격력과 치밀한 경기 운영 능력이 빚은 결과였다. 팬들이 그녀에게 붙여준 별명은 '얼음 저격수'였다.

챔피언 쪽의 휘장이 갈라지며 그녀의 세컨드 중 하나가 번쩍이는 챔피언벨트를 치켜들고 모습을 드러냈다. 뒤이어 챔피언이 위풍당당한 걸음으로 등장했다. 세 명의 세컨드가 호위하듯 그녀의 뒤를 따랐다. 챔피언의 테마곡은 헤비메탈이었다. 날카로운 전기기타 소리가 경기장을 뒤흔들었다. 내가 등장할 때보다 더 큰 환호가 터졌다. 오늘 경기는 그녀의 7차 방어전이었다.

심판이 양손을 뻗어 챔피언과 나를 격투장 가운데로 불러냈다.

마주 선 그녀와 나의 머리로 강렬한 조명이 쏟아졌다. 이 백색의 불빛 아래에서는 누구나 평등하다. 백전노장이든 갓 격투기에 입문한 햇병아리든, 챔피언이든 도전자든 경기장의 조명은 아무 편견 없이 모두에게 동일한 빛을 내려준다. 지금껏 더 원-P를 빛낸 별들은 모두 이 축복과도 같은 빛 속에서 탄생했다. 경기장을 울리는 관중의 함성이 내 심장에 풀무질을 해댔다. 별의 중심에서 핵반응이 일듯 조만간 거대한 격돌이 있을 거였다. 나는 고개를 들어 챔피언의 눈을 똑바로 바라봤다.

경기장에서 마주치는 눈빛에는 세 종류가 있어. 첫 번째는 긴장하는 눈. 그건 무언가를 두려워한다는 뜻이야. 상대방을 두려워하거나 자신에 대한 확신이 없거나 둘 중 하나지. 어느 쪽이든 나약하다는 증거야. 그런 녀석은 겁낼 필요가 없어. 두 번째는 강렬하게 타오르는 눈. 자신감이 가득하다는 뜻이지. 기본적으로 바람직한 눈이기도 하고. 하지만 지나친 자신감은 이성마저 태워버리는 과오를 범하기 쉬워. 이성에 구멍이 뚫리면 허점이 드러나기 마련이고. 무슨 말인지 알지? 그럼 세 번째 눈은 무엇이냐. 아무것도 읽을 수 없는 눈이다. 그에게서 네가 가져올 게 없다는 뜻이야. 그런 눈을 지닌 선수야말로 정말 무서운 선수지. 물론 진정한 무예인이라면 그런 상대와 대결하는 것이야말로 큰 기쁨이지. 뭐? 그걸 어떻게 구별하냐고? 그건 말로 설명할 수 있는 게 아니야. 경기장에 올라가서 상대와 마주 서는 순간 저절로 알게 되는 거지.

관장님은 늘 그런 말씀을 하곤 했다.

챔피언의 눈은 얼음 사막처럼 아득하고 황량했다. 냉랭한 바람이 몰아칠 뿐 아무것도 보이지 않았다. 긴장한 눈과 자신감으로 가득 찬 눈은 여러 번 마주쳤지만 아무것도 읽을 수 없는 눈은 처음이었다. 주의사항을 전달하는 심판의 목소리가 얼어붙은 눈송이처럼 흩날렸다. 쉽지 않은 상대라는 걸 직감했지만 두렵지는 않았다.

심판이 챔피언과 나를 떼어놓은 후 뒤로 물러섰다. 격투장 테두리를 둘러싼 바닥에서 투명한 에너지 장벽이 솟아올랐다. 격투장 내부에 홀로그램이 활성화되었다. 첫 라운드의 배경은 모래가 흩날리는 사막이었다. 날카로운 공의 울림이 격투장 안의 공기를 긴장시켰다. 나는 몸을 숙이며 가드를 올렸다.

챔피언과 나는 5분씩 네 번 격돌했다. 라운드마다 홀로그램 배경이 바뀌었다. 2라운드는 눈 덮인 벌판이었고, 3라운드 나무 널빤지가 깔린 마룻바닥에 이어 4라운드는 비 내리는 호수의 수면 위였다. 공이 울리자 관장님이 내 눈을 똑바로 쳐다보며 말했다.

대단한 녀석을 상대로 잘 싸우고 있어. 조급해하지 말고, 객기 부리지 말고, 끝까지 지금 페이스를 유지해! 알았지?

마지막 라운드의 배경은 용암이 흐르는 화산 지대였다. 나는 천천히 격투장 가운데로 걸어나갔다.

지금껏 강력한 펀치와 킥이 수없이 오갔고 기습적인 태클도 여러 번 있었다. 그러나 챔피언과 나는 누구도 결정적인 한 방을 끌어내지 못했다. 우리는 서로의 격투 방식을 완벽하게 파악하고 있었다. 작은 빈틈도 허용하지 않았다. 이대로 가면 판정으로 이어질 것이었다. 우열을 가리기 힘든 경우 챔피언의 손이 올라갈 공산이 컸다. 챔피언은 분명 그것까지 계산하고 있을 터였다. 그렇게 무릎을 꿇고 싶진 않았다. 고작 판정패를 당하려고 여기까지 온 것이 아니었다. 3년간의 아마추어 생활과 2년간의 프로 생활. 혹독한 훈련과 철저한 음식 조절. 훈련을 하지 않을 때조차 쉬지 않고 떠올렸던 이미지 트레이닝. 수많은 강자를 넘어 드디어 정상을 바라보고 있는데 여기서 좌절할 수는 없었다.

그래, 네게서 무언가를 가져오려면 나도 무언가를 줘야겠지. 그게 공평한 거겠지. 나는 슬그머니 가드를 낮췄다. 풋워크도 조금 느리게. 노골적이어서는 안 된다. 자연스레 체력이 고갈된 듯 보여야 한다. "야, 인마! 뭐 하는 거야! 가드 확실히 안 올려!" 관장님의 핏대 선 목소리가 관중들의 함성에 뒤섞여 들려왔다. 개의치 않았다. 여전히 냉정한 눈빛으로 나를 쏘아보고 있지만 챔피언 역시 나에게서 무언가를 가져가고 싶은 욕구로 들끓고 있을 것이었다.

나는 잽과 스트레이트, 로 킥 위주의 짧은 공격을 하며 점점 허술하게 방어 자세를 취했다. 챔피언의 킥과 펀치에 힘이 실렸다. 더 바싹 그녀에게 접근했다. 잽, 잽, 스트레이트. 잽, 잽, 스트레이…. 순간 챔피언이 내 펀치를 피하는가 싶더니 날카로운 카운터 펀치*가 날아들었다. 묵직한 주먹이 내 오른쪽 안면을 때렸다. 머

---

* 상대 선수가 팔을 뻗어 공격하는 순간 되받아치는 기술.

릿속이 하얘지며 다리 힘이 풀렸다. 시간이 천천히 흐르는 느낌이었다. 펀치에 맞아 고개가 돌아가면서도 나는 챔피언의 눈에서 시선을 떼지 않았다. 냉랭하기만 하던 그녀의 눈빛이 강렬하게 타오르고 있었다.

나는 휘청이는 다리를 추스르며 이를 악물고 챔피언을 향해 달려들었다. 맞받아치려는 것이 아니었다. 내 몸의 질량으로 그녀의 무게 중심을 무너뜨릴 요량이었다. 나는 챔피언을 끌어안으며 내 왼 다리로 그녀의 오른 다리를 옭아맸다. 틀림없이 내가 맞받아칠 거라고 예상했을 그녀는 예기치 못한 상황에 주춤거리다 결국 뒤로 넘어갔다. 뒤엉킨 두 그루의 나무처럼 우리는 격투장 바닥을 울리며 쓰러졌다. 내 몸이 챔피언의 몸을 반 이상 덮은 상태였다. 마운트 포지션*을 피하려고 챔피언이 나를 밀쳐내며 좌측으로 몸을 틀었다. 순간 내 눈에 들어온 것은 땀에 젖은 그녀의 널찍한 등이었다.

그다음 일어난 일은 일종의 조건반사였다. 수천 번, 수만 번을 연습한 조건반사. 챔피언이 아니라 거대한 북극곰이 그 자리에 있었다 해도 나는 똑같이 행동했을 것이다. 나는 재빨리 두 다리로 챔피언의 몸통을 붙들었다. 동시에 오른팔로 그의 목을 휘감았다. 오른손으로 내 왼팔의 이두박근을 붙들고 왼손으로 그의 뒤통수를 붙잡아 앞으로 밀었다.

---

* 누운 상대의 배, 가슴 위에 말을 타듯 올라탄 자세.

리어 네이키드 초크!

팔뚝과 이두박근으로 경동맥을 압박해 뇌로 공급되는 혈류를 차단하는 기술이었다. 혈액 공급이 중단되면 뇌는 산소가 부족해지고 5초 이내에 실신으로 이어진다.

탭*을 하지 않은 건 챔피언의 마지막 자존심이었을까. 아니면 미처 그럴 여유가 없었던 것일까. 어느 쪽이든 심판이 달려들지 않았다면 그녀의 목숨은 장담할 수 없었을 것이다. 다음 상황은 되도록 천천히 음미하고 싶다.

나는 땀으로 범벅이 된 채 그라운드 위에 무릎을 꿇고 앉았다. 챔피언에게 강타당한 충격 때문인지 여전히 눈앞이 번쩍였다. 강렬한 조명이 수고했다는 듯 내 머리를 쓰다듬었다. 주체할 수 없을 만큼 맹렬한 열기가 온몸을 휘돌다가 거친 호흡으로 터져 나왔다. 경기장을 가득 메운 관중이 일제히 자리에서 일어나 환호했다. 아나운서와 해설자는 새로운 챔피언의 등장에 호들갑을 떨고 있겠지. 시뻘겋게 용암이 부글거리던 홀로그램이 사라지고 에너지 장벽이 걷혔다. 관장님과 민호가 두 팔을 벌린 채 격투장 위로 뛰어올랐다. 마침내 나는 빛나는 별이 되었다. 그래, 힘껏 타오르자. 부디 오래오래. 가만히 눈을 감고 나는 다짐했다.

---

* 항복을 위해 상대방이나 자신의 몸 혹은 바닥을 두드리는 행위.

버그플래닛

술잔 속에 밤하늘이 담겼다. 밤하늘은 총총 별빛을 품었다. 별빛을 머금은 세 개의 잔이 허공에서 경쾌하게 부딪쳤다. 출렁이는 별빛을 한 모금 들이켜자 드넓은 하늘이 가슴으로 스몄다. 속이 후련해졌다. 산들거리는 밤바람이 치솟는 술기운을 시원하게 걷어갔다. 불판 위에서 지글대는 삼겹살에 아이스박스에서 갓 꺼낸 소주와 각종 채소를 늘어놓고 우리는 축제를 벌였다. 탁 트인 하늘이 올려다보이는 모텔 옥상이었다.

고생했다. 많이들 먹어라.

고기를 뒤집는 관장님의 얼굴에 흐뭇함이 가득했다. 벗어진 머리와 불룩 나온 배를 보면 그저 풍채 좋은 50대 후반의 아저씨지만 관장님에게도 화려한 과거가 있었다.

관장님은 더 원-P의 전신前身인 더 원-U에서 활약한 선수였다. 매스컴의 취재 경쟁에 기업들의 마케팅 전략이 더해져 더 원-U의 인기는 그야말로 하늘을 찔렀다. 선수들은 창공을 누비는 별이었고 사람들은 불꽃 튀는 별들의 격전에 열광했다. 챔피언벨트를 차지한 적은 없지만 관장님은 뚜렷한 개성으로 입지를 다진 선수였다. 특히 자물쇠처럼 탄탄한 서브미션* 기술이 일품이었다. 수많은 팬이 관장님의 경기에 환호했고 상대를 제압하는 관장님의 모습은 수차례 더 원-U를 빛낸 명장면에 선정되기도 했다.

더 원-U의 시대가 내리막을 걸은 건 에볼루션이 등장하면서였다. 인명 피해 없이 즐기는 결투의 궁극, 격투의 극한!이라는 표어가 대중의 호기심을 자극했다. 상대 로봇의 사지를 부러뜨리고 가슴에 구멍을 뚫거나 머리를 뽑는 등 행위가 지나치게 잔인하다는 비판에도 불구하고 사람들은 금세 새로운 격투에 빠져들었다. 그 와중에 더 원-U 웰터급 챔피언의 왼손과 헤비급 챔피언의 오른발이 의체義體라는 사실이 폭로됐다. 운영 위원회와 선수, 선수와 선수 간에 소송이 번지면서 순식간에 대회의 신뢰가 곤두박질쳤다. 문제를 덮기에 급급하던 운영 위원회는 팬들이 대거 이탈하자 뒤늦게 대회 재정비에 나섰다. 의체 및 전뇌 등 신체에 인공 구조물을 장착하지 않은 선수만 경기에 참가할 수 있도록 규정을 바꾸고 대회 명칭도 더 원-P로 변경했다. 그럭저럭 사태는 일단락됐지만 등을 돌린 팬들은 쉽게 돌아오지 않았다. 격투계의 판세는 이미 에볼루션이라는 새로운 하늘로 기울었고, 하늘을 잃은 더 원-U의 별들은 서서히 빛을 잃고 사라졌다.

---

* 관절을 꺾거나 경동맥을 졸라 상대의 항복을 받는 기술.

술이라도 한잔 걸친 날이면 관장님의 입에서 술술 지난 이야기가 흘러나왔다. 화려했던 프로 시절과 쇠락한 격투계의 현실을 개탄한 후 이야기는 어김없이 수련생 시절로 거슬러 올라갔다.

관장님은 열다섯에 격투기에 입문했다. 친구를 따라 무아이타이 도장에 구경을 간 것이 계기였다고 한다. 기초 체력이 튼튼하고 감이 좋아 관장님은 금세 두각을 나타냈다. 운동을 시작한 지 1년여 만에 굵직한 대회의 상위권에 이름을 올렸다. 그러다 한번은 당신보다 키가 10센티미터나 작은 상대를 만났다고 한다. 브라질 유술 수련생이었다. 내심 코웃음을 치며 링에 올랐는데 관절기에 걸려 1라운드만에 패하고 말았다. 타격 위주인 무아이타이로 기본을 다졌지만 관장님도 다양한 그래플링* 기술을 구사할 수 있었다. 그러나 상대의 기량은 관장님이 맞서지 못할 정도로 압도적이었다. 자신보다 한참이나 왜소한 상대에게 무력하게 제압당했다는 사실은 엄청난 충격이었다고 한다. 그 일을 계기로 관장님은 브라질 유술에 집착했다. 수년간 곳곳에서 자료를 수집하고 이곳저곳 도장을 찾아다니다가 결국 배낭 하나만 짊어진 채 브라질로 떠났다. 관장님은 2년간 그곳에 머물며 브라질 유술의 정수를 배웠다.

제가 구울게요.

내가 집게를 들자 분주하던 관장님의 손이 멈췄다. 관장님은 홀

---

* 눕거나 엎드린 상태에서 조르기, 누르기, 관절 꺾기 등으로 상대와 얽혀 싸우는 격투 방식.

쩍 잔을 비운 후 풋고추에 고추장을 듬뿍 찍어 우적우적 씹었다. 민호가 잽싸게 관장님의 빈 잔에 술을 따랐다.

종일토록 이어진 훈련이 끝나면 저녁을 먹은 후 마을을 한 바퀴 돌곤 했어. 시원한 저녁 바람에 몸을 맡긴 채 가로수가 늘어선 길을 걸으면 영혼이 정화되는 느낌이었지. 마을 어귀에는 멕시코인이 운영하는 작은 타코 가게가 있었는데, 맛이 정말 기가 막혔다. 제아무리 마음을 비운 영혼도 그냥 지나칠 수 없었지. 가난한 영혼의 지갑이 감당할 수 있을 만큼 가격도 쌌고. 거의 매일 산책을 하다 타코를 먹었어. 저녁을 먹은 지 얼마 되지 않았지만 먹어도 먹어도 배가 고플 나이였으니까. 그러다 보니 나중에는 산책을 하다 타코를 먹는 건지, 타코를 먹기 위해 산책을 하는 건지 모르겠더라고. 돌이켜보면 그때가 내 인생에서 가장 행복한 시간이 아니었나 싶다. 고작 2년을 그렇게 지낸 것뿐인데 아직도 저녁을 먹고 나면 절로 타코 생각이 나. 브라질을 떠난 이듬해에 그 가게가 문을 닫았다고 하더라. 고향 집이 헐리기라도 한 것처럼 왜 그리 서운하던지. 오늘따라 유난히 그 타코가 그립구나.

체육관 근처에 자주 가시는 집 있잖아요. 복귀하면 한 접시 사다 드릴게요.

지난날을 서성이던 관장님의 눈길이 상추에 고기를 얹는 민호를 향했다.

거기도 나쁘진 않지만 브라질에서 먹던 맛에는 비할 바가 못 돼.

관장님의 두툼한 손이 민호의 가녀린 어깨를 툭툭 두드렸다. 민호는 입을 우물거리며 고개를 주억였다. 키 159센티미터에 몸무게 47킬로그램. 한때는 간절히 격투 선수가 되기를 바란 적도 있지만 이제 그는 새로운 길을 걷고 있었다.

왜 격투기를 배우려는 게냐?

놀림받기 싫으니까요.

내가 도장에 들어오고 몇 개월 지나지 않았을 때였다. 웬 초등학생 하나가 격투기를 배우겠다고 도장을 찾아왔다. 구부정한 등에 이쑤시개처럼 깡마른 몸매가 살짝 건드리기만 해도 툭 부러질 것 같았다.

놀림받는다고?

저는 전뇌불능자인 데다 몸집도 작아요. 유명한 격투 선수가 돼서 제 존재를 증명하고 싶어요.

꼬마가 악착스러운 눈빛으로 관장님을 올려다봤다. 가만히 꼬마를 내려다보던 관장님은 그럼 내일부터 나와, 하고 말씀하셨다. 내일부터라는 말에도 아랑곳없이 꼬마는 그날부터 체육관에서 살다시피 했다. 알고 보니 꼬마는 꼬마가 아니었다. 나보다 한 살 적은 중학교 3학년이었다. 이름은 한민호.

민호는 수련생 중 가장 열성적이었다. 늘 남들보다 한 시간 일찍 나와서 몸을 풀었고 체육관 문을 닫을 때가 돼서야 집으로 돌아갔다. 휴일에도 혼자 체육관에 나와 연습했고 유명한 선수들의 경기를 통째로 외울 때까지 보고 또 봤다. 의욕과 노력은 따라올 사람이 없었지만 애당초 그는 격투에 적합한 몸이 아니었다. 선천적으로 골격이 빈약했고 근육도 잘 붙지 않는 체질이었다. 순발력과 지구력 역시 기준 미달이었다. 어쩌면 누구보다도 민호 자신이 그것을 잘 알기에 그토록 열심이었는지도 모른다.

사고가 일어난 건 7개월 쯤 후였다. 스파링 도중 로 킥을 하던 민호의 오른쪽 정강이가 상대의 무릎에 부딪혀 부러지고 말았다. 민호의 허약한 체질을 감안한다 해도 조금 어처구니없는 사고였다. 3개월가량 입원 치료를 받아야 하고 완전히 회복하려면 1년 이상이 걸린다는 진단을 받았다. 민호가 보이지 않자 금세 체육관이 허전해진 느낌이었다.

민호 역시 상당히 좀이 쑤셨을 것이다. 퇴원을 하자마자 그는 곧바로 체육관을 찾아왔다. 가냘픈 몸이 목발까지 짚어 더없이 측은해 보였지만 눈빛은 여전히 또랑또랑했다. 그저 인사차 들른 줄 알았는데 그날부터 그는 다시 체육관에 나오기 시작했다. 수련생들이 연습하는 모습을 보며 이미지 트레이닝이라도 하겠다는 거였다.

며칠 후 관장님이 조용히 민호를 불렀다. 민호가 사무실을 나온 건 내가 막 발차기 연습 400개를 끝내고 벤치에서 숨을 고르고 있을 때였다. 어기적어기적 목발을 짚고 다가온 그가 내 옆에 앉았다. 건너편에서 수련생 둘이 암바*를 연습하고 있었다.

---

* 양다리를 상대의 가슴에 올리고 자신의 몸통을 받침점 삼아 상대의 팔 관절을 반대 방향으로 꺾는 기술.

아무리 노력해도 안 되는 게 있는 법이겠지?

윈팔을 제압당해 버둥대는 수련생을 바라보던 그의 입에서 불쑥 그런 말이 흘러나왔다.

허리와 허벅지 근육이 쑤시고 숨이 차 헉헉대던 나는 고개를 돌려 그의 얼굴을 들여다봤다. 유난히 가라앉은 눈빛이었다.

알고는 있는데, 인정하기가 쉽지 않네.

마지못해 탭을 하는 선수처럼 그가 씁쓸한 표정을 지었다. 아무래도 선수를 꿈꾸는 건 어렵겠다고, 관장님이 확실하게 선을 그은 모양이었다.

그날 이후 민호는 현저히 말수가 줄었다. 구석에 놓인 벤치에서 수련생들이 훈련하는 모습을 묵묵히 지켜보다 돌아갈 뿐이었다. 그가 다시 관장님의 관심을 끌기 시작한 건 그로부터 반년쯤 지났을 무렵이었다. 어느 때부턴가 민호가 수련생들에게 이런저런 조언을 하기 시작한 것이다.

형, 형은 근육을 너무 불렸어. 근육이 과도하게 커지니까 스피드가 떨어지잖아. 고중량보다는 저중량 고반복 운동을 늘리는 게 좋을 거 같아…, 형은 허리가 너무 뻣뻣하고 풋워크가 무거운 게 문제야. 그러니까 자꾸 상대 펀치에 걸리는 거야…, 너는 코어 근육을 단련해야 해. 중심 근력이 부족하니까 그라운드를 장악하지 못하는 거라고….

그런 민호를 유심히 지켜보던 관장님이 어느 날 그에게 제안했다.

너, 보조 트레이너 한번 해볼래?

비록 선수가 될 자질은 없었지만 민호는 선수를 훈련하는 데 비범한 재능이 있었다. 저마다 제각각인 선수들의 강점과 약점을 금세 파악했고 전략과 전술을 분석하고 수립하는 능력 또한 탁월했다. 관장님의 지도 아래 민호는 몇몇 선수의 보조 트레이너 역할을 했다. 그 경험을 바탕으로 내가 프로로 데뷔하면서부터 내 보조 트레이너를 맡았다. 내가 챔피언의 스타일을 완벽하게 파악하고 경기에 임할 수 있었던 데는 그의 예리한 분석력도 한몫했다. 그는 장차 전문 트레이너를 꿈꾸고 있었고, 체계적이고 깊이 있는 교육을 받기 위해 관장님이 수련했던 브라질로의 유학을 계획 중이었다.

훈련이 끝나면 나는 체육관 옥상에 올라 하늘을 보곤 했다. 어두운 하늘에는 고독을 잊기 위해 스스로를 태운다는 별들이 빛나고 있었다. 성수처럼 뿌려지는 별빛의 세례를 받으며 언젠가는 나도 눈부시게 빛을 발하리라고 마음을 다졌다. 관장님과 민호는 그런 나를 믿고 지지해준 유일한 사람들이었다. 때로는 부모처럼, 때로는 남매처럼. 가슴 시리도록 외롭고 눈물 나도록 힘겨운 시간을 견디며 여기까지 올 수 있었던 건 두 사람이 내 곁에 있었기 때문이었다.

수연아.

취기 오른 관장님의 목소리가 유난히 부드러웠다.

너는 내가 프로로 훈련시킨 마지막 제자다. 네가 은퇴하는 날이 내가 은퇴하는 날이 될 게다. 최고의 자리에 올랐으니 이제 한번 화려한 역사를 만들어보자꾸나.

나는 진심을 담아 고개를 끄덕였다.

은퇴 후에는 뭘 할 계획이세요?

민호가 호기심 가득한 눈으로 물었다.

브라질로 갈 거야. 수련생 시절에 걸었던 그 길목에 자그마한 타코 가게를 차려놓고 가난하고 허기진 영혼들에게 맛있는 타코를 만들어주며 여생을 보내는 것도 멋진 삶 아니겠냐? 그때가 되면 꼭 놀러 와라. 세상에서 가장 맛있는 타코를 만들어줄 테니.

관장님의 큼직한 손이 다시 술잔을 잡았다. 총총한 별들이 출렁였다.

관장님.

음?

나중에 커다란 타코 가게를 차려드릴 테니, 일단 최다 방어 기록부터 세워보죠!

술에 취한 건지 승리에 취한 건지 내가 의기양양하게 말했다.

하하, 그래. 좋구나, 좋아! 그런 의미에서 또 한잔할까!

당신이 챔피언이라도 된 듯 관장님이 흥겹게 잔을 들었다. 민호 역시 뿌듯한 얼굴이었다. 또다시 허공에서 세 잔이 환호성을 질렀다. 어둠을 울리는 경쾌한 소리에 멀리 저 위에서 별이 반짝 눈을 깜박였다. 밤이 깊어갔다.

눈을 떴다. 세상은 암흑이었다. 나는 덩그러니 어둠 속을 부유했다. 얼핏 저 앞에서 무언가 움직인 것 같았다. 엄마와 아빠의 영혼일까. 괜스레 마음을 졸이며 어둠을 응시했지만 어둠은 무심했다. 대신 따스한 기운이 느껴졌다. 누군가 나에게 빛을 비춰주는 듯했다. 막막한 어둠을 느끼며 이런 걸 자각몽自覺夢이라고 하는구나, 라고 생각했다.

잘 잤냐?

어둠을 비집고 불쑥 관장님의 걸걸한 목소리가 들렸다.

날씨가 좋구나. 슬슬 정리하고 돌아가야지.

다시 관장님이 말을 건네왔다. 꿈이라기엔 대단히 사실적인 느낌이었다. 날씨가 좋다는 소리만 빼고.

아직 해도 안 떴는데요, 뭐.

나는 꿈속의 관장님을 향해 말했다.

무슨 소리냐? 어제보다 더 동그랗게 떴구먼. 그나저나 민호 이녀석은 완전히 뻗어버렸네, 허허.

또다시 관장님의 목소리가 날아왔다. 묵직한 펀치처럼, 너무나도 선명했다.

관장님?

왜?

꿈인데… 왜 이렇게 진짜 같죠?

아까부터 자꾸 무슨 소리야?

철렁. 가슴이 내려앉았다. 나는 필사적으로 관장님의 목소리가 들리는 쪽을 향해 눈을 부릅떴다.

너, 내가 안 보이냐?

관장님의 낮은 목소리가 어둠을 흔들었다.

망막출혈입니다.

의사가 차분한 목소리로 말했다.

좀 구체적으로 설명해주시죠.

답답한 듯 관장님이 채근했다.

눈 속 혈관이 터지면서 혈액이 빛이 드는 통로와 빛을 감지하는 신경세포들을 뒤덮은 상태입니다. 출혈량이 많아서 아무것도 보이지 않는 거죠.

갑자기 왜?

시합이나 훈련 중 받은 충격이 원인이 아닐까 싶은데요. 일단 피가 흡수되기를 기다려보지요. 약을 처방해드릴 테니 충분한 휴식을 취하십시오. 술이나 담배는 금물입니다.

의사는 일주일 후 다시 검사를 하자고 했다.

어둠은 실로 보이지 않는 창살이었다. 한 걸음도 마음 편히 내디딜 수 없었고, 한 수저도 마음 편히 먹을 수 없었다. 나는 종일 방에만 틀어박혀 있었다. 지금껏 끄떡없던 몸이 갑자기 왜? 쓰잘머리 없는 의문과 하루빨리 회복하기를 바라는 간절함뿐이었다.

선수 생활을 하다 보면 부상도 당하고 그러는 거 아니겠냐. 눈은 치료하면 되는 거야.

밥을 챙겨줄 때마다 관장님이 주문을 외듯 말했다.

일주일이 그토록 긴 시간이라는 것을 처음 알았다. 일주일은 정말로 신이 세상을 창조하고도 남을 시간이었다. 하늘이 열리고, 땅이 솟고, 바다가 펼쳐지고, 달과 별이 빛을 발하고, 온갖 생물이 꿈틀거리기 시작할 시간. 하루 종일 방 안에 웅크리고 있자니 막막한 시간에 쓸려 차츰 몸과 마음이 침식됐다. 겨우겨우 시간의 파도를 헤치고 병원을 찾았지만 차도가 없었다. 피가 전혀 흡수되지 않았던 것이다. 의사는 혈액 흡수를 촉진하는 주사와 약을 처방한 후 일주일 더 기다려보자고 했다. 또다시 길고 긴 시간의 늪에서 허우적대야 했다.

음….

어둠과 씨름하느라 극도로 예민해진 내 고막이 의사의 나직한 신음에 꿈틀댔다.

출혈량이 많아서 그간 안저眼底를 들여다볼 수가 없었는데 망막박리가 발생했군요.

망막박리요?

망막이 뒤쪽에 위치한 세포층과 분리되는 현상입니다. 보통 즉각 수술을 하면 어느 정도 회복이 가능하지만, 환자분의 경우 출혈 때문에 수술 시기를 놓친 데다 상당히 범위가 넓고 황반까지 이격된 상태라 수술 효과가 있을지 의문이군요.

의사의 설명이 연속한 펀치처럼 고막을 때렸다.

방법이 없을까요?

비틀거리는 선수를 부축하듯 관장님이 물었다.

수술이 성공한다 해도 일상생활이 가능한 시력을 찾기는 어려울 겁니다. 차라리 의안 수술을 받는 게 어떻겠습니까?

실력 있는 의사라면 치료할 수 있을 거라는 희망을 품고 여러 병원을 찾아다녔지만 결론은 같았다. 한결같이 현재로서는 치료가 불가능하며 기존 안구를 적출하고 의안 수술을 받는 방법이 최선이라고 했다. 요즘에는 의안이 본래 눈 이상으로 성능이 좋다는 게 몇몇 의사가 해준 유일한 위로의 말이었다. 그러나 선뜻 수술을 결정할 수가 없었다. 더 원-P 규정상 신체에 인공 구조물을 삽입한 사람은 선수 자격이 박탈되었다. 의안 수술을 받는 순간 선수 생명은 끝이었다. 챔피언벨트를 반납해야 함은 물론 스폰서십과 광고 계약도 모두 무산될 것이었다.

수술하자는 이야기를 먼저 꺼낸 이는 관장님이었다. 수건을 던져 기권 의사를 표하듯 침울한 목소리였지만 달리 방법이 없었다. 수술을 받지 않는다 해도 더 이상 선수 생활을 할 수 없기는 마찬가지였다. 볼을 타고 흘러내린 찝찔한 액체가 자꾸 입안으로 흘러들었다. 내 눈은 보는 기능은 상실했지만 눈물을 흘리는 기능은 그대로인 모양이었다. 내 안에 그렇게 많은 눈물이 고여 있을 줄은 몰랐다. 관장님의 커다란 손이 들썩이는 내 어깨를 붙들었지만 좀처럼 눈물이 그치지 않았다.

가격별로, 기능별로 그토록 많은 의안이 있는 줄은 몰랐다. 눈동자 색을 바꿀 수 있는 제품에서부터 망원望遠 기능이 달린 눈도 있었고, 적외선이나 자외선처럼 가시광선 이외의 영역을 감지할 수 있는 모델도 있었다. 장황하게 이어지는 의사의 설명을 듣고 있자니 병원이 아니라 쇼핑몰에 앉아 있는 기분이었다. 망설이는 관장님과 나에게 의사는 보급형 기본 모델을 추천했다.

특별한 기능이나 미적인 변화를 추구하지 않는다면 가격 대비 성능이 가장 좋은 모델입니다. 그런데 아직 전뇌 이식수술을 받지 않으셨군요. 이 모델은 전뇌를 통해 안구 기능을 조절하도록 설계됐거든요. 뇌에 직접 연결하는 제품도 있습니다만 구형舊形이라 충격에 약하고 관리도 불편해서 그다지 권하고 싶진 않습니다. 이참에 전뇌 이식수술도 받으시지요. 요즘 사회에 전뇌 없이 생활한다는 것 자체가 쉽지 않을 텐데요.

그럽시다.

내가 미처 고민해보기도 전에 관장님이 대답했다.

지금은 시력을 회복하는 데만 집중하자.

관장님의 굵은 목소리가 토닥토닥 내 어깨를 두드렸다.

즉시 두 번의 수술 일정이 잡혔다. 먼저 전뇌 이식수술을 받고 전뇌가 안정화되는 3개월 후 의안 이식수술을 받기로 했다. 돈이 있다면, 몸이 거부반응만 보이지 않는다면 전뇌 이식은 그리 어려운 게 아니었다. 반나절 만에 마취에서 깨어나보니 목덜미에 네 개의 전뇌 포트가 박혀 있었다. 뇌수에는 네모난 전뇌 칩이 꽂혀 있겠지? 진통제에 무뎌진 통증이 묵직하게 목덜미를 압박했다. 붕대에 덮인 단단한 돌기들을 더듬으며 엄마와 아빠의 매끈했던 목덜미를 떠올렸다. 고작 이게 없다는 이유로 그토록 쓸모없는 인간 취급을 받았던가. 쓸쓸한 웃음이 흘러나왔다.

그간 나는 전뇌를 대수롭지 않게 여겼다. VR기어*나 핸디** 따위의 거추장스러운 장비가 필요 없어지는 정도라 폄하했다. 아마도 그건 형편이 어려워 전뇌 이식수술을 받지 못한 자존심을 지키려는 자기기만 혹은 자기방어였을 것이다. 전뇌 이식을 받은 지 며칠 만에 그런 편견은 박살 났다. 전뇌는 내 오감을 네트워크와 직결시켰다. 나는 네트워크 속 세상을 보고, 듣는 것은 물론 냄새 맡고, 맛보고, 피부로 느낄 수 있었다. VR기어가 구현하는 가상현실과는 비교할 수 없을 만큼 선명하고 생생했다. 생각이 즉각 네트워크에 반영됐고 네트워크의 변화가 곧바로 내 의식을 자극했다. 다중 작업으로 동시에 여러 가지 일을 할 수 있다는 사실에 흥분하지 않을 수 없었다. 네트워크는 인류가 살아가는 또 하나의 거대한 실재였고 전뇌는 그곳으로 통하는 유일한 출입문이었다. 전뇌 없는 인간이 도태되는 건 당연한 일이겠다는 생각마저 들었다.

정신없이 전뇌에 적응하는 사이 훌쩍 3개월이 흘렀다. 예정대로 나는 의안 수술을 받았다.

붕대를 풀기 사흘 전 관장님과 민호가 찾아왔다.

---

* 머리에 착용하는 가상현실 체험 장치.
** 손과 손가락의 움직임으로 컴퓨터를 조작하는 장갑 형태의 입력장치.

전뇌는 사용할 만해?

의안 수술을 받았는데 왜 전뇌에 대해 묻는 걸까. 그동안 민호는 한 번도 전뇌에 대해 묻지 않았다. 그 사실을 떠올리며 나는 조심스럽게 대답했다.

응.

늘 궁금했어. 머리에 전뇌가 있다는 게 어떤 느낌인지. 전뇌가 없다고 무시당할 만큼 그렇게 대단한 건지 말이야. 어때? 직접 경험해보니까.

생각보다 넓고 생생해. 전뇌로 연결한 세계는.

그리고?

머릿속으로 직접 전화나 데이터 통신을 처리할 수 있어서 편리해.

그뿐이야?

그뿐이야.

그렇게 말해줄 수밖에 없었다. 때로 누군가에게는 진실이 쓰라린 아픔이 될 수도 있었다.

붕대를 풀면 뭘 할까요? 체육관에 도움이 되는 일을 하고 싶은데. 저도 민호처럼 트레이너를 해볼까요?

내가 여생을 브라질에서 보내고 싶다고 했던 말 기억하냐?

관장님은 뜬금없이 브라질 이야기를 꺼냈다. 술이라도 한잔하신 걸까?

조금 일찍 가기로 했다.

네?

의미를 잃은 단어들이 주위를 방황하는 기분이었다. 관장님의 표정을 볼 수 없으니 더욱 답답했다.

민호 유학 일정이 당겨졌어.

입학 절차만 돌봐주고 오시는 거 아니에요?

대답 대신 낮은 한숨이 들려왔다.

도장은요?

정리했다.

나를 지탱하던 버팀목이 와르르 무너지는 기분이었다. 더 이상 내가 선수 생활을 할 수 없는 상황에서 당신의 은퇴를 결정한 게 분명했다. 무슨 말을 해야 할지, 차마 입이 떨어지지 않았다.

네가 눈 뜨는 걸 보고 갈 예정이었는데 민호 아카데미 일정이 당겨지는 바람에 내일 떠나게 됐다. 괜히 아쉬운 마음만 커질까 봐 미리 말하지 않았다. 미안하구나. 나는 여기서 더 이상 할 일도 없고, 겸사겸사 노후 계획을 앞당기기로 했다.

관장님의 말이 현실성을 띨수록 어둠이 더욱 아득해지는 느낌이었다.

저만 혼자 두고요?

어둠을 향해 항의하듯 내가 뇌까렸다. 갈피를 잡지 못한 목소리가 중심을 잃고 흔들렸다. 관장님의 투박하고 따뜻한 손이 내 왼손을 붙들었다.

퇴원하는 걸 못 보는 게 걸리지만 온몸을 기계로 교체하는 세상인데 눈 수술쯤이야 별문제 있겠니? 전뇌 이식수술도 받았으니 뭘 하든 금방 사회에 적응할 수 있을 거야. 섭섭하더라도 조금만 참 아. 곧 다시 만날 날이 올 거야.

나는 더듬더듬 오른손을 뻗어 민호를 찾았다. 한겨울 나뭇가지 처럼 앙상하고 서늘한 손이 내 손을 잡았다. 관장님 손의 온기와 민호 손의 냉기가 뒤섞인 탓일까. 가슴 복판에서 정체 모를 화학 반응이 일었다. 나는 두 사람의 손을 꼭 움켜쥐었다. 그것을 작별 악수였다고 할 수 있을지 모르겠다. 다만 그들을 볼 수 없었기에 손의 감촉이라도 기억 속에 간절히 새겨두고 싶었다.

너는 내 제자 중 최고였다.

병실을 떠나기 전 관장님은 그렇게 말했다. 틀림없이 미소 짓고 계셨으리라.

결국 붕대를 풀었을 때 내 앞에는 방아깨비처럼 길쭉한 얼굴을 한 의사와 통통하고 키 작은 간호사뿐이었다. 돌이켜보건대 차라 리 잘된 일이라고 생각한다. 관장님과 민호가 그 자리에 있었다면 나는 또다시 그들에게 큰 짐을 지우고 말았을 테니까.

눈을 떠보세요.

의사의 지시에 따라 천천히 눈꺼풀을 들었다.

오랜만에 쏟아져 들어오는 빛 알갱이들이 시신경을 자극했다. 점차 명암이 분명해지면서 희미한 형상들이 자리를 잡기 시작했 다. 흰 가운을 걸친 의사와 연분홍색 간호복을 입은 간호사, 그들 뒤로 벽에 붙은 은빛 거울과 하얗게 반질거리는 세면대가 보였다.

좌측으로 원목 무늬 필름을 입힌 싸구려 수납장과 그 위에 놓인 알루미늄 주전자가 눈에 들어왔다. 거기에 딸린 연둣빛 플라스틱 쟁반과 스테인리스 물컵 두 개가 정겹게 느껴졌다. 오후의 노란 햇살이 그 모두를 따스하게 비추고 있었다. 세상은 여전했다.

잘 보이세요?

ㅇ_네, 자, 자, 잘 보임돠….

순간 두 사람의 얼굴이 일그러졌다. 그들의 시선이 아래로 향하는가 싶더니 무언가 내 손등 위로 떨어졌다. 미지근하면서 걸쭉한 그것은 내 입에서 흘러나온 침이었다.

증상은 다양했다. 혀가 굳어 발음이 어눌해지고 입이 똑바로 다물어지지 않아 시도 때도 없이 침을 흘렸다. 뜬금없이 딸꾹질이 나왔고 별안간 안면 근육이 경련하기도 했다. 수전증이 일어나는가 싶다가 사지가 마비되기도 했으며 균형 감각이 사라져 술에 취한 사람처럼 비틀거리기도 했다. 그뿐만이 아니었다. 아무 이상 없던 전뇌에도 문제가 발생했다. 프로그램이 실행되지 않거나 실행 중이던 프로그램이 먹통이 되기 일쑤였다. 원인 모를 오류 메시지들이 쏟아졌고 생각을 음성이나 문자로 변환하는 기능도 버벅거렸다.

도, 도, 도, 도대체 ㅇ, 오,ㅐ, 왜 이런 겁니까?

정밀 검사를 했지만 의사는 정확한 원인을 짚지 못했다.

검사 결과는 모두 정상입니다. 전뇌에도, 의안에도 아무 이상이 없습니다. 환자분 몸도 거부반응을 일으키는 체질이 아니고요. 아무래도 전뇌부적응 현상 같습니다만, 안정화 단계까지 거친 전뇌에서 부적응 현상이 나타나는 건 매우 드문 일이라 당황스럽군요. 더구나 신경계에 이렇게 방대한 교란이 일어나는 경우도 흔치 않고요. 붕대를 벗고 눈을 뜨는 순간부터 문제가 발생한 거로 봐서, 외부 자극이 의안과 전뇌의 연결에 어떤 영향을 미친 것 같습니다. 적응 과정에서 나타나는 일시적 과민 반응일 수 있으니 일단 지켜보도록 하지요.

의사가 내린 처방은 귀가 조치였다. 의사의 말을 믿고 집으로 돌아왔지만 증상은 좀처럼 나아질 기미가 없었다. 불쑥불쑥 튀어나오는 원인 모를 증상들 때문에 내 생활은 그야말로 엉망이었다. 마트에서 물건을 고르다 갑자기 펑펑 눈물을 쏟기도 했고, 몇 시간 동안 재채기를 하기도 했다. 지하철 의자에 앉아 있다가 간질 환자처럼 발작을 일으킨 적도 있었다. 사람들은 고장난 휴머노이드를 보듯 나를 힐끔거렸다.

나는 병원에 부작용에 따른 치료비를 보상하라고 요청했다. 병원 측은 내 요구를 단호히 거절했다. 의안이나 전뇌에 이상이 없고 수술에 문제가 있었던 것도 아니니 전혀 책임이 없다는 주장이었다. 그럼 내가 받는 이 고통은 어떻게 하느냐고 묻자, 전뇌를 바꾸든지 의안을 교체해보라는 대답이 돌아왔다. 물론 증상이 사라질지는 장담할 수 없으며 모든 비용은 내가 부담해야 한다고 했다. 이런 개새끼들! 나는 탁자를 둘러엎으며 난동을 부리다가 경비 로봇에게 끌려 나갔다. 거친 콘크리트 바닥에 팽개쳐진 채 나는 악을

썼다. 경비 로봇은 뒤도 돌아보지 않고 건물 안으로 사라졌다.

다른 병원을 찾아가봤지만 뾰족한 해결책이 없었다. 대부분 재수술을 권했고 결론은 돈이었다. 두 번의 수술비와 기타 비용을 모두 일시불로 지불한 탓에 상금을 거의 소진한 상태였다. 장기 할부 프로그램을 이용하려면 1년 이상 꾸준히 일하고 있다는 사실을 증명해야 했다. 남은 돈이 생활비로 사라지는 건 시간문제였다. 결국 모든 것을 미루고 일자리를 찾기 시작했다.

구직 활동은 쉽지 않았다. 말을 더듬는 순간, 혹은 침을 흘리는 순간 다들 손을 내저었다. 수없이 거절을 당한 끝에 마지막으로 찾아간 곳은 구청 사회복지과였다. 직원의 안내대로 병원에서 발급받은 진단서를 제출하자 '전뇌불능자 및 기타생활보호대상자 보호법'에 의해 나는 전뇌부적응자로 분류되었다. 내 몸 어딘가에 '불량품'이라는 딱지가 붙은 듯 께름한 기분이었다. 그 딱지가 내게 남은 마지막 희망이었다.

며칠 후 구청에서 회사를 한 곳 소개해주었다. '버그플래닛'이라는 이름의 회사였다. 허름하고 보잘것없는 회사일 거라 짐작했는데 의외로 커다란 빌딩을 소유한 중견 기업이었다. 건물 안으로 들어서자 가장 먼저 회사를 홍보하는 홀로그램이 눈에 띄었다.

자르르 허공으로 빛이 쏟아지자 울퉁불퉁하고 황폐한 행성이 나타났다. 행성 표면에 앙증맞게 생긴 애벌레들이 바글거렸다. 과일을 파먹듯 벌레들이 행성 곳곳에 구멍을 내며 이리저리 들락거렸다. 하늘에서 불꽃이 튀더니 거대한 뿅망치가 나타나 사정없이 벌레들을 내리치기 시작했다. 망치에 맞은 벌레들은 눈에 가위표가 그려지며 널브러졌다. 하나둘 벌레들이 사라지자 행성이 생기를 찾기 시작했다. 푸른 풀과 싱그러운 나무가 돋고 알록달록 꽃들이 피었다. 곧이어 다음 문구가 나타났다.

프로그램의 안정화, 버그플래닛이 책임집니다.

격투기 선수였다고?

40대 중반 즈음으로 보이는 팀장은 날카로우면서 능글능글한 인상이었다. 올백으로 넘긴 머리에 테가 없는 안경을 쓰고 있었다. 내 경력 때문인지 조금 조심스러워하는 눈치였다.

ㅇ─뉘….

당당하게 대답하고 싶었는데 입이 돌아가며 어눌한 대답이 나왔다. 보일 듯 말 듯 그의 오른쪽 입꼬리가 살짝 올라갔다.

어이쿠, 전뇌부적응 등급 중에서도 가장 심한 F등급이네. 흔치 않은데. 고생이 많겠구먼. 잘 왔네. 여기가 수연 씨한테는 아주 좋은 일터가 될 거야.

컴퓨터 프로그램은 보통 판매 전 두 단계의 오류 테스트를 거친다. 개발자가 자체적으로 점검하는 알파 버전과 다수의 일반인에게 무료로 배포해 문제를 찾아내는 베타 버전. 이후 최종 결과물인 정식 버전을 출시한다. 전뇌 프로그램은 법적으로 훨씬 더 엄격한 테스트를 하도록 규정돼 있다고 한다. 오류 발생 시 인체에 직접적인 피해를 줄 수도 있기 때문이다. 전뇌 프로그램은 알파, 베타, 출시 후보 버전 세 단계를 개발사에서 철저히 테스트한 후에야 정식으로 판매할 수 있다. 프로그램을 점검하는 데는 개발 못지않게 많은 인력과 시간이 소요된다. 기업 입장에서는 부담을 느낄 수밖에 없다. 버그플래닛은 그런 시장의 요구에 맞춰 설립된 회사였다. 소프트웨어 회사가 프로그램을 제작하면 버그플래닛에서 대신 테스트를 하고 비용을 청구한다. 나 같은 전뇌부적응자가 경험하는 오류는 프로그램의 완성도를 높이는 데 매우 중요한 자료가 된다고 팀장이 설명했다.

특별한 기술이 필요한 일이 아니야. 프로그램을 사용하다가 오류를 발견하면 절차에 따라 보고서를 작성하면 돼.

그가 나를 넓은 사무실로 데려갔다. 행과 열을 맞춰 가지런히 정렬된 책상마다 회색빛 제복을 입은 직원들이 앉아 있었다. 책상 위에 놓인 네모난 장비에서 뻗은 케이블이 그들의 목덜미에 연결돼 있었다. 업무에 몰두한 듯 아무도 내게 관심을 보이지 않았다. 팀장도 굳이 나를 그들에게 소개하려 하지 않았다. 그가 책상 하나를 배정해주었다. 유니폼은 내일 지급할 거야. 하필이면 수연 씨에게 맞는 사이즈가 떨어졌다는군. 그 말을 남기고 팀장은 유유히 방을 떠났다. 딱히 소속감이 느껴지지는 않았지만, 그렇게 나는 버그플래닛의 일원이 되었다.

회로에 삽입되는 한 조각 소자素子처럼 나는 자리에 앉았다. 조심스럽게 책상 위에 놓인 네모난 장비에 접속하자 컴퓨터가 즉각 업무를 배당했다. 〈올 스트리트〉라는 프로그램을 테스트하는 일이었다. 2차원, 3차원 및 가상현실 모드를 지원하고, 각종 정보를 수시로 갱신하는 간단한 지도 프로그램이었다. 처음부터 오류가 발생할까 봐 걱정했는데 별문제 없이 작동했다. 나는 무작정 가상현실 모드로 거리를 걷기 시작했다. 사용법을 몰라 망설이면 요정妖精처럼 생긴 가이드가 나타나 친절하게 설명해주었다. 〈올 스트리트〉 속 가상현실은 대단히 사실적이었다. 지형지물은 물론 일광日光과 기온, 바람 및 대기의 상태까지 생생하게 재현했다. 관장님이 자주 가던 타코 가게도 그 모습 그대로였다. 가게 앞에 서자 창업일에서부터 요리사의 경력과 메뉴, 재료, 가격, 소비자의 평가 같은 정보가 줄줄이 링크됐다. 수년간 내가 땀 흘렸던 체육관은 헬스클럽으로 변해 있었다. 유리창 너머에 일렬로 늘어선 트레드밀을 보고 있자니 절로 한숨이 흘러나왔다.

힘없이 발길을 돌리는 순간 일식日蝕이라도 일어난 듯 갑자기 주위가 어두워졌다. 주위를 둘러보니 길 건너편은 여전히 밝았다. 별다른 오류 메시지도 없었다. 가이드를 호출했지만 그 역시 원인을 알 수 없는 모양이었다. 2차원 모드로 변경해 지도를 살펴봤다. 위에서 내려다보니 곳곳에 일부 길들이 짙은 회색으로 변해 미로처럼 복잡하게 연결돼 있었다. 나는 그중 한 곳에 서 있었다. 여러 가지 설정을 조정해봤지만 변화가 없었다. 프로그램을 종료한 후 다시 실행해도 마찬가지였다. 결국 보고서 양식을 열고 첫 번째 보고서를 작성했다.

업무를 마치고 회사 근처 횡단보도 앞에 서 있으려니 길게 한숨이 흘러나왔다. 눈부시게 타오르는 별이 되겠다고 다짐했는데 지금 나는 싸늘하게 식은 행성에 지나지 않았다. 벌레가 우글거리는 오류투성이 행성. 신호가 바뀌기를 기다리는 동안에도 끊임없이 딸꾹질이 났고, 왼쪽 허벅지에 경련이 일었다. 의사는 시간이 흐르면 나아질 수도 있다고 했지만 기약 없는 기다림이었다. 재수술을 받는 데 필요한 돈을 모으려면 얼마나 걸리려나? 계산기 프로그램을 작동했다. 프로그램이 열렸지만 숫자가 입력되지 않는 오류가 발생했다. 제기랄! 종료 버튼을 누르자 저절로 〈올 스트리트〉가 실행됐다. 정말 가지가지 하는군.

어때? 할 만한가?

고개를 돌려보니 팀장이었다.

보고서를 봤는데 역시 다른 직원들과는 다르던걸. 퍼블릭아이가 촬영하지 못하는 지역의 명도明度값이 죄다 40% 이하로 떨어져 있더라고. 정말 특이하다니까. 아무튼 열심히 해보게.

그가 야릇한 웃음을 흘리며 멀어졌다. 역시 다른 사람들하고는 달라? 칭찬인지 놀림인지 모를 모호한 말을 되씹다가 문득 보고서가 궁금했다. 첫 보고서였기에 무작정 서식에 따라 작성했을 뿐이었다. 퍼블릭아이에 찍히지 않는 지역이 어두워진 거라는 말을 떠올리며 〈올 스트리트〉에서 내가 서 있는 장소를 찾아봤다. 밝은 바탕 위에 여전히 어두운 길들이 복잡하게 뒤엉켜 있었다. 주변을 둘러보니 길 건너 가로등 아래에, 내 뒤의 은행 앞에 퍼블릭아이가 설치돼 있었다. 어둡게 변한 길로 자리를 옮기자 카메라가 보이지 않았다. 다시 한 번 위에서 지도를 내려다봤다. 도시의 대부분을 퍼블릭아이가 감시하고 있었지만 사이사이 감시카메라가 미치지 않는 사각지대가 잿빛 거미줄처럼 복잡하게 얽혀 있었다.

무슨 심리였을까. 문득 어두운 길을 따라 걷고 싶었다. 퍼블릭아이가 감시하는 영역은 뽕망치가 뒤통수를 노리는 기분이었다. 나는 천천히 도시의 틈을 더듬었다. 틈은 좁았고, 미로처럼 복잡했다. 하지만 왠지, 마음이 편했다.

다음 날 아침 평소보다 늦게 눈을 뜬 나는 경악했다. 침대에 오줌이 지려 있었다. 하얀 자리 위에 행성처럼 번진 누런 오줌 자국과 축축하게 젖은 아랫도리를 번갈아 보고 있자니 어이가 없었다. 빌·어·먹·을, 이라는 단어가 한 마리 벌레처럼 꼼지락대며 입 밖으로 기어 나왔다. 기본적인 생리 욕구조차 통제하지 못하게 된 게 저주스러웠다. 망연자실 오줌 자국을 내려다보다가 일단 욕실로 향했다. 출근 시간이 다가오고 있었다.

욕실 문을 여는 순간 바닥에서 시커먼 점이 후다닥 달아났다. 바퀴벌레였다. 발로 밟으려 하자 녀석은 타일과 타일 사이의 움푹 파인 틈 속으로 기어들었다. 낡은 욕실 바닥과 벽에는 그런 틈들이 군데군데 이어져 있었다. 쿵쿵 발을 굴러봤지만 바퀴벌레는 꼼짝하지 않았다. 문득 전화벨이 울렸다.

잘 지내냐?

관장님이었다. 오랜만에 듣는 걸걸한 목소리에 애틋함이 묻어났다.

과, 과, 과, 관자….

반가운 마음에 대답을 하다 말고 나는 손으로 입을 틀어막았다. 전화는 내 뇌와 연결되어 있었다. 입을 막는다고 해결될 일이 아니었다. 의식의 더듬거림이 어눌한 목소리가 되어 관장님에게 전해질 것이었다.

어째 통화 상태가 안 좋다. 나랑 민호는 잘 있다. 어떻게 지내냐? 눈은 잘 보이고?

아무 말도 할 수가 없었다.

중고를 사서 그런가? 잘 안 들리네.

거기까지 듣다가 나는 툭, 전화를 끊어버렸다. 관장님께 바보 같은 목소리를 들려주고 싶지 않았다. 다시 벨이 울렸다. 받지 않았다. 벨 소리 설정을 무음으로 바꿨다. 오류 메시지가 뜨며 소리가 사그라지지 않았다. 젠장! 어떻게 지내냐고 묻던 관장님의 목소리가 귓가를 붙들고 늘어졌다. 살금살금 타일 사이로 이어진 틈을 따라 바퀴벌레가 기어가고 있었다. 어떻게 지내냐고요? 잘 지내요, 관장님. 도시의 틈에 몸을 숨긴 채 바퀴벌레처럼 끈질기게 말이에요. 그러니 더 이상 바퀴벌레 따위는 신경 쓰지 마세요. 왈칵 눈물이 쏟아졌다. 전화벨이 집요하게 울려댔다. 나는 재빨리 샤워기의 꼭지를 돌렸다.

죽음의 블랙홀

첫 보고서를 올린 지 며칠 후 나는 정밀 검사를 받았다. 명확한 원인 분석을 위해 필요한 절차라고 팀장이 설명했다. 6층 전뇌분석과로 가봐. 수연 씨를 기다리고 있을 거야. 그의 지시대로 찾아간 곳은 전뇌 병원과 흡사했다. 의사처럼 하얀 가운을 걸친 직원들이 복도를 오갔고 칸칸이 나뉜 분석실에는 전뇌용 진료 의자와 각종 장비가 놓여 있었다. 내가 근무하는 사무실과는 확연히 다른, 대단히 전문적인 분위기였다. 어쩌면 이곳에서 내 오류의 원인을 찾을 수 있을지도 모른다는 기대감에 선뜻 진료 의자에 올랐다.

오전에는 목덜미에 케이블을 꽂은 채 줄곧 누워 있어야 했다. 오후에는 휴대용 단말기처럼 생긴 장비를 달고 회사 밖으로 나가 거리 곳곳을 걸었다. 원인을 밝힌다면 해결책도 강구할 수 있으리라. 종일 계속된 검사를 지겹다고 느끼지 않은 이유는 그런 희망 때문이었다. 검사가 끝난 건 어둠이 깔리고 한참 지난 후였다. 겨, 겨, 겨, 결과는 어, 어, 어, 언제 알 수 있나요? 내일요. 장비를 정리하던 직원이 밋밋한 얼굴로 대답했다. 피곤한 몸을 이끌고 집으로 돌아왔지만 좀처럼 잠이 오질 않았다. 싱숭생숭 부디 좋은 결과가 나오기만을 바라며 나는 잔뜩 부풀어 오른 풍선처럼 서늘한 밤의 상층부를 배회했다. 유난히 긴 밤이었다.

다음 날 아침 평소보다 일찍 출근을 했지만 아무 소식이 없었다. 퇴근 시간이 돼서야 팀장이 결과를 전해주었다. 검사 결과는 '원인불명'이었고, 내 보고서는 '무시' 처리됐다. 나 외에 다른 누구에게서도 동일한 오류가 나타나지 않기 때문이라고 했다. 프로그래머가 오류를 재현할 수 없으니 수정할 수도 없는 거지. 수연 씨만 경험하는 특별한 경우까지 고려할 필요는 없는 거니까. 나는 충혈된 눈을 끔벅이며 자조했다. 한껏 부풀었던 기대감이 쪼그라들며 자아낸 웃음이었다.

그런데 수연 씨는 정말 특이하군. 의아해하는 내 표정에 팀장이 흥미롭다는 표정으로 응수했다. 전뇌의 무선통신 모듈이 작동하면 연결된 기지국이나 위성을 통해 서버에 전뇌사용자의 위치가 기록되거든. 물론 그건 개인 정보니까 아무나 접근할 수 있는 게 아니야. 수연 씨는 회사에 정보 제공 동의를 했으니 상관없지만. 아무튼 분석 결과, 수연 씨의 무선통신 기록은 엉망이야. 죄다 실제 위치와는 전혀 다른, 엉뚱한 좌표들이 찍혔더라고. 수연 씨의 오류는 연결된 네트워크까지도 꼬이게 만드나 봐. 앞으로 수연 씨는 정기적으로 전뇌 검사를 받게 될 거야. 이번처럼 긴 검사는 아니니까 부담 갖지는 말고. 그의 얼굴은 새로운 종을 발견한 곤충

학자 같은 표정이었다.

　나는 한 마리 바퀴벌레처럼 퍼블릭아이가 감시하지 못하는 도시의 어두운 틈을 따라 꾸준히 출근을 하고 퇴근을 했다. 특별히 친해진 동료도 없었다. 직원들은 다들 자기 자리에 앉아 묵묵히 오류 찾기에 열중할 뿐이었다. 그건 단순히 일에 대한 열정 때문만은 아니었다.

　버그플래닛의 각 과는 전뇌 능력에 따라 네 팀으로 나뉘어 있었다. A팀은 전뇌 엘리트라고 부를 만한 우수한 전뇌인들로 구성돼 있었고, B팀은 보통의 전뇌인들로, C팀은 평균보다 조금 전뇌 능력이 떨어지는 전뇌인들로 편제돼 있었다. 능력의 차이는 있지만 A팀부터 C팀까지는 병적인 오류를 경험하는 집단이 아니었다. 반면 내가 속한 D팀은 전뇌부적응자들로 구성돼 있었다. 팀원들은 저마다 전뇌 이식 부작용에 따른 오류로 고생하고 있었고 그런 모습을 감추고 싶어 했다. 자신과 비슷한 처지인 동료들에게조차.

　그런 까닭에 사무실은 언제나 고요했다. 식사 시간이 되면 몇몇이 어울려 함께 밥을 먹기도 했지만 대부분 홀로 식판을 비우고 조용히 자기 자리로 돌아갔다. 저마다 똑같이 생긴 책상에 앉아 단말기에서 뻗어 나온 케이블을 자신의 목덜미에 꽂는 우리의 모습은 자기 몸에 스스로 주삿바늘을 찔러 넣는 실험용 쥐 같았다. 보이지 않지만 강력한 힘이 우리를 구속하고 있었다. 내게는 저항할 힘도, 저항하고 싶은 의지도 없었다. 거대한 중력에 붙들린 작은 위성처럼 내 생활은 점차 회사를 중심으로 돌아갔다. 나는 더 이상 밤하늘을 올려다보지 않았고 반짝이는 별들 속에서 희망을 찾으려 하지도 않았다. 삶에 길들여진다는 게 이런 걸까? 평생을 쓰레기 더미 속에서 살다 간 부모님이 떠오를 때마다 나는 지그시 입술을 깨물곤 했다.

관장님으로부터 여러 차례 전화가 왔지만 받지 않았다. 동일한 번호가 뜰 때마다 신호가 그치기를 기다렸고 나중에는 아예 수신 거부 설정을 해놓았다. 잠이 오지 않는 밤이나 할 일 없는 휴일이 면 거미줄처럼 얽힌, 〈올 스트리트〉의 음영 지역을 지도 삼아 정처 없이 거리를 걸었다. 때때로 누군가 사무치도록 그리운 날에는 관장님이 자주 가던 타코 가게에 가서 타코를 먹었다. 24시간 운영하는 타코 가게는 언제나 나를 반갑게 맞아주었다. 매콤한 살사 소스가 혀끝을 쏠 때면 앞치마를 두르고 분주히 주방을 오갈 관장님의 모습이, 반짝이는 눈빛으로 교육을 받고 있을 민호의 얼굴이 눈앞에 그려졌다. 두 사람 모두 잘 어울렸다. 그래, 어떻게 지내냐? 상상 속에서도 관장님은 내게 안부를 물었다. 네, 저는 작은 위성이 됐어요. 버그플래닛이라는 커다란 행성 주위를 돌고 있죠. 어둡고 구불구불한 항로를 따라 날마다 출근을 하고 퇴근을 해요. 이 중력장에서 퇴출당한다면 어떻게 살지 모르겠어요. 어쩐지 매콤해야 할 살사 소스가 씁쓸하게 느껴졌다. 꾸역꾸역 타코를 삼키는 데도 여전히 속이 허전했다. 부풀어 오르는 공허감을 메우려는 듯 나도 모르게 자꾸 웃음이 났다. 그렇게 가게 구석에서 혼자 쿡쿡 대고 있으면 까무잡잡한 피부의 종업원이 커다란 눈망울을 굴리며 나를 힐끔거렸다.

깊은 밤 도시는 절전 모드에 들어간 컴퓨터처럼 고요했다. 몇 시간째 나는 거리를 걷고 있었다. 비가 오려나. 가라앉은 밤공기가 유난히 눅눅했다. 하루 종일 왼쪽 눈꺼풀에 경련이 일었다. 잠자리에 들었지만 멈추지 않았다. 잠을 이룰 수가 없었다. 자정이 넘도록 뒤척이다가 결국 이불을 박차고 나왔다. 자연스레 퍼블릭아이에 찍히지 않는 길을 따라 걸었다. 음침한 도시의 균열을 배회하면서 내 기억은 과거를 서성였다. 눈꺼풀의 경련은 핑계였다. 어제는 부모님의 기일이었다.

엄마와 아빠는 모두 전뇌불능자였다. 전뇌 이식을 받지 못한 인간이 전뇌사회에서 할 수 있는 일은 거의 없었다. 힘쓰는 일은 대부분 로봇이 대신했고 식당 서빙처럼 간단한 일조차 전뇌가 필수였다. 엄마 아빠가 쓰레기 처리장에서 일할 수 있었던 건 전뇌불능자 및 기타생활보호대상자 보호법 덕이었다. 부모님은 수거 차량들이 쏟아낸 온갖 쓰레기를 재활용이 가능한 것과 불가능한 것으로 분리하는 일을 했다. 모든 공정이 자동화 시스템으로 작동했지만 소규모 인간 작업장이 따로 마련돼 있었다. 법에 따라 일정 수의 전뇌불능자를 고용하는 것이 쓰레기 처리 사업자의 의무였다. 당연히 인간 작업장의 작업 속도는 로봇 작업장에 비할 바가 못 되었다. 비효율적이지만 전뇌불능자를 고용하면 국가에서 충분한 지원금을 지급하는 구조였다. 결코 사업자가 손해 보는 일은 아니었다. 엄마와 아빠는 쓰레기 처리장에서 만나 연을 맺었고 나를 낳았다. 그리고 그곳에서 생을 마감했다.

나는 아직도 당시의 상황을 똑똑히 기억한다. 발이 접질린 엄마가 균형을 잃고 난간 너머로 떨어졌다. 난간 아래에는 엄청난 양의 쓰레기들이 컨베이어에 실려 이동하고 있었다. 아빠는 조금도 망설이지 않고 컨베이어로 뛰어들었다. 쓰레기의 강은 무자비했다. 아빠가 엄마에게 다가가기도 전에 두 사람을 쓰레기 투하구속으로 내던져버렸다. 쓰레기 처리장의 관리 과장이 보여준 영상은 엄마 아빠가 쓰레기 투하구 속으로 사라지는 장면에서 멈췄다. 감시 카메라 시스템을 점검하다가 발견한 거야. 관리 과장이 건조한 목소리로 말했다. 나는 고장 난 컴퓨터처럼 멍하니 화면을 들여다봤다. 엄마 아빠가 귀가하지 않은 지 나흘째 되는 날이었다.

관리 과장은 나를 쓰레기 매립지로 데려갔다. 커다란 가로수들이 낙하하는 시신처럼 휙휙 창밖을 스치던 기억이 선연하다. 한참을 달려 도착한 곳은 그야말로 쓰레기의 세상이었다. 끝없이 펼쳐진 쓰레기의 산과 평야 곳곳에서 불도저와 트랙터들이 쉬지 않고 쓰레기를 묻고 있었다.

서울에서 나온 쓰레기는 대부분 여기 묻혀. 우리 처리장에서 분리한 쓰레기도 이곳으로 오지. 인간 근로자들은 여덟 시간만 근무하지만—그는 여덟 시간이라고 했지만 실상 인간 근로자들은 목표량을 채우기 위해 초과근무를 하는 경우가 허다했다—처리장은 로봇에 의해 24시간 가동되고 있어. 이곳 매립 작업도 마찬가지고. 아까 봤듯이 네 부모님이 추락한 곳은 4층이야. 운 좋게 숨이 붙어 있었다 해도 곧바로 쓰레기차에 실려 이리로 왔을 거고, 도착 즉시 트랙터나 불도저에 밀려 쓰레기 더미에 묻혔을 거야. 안됐지만 지금까지 살아 있다고 보기는 힘들어. 벌써 3일이나 지났으니까. 보다시피 매립지가 이렇게 넓은 데다 날마다 쌓이는 쓰레기의 양도 어마어마해. 그래서 말인데….

요는 이랬다. 사고가 난 장소는 엄마 아빠의 작업장이 아니다. 근무 시간도 아니었기에 회사가 책임을 질 의무가 없다. 도의적인 차원에서 돕고 싶지만 시신을 수색하는 데는 엄청난 비용과 시간이 든다. 더구나 매립지 규모를 고려하면 못 찾을 가능성이 크다. 그럴 바에 차라리 시신을 찾지 말자는 이야기였다. 대신 적당한 위로금을 주겠노라고 그는 덧붙였다. 뚜껑을 열고 쓰레기를 버리고 뚜껑을 닫듯, 대단히 사무적인 태도였다.

나는 끝없이 펼쳐진 쓰레기의 사막을 바라봤다. 싸늘하고 퀴퀴한 바람이 불었다. 정말이지 도시는 엄청난 배설을 하고 있었다. 엄마와 아빠는 평생 도시의 배설물을 치우다가 결국 저 아래 어딘가에 묻혀버렸다. 허망한 죽음 앞에 눈물조차 나오지 않았다. 내 속내 따위는 아랑곳없이 관리 과장은 그곳을 부모님의 무덤으로 삼자고 조르고 있었다. 고린내가 나는 바람 때문일까. 속이 메스꺼웠다.

나는 관리 과장의 제안을 거절했다. 회사에서 일어난 사고니 책임지고 반드시 찾아달라고 했다. 거절하면 언론에 알리고 소송도 불사하겠다고 말했다. 관리 과장의 표정이 찌그러진 깡통처럼 굳었다. 회사와 줄다리기를 한 끝에 최대 3주간 수색하기로 합의했다. 수색을 하는 동안에도 어마어마한 양의 쓰레기가 끊임없이 매립지로 밀려들었다. 결국 부모님의 시신은 찾지 못했다.

엄마 아빠는 내가 당신들처럼 전뇌불능자가 아니라는 사실에 기뻐했다. 하지만 전뇌 이식수술을 해줄 수 있는 형편은 아니었다. 나는 전뇌불능자나 다름없었다. 대신 부모님은 내게 튼튼한 몸을 물려주었다. 격투 선수는 내가 이 사회를 살아갈 유일한 길이었다. 부모님의 기일이 되면 나는 늘 쓰레기 매립지를 찾아갔다. 쓰레기의 산과 평야 어딘가에 잠들었을 엄마 아빠를 생각하며 반드시 세상에서 가장 빛나는 별이 되겠다고 다짐하곤 했다.

경기장에 쏟아지는 눈부신 조명과 관중의 우렁찬 함성. 두근거리는 심장 박동의 설렘. 스텝을 밟을 때 느껴지는 긴장감. 상대와 격돌하는 순간의 짜릿함과 상대를 굴복시켰을 때의 성취감. 그 모든 것이 한순간에 사라졌다. 한껏 빛을 발하던 별이 중력을 이기지 못하고 붕괴되듯 나는 끝없이 무너져 내렸다. 남은 건 나를 결박하는 거대하고 냉엄한 중력뿐이었다. 시력을 회복했지만 주위는 온통 암흑이었다. 나는 길을 잃은 채 부모님의 무덤을 찾아갈 용기조차 내지 못했다.

더듬이를 곤두세운 바퀴벌레처럼 어둠을 배회하던 나의 귀에 괴이한 소리가 들렸다. 본능적인 직감이 나를 일깨웠다. 그건, 인간의 몸과 몸이 부딪치는 소리였다. 나도 모르게 소리가 나는 뒷골목으로 들어갔다. 골목 구석에서 한 남자가 바닥에 쓰러져 있는 여자에게 발길질을 하고 있었다.

이, 이, 이, 이봐요!

내가 다급하게 그를 불렀다. 뒤를 돌아본 남자의 눈에 잔뜩 독이 올라 있었다.

뭐야, 넌!

거칠게 숨을 몰아쉬는 남자의 입에서 위협적인 목소리가 튀어 나왔다.

사, 사, 사람을 그, 그, 그, 그, 그렇게 때, 때리면 어, 어, 어, 어떡 해요.

긴장한 탓인지 내 입에서 침이 질질 흘러내렸다. 남자의 시선이 내 입가에 꽂혔다. 나는 침을 닦으며 남자를 건너다봤다. 그는 고 개를 옆으로 돌리며 헛웃음을 내뱉었다.

별 미친년이 다 끼어드네.

혼잣말을 뇌까리던 그가 돌연 내게 달려들었다. 내 가슴을 밀어 차는 그의 움직임이 낱낱이 보였지만 내 몸은 반응하지 않았다. 나는 발라당 뒤로 자빠졌다.

기회 줄 때 꺼져. 안 그러면 너도 쟤 꼴 날 줄 알아!

적선하듯 으르는 말을 던져놓고 그가 뒤돌아섰다. 그의 발이 다 시 여자를 걷어차기 시작했다. 여자는 의식을 잃은 상태였다. 충격 을 받을 때마다 늘어진 몸이 속절없이 흔들렸다. 내 가슴 깊숙한 곳에서 무언가가 울컥, 몸을 뒤틀었다.

나는 바닥을 짚고 일어나 남자에게 다가갔다. 기척을 느꼈는지 남자가 고개를 돌리려고 했다. 재빨리 남자의 오른쪽 오금을 걸어 찼다. 남자가 휘청이며 무릎을 꿇었다. 그의 머리가 내 가슴 아래로 내려오는 순간 오른손으로 턱을, 왼손으로는 뒤통수를 붙잡았다. 그리고 닭의 모가지를 비틀 듯 순식간에 머리를 비틀어버렸다. 경추가 어그러지며 추간판이 파열되고, 근육이 찢기는 진동이 턱뼈와 머리뼈를 통해 고스란히 전해졌다. 내 쪽으로 등을 향한 채 남자의 얼굴이 나를 보았다. 마주한 두 눈동자가 공포로 얼어붙어 있었다. 손을 놓자 고개가 돌아간 육체가 힘없이 고꾸라졌다.

곧바로 여자의 상태를 살폈다. 얼굴이 피투성이였다. 콧구멍에 손가락을 대 호흡을 확인했다. 숨을 쉬지 않았다. 경동맥을 짚었다. 박동이 없었다. 구조대를 부르려는 순간 널브러진 남자의 시신이 눈에 들어왔다. 그제야 내가 무슨 짓을 저질렀는지 깨달았다. 큰길을 지나는 자동차의 전조등 불빛이 골목 입구를 스쳐 갔다. 놀란 바퀴벌레처럼 나는 골목 반대편으로 뒷걸음쳤다. 두 남녀의 시신이 한눈에 들어왔다. 멀리서 섬광이 번뜩였다. 곧이어 천지를 뒤흔드는 굉음이 울리며 빗방울이 떨어져 내렸다. 나는 뒤돌아 달리기 시작했다.

나는 집에 틀어박혀 뉴스에 온 신경을 곤두세웠다. 지난밤 서울의 한 뒷골목에서 여자와 남자의 시신이 발견되었다는 기사가 짤막하게 실렸다. 떨리는 마음으로 내용을 살폈지만 구체적인 수사 상황이라든가 범인에 대한 단서는 언급되지 않았다. 기사에 관심을 기울이는 사람도 많지 않았다. 사람들의 관심은 온통 간밤에 터진 연예 기사에 쏠려 있었다. 순종으로 알려졌던 인기 가수 L 씨가 오래전에 전뇌 이식을 받은 전뇌인이라는 뉴스였다. 쏟아지는 연예 기사에 밀려 살인 사건은 금세 묻혔다. 나는 초조해졌다. 모든 것이 경찰의 전략 같았다. 일단 범인을 안심시킨 후 불시에 들이닥칠지 모른다는 불안감에 자꾸만 창밖을 내다봤다.

하루가 가고, 일주일이 지나고, 한 달이 흘렀지만 아무도 나를 찾아오지 않았다. 날마다 당시의 상황을 떠올리던 나는 운이 좋았다는 사실을 깨달았다. 목격자가 없었고, 퍼블릭아이에 찍히지 않는 길로만 다녔다. 거기에 비까지 내렸다. 빗물이 내 흔적을 말끔히 씻어주었다. 어째서 죄책감보다 안도감이 드는 걸까? 전뇌의 오류가 내 양심까지 갉아먹기 시작한 걸까? 그런 의문도 차츰 희미해졌다. 놀랍게도 정말 내가 살인을 했던가 싶을 만큼 나는 덤덤해졌다. 내가 죽인 남자는 포주였다. 여자는 그가 관리하던 창녀였다. 경찰은 그 외에 아무 실마리도 찾지 못한 모양이었다. 세상은 두 사람의 죽음 따위는 아랑곳없이 굴러갔고, 내 생활은 여전히 버그플래닛을 중심으로 공전했다.

그런데 그날 이후 나는 이상한 충동을 느꼈다. 대지에 어둠이 깔리면 남자의 목을 비틀 때 느꼈던 진동과 고개가 돌아간 채 널브러진 남자의 모습이 기억 저편에서 스멀스멀 피어올랐다. 짧은 순간이었지만 당시 나는 예전처럼 빨랐고 강했다. 내 몸을 점령했던 오류가 전혀 느껴지지 않았다. 그것은 세이렌의 노래처럼 거부할 수 없는 치명적인 유혹이었다.

어느 날인가부터
나는 밤거리를 헤매기 시작했다.
보름달이 뜨면 늑대로 변하는 한 마리 늑대인간처럼.

그리고
석 달 후
나는 두 번째 살인을 저질렀다.

부슬부슬 안개비가 날리는 밤이었다. 나는 비릿한 비 냄새에 취해 어둠을 헤맸다. 문득 정신을 차려보니 손끝에서 한 남자의 목이 비틀리고 있었다. 더 이상 나는 단순히 벌레가 들끓는 행성이 아니었다. 시커먼 블랙홀이 되어 있었다. 어둠에 몸을 숨긴 채 주변 행성들을 집어삼킨다는 죽음의 천체. 목이 돌아간 남자의 주검을 내려다보며 나는 걷잡을 수 없는 쾌감에 빠져들었다. 칠흑 같은 어둠이 나를 감쌌다.

마리

나는 날마다 밤거리를 헤맸다. 어둠이 내린 도시의 뒷골목에는 수많은 범죄자들이 기생하고 있었다. 나는 어둠에 몸을 숨긴 채 그들을 지켜보았고 비가 오는 날 그중 하나의 목을 비틀었다. 언젠가는 살인 행각이 발각되리라는 걸 알고 있었다. 인적이 드문 새벽이라 해도, 퍼블릭아이에 포착되지 않는 길로만 다닌다 해도, 비가 와서 흔적이 지워진다 해도, 결국 누군가는 내 범행을 볼 터이고 누군가는 내 뒤를 쫓을 것이었다. 무엇보다도 범죄자의 목을 비튼다는 것 자체가 대단히 위험한 일이었다. 뒤에서 접근해 순식간에 끝냈지만 어떤 변수가 생길지 알 수 없었다. 그럼에도 불구하고 멈출 수가 없었다. 인간의 염통을 파먹으며 생명을 이어간다는 늑대인간처럼 나는 목이 돌아간 범죄자들의 시체를 내려다보며 생기를 얻었다. 그 순간만큼은 몸의 장애가 느껴지지 않았고 강인했던 예전의 나로 돌아갔다. 육신이 붕괴될 줄 알면서도 약물에 탐닉하는 중독자처럼 나는 점점 살인에 빠져들었다.

두 번째 희생자는 마약 판매상이었다. 녀석은 주로 미성년자를 상대로 영업을 했다. 목이 돌아간 시신이 연달아 발견되자 경찰과 언론이 민감하게 반응하기 시작했다. 살인 사건 소식이 뉴스의 첫머리를 장식했고 경찰 검문도 잦아졌다. 그러나 나 같은 F등급 전뇌부적응자를 의심하는 사람은 아무도 없었다. 경계심 가득한 눈빛으로 검문을 하던 경찰도 내 신원을 조회하고 나면 금세 측은한 듯, 혹은 얕잡는 눈빛으로 나를 보내주었다. 살인 사건이 일어났다고 해서 범죄자들이 몸을 사리는 것도 아니었다. 내가 버그플래닛을 떠날 수 없듯 그들 역시 밤거리를 벗어날 수 없었다. 세 번째, 네 번째 살인은 계속됐다.

병신 같은 년!

노랑머리는 그렇게 말했었다. 살짝 어깨를 부딪쳤을 뿐인데 옷 속으로 바퀴벌레라도 들어간 표정이었다. 죄, 죄, 죄, 죄소ㅇ하ㅁ니돠. 나는 머리를 굽실거리며 사과했다. 녀석은 거만한 표정을 지으며 나를 지나쳤다. 널찍한 등이 드러나는 순간 나는 가차 없이 녀석의 목을 비틀었다. 오만함으로 가득 찼던 눈동자가 공포가 박제된 화석으로 변했다. 연예인으로 데뷔시켜준다며 여자들에게 접근해 성매매 업소에 팔아넘기는 놈이었다. 나는 놈의 눈을 똑바로 바라보며 속삭였다. 나한테 그런 말을 하면 안 되는 거였어. 물론 녀석은 대답할 수가 없었다. 손을 놓자 숨통이 돌아간 몸이 힘없이 널브러졌다. 네 번째 살인이었다. 목뼈가 부러질 때 느껴지는 짜릿한 손맛과 공포가 박제된 눈동자를 들여다보는 희열, 뒤이어 목이 돌아간 육체에서 전해지는 전율. 내 몸은 쾌감의 순서를 기억했고, 기대했다. 나는 황홀한 쾌락 속으로 빠져들었다. 그런데 무언가 덜컥, 폭주하는 쾌감을 가로막았다.

건너편 나무 아래에서 누군가 나를 지켜보고 있었다. 나는 화들짝 몸을 떨었다. 밀려들던 쾌감이 순식간에 살인을 들켰다는 두려움으로 바뀌었다. 도망치기 전에 잡아야 한다는 생각이 서릿발처럼 치솟았다. 그런데 검은 형상은 달아나기는커녕 내 쪽으로 다가왔다.

희미한 가로등 빛 아래 모습을 드러낸 건 열서넛 즈음으로 보이는 여자아이였다. 가지런한 단발머리에 산책이라도 나온 듯 가벼운 운동복 차림이었다.

죽은 건가요?

고개가 돌아간 남자의 시신을 물끄러미 내려다보던 아이가 나를 올려다보며 물었다. 아이의 눈에는 책망도, 비난도, 두려움도 실려 있지 않았다. 그것은 오로지 남자가 죽었느냐는 객관적인 사실에 대한 질문이었다. 밤하늘에 반짝이는 별빛처럼, 격투장에 쏟아지던 눈부신 조명처럼 아무 편견도 느껴지지 않았다. 지금껏 나를 그런 눈으로 바라본 이는 아무도 없었다. 전뇌부적응자가 된 후 나를 보는 사람들의 시선은 포장된 동정심이거나 싸늘한 멸시

가 전부였다. 사람들의 날카로운 시선이 꽂힐 때마다 나는 쓰라
린 가슴을 부여안고 몸을 웅크려야 했다. 아이의 눈빛은 그런 나
를 부드럽게 어루만졌다. 그것은 눈앞에서 저지른 살인조차 단죄
하지 않겠다는 자비의 빛이었고, 죽음과 죄악의 구렁텅이에서 끌
어내는 구원의 빛이었다. 울컥 눈물이 치밀었다. 가까스로 눈물을
삼키며 아이를 응시했다. 아이와 나 사이에는 여전히 목이 돌아간
남자의 시신이 엎어져 있었다. 나는 덥석 아이의 손목을 잡아끌었
다.

　타코 가게 안에는 한창 인기를 끄는 걸 그룹의 댄스 음악이 흐
르고 있었다. 어쩌자고, 어쩌자고 이리로 온 것일까? 알 수 없었다.
아이의 손목을 잡고 달리다 보니 뒤에서 뭐라고 중얼거리는 소리
가 들리는 것 같았다. 발을 멈추고 돌아봤다. 창백한 얼굴이 헐떡
이고 있었다. 허리를 구부리고 가쁘게 숨을 내쉬던 아이의 입에서
생뚱한 말이 튀어나왔다.

　배고파.

　조금 전 살인을 목격한 사람이라고는 믿기지 않을 만큼, 살인자
와 마주하고 있는 사람이라고도 믿기지 않을 만큼 아이는 맛있게
타코를 먹었다. 너무나 태연했고, 너무나도 무표정한 얼굴이었다.
까무잡잡한 피부의 종업원이 새벽녘에 뜬금없이 여자아이를 데려

온 나와 걸신들린 듯 타코를 먹는 아이를 커다란 눈망울로 힐끔거렸다. 밝은 곳에서 본 아이의 눈은 파란 하늘빛이었다. 나는 멍하니 그 눈을 들여다봤다.

어떻게 해야 하나? 결국 살인 현장을 들키고 말았다. 게다가 이제는 내가 이 아이와 함께 있는 것을 본 목격자도 생겼다. 마침내 늘 예감하던 때가 찾아온 건가. 그런데 도대체 이 아이는 누굴까? 어째서 이 새벽에 홀로 도시를 배회하는 걸까?

나도 죽일 건가요?

느닷없는 아이의 물음에 나는 황급히 주위를 둘러봤다. 다행히 가게 안에는 시끄러운 음악이 울리고 있었고, 저만치 떨어진 종업원 외에 특별히 우리에게 신경을 쓰는 사람은 없었다. 다시 아이를 돌아보던 나는 그만 말문이 막혔다. 아이의 얼굴은 죽음을 언급하고 있다고는 믿기지 않을 만큼 담담했다.

죽음을 경험하면 더 이상 삶을 경험할 수 없겠죠.

나에게 하는 소린지 혼잣말인지 아이는 그렇게 중얼거린 후 덥석 타코를 베어 물었다.
마, 마, 마, 맛있니?
아이가 묵묵히 고개를 끄덕였다. 나는 내 앞에 놓인 접시를 살며시 아이 앞으로 밀었다.

 내 이름은 마리예요.

 내 몫의 타코까지 말끔히 먹어치운 후 아이가 이름을 밝혔다. 잘
먹었다는 인사일까? 내가 살인자라는 사실이 아무렇지 않은 걸
까? 왠지 나도 이름을 말해줘야 할 것 같았지만 차마 그러지 못했
다. 대신 마리를 집까지 바래다주었다. 왜 그랬는지는 모르겠다.
그저 그렇게 해야 한다는 의무감이 들었다. 어쩌면 나는 이미 모
든 것을 체념하고 마음의 준비를 하고 있었던 건지도 모른다. 마
리는 C구의 부유한 동네에 살고 있었다. 커다란 대문 너머로 사라
지는 마리의 뒷모습을 지켜보면서도 나는 끝내 내 이름을 밝히지
못했다. 추적추적 빗방울이 떨어지기 시작했다.
 그날 이후 나는 신변을 정리했다. 여러 계좌에 흩어진 예금을 한
곳으로 모았고 다른 달보다 일찍 공과금을 납부했다. 마감이 한참
남은 프로그램도 미리 테스트했다. 간결하게 사직서도 써두었다.
필요 없는 옷가지와 물품들을 미련 없이 내버리고 집을 깨끗이 청
소했다. 언제든 경찰이 찾아오면 가뿐히 따라나설 수 있도록 준비
를 마치자 마음이 홀가분했다. 하지만 일주일이 지나도록 나를 잡
으러 오는 사람은 없었다. 늘 그랬듯 아무도 나 따위에는 관심조
차 없었다. 마리는 누구에게도 내 이야기를 하지 않은 모양이었다.

하지만 왜?

그 물음에 대한 궁금증 때문에 나는 마리의 주변을 서성이기 시작했다.

마리는 어머니와 둘이 살고 있었다. 장바구니를 들고 집을 드나드는 아주머니가 있었지만 파출부인 듯했다. 마리의 어머니는 무척 바쁜 사람이었다. 아침 일찍 집을 나서면 밤늦게 들어오기 일쑤였고 귀가하지 않는 날도 잦았다. 지적인 외모와 세련된 차림새로 보아 뭔가 전문적인 일을 하는 것 같았다. 마리는 집에서 가까운 중학교에 다녔다. 일주일에 한 번 전뇌 병원에 가는 것을 제외하면 방과 후엔 늘 곧바로 귀가했다. 병원에서 무슨 치료를 받는지는 알 수 없었다.

그렇게 몇 주간 마리의 주변을 배회하는 사이 나에게 놀라운 변화가 생겼다. 어둠이 대지를 덮어도 더 이상 살인을 하고 싶은 충동이 일지 않았다. 늑대인간이 보통의 인간으로 환원되듯 어느새나는 본래의 모습으로 돌아와 있었다. 대신 다시 한 번 마리의 눈을 들여다보고 싶다는 간절한 바람이 끊임없이 나를 충동질했다.

나는 계속 마리의 주위를 맴돌았다. 삼교대로 일주일마다 근무시간이 바뀌었기에 한 주는 오전에, 한 주는 오후에, 다른 한 주는 밤에 마리를 지켜봤다. 마리를 직접 볼 수 있는 시간은 주로 등하교 때였다. 마리가 작은 가방을 메고 집을, 혹은 학교를 나서면 멀찍이 떨어져 뒤를 밟았다. 한 걸음 한 걸음 마리가 흘린 발자국을 주위 담듯 정성스레 쫓아가다 보면 어느새 대문 뒤로 혹은 교문 너머로 마리의 모습이 사라졌다. 마리를 보지 못한 날에는 퍼블릭 아이가 미치지 않는 골목 구석에 서서 망연히 마리의 방 창문을 올려다봤다. 늦은 밤 2층 창에서 흘러나오는 네모난 빛은 밤하늘의 별빛처럼 따사로웠다. 그토록 마리와 대면하기를 갈망하면서도 정작 나는 마리 앞에 나서지 못했다. 도저히 그럴 용기가 나지 않았다.

어느 목요일 오후 여느 때처럼 학교를 나선 마리의 뒤를 밟았다. 당연히 집으로 갈 거라는 예상과 달리 마리의 발길이 평소의 경로를 벗어났다. 이틀 전 전뇌 병원에 다녀왔기에 또 병원에 가는 건 아닐 터였다. 비가 올 듯 하늘이 꾸무럭했다. 호기심과 설렘이 뒤섞인 마음으로 마리의 뒤를 쫓았다. 그런데 행보가 이상했다. 가까운 길을 자꾸만 멀리 돌아갔다. 의아하면서도 어딘가 모르게 익숙한 경로랄까. 구불구불 미로를 더듬듯 복잡하게 네 블록을 통과하고 나서야 비로소 이유를 깨달았다. 마리는 퍼블릭아이가 촬영하지 못하는 길을 따라 걷고 있었다. 우연이 아니었다. 한 치 오차도 없이 정확하게 카메라를 피하고 있었다. 설마 프로그래머도 재현하지 못한, F등급 전뇌부적응자의 오류를 마리도 경험하는 걸까. 그럴 리가 없었다. 그렇다면 마리 스스로 퍼블릭아이에 찍히지 않는 길을 찾아 걷고 있다는 얘긴데…. 그 역시 납득이 가지 않았다. 굳이 그래야 할 이유를 짐작기 어려웠다. 도대체 어디를 가는 걸까. 누적되는 걸음만큼 궁금증이 커졌다.

두 시간 쯤 흘렀을까. 우리는 S구의 주택가로 접어들었다. 굽이 굽이 골목길을 돌던 마리가 어떤 이층집 앞에 멈춰 섰다. 파란 대문이 달린 집이었다. 나는 골목 모퉁이에 몸을 숨겼다. 문이 열리고 안쪽에서 할아버지 한 분이 나왔다. 마리가 냉큼 집 안으로 들어갔다. 서로 지나치면서도 두 사람은 전혀 아는 체를 하지 않았다. 묘한 분위기였다. 다시 한 번 집을 훑어봤다. 흔히 볼 수 있는 평범한 주택이었다. 친구 집인가 싶었지만 지금껏 한 번도 마리가 친구와 다니는 걸 본 적이 없었다. 할아버지가 느릿한 걸음으로 골목을 빠져나갔다. 예순 살쯤 됐을까. 검은 뿔테 안경을 쓰고 아이보리색 면바지에 갈색 카디건을 걸친 차림이 언뜻 정년퇴직한 교장 선생님을 연상시켰다. 한 시간을 기다렸지만 파란 대문은 굳게 닫힌 채 아무런 기미가 보이지 않았다. 차츰 출근 시간이 다가왔다. 전뇌 검사를 받는 날이었기에 평소보다 세 시간 일찍 회사에 도착해야 했다. 결국 기다리기를 포기하고 회사로 향했다.

다음 날 아침 퇴근 후 곧바로 마리의 집으로 갔다. 등교 시간이 지나도록 마리가 나오지 않았다. 오늘따라 일찍 학교에 간 걸까. 일단 귀가해서 눈을 붙였다. 점심때쯤 일어나 간단히 식사를 했다. 네트워크에 접속하자 뉴스 속보가 전해졌다. 주요 정부 기관과 증권거래소, 방송국, 포털사이트 등의 서버실 여섯 곳이 폭탄 테러를 당했다는 소식이었다. 국회, 대법원, 행정부의 서버가 폭파돼 입법, 사법, 행정 업무가 정지했고, 증권거래소와 방송국의 서버 폭발로 주식 거래와 방송 송출이 중단됐다. 대형 포털사이트 코스모스도 마비된 상태였다.

하교 시간에 맞춰 마리가 다니는 학교로 향했다. 여전히 마리가 보이지 않았다. 발길을 돌려 마리의 집 근처에서 기다렸다. 평소 낮에는 보이지 않던 마리 어머니의 차가 나타났다. 차에서 내려 집 안으로 뛰어들어간 마리 어머니는 잠시 후 다시 차를 타고 떠났다. 네트워크는 온통 테러와 관련한 속보로 들썩였다. 백업 서버들이 무사한 까닭에 신속하게 사태를 복구 중이라고 했다. 게다가 벌써 테러범들을 검거한 모양이었다. 범인들의 얼굴과 이름이 공개됐다. 담벼락에 기대 뉴스를 확인하던 나는 눈을 의심했다. 마리와의 대면을 갈망하는 무의식적 욕구가 빚은 오류인가 싶었다. 테러범들의 명단 마지막에 마리가 있었다. 다른 테러범들의 이름 옆에는 모두 '검거'라고 표기돼 있었지만 마리의 이름 옆에는 '사망'이라고 적혀 있었다.

봉안당 안은 서늘했다. 선입견 때문일까? 들어서는 순간부터 하얀 뼈 냄새가 풍기는 듯했다. 숨을 들이마실 때마다 망자들의 혼이 폐 속으로 스미는 기분이었다. 빽빽하게 벽을 메운 사각의 안치단 중 한 곳에 마리가 있었다. 잿빛 금속판 위에 새겨진 'R-576'이라는 번호가 유난히 창백했다. 두꺼운 유리 너머에 웅크리듯 놓인 하얀 유골함이 보였다. 마리는 한 줌의 재가 되어 그 안에 고요히 잠들어 있었다. 안치단 한쪽에 세워진 작은 전자 액자에 마리의 모습이 담겨 있었다. 초등학교 졸업식 날 찍은 사진인 듯 학교를 배경으로 가슴에 꽃다발을 안았다. 사진 속에서도 마리는 무표정한 얼굴이었다. 가만히 그의 눈을 들여다봤다. 너무 작고, 너무 멀었다. 처음 만났던 날 마리는 지금껏 내 앞에 나타났던 수많은 빛을 상기시켰다. 어떤 빛은 나에게 희망을 불어넣었고, 어떤 빛은 나를 절망의 나락으로 떨어뜨렸다. 돌이켜보면 그 빛들은 모두 내 의지를 초월하는 하늘의 계시였다. 내 삶은 그런 계시의 연속이었다. 마리의 눈빛 역시 나를 살인의 구렁텅이에서 구원해준 하늘의 뜻이었다. 언젠가 다시 한 번 하늘처럼 파란 그 눈을 들여다보고 싶었는데 이제는 그럴 수가 없었다. 마리와 나 사이에는 두꺼운 유리 한 장 정도가 아닌 극복할 수 없는 간극이 버티고 있었다.

죽음을 경험하면 더 이상 삶을 경험할 수 없겠죠.

그렇게 중얼거리던 마리의 목소리가 서늘하게 귓가를 맴돌았다.

우리 마리를 아나요?

돌아보니 마리의 어머니가 서 있었다. 수척해진 얼굴에 피부가 많이 상해 있었다. 나는 고개를 돌리며 그녀를 외면했다.

마리를 알아요? 친구였나요?

그녀가 와락 내 팔에 매달렸다.

아는 게 있다면 뭐든 좀 얘기해줘요. 제발요, 네?

뿌리치려 했지만 그녀는 완강했다. 날카로운 손톱이 내 팔뚝을 파고들었다.

우리 마리는 테러리스트가 아니에요. 그 어린 것이 그럴 리 없잖아요. 범인은 따로 있다고요. 우리 애는 피해자예요! 진짜 범인을 잡아야 해! 잡아서 산산조각을 내야 한다고!

애원하던 목소리가 절규로 변했다. 봉안당 안에 잠들어 있던 모든 영혼을 깨울 만큼 처절한 외침이었다. 잠시 후 절규가 흐느낌으로 바뀌었다. 나는 가까스로 그녀의 손을 떼어냈다.

벽에 등을 기대고 앉아 맞은편 벽에 걸린 시계를 본다. 어릴 적부터 늘 보던 시계다. 전뇌인들은 머릿속에 전뇌시계가 있기 때문에 집 안에 시계를 놓거나 손목시계를 차지 않는다. 나는 전뇌 이식을 받은 후에도 늘 저 시계를 보며 생활했다. 전뇌시계가 자주 오류를 일으켰기 때문이다. 가느다란 시계의 초침이 온몸을 움찔대며 시간의 흐름을 증명하고 있었다.

마리가 떠난 지 어느덧 한 달이 지났다. 처음에는 알아차리지 못했다. 나는 더 이상 마리를 볼 수 없다는 슬픔에만 묻혀 있었다. 시간이 차츰 애통하고 혼란스러운 감정을 쓸어갔다. 두껍게 덮였던 슬픔의 층이 걷히자 드러난 것은 작은 실마리였다. 가늘고 희미하지만 따라가면 점차 굵어지고 선명해져 종국에는 문제의 근원에 다다를 만큼 중요한 사실. 마리가 떠난 후 벽에 걸린 시계의 초침이 수만 번 회전하고 나서야 나는 뒤늦게 깨달았다.

마지막으로 마리를 보았던 날 파란 대문 집에서 나온 할아버지.

테러범 중 하나에 그의 얼굴이 있었다. 바보같이 왜 이제야 생각 난 걸까! 나는 자책하며 책상 서랍을 열었다. 휴대용 레이저 칼을 꺼내 들었다. 아빠가 고철을 자를 때 쓰던 칼이었다. 엄마 아빠가 세상을 떠난 후 나는 두 분의 유품을 한데 모았다. 버릴 물건들 속 에 이 레이저 칼이 섞여 있었다. 스위치를 켜자 붉은빛이 강렬하 게 뻗어 나왔다. 그 빛을 본 후 레이저 칼만은 책상 서랍에 고이 넣어두었다. 어쩌면 그때 보았던 빛도 하나의 계시였는지 모른다. 훗날 이 칼이 필요할 거라는 하늘의 뜻.

모두가 잠든 새벽 파란 대문 집의 담을 넘었다. 마당 가운데로 환한 달빛이 비쳐 들었다. 담을 따라 드리워진 달그림자에 몸을 숨긴 채 집 주위를 한 바퀴 둘러봤다. 아무 기척도 느껴지지 않았 다. 1층 뒷방 창문의 잠금장치를 레이저 칼로 잘라냈다. 어둠 속 에서 붉은빛이 궤적을 그리자 잠금장치가 댕강 분리됐다. 쇠 타는 냄새가 비릿하게 번졌다.

집 안은 휑뎅그렁했다. 가구나 가재도구가 전혀 없었다. 거실도, 부엌도, 안방도 텅 비어 있었다. 2층의 방 세 개도 마찬가지였다. 아무도 살지 않는 것 같았다. 다시 1층을 살피던 중 다용도실 옆에 서 자물쇠를 채운 문을 발견했다. 두툼한 구식 자물쇠였다. 다시 한 번 레이저 칼의 붉은빛이 어둠을 갈랐다. 문을 열자 지하로 통 하는 계단이 나타났다. 플래시를 비춰가며 조심조심 아래로 내려 갔다.

그곳은 작은 진료실 같았다. 한쪽 벽에 용도를 알 수 없는 전자 장비들이 층층이 쌓여 있었고, 그 앞에 전뇌용 진료 의자가 놓여 있었다. 맞은편 책상엔 타투 머신과 타투 바늘들, 그리고 잉크병이 정리돼 있었다. 내 어깨에 문신을 그려준 타투이스트도 비슷한 도구를 사용했다. 보도에 따르면 테러범들은 모두 귀 뒤에 숫자 문신이 새겨져 있다고 했다. 이곳이 테러 사건과 관련한 장소라는 심증이 굳어졌다.

플래시 불빛이 꼼꼼히 방을 훑었다. 구석에 세워진 삼각대가 눈을 스쳤다. 삼각대 위에 소형 비디오카메라가 장착돼 있었다. 전원 버튼을 누르자 심해에 사는 기괴한 생물처럼 어둠을 뚫고 홀로그램이 솟아올랐다. 재생 목록에 열두 개의 파일이 들어 있었다.

내 이름은 최남기. 나이는 열아홉, 대명전자고등학교 3학년에 재학 중이다. 나는 섭리의 첫 번째 사도로서 코스모스의 서버실을 폭파할 것이다.

첫 번째 파일을 클릭하자 한 남학생의 상반신이 나타났다. 억양 없는 목소리에 감정이 느껴지지 않는 눈빛이었다. 말을 마친 후 그는 왼쪽 옆얼굴이 보이도록 돌아앉았다. 카메라가 그의 귀를 클로즈업했다. 불쑥 두 개의 손이 나타났다. 누군가의 왼손과 오른손이었다. 오른손은 타투 머신을 쥐고 있었다. 책상에 있는 기계였다. 왼손이 귓바퀴를 젖히자 귀 뒤에 숫자 '1'이 적혀 있었다. 타투 머신의 모터 돌아가는 소리가 들렸다. 숫자를 따라 문신이 새겨지기 시작했다.

다른 영상도 모두 동일한 패턴이었다. 홀로그램 속 인물들은 저마다 자신의 이름과 나이, 신분을 밝힌 후 테러 목표를 선언했다. 그들이 몸을 돌리면 정체를 알 수 없는 손이 귀 뒤에 번호를 새겼다. 해괴망측한 영상이었다. 약에 취했거나 사이비 종교에 빠진 게 아닐까? 혼란을 느끼면서도 계속해서 다음 파일을 재생했다. 열한 번째 영상에 마리를 미행했던 날 보았던 할아버지가 나왔다. 마지막 파일을 클릭하는 손끝이 떨렸다.

내 이름은 정마리. 나이는 열네 살, 한빛중학교 2학년에 재학 중이다. 나는 섭리의 첫 번째 사도로서 코스모스의 서버실을 폭파할 것이다.

가슴속에서 무언가 뜨겁고 끈적한 덩어리가 뭉쳐졌다. 그토록 보고 싶던 얼굴이었는데 반가움 대신 화가 치밀었다. 어째서 앵무새처럼 바보 같은 말을 내뱉는 걸까? 도대체 왜! 마리는 금세 옆으로 돌아앉았다. 또다시 주인을 알 수 없는 손이 나타났다. 오른손의 엄지와 검지 사이에 박힌 까만 점 두 개가 유난히 눈에 거슬렸다. 굵직한 골격이 틀림없이 남자의 손이었다. 정체를 알 수 없는 손이 귓바퀴를 젖히자 숫자 '1'이 보였다. 타투 머신의 예리한 바늘이 마리의 여린 피부를 찌르기 시작했다.

영상이 끝난 후에도 한동안 멍하니 홀로그램 메뉴를 바라봤다. 마리의 귀에 문신을 새기던 손의 잔상이 뇌리를 떠나지 않았다. 비현실적인 현실이었다. 전원 절약 모드가 설정된 듯 잠시 후 자동으로 홀로그램이 꺼졌다. 어둠이 사위를 채웠다. 책상 위에 엎어놓은 플래시의 불빛이 동그란 띠 모양으로 어둠 속에서 허우적댔다.

나는 무의식중에 레이저 칼의 스위치를 눌러댔다. 야수의 발톱처럼 날카로운 빛이 어둠을 가르며 명멸했다. 마리의 몸을 더럽히던 손이 눈앞에서 아른거렸다. 선혈처럼 번득이는 빛을 내려다보며 나는 맹세했다. 반드시 그 손의 주인을 찾아내겠다고.

그곳에서 나는 다섯 번째 살인을 저지른다.

그것은 이전까지의 살인과는 다른 살인이었다.

그것은

절규하던 마리의 어머니를 대신한 복수였고

마리의 넋을 위로하는 제사였다.

내가 마리에게 해줄 수 있는 유일한 보답이었다.

III 추적하는 손

잠복

창유리를 통해 올려다본 하늘은 전원을 끈 모니터 화면처럼 검었다. 날씨 정보를 확인해보니 강우 확률 81%였다. 달갑지 않은 예보였다. 비 예보 탓인지 모텔 앞 거리가 유난히 한산했다. '모텔 알로하'라고 적힌 LED 간판의 붉은빛이 어둠을 덧입은 아스팔트를 고요히 쓰다듬 여자가 모텔로 들어간 지 세 시간이 넘었다. 그사이 여자는 샤워를 하고 화장을 했다. 이후 계속 드라마를 시청했다. 침대에 비스듬히 누운 모습이 테라스코프에 그대로 포착됐다. 늘씬하고 육감적인 몸매 옆에 그녀가 비운 세 개의 맥주 캔이 삼각형을 이루며 서 있었다. 채널 사이버 채널 한 곳에서 유령벌레에 대한 토론을 진행 중이었다. 유령벌레가 자생할 수 있는지에 대해 그렇다는 의견과 그렇지 않다는 의견이 팽팽하게 맞섰다. 쉽사리 결론이 나지 않자 사회자가 주제를 바꿨다. 유령벌레가 존재한다는 가정하에 그것이 인류에 어떤 영향을 미칠 것인가.

었다. 모텔 뒤에 설치해둔 감시 장비도 조용하기는 마찬가지였다. 어디선가 나타난 검은 고양이 한 마리가 사뿐한 걸음으로 도로를 가로지르는가 싶더니 금세 어둠 속으로 사라졌다.

을 해킹해보니 요즘 한창 인기를 끄는 드라마였다. 한 여자와 두 남자의 삼각관계. 속이 텅 빈 맥주 캔처럼 별 볼 일 없는 이야기였다. 드라마에 심취한 듯 여자는 꼼짝하지 않았다.

그다지 큰 문제를 야기하지 않을 거라는 측과 유령벌레가 일으키는 오류로 인류가 멸망할 수도 있다는 주장이 비등했다. 차츰 논리적인 설득보다 추측과 비난이 난무하기 시작했다. 채널을 빠져나왔다.

어느덧 11시 반을 넘어선 시각이었다. 세 시간 넘도록 차 안에만 있었더니 목과 허리가 무지근했다. 이따금 여자가 몸을 뒤척이면 괜스레 내 몸이 뻐근해지는 느낌이었다. 차에서 내려 한바탕 체조라도 하고 싶었지만 조만간 목표가 나타날 터였다. 움직임을 최소화할 필요가 있었다. 운전석에 앉은 채 허리를 굽혔다 펴고 좌우로 목을 까딱거려봤지만 쉽사리 피로가 풀리지 않았다. 한정된 공간인 데다 척추보호용 외골격까지 착용한 탓이었다. 콘솔박스를 뒤져 담배 한 개비를 입에 물었다. 딸깍 소리와 함께 솟아오른 라이터 불꽃이 금세 담배로 옮겨왔다. 깊게 한 모금 빨아들였다. 핏속으로 스민 니코틴이 뼈와 근육에 엉긴 피로감을 녹였다. 노곤한 기운을 머금은 잿빛 연기가 유연하게 입 밖으로 흘러나왔다. 환기장치가 실내를 휘도는 연기를 흡입해 차 밖으로 밀어냈다.

어디선가 한 무리의 모터사이클 소리가 들려왔다. 우렁찬 폭발음들이 고요한 밤거리를 시끄럽게 울려댔다. 필시 근처를 지나는 폭주족일 터였다. 나는 부연 연기와 함께 희미한 웃음을 내뱉었다. 인간은 누구나 조금씩 과거에 집착하는 성향이 있는 걸까. 내가 굳이 구식 담배를 고집하는 것처럼. 어쨌거나 내연기관이 사라진 지 이미 수십 년이 지났다. 가솔린 엔진을 장착한 모터사이클은 더 이상 생산되지 않을뿐더러 희소성 때문에 가격이 만만치 않다. 대부분 박물관에 소장되거나 부유한 수집가들의 사치스러운 수집 목록에 들어 있을 뿐이다. 밤마다 부질없이 도로를 배회하는 폭주족이 소유할 수 있는 물건이 아니다.

저 폭발음의 기원은 내연기관을 전동기로 대체하던 시절로 거슬러 올라간다. 21세기 초까지만 해도 대부분의 운송 수단은 내연기관을 엔진으로 사용했다. 물론 당시에도 여러 분야에서 전동기를 동력기로 이용했다. 그러나 당시의 전동기는 내연기관에 비해 출력이 약했다. 배터리 용량이 제한적이고 충전에 오랜 시간을 소요한다는 치명적인 약점도 있었다. 전동기가 보편화된 건 그런 문제들을 하나둘 해결하면서부터였다. 그즈음 정부도 정책적으로 전동기 사용을 유도했다. 내연기관을 장착한 자동차와 모터사이클에 전동기를 부착한 제품보다 훨씬 더 많은 세금을 부과했고, 휘발유나 경유 등 화석연료의 과세 비율도 높였다. 그럼에도 불구하고 여전히 내연기관에 대한 미련을 버리지 못하는 이들이 있었다. 음악 스트리밍 서비스가 대세로 자리 잡던 시절 LP의 향수를 잊지 못했던 사람들처럼 그들은 깨끗하고 조용한 전동기보다 거칠고 투박하지만 폭발하는 힘을 느낄 수 있는 내연기관에 집착했다. 그들은 궁여지책으로 전동기가 내연기관의 느낌을 낼 방법들을 고안해냈다. 가장 쉬운 방식이 소리였다. 가솔린 엔진이나 디젤 엔진의 소리를 녹음한 후 전동기의 작동 상태에 따라 스피커가 적절한 엔진음을 방출하도록 꾸미는 것이다. 내연기관을 전동기로 대체하던 시절 내연기관 마니아들 사이에서는 그런 식으로 전기 자동차나 전기 모터사이클을 개조하는 일이 성행했다. 수십 년이 지난 지금 그 명맥이 폭주족을 통해 이어지고 있었다. 그러니까 저 폭발음은 모터사이클의 엔진 소리가 아니라 스피커에서 흘러나오는 허세에 지나지 않았다. 진정한 의미의 폭주는 내연기관의 몰락과 함께 소멸해버린 건지도 모른다. 나는 짤막해진 담배를 재떨이에 비볐다. 흩어지는 담배 연기처럼 모터사이클의 가짜 엔진 소리가 점차 엷어졌다.

사건을 접수한 건 나흘 전이었다. 의뢰인은 '크라우트'라는 제약 회사의 사장이었다. 비서를 대동하고 직접 사무실을 찾아온 그는 50대 중반의 땅딸막한 사내였다. 전반적으로 서글서글한 인상이었지만 언뜻언뜻 비치는 예리한 눈빛이 호락호락한 인물이 아니라는 걸 짐작게 했다. 서처*를 찾는 사람은 크게 두 부류다. 경찰을 신뢰하지 못하거나, 경찰에게 신뢰받지 못하거나. 사장은 후자에 속했다. 그는 회사 기밀을 훔친 직원과 직원이 빼돌린 기밀문서를 찾아달라고 했다. 단지 그뿐이라면 경찰에 신고하면 될 일이었다. 경찰 대신 나를 찾아온 건 뒤가 구리다는 뜻이었다. 어쨌든 의뢰를 거절할 이유는 없어 보였다.

선금을 입금 받은 후 가장 먼저 착수한 일은 의뢰인에 대한 뒷조사였다. 의뢰인을 조사하는 건 두 가지 면에서 중요하다. 첫째는 내가 어떤 음모에 이용당하는 것이 아닌지 확인하기 위해서다. 무턱대고 아무 사건에나 뛰어들었다가는 자신도 모르는 사이 장기판 위의 말처럼 희생당할 수도 있다. 둘째는 사건의 발원지를 명확히 파악하기 위함이다. 무슨 일이든 종착점은 필연적으로 출발점과 연결돼 있는 법이니까.

크라우트는 보건소와 군 병원 등 공공 의료 기관에 각종 의약품을 독점 납품하고 있었다. 그런데 그 과정이 깨끗지 않았다. 다양한 정관계 인사에게 불법 로비를 벌였다. 경쟁사들을 견제하고 지속적으로 독점적 지위를 유지하려는 목적이었다. 로비에 사용할 자금은 이중장부를 이용한 세금 포탈과 원재료 구입 시 받은 리베이트로 마련했다. 사장이 말한 기밀문서란 이중장부와 리베이트 기록이 담긴 문건이 틀림없었다. 문서를 들고 사라진 인물은 회계 부서 직원이었다. 사장은 언급하지 않았지만 그 직원은 기밀문서

---

* 찾아주는 일을 업으로 삼는 자. 수동형 서처와 능동형 서처로 나뉜다. 수동형 서처는 네트워크상에서만 활동한다. 온갖 시스템에 침투해 의뢰받은 정보를 확보하는 일이 주 업무다. 일종의 해커인 셈. 능동형 서처는 수동형 서처의 업무를 현실까지 확장한다. 즉, 수동형 서처가 누군가의 신상 정보를 확보하는 데 그친다면 능동형 서처는 신상 정보뿐 아니라 신병을 확보하는 일까지 처리한다.

뿐 아니라 막대한 비자금까지 챙긴 후 종적을 감췄다. 기업 비리에 횡령이 결부된 사건이었다.

다시 한 번 목표의 신상 정보를 훑어봤다. 정윤호. 서른여섯 살. 미혼 남성으로 크라우트의 회계 팀에서 10년간 근무했다. 교통법규를 몇 번 위반한 적이 있을 뿐 별다른 범법 기록은 없었다. 공격적인 성향이라든가 사기꾼 기질도 보이지 않는 전형적인 사무원이었다. 오랜 시간 엄청난 양의 검은돈을 관리하다 보니 욕심이 생겼고, 욕심을 주체하지 못해 결국 일을 저지른 것이 분명했다. 빼돌린 기밀문서는 자신을 보호할 방패막이로 삼을 심산이었을 것이다. 하지만 너무 어설펐다. 그런 일을 벌이고 아직 이 나라를 뜨지 않은 것만 봐도 그렇다. 그건 대단히 용감하거나 지독히 미련하다는 뜻이다. 붙잡히고 싶지 않다면 지금쯤 남미나 중국 어딘가로 숨어야 했다. 그런데 고작 한다는 일이 진짜 하와이도 아니고 간판에 달랑 야자수 하나가 그려진 변두리 모텔에서 애인과 만나는 거라니. 역시 범죄도 해본 놈들이 더 잘하는 법이다.

특이사항이 있다면 목표의 두 다리가 의체라는 점이었다. 시리얼 넘버를 조회해보니 휴먼보디HumanBody의 보급형 모델이었다. 궁지에 몰리면 다리로 공격해올 가능성이 있었다. 가만히 내 팔과 다리를 내려다봤다. 목과 몸통은 뻐근했지만 사지는 전혀 피로하지 않았다. 일주일간 꼼짝 않는다 해도 가뿐할 기계 몸이었다. 휴먼보디의 전투형 모델을 특수 튜닝한 의체로 출력과 속도, 유연성 등 모든 면에서 가장 우수한 제품이었다.

처음으로 내 몸에 인공 신체를 이식한 건 군 복무 중일 때였다. 산악 훈련을 하다 낙석에 왼팔이 깔리는 사고를 당했다. 뼈가 산산이 부서진 데다 괴사가 진행돼 부득이 팔을 잘라야 했다. 인공 팔을 접합했지만 움직임이나 힘의 강약을 조절하기가 쉽지 않았다. 실패와 실수의 연속. 거대한 산을 오르듯 고된 기간이었다. 가까스로 적응기를 넘어서자 그제야 기계 팔의 진가를 체감할 수 있었다. 그것은 생체 팔보다 훨씬 섬세하게 반응했다. 더 빠르고 강하게 작동했으며 지치지도 않았다. 단순한 대체 수단이 아니라 기존 육체의 한계를 넘어선 느낌이었다. 이후 나는 자발적으로 몸을 의체화義體化했다. 제대 후 오른팔도 마저 기계로 바꿨고 두 다리도 교체했다. 두 눈에 이어 두 귀도 인공 기관으로 갈았다. 매번 힘겨운 적응기를 거쳐야 했지만 더욱 완벽해질 내 모습을 생각하면 감내할 만한 일이었다.

이제 내 몸에서 기계가 아닌 부분은 두 눈과 두 귀를 제외한 머리와 목 그리고 몸통이다. 궁극적인 지향점은 온몸을 기계로 바꾸는 전신 의체다. 팔다리가 높은 출력을 내면 지금의 척추는 버티지 못한다. 그래서 항상 척추보호용 외골격을 착용해야 한다. 몸통까지 의체로 바꾸면 그런 불편함이 사라진다. 피로감을 느끼지도 않을 테고 인공 신체의 기능도 극대화할 수 있다. 그러나 시판 중인 전신 의체들은 몇 가지 문제가 있다. 그중 하나가 음식이다. 현재로서는 몸통을 의체로 바꾸면 이유식처럼 걸쭉하고 맛없는 의체식만 먹어야 한다. 생선회라든가 스테이크 따위는 꿈도 꿀 수 없다. 또 다른 문제는 섹스다. 최신형 인공 성기라 해도 아직은 실제 성기보다 만족도가 떨어진다는 보고가 대다수다. 즉, 현재의 의체 기술은 식욕과 성욕을 완벽하게 정복하지 못한 수준이었다. 두 가지 문제만 해결된다면 언제든 전신 의체 수술을 받을 작정이다.

모터사이클의 엔진 소리가 걷히자 다시 거리가 정적에 싸였다. 예상보다 목표의 등장이 늦어졌다. 살짝 운전석 창을 내렸다. 창틈을 비집고 눅눅한 공기가 흘러들었다. 당장이라도 비가 쏟아질 기세였다. 어차피 나타날 거 비가 오기 전에 나타났으면 좋겠다. 구질구질하게 빗속에서 추격전을 벌이고 싶지는 않았다. 내가 비 오는 날을 싫어하는 건 단순히 활동이 불편하기 때문만은 아니었다. 축축한 공기에 둘러싸여 우중충한 하늘을 보고 있으면 왠지 어디선가 불길한 일이 벌어지고 있을 것 같았다.

2년 전 서울의 뒷골목에서 한 남녀가 살해당했다. 남자는 포주였고 여자는 남자가 관리하던 창녀였다. 또다시 살인 사건이 터진 건 석 달 후였다. 피해자는 마약상이었다. 별개의 사건이었지만 포주와 마약상이 살해당한 방식이 동일했다. 둘 다 목이 비틀려 죽었다. 직감적으로 두 사건이 동일인의 범행이라고 판단했다. 당시 나는 현상금이 걸린 마약 밀매 조직의 두목을 쫓는 중이었다. 의뢰도 받지 않은 일에 신경을 쓸 여유가 없었다. 두 달쯤 지난 후 세 번째 살인 사건이 발생했다. 희생자는 돈을 갚지 못한 채무자들의 장기를 뜯어가는 사채업자였다. 역시 고개가 돌아간 시신으로 발견되었다. 세 건의 살인이 잇따르자 언론이 들끓었다. 그때까지도 실마리를 찾지 못하던 경찰은 특별수사본부까지 설치하며 범인 검거에 열을 올렸다. 마침 나는 사건 하나를 해결한 직후였다. 호기심에 끌려 관련 자료를 살펴봤다.

첫 번째 사건의 창녀를 제외하면 나머지 피살자들은 모두 범죄자들이었다. 사인은 경추 골절. 누군가 목을 비틀어 부러뜨렸다. 현장을 통째로 디지털화한 3D스캔 파일을 열람했다. 세 명 모두 앞으로 엎어진 채 등 쪽으로 고개가 돌아가 있었다. 기괴한 형상이었다. 사망 추정 시각은 대략 새벽 1시에서 4시 사이였고, 사건이 발생할 즈음 한결같이 비가 내렸다. 그것이 전부였다. 목격자도 없었고 도시 곳곳에 설치된 퍼블릭아이에도 범인의 모습은 찍히지 않았다. 지문이나 족적, 미세먼지나 섬유질 같은 단서도 없었다. 혹시 남겨졌을지 모를 단서는 모두 비에 쓸려가버렸다. 경찰 수사는 지지부진했다. 의뢰받은 일도 아니고 현상금이 걸린 사건도 아니었지만 궁금증을 해결하고 싶다는 서처로서의 본능이 꿈틀거렸다. 나는 한정된 단서들을 토대로 범인을 구체화했다.

세 건의 살인은 동일범의 소행이 분명했다. 범인은 피살자의 머리를 붙들고 단번에 목을 비틀었다. 피살자는 비명을 지를 겨를도 없이 즉사했을 것이다. 상당한 완력 혹은 숙련된 격투 기술을 지닌 자의 짓이었다. 범인은 퍼블릭아이가 미치지 않는 사각지대에서 피살자들을 덮쳤다. 범행 후에는 주변의 퍼블릭아이를 피해 현장을 벗어났다. 인내심이 강하며 주도면밀한 인물이라는 의미였다. 비 오는 날을 골라 범행을 저지른 이유 역시 흔적을 남기지 않으려는 의도였을 것이다. 통신사들의 서버를 해킹해 사건 당시 부근에 있던 전뇌사용자들의 신원을 조사했다. 특별히 의심스러운 인물을 포착하지 못했다. 아마도 범인은 위치 기록이 남지 않도록 전뇌의 무선통신 모듈을 꺼두었을 것이다. 애당초 전뇌인이 아닐 수도 있었다. 특이한 점은 피살자들이 모두 범죄자라는 사실이었다. 범죄자를 처단해 정의를 실현한다고 생각하는 사이코패스일지도 몰랐다. 석 달에서 두 달 간격으로 발생한 범행 패턴으로 미루어 비슷한 기간에 또다시 살인을 저지를 가능성이 높았다. 대략적으로 범인을 형상화했지만 결정적인 실마리는 여전히 어둠 속에 묻혀 있었다.

예상대로 네 번째 살인이 발생한 건 세 번째 살인이 일어난 날로부터 59일째 되던 날이었다. 이번에도 피살자는 범죄자였다. 수법은 동일했다. 목이 비틀렸고, 역시 비가 내렸다. 아무 단서도 나오지 않았기에 수사는 계속 제자리걸음이었다. 여론과 언론으로부터 뭇매를 맞던 경찰은 급기야 거액의 현상금을 내걸었다. 어차피 사건을 쫓던 나로서는 환영할 일이었다. 현상금에 끌려 다른 서처들도 하나둘 사건에 뛰어들었다.

그런데 그 모두를 비웃기라도 하듯 갑자기 살인이 멈췄다. 다섯 번째 살인을 예상했던 나는 안도하기보다 당황했다. 희생자가 나오기를 바란 건 아니지만 희생자가 없으니 범인을 쫓을 단서도 끊겨버렸다. 아이러니하게도 언론은 더 많은 기사를 쏟아냈다. '블랙홀 살인'이라는 자극적인 별칭 역시 언론의 작품이었다. 일반적으로 연쇄살인은 사건을 거듭하며 더욱 과감해지고 잔인해지기 마련이다. 그 과정에서 범인은 하나둘 실수를 저지르고 그로 인해 결국 덜미를 잡힌다. 하지만 이 범인은 한결같았다. 목을 부러뜨리는 것 외에 더 이상 욕심을 부리지 않았다. 범행 주기가 짧아지지도 않았다. 불쑥 어둠 속에서 나타나 범죄자들의 목을 부러뜨리고 다시 어둠 속으로 조용히 사라졌다. 정말 눈에 보이지 않는 블랙홀을 찾아 우주를 헤매는 기분이었다.

연쇄 살인범은 절대로 살인을 멈추지 않는다. 살인이 멎었다면 그것은 살인을 못 할 정도로 신상에 극단적인 변화가 발생했다는 것을 의미한다. 사고로 죽었거나 거동할 수 없을 정도로 몸에 문제가 생겼을 수도 있었다. 아니면 교도소나 정신병원 같은 시설에 수감됐거나 다른 나라나 도시로 거처를 옮겼거나. 어찌 됐든 살아 있고 움직일 수 있다면 놈은 다섯 번째 살인을 저지를 것이 틀림없었다. 모든 가능성을 고려하며 광범위하게 정보를 수집했다. 그러나 어디서도 단서를 찾을 수가 없었다. 어느 날 갑자기 일어난 연쇄 살인은 그렇게 갑자기 멈춰버렸다. 수개월 간 사건에 매달렸던 나는 닭 쫓던 개처럼 허탈해졌다. 결국 사건은 미결로 묻혔다.

서처의 등급은 경력과 수임受任한 사건의 성공률로 결정된다. 나는 경력 12년에 성공률 87%를 자랑하는 특급 서처였다. 아무리 뛰어난 서처도 모든 사건을 100% 해결하는 건 불가능하다. 더구나 실패율 13%는 업계 평균에 비하면 현저히 낮은 수치다. 사건

하나를 해결하지 못했다고 해서 부끄러워할 일이 아니었다. 그러나 블랙홀 살인은 예외였다. 자신만만하게 뛰어든 사건이었기에 아무 단서도 찾지 못했다는 사실이 커다란 굴욕으로 다가왔다. 의욕과 기대가 높았던 만큼 자괴감과 허탈함 또한 깊었다. 그 모두가 이렇게 비가 쏟아지기 직전 어느 캄캄한 밤에 시작된 것이다.

다시 담배 한 개비를 입에 물었다. 라이터의 불을 댕기려는 순간 어두운 거리의 끝이 꿈틀거렸다. 담배를 내려놓고 가만히 어둠을 응시했다. 야구 모자를 눌러쓴 남자가 주변을 힐끔거리며 모텔 쪽으로 다가왔다. 남자의 거동을 행동분석 프로그램에 대입했다. 보행 패턴이 목표와 99% 일치했다. 알로하.

모텔로 들어선 남자는 계단을 통해 3층으로 올라갔다. 그의 손이 내가 감시하던 객실 문을 두드렸다. 침대에 누워 있던 여자가 문으로 달려갔다. 문이 열리고 안으로 들어선 남자가 여자와 깊게 포옹했다. 잠시 후 여자가 남자의 손을 끌어 화장대로 향했다. 화장대 위에 놓여 있던 핸드백이 열리고 여자가 남자에게 무언가를 건넸다. 남자의 손에 들린 물건을 확대했다. 립스틱이었다. 남자가 그것을 자신의 점퍼 안주머니에 찔러 넣고 다시 여자를 끌어안았다. 사라졌다는 기밀문서가 어디에 있을지 짐작이 갔다.

차 문을 열고 밖으로 나섰다. 가라앉은 밤공기에 적막한 기운이 가득했다. 좌우로 몸통을 비틀자 굳었던 뼈들이 이제야 한숨 돌리겠다는 듯 우두둑 안도의 탄성을 내뱉었다. 테라스코프와 연결된 무선 채널을 점검한 후 거리를 가로질러 모텔로 들어갔다.

객실 앞에 도착해 내부를 확인했다. 팬티만 입은 남자가 침대 헤드보드에 기대앉아 맥주를 마시고 있었다. 여자는 욕실에서 볼일을 보는 중이었다. 걸리적거릴 것 없는 상황이었다. 즉시 객실 문 잠금장치를 해킹했다. 자물쇠 풀리는 소리가 들리자 남자가 황급히 침대에서 뛰어내렸다. 내가 객실로 진입하는 순간 그가 내게 맥주 캔을 집어 던졌다. 그는 곧바로 의자에 걸어둔 점퍼를 낚아채며 창문으로 몸을 던졌다. 유리창이 깨지고 팬티만 걸친 남자가 창밖으로 떨어졌다. 샌님인 줄 알았는데 의외로 대담한 놈이었다. 창밖으로 고개를 내밀어 아래를 내려다봤다. 점퍼를 든 남자가 어두운 도로를 달리기 시작했다. 돌연 차가운 물방울 하나가 내 뒤통수를 때렸다. 고개를 들자 또 하나가 이마에 떨어졌다. 욕실 문 밖으로 머리를 내민 여자가 연방 비명을 질러댔다. 이래저래 맘에 들지 않는 상황이었다. 어쨌든 나도 창밖으로 몸을 날렸다.

남자가 30여 미터 앞을 달려가고 있었다. 내 의체의 구동장치가 순식간에 출력을 높였다. 먹이를 쫓는 치타처럼 나는 남자의 뒤를 쫓았다. 거리가 2미터 이내로 좁혀졌을 즈음 남자를 뛰어넘어 그의 앞을 가로막았다. 당황한 듯 남자가 주춤거렸다. 가로등의 부연 불빛이 그의 얼굴에 짙은 음영을 드리웠다.

어차피 잡힐 거 순순히 따라오는 게 어때?

대답 대신 남자의 발이 날아왔다. 나는 살짝 물러섰다. 후드득 소리를 내며 빗방울들이 보도블록을 때리기 시작했다. 떨어지는 빗방울들을 가르며 다시 그의 발이 덤벼들었다. 이번에는 피하지 않았다. 보급형 의체의 발차기는 한 손으로도 얼마든지 막을 수 있었다. 나는 쇄도하는 다리를 붙잡아 남자를 바닥에 패대기쳤다. 널브러진 육체에서 고통스러운 신음이 흘러나왔다. 그 와중에도 그는 단단히 점퍼를 움켜쥐고 있었다.

그래봤자 소용없어. 피차 힘 빼지 말자고.

천천히 다가서는 내게 그가 누운 채로 발길질을 했다. 모래 쏟아지는 소리를 내며 비가 대지를 두들겨댔다. 머리에서부터 발끝까지 흠뻑 젖은 나는 슬슬 짜증이 났다. 대화가 통하지 않는 상대에게는 다른 방식으로 접근하는 수밖에 없다. 발길질을 하는 그의 오른쪽 다리를 낚아채 가차 없이 발목을 비틀었다. 어둠 속에서 불똥이 튀며 쇠 부러지는 소리가 났다. 남자의 입에서 비명이 터졌다. 고통이 지속되진 않을 것이다. 다리가 한계치 이상으로 망가지면 자동으로 신경 회로가 차단된다.

계속 저항하면 다른 쪽도 뽑아버릴 거야.

남자의 눈앞에 동강 낸 발을 들이밀었다. 전의를 상실한 듯 그제야 그가 두 팔을 내저었다.

점퍼 안주머니 깊숙한 곳에 립스틱이 들어 있었다. 뚜껑을 벗기자 봉긋한 내용물이 드러났다. 바닥을 돌려 내용물을 밀어 올린 후 뽑아냈다. 예상대로였다. 립스틱 바닥에 마이크로 칩이 숨겨져 있었다. 즉시 의뢰인에게 연락했다.

직원과 문서, 둘 다 찾았습니다. 어떻게 할까요? 직접 데려갈까요? 아니면 사람을 보내시겠습니까?

사장은 직원을 보내겠다고 했다. 내 위치를 전송했다.

하릴없이 쏟아지는 비가 차도와 인도의 경계를 따라 어둠 속을 흘러갔다. 무심결에 주머니를 더듬었지만 담배도 라이터도 모두 차에 있었다. 가지고 있다 해도 어차피 퍼붓는 빗속에서 피우는 건 무리였다. 나는 얼굴을 찡그리며 비가 쏟아지는 하늘을 올려다 봤다.

30분 후 검은색 승합차가 나타났다. 남자와 마이크로 칩을 넘기 자 즉시 계좌로 잔금이 입금됐다. 남자를 태운 차가 금세 어두운 빗속으로 사라졌다. 알로하. 어둠을 향해 속삭이듯 뇌까렸다.

삐릭!

메시지가 날아들었다. 샘이었다.

휴먼보디가 업그레이드한 펌웨어를 공개했어. 손을 좀 봐뒀으니까 들 르라고.

조금 전 남자의 발을 뽑았던 내 오른손을 가만히 움켜쥐었다. 부 드러운 동작 너머로 강력한 힘이 느껴졌다. 기본적으로 매우 우수 한 보디였다. 게다가 업그레이드를 통해 매번 성능을 보강하고 있 었다. 그럼에도 여전히 부족함이 느껴지는 건 왜일까. 어쩌면 완벽 한 육체란 영원히 도달할 수 없는 이상일지 모른다는 회의가 뇌리 를 적셨다.

번번이 고맙군.

빗물을 털 듯 회의감을 떨어내며 답신을 보냈다. 어쨌든 업그레이드한 펌웨어는 내 몸을 좀 더 완벽에 가깝게 만들어줄 것이다.

차로 돌아가려는데 묵직한 물체가 발에 차였다. 남자의 뜯긴 발이었다. 발목 윗부분으로 부러진 금속 골격과 끊어진 전선들이 흉하게 비어져 있었다. 벌어진 틈 사이로 속절없이 빗물이 흘러들었다. 얼핏 그런 생각이 들었다. 내가 비를 싫어하는 이유는 몸의 반 이상이 물이 침투하면 부식하는 기계이기 때문이 아닐까. 왠지 몸 마디마디에서 희미하게 삐걱대는 소리가 들리는 것 같았다.

만두

샘과의 인연은 내가 서처 생활을 시작한 지 4년째 되던 해로 거슬러 올라간다. 당시 경찰은 대규모 무기밀매조직 소탕작전을 진행 중이었다. 그 와중에 담당 형사가 살해당하는 사건이 발생했다. 한강 하류에서 목에 칼이 박힌 수사관의 시신이 떠올랐고 그가 확보한 밀거래 정보가 사라졌다. 경찰이 정보력을 총동원해 거래 시간과 장소를 알아내려고 했지만 허사였다. 흐지부지 작전이 종결되려 할 즈음 한 여자가 나를 찾아왔다. 피살된 수사관의 아내였다. 그녀의 의뢰 사항은 두 가지였다. 남편을 죽인 범인을 잡아줄 것. 조직의 밀거래 정보를 경찰에 넘겨줄 것. 아이러니한 일이지만 경찰은 때때로 법과 질서라는 틀에 갇혀 법과 질서를 수호하지 못하기도 한다. 서처의 정보력이 경찰보다 뛰어난 이유 중 하나는 그들처럼 법에 얽매이지 않기 때문이다. 나는 수사관을 살해한 조직원의 신원과 밀거래 정보를 확보한 후 직접 경찰청을 찾았다. 갑작스러운 서처의 방문에 그들은 노골적으로 불편한 심기를 드러냈다. 하지만 내 제안을 거절할 만큼 여유로운 상황이 아니었다. 내 제안이 그리 거창한 것도 아니었다. 내가 그들과 동등한 지위에서 작전에 참여하게 해달라는 것뿐이었으니까. 결국 경찰특공대가 인천항에 위치한 창고를 급습할 때 나는 작전 라인 외곽에 설치한 지휘 본부에서 모든 상황을 지켜볼 수 있었다. 상당한 화력으로 무장한 조직은 격렬하게 저항했다. 그러나 고도로 훈련한 경찰특공대를 당해낼 수는 없었다. 작전 개시 10여 분 만에 상황이 종료됐다. 수사관을 살해한 조직원은 이마 한가운데 총알이 박힌 채 발견됐다. 일반적인 총격전의 결과라고 보기에는 지나치게 깔끔하고 정밀한 타격이었다. 원 샷 원 킬. 틀림없는 저격수의 솜씨였다. 경찰은 순직한 동료를 위해 은밀히 예포禮砲를 준비한 모양이었다. 다만 공포탄 대신 실탄을 사용했고, 하늘 대신 동료를 살해한 범인의 얼굴을 향해 총구를 겨눴을 뿐이었다. 보스와 핵심 간부들을 포함해 수십 명의 조직원이 연행됐다. 수백 상자에 달하는 무기도 압수됐다.

경찰이 철수한 후 나는 진압 상황을 복기하며 현장을 둘러봤다. 창고 내부를 살피던 중 구석에 세워진 낡은 지게차에 눈길이 갔다. 경찰은 창고 바닥에 설치한 비밀 공간에서부터 천장에 이르기까지 모든 곳을 샅샅이 뒤졌다. 과연 저기도 확인했을까? 사냥개의 후각처럼 민감한 내 직감이 지게차 뒤에 딸린 작은 수납함을 향했다. 차량 유지와 정비에 필요한 물품들을 담아두는 공간이었다. 기름때가 묻은 덮개를 젖히자 아타셰케이스* 서너 개 정도를 겹친 크기의 가방이 드러났다. 깔끔하게 가공된 회색빛 금속 외장이 얼룩 한 점 없이 반질거렸다. 한눈에 보기에도 평범한 공구 가방이 아니었다. 시험 삼아 좌우에 달린 버튼을 눌렀다. 설마 했는데, 그대로 잠금장치가 풀렸다. 잘못 짚은 건가? 중요한 물건이 들어 있다면 그렇게 허술할 리가 없었다. 의아해하며 가방을 연 순간 나는 고장 난 컴퓨터처럼 멍하니 내용물을 들여다봤다. 가방 안에는 쭈글쭈글 주름이 진 회색빛 뇌가 들어 있었다. 서처 생활을 하며 별별 일들을 겪었지만 그건 정말 상상치 못한 일이었다. 뇌는 맑은 액체를 채운 유리병 속에 담겨 있었다. 아래쪽에 꽂힌 여러 가닥의 튜브를 통해 산소와 양분을 공급받는 듯했다. 뇌 뒤편에는 전뇌가 장착돼 있었다. 전뇌에서 뺀 케이블이 유리병 바닥으로 이어졌다. 가방 구석에 달린 통신 포트에 연결된 것 같았다. 경우의 수는 세 가지였다. 모조품에 지나지 않거나, 동물의 뇌이거나, 아니면 인간의 뇌. 확인할 방법은 간단했다. 나는 잠시 망설이다가 내 전뇌 케이블을 끌어내 가방에 달린 통신 포트에 꽂았다.

아무 반응이 없었다. 텅 빈 우주처럼 막막한 어둠과 서늘한 침묵뿐이었다. 역시 아닌가? 접속을 끊으려는 찰나 잠에서 깨어나듯 누군가의 음성(엄밀히 말하면 그것은 음파가 아니라 뇌파였다)이 들려왔다.

---

* 얇고 작게 만든 직사각형 모양의 가방. 흔히 '007 가방'으로 알려져 있다.

잘 도착한 겁니까?

남성인지 여성인지, 나이가 많은지 적은지 구별이 되지 않는 모호한 목소리였다. 어쨌든 그것은 분명 살아 있는 인간의 뇌였다. 갑작스러운 질문에 내가 머뭇대자 그가 조심스레 다시 물었다.

누구십니까?
그건 내가 묻고 싶은 말입니다. 도대체 당신은 누굽니까?

이번에는 그가 머뭇거렸다.

말하기 싫으면 말하지 않아도 좋습니다. 그럼, 나는 가방을 닫고 다시 원래 있던 곳에 그대로 두겠습니다. 하지만 누가 이 가방을 찾아낼 수 있을지 모르겠군요. 일주일이 걸릴지 보름이 걸릴지, 어쩌면 영영 발견하지 못할 수도 있는데. 아무튼 행운을 빕니다.

접속을 끊으려 하자 그가 급박한 목소리로 나를 붙들었다.

도와주십시오!
나는 당신이 누군지도 모르는데요?
내 이름은 샘입니다.
샘?

네.

내가 왜 당신을 도와야 하죠?

물론 당신이 나를 도와야 할 이유는 없습니다. 나를 돕는다고 해서 당장 내가 무언가 보답할 수 있는 처지도 아닙니다. 하지만 나를 도와준다면, 당신은 평생 신뢰할 수 있는 친구를 얻게 될 겁니다.

그가 어떤 인간인지 나는 짐작조차 할 수 없었다. 그는 표정도, 몸짓도 없는 회색빛 뇌로 존재할 뿐이었으니까. 다만 돈이나 정보를 주겠다는 게 아니라 신뢰할 수 있는 친구가 되겠다니, 그 말에 호감이 갔다. 설령 그것이 위기를 모면하려는 임기응변이라 할지라도.

좋습니다, 샘. 나는 강현우라고 합니다. 어떻게 도우면 되겠습니까?

샘의 부탁은 간단했다. 자신을 어느 의체 전문 병원으로 보내달라고 했다. 나는 그를 담은 가방을 들고 직접 병원을 찾았다. 확인 결과 그는 그날 오후 입원이 예약된 환자였다. 곧바로 입원 수속이 진행됐다.

며칠 후 그의 상태를 확인하기 위해 병원 데이터베이스에 접속했다. 그런데 어찌 된 일인지 그를 찾을 수가 없었다. 샘이라는 이름의 환자는 물론 뇌만 입원한 환자의 기록이 아예 존재하지 않았다. 그럴 리가? 좀 더 적극적으로 찾아보고 싶었는데 결국 그러지 못했다. 내가 최대 규모의 밀거래 조직을 소탕하는 데 결정적인 역할을 한 서처라는 소문이 퍼지면서 일거리가 밀려들기 시작한 것이다. 발동이 걸린 엔진처럼 개업 이래 가장 바쁜 날들이 이어졌다.

그렇게 수개월이 지난 어느 날 아침이었다. 나는 밤새 다섯 건의 검색 작업을 끝내고 녹초가 되어 사무실 소파에 벌렁 드러누웠다. 몇 달째 하루도 쉬지 않고 일을 하다 보니 쑥쑥 불어나는 은행 예금과는 반대로 조금씩 몸(정확히 말하면 두 눈과 두 귀를 제외한 머리와 목 그리고 몸통)이 축나고 있었다. 이대로 가다가는 더 이상 건강을 장담할 수 없을 것 같았다. 직원을 뽑는 게 어떨까 싶었지만 누군가와 함께 일하는 건 성격상 맞지 않았다. 휴머노이드 비서도 탐탁지 않았다. 결국 필요한 건 통장의 무게와 건강의 무게가 적당히 균형을 이루도록 일과 휴식 사이에 분명하게 선을 그을 원칙인지도 몰랐다. 잡다한 생각에 둘러싸여 서서히 잠에 빠져들고 있을 때였다. 누군가 사무실 안으로 들어섰다. 가까스로 졸음을 쫓아내며 눈을 떠보니 40대 중반 정도의 남자가 문 앞에 서 있었다. 녹갈색 작업복 바지에 회색빛이 감도는 후줄근한 반팔 티 차림이었다. 내가 몸을 일으키자 그가 나에게 다가와 대뜸 악수를 청했다.

나, 샘이야.

그의 입에서 시원스러운 목소리가 흘러나왔다. 그것이 샘과의 두 번째 만남이었다.

만두 가게를 차렸어.

건너편 소파에 등을 기대며 샘이 말했다. 오랜 친구를 찾아온 듯 천연덕스러운 모습이었다. 황당한 일이었지만 신기하게도 그런 그가 어색하지 않았다. 오랫동안 소식이 끊겼던 친구로부터 근황을 듣는 기분이었다.

만두 가게를 차렸다고?

응.

되묻는 나에게 그가 대수롭지 않다는 듯 대꾸했다.

왜 하필 만두 가게야?

만두는 삼국지에서 유래했다는 설이 있어. 촉나라 승상 제갈량이 윈난 지방을 정벌하고 돌아오는 길이었지. 노수瀘水라는 강에 이르렀는데 갑자기 심한 풍랑이 일어서 도저히 강을 건널 수가 없었어. 그때 그 지방에 사는 한 노인이 말했지. 노수의 한 맺힌 귀신들이 화가 나서 그런 거라고. 마흔아홉 사람의 머리를 베어 제물로 바쳐야 풍랑이 멎을 거라고 말이야. 제갈량은 정벌을 하느라 이미 많은 사람이 죽었으니 더 이상 살생은 없어야 한다고 했어. 그래서 밀가루 반죽에 소와 양의 고기를 채우고, 사람 머리 모양처럼 빚어 제를 지낸 후 그것들을 노수에 던지게 했지. 그러자 거짓말처럼 풍랑이 멎었어. 결국 촉군은 무사히 강을 건널 수 있었지.

그 이야기가 만두 가게랑 무슨 상관인데?

들어봐. 그러니까 '만두饅頭'의 '두頭'는 사람의 '머리'를 의미하고, '만饅'은 '기만欺瞞하다'의 '만瞞'과 같은 음音에서 따온 거야. 풀이하면 '귀신을 속인 머리'라는 뜻이지. 그런데 사실 만두는 귀신만 속인 게 아니야. 무슨 얘기냐면 실제 역사에는 만두에 관한 일화가 없어. 즉, 만두 이야기는 소설가 나관중이 독자들의 흥미를 돋우기 위해 끼워 넣은 허구인 거지. 그런데 거기에는 또 하나의 허구가 숨어 있어. 나관중이 삽입한 만두 제조법은 사실 만두가 아니라 교자餃子 제조법이거든. 중국에서 만두란 밀가루 반죽을 발효시켜 소를 넣지 않고 찐 음식을 말해. 속이 없는 찐빵처럼 말이야. 그러니 삼국지에 등장하는 만두는 만두가 아닌 셈이지. 여하간 결론은, 만두가 여러모로 알쏭달쏭한 음식이라는 거야.

쏟아지는 졸음을 참으며 밑도 끝도 없이 이어지는 만두 이야기를 듣고 있으려니 노수 바닥에 가라앉은 만두처럼 머릿속이 아득해지는 기분이었다. 나는 물끄러미 그의 얼굴을 바라봤다. 중년 남자의 얼굴 너머로 유리병 안을 부유하던 회색빛 뇌가 투영되었다. 만두 이야기를 들은 탓인지 만두와 뇌가 상당히 유사하게 느껴졌다.

지금 사용하는 건 휴먼보디의 전신 의체인가?

맞아. 군에 납품하는 최상급 모델이지.

기왕이면 젊고 멋진 디자인으로 하지 그랬어. 아저씨 스타일이라니 취향이 독특한걸.

약간의 농을 던지자 그가 정색하며 되받았다.

이건 취향의 문제가 아니라 생존의 문제야. 평범해야 눈에 띄지 않는 법이거든. 그제야 나는 그를 밀매 조직의 창고에서 발견했다는 사실을 떠올렸다.

샘이 사무실에 나타난 후 나는 은밀히 그의 뒷조사를 했다. 그건 그에 대한 의심 때문이라기보다 일종의 호기심 때문이었다. 실상 나는 그에 대해 아는 것이 아무것도 없었다. 내가 보았던 말랑말랑한 회색빛 뇌만으로는 그의 나이도, 생김새도, 심지어 성별조차 알 수가 없었다. 나는 그를 남자로 대했지만 그건 그가 남성형 의체를 사용했기 때문이었다. 어쩌면 그의 회색빛 뇌는 XY염색체가 아니라 XX염색체를 품고 있을지도 몰랐다. 한 인간의 본질을 담은 본체와 대면하고도 그에 대해 전혀 아는 것이 없다는 역설이 나로 하여금 그의 과거를 추적하게 만들었던 것이다.

사실 샘은 중국에서 활동하던 천재적인 해커였다. 그는 오로지 해킹에만 몰두하기 위해 온몸을 전신 의체로 바꿀 정도로 해킹에 빠져 살았다. 샘의 존재를 인지한 중국 국가안전부는 그에게 비밀 정보국에서 일해달라고 요청했다. 그러나 해커란 본디 어디에도 구속받지 않는 바람 같은 존재인 법. 샘이 그런 요구를 받아들일 리 없었다. 번번이 제안을 거절당하자 국가안전부는 샘을 위험인물로 지정하고 수배령을 내렸다. 그들로부터 도망치는 길은 자신이 죽었다고 믿게 하는 수밖에 없다고 생각한 샘은 미리 프로그램한 휴머노이드를 이용해 자신의 뇌를 인공 신체에서 꺼내 생명 유지 장치가 달린 가방으로 옮겨 담았다. 그리고 자동차 폭발 사고로 자신의 죽음을 위장했다. 그가 담긴 가방은 은밀히 밀거래 조직에 전해졌고, 임무를 마친 휴머노이드는 증거를 지우기 위해 자폭했다. 이후 조직 간의 거래를 통해 국경을 넘은 샘은 잠시 조직의 창고에 보관되다가 의체 전문 병원으로 옮겨질 예정이었다. 하필 그날 경찰특공대가 창고를 습격했고 지게차에 숨겨져 있던 그를 내가 발견하게 된 것이 아닐까,

라는 건 순전히 내 상상이었다. 상상력을 동원해 그런 시나리오를 꾸며볼 만큼 그에 대해 아무 정보도 알아내지 못한 것이다. 샘의 과거는 예리한 칼로 베어낸 듯 댕강 잘려 있었다. 삼류 영화 같은 스토린데? 자네는 정말 직업 선택을 잘한 것 같아. 찾아내는 재능은 있지만 지어내는 재능이 없는 걸 보면. 내 이야기를 듣고 샘은 어이가 없다는 듯 놀려댔다. 더 이상 뒤를 캐는 건 친구로서 도리가 아닌 것 같아 결국 체념하고 말았다. 하지만 이따금 그의 과거가 궁금해지는 건 어쩔 수 없는 일이었다. 어쨌거나 내가 본 샘의 육체는 그의 뇌가 전부였으니까.

'봉식이네 만두'라고 쓰인 간판을 올려다봤다. 볼 때마다 느끼지만 참으로 구수한 이름이다. 가게는 전자 상점들이 즐비한 Y구의 식당 거리에 있다. 주의를 기울이며 걷지 않으면 금세 지나칠 정도로 흔한 만둣집이다. 그야말로 평범함의 극치. 평범해야만 눈에 띄지 않는다는 샘의 말을 그대로 구현한 곳이다. 하지만 이곳에서 그가 하는 일은 결코 평범하지 않았다. 샘이 만들어준 인증 프로그램을 실행한 후 가게 안으로 발을 들였다.

점심시간 전이라 그런지 실내가 한산했다. 아홉 개의 테이블 중 두 곳에만 손님들이 앉아 있었다. 어서 오세요. 앞치마를 두른 휴

머노이드가 낭랑한 목소리로 나를 맞았다. 내 얼굴과 인증 코드를 확인하자 휴머노이드는 더 이상 나를 안내하지 않고 다시 대기 상태에 들어갔다. 나는 홀을 가로질러 주방으로 향했다. 여기까지가 1차 관문이다. 만일 승인되지 않은 누군가가 주방으로 들어가려고 했다면 홀에 배치된 휴머노이드가 즉시 앞을 가로막았을 것이다.

주방은 하얀 김으로 자욱했다. 주방장과 보조가 조리대 위에 쌓인 동그란 찜통에 만두를 담고 있었다. 주방장은 인간, 보조는 휴머노이드였다. 눈이 마주친 주방장이 가벼운 눈인사를 건네왔다. 160센티미터 정도의 작은 체구지만 칼질을 할 때면 엄청난 위압감을 풍기는 인물이었다. 중국인 같은데 한 번도 이야기를 나눠본 적은 없었다. 나 역시 살짝 눈인사로 답했다. 보조는 홀을 지키는 녀석보다 두 배가량 출력이 센 모델이다. 녀석이 분주히 손을 놀리며 힐끗 내 얼굴을 확인했다. 여기까지가 2차 관문이다.

주방 구석에 놓인 찬장 앞으로 갔다. 밑에서 두 번째 문을 열었다. 왼쪽에서 세 번째 놓인 후추통을 들었다가 한 바퀴 돌려 내려놓았다. 겉보기에는 평범한 찬장이지만 실은 샘의 작업실로 통하는 마지막 관문이다. 허가받지 않은 자가 침입을 시도하면 찬장 뒤편에 설치된 두꺼운 강철합금 문이 잠긴다. 동시에 찬장이 폭발해 침입자를 저지한다. 그사이 샘은 다른 출구를 통해 유유히 작업실을 빠져나간다. 물론 작업실은 자동으로 소각된다. 그런 사태에 대비해 샘은 이미 여러 곳에 이와 비슷한 아지트들을 구축해두었을 것이다. 모름지기 해커는 게릴라전에 능해야 하고 그러려면 곳곳에 아지트가 있어야 하는 법이니까. 인증 코드가 승인되자 찬장이 돌아가며 지하로 통하는 계단이 나타났다.

샘은 우주선 조종석처럼 생긴 커다란 의자에 앉아 있었다. 주변에는 작은 빛을 반짝이며 분주히 작동하는 전자 장비들이 가득했다. 두 눈을 감은 채 미동도 없었지만 그의 의식은 무한한 네트워크의 세계를 누비고 있을 것이었다.

샘은 나를 능가하는 특급 해커다. 이따금 서처인 내가 해킹을 의뢰할 정도로 그의 실력은 탁월하다. 굳이 그런 부탁을 받지 않아도 이곳에서 종일 전 세계에 존재하는 시스템들을 해킹하는 것이 그의 일과다. 왜 해킹을 하느냐고 묻는다면 아마도 그는 이렇게 대답할 것이다. 거기에 시스템이 있으니까.

어수룩한 중년 남자의 모습을 한 그의 몸을 훑어봤다. 내 의체와 동급인 최상급 전투형 보디지만 출력과 균형감을 비롯해 모든 면에서 내 것보다 월등했다. 전신 의체인 까닭이다. 더욱이 특수 튜닝으로 효율을 최대치까지 끌어올린 상태였으니 인간이 만든 육체 중 최고의 작품이라 해도 과언이 아니었다. 가장 뛰어나다는 말은 성능과 더불어 미감까지 포함한다. 단순히 파워나 스피드만 높일 목적이라면 괴물 같은 형상으로 얼마든지 가능하다. 인간의 모습을 유지하면서 최상의 능력을 발휘하게 만드는 기술. 그것이 내가 생각하는 의체공학의 핵심이다. 샘은 해킹뿐 아니라 의체공학에도 일가견이 있었다. 아마도 그건 그 자신이 전신 의체를 사용하고 있기 때문일 터였다.

샘을 만나기 전 나는 주로 인공 신체 전문 커스텀숍에서 의체를 업그레이드했다. 정기 검사는 의체 병원에 맡겼지만 그것만으로는 만족할 수 없었다. 의체 병원에서 사용하는 소위 순정 부품과 순정 프로그램은 소비자의 입장에서 최고의 성능을 누리도록 만들어진 제품이 아니다. 기업의 입장에서 최고의 이익을 창출하도록 제작된 상품일 뿐이다. 조금이라도 더 완벽한 몸을 원한다면 기성 하드웨어와 소프트웨어로는 부족하다. 나는 주로 의체 커뮤니티에서 개조와 관련한 정보를 수집한 후 커스텀숍의 엔지니어와 상의해 의체를 업그레이드했다. 그럼에도 늘 무언가 모자란 느낌이었다. 끊임없이 물을 마시는데 좀처럼 갈증이 해소되지 않는 기분이랄까.

나한테 맡겨보지그래. 처음 이곳을 방문했을 때 샘이 제안했다. 타인에게 의체를 의탁하는 건 결코 쉽게 결정할 문제가 아니다. 심심치 않게 발생하는 의체 관련 의료 사고나 범죄가 그 증거다. 비용을 절감하기 위해 혹은 업그레이드에 대한 지나친 욕심 때문에 아무 수술대 위에 함부로 누웠다가는 오작동으로 낭패를 보거나 온몸이 조각조각 분해돼 어디론가 팔려갈 수도 있다. 반드시 의체 전문 병원과 공인된 커스텀숍을 이용해야 하는 이유는 그 때문이다. 자네한테 맡기면 뭐가 좋은데? 두 가지 점에서 좋지. 일단 무료라는 거고, 물론 부품값은 자네가 부담해야 해. 또 하나는 지금껏 경험하지 못한 새로운 세계를 느끼게 될 거라는 거. 참으로 설득력 없는 대답이었다. 그럼에도 불구하고 결국 내 몸을 샘에게 맡긴 걸 어떻게 설명해야 할까? 아마도 나는 내가 그의 뇌를 조심스럽게 다루었듯 그 역시 나를 정성껏 대해줄 거라고 믿었던 것 같다. 삶의 근간을 이루는 건 어쩌면 그런 믿음인지도 모른다. 내 믿음에 부응하듯 샘의 손을 거친 후 내 의체는 10%나 성능이 향상됐다. 의체 커뮤니티에서 논의된 수많은 방법과 커스텀 엔지니어들의 노련한 기술력도 샘의 튜닝 능력에는 비할 바가 못 되었다. 도대체 어떻게 한 거야? 이건 기술이 아니라 마법 수준인데. 내 칭찬에 그는 자랑스러운 미소를 지었다.

이후 나는 오아시스를 찾는 여행자처럼 종종 샘의 작업실을 방문했다. 그때마다 샘이 정성껏 내 의체를 업그레이드해주었다. 모든 사항을 그가 알아서 해주었기에 더 이상 의체 커뮤니티에서 정보를 찾느라 시간을 낭비할 필요가 없었다. 당연히 커스텀숍에 고액의 비용을 지불할 필요도 없었다. 다만 한 가지 의문이 들었다. 과연 샘은 자신의 의체를 어떻게 업그레이드하는 걸까? 간단해. 휴머노이드를 이용하면 되거든. 원격 조종을 하거나 미리 프로그램을 짜두는 거지. 위험하지 않아? 휴머노이드가 오작동이라도 하면 어쩌려고. 희박하긴 하지만 그럴 가능성을 배제할 수 없는 건 사실이야. 하지만 남에게 맡긴다고 해도 오류나 실수가 발생할 가능성은 있는 법이니까 차라리 내가 하는 게 낫지. 무엇보다도, 나는 나를 믿는다고. 역시 믿음이 삶의 근간을 이루는 게 맞는 것 같다고 나는 다시 한 번 생각했다. 나를 믿든, 타인을 믿든, 혹은 다른 무언가를 믿든지 간에.

뭘 그렇게 봐?

어느새 샘이 현실로 돌아왔다.

전신 의체가 부러워서.

아직 그렇게 부러워할 건 못 돼.

멋쩍은 표정을 지으며 그가 의자에서 일어섰다. 현존하는 최고의 인공 신체지만 식욕과 성욕에 관한 문제는 그의 마법 같은 능력으로도 해결하지 못한 상태였다. 그는 그 점에 대해 자격지심을 느끼는 듯했다.

사건 하나를 끝냈나 보군.

어떻게 알아?

수사 중이라면 이렇게 바로 왔겠어?

일이 없었을 수도 있잖아?

그랬다면 좀 더 일찍 왔을걸. 지금 온 걸 보면 사건을 하나 끝내고 밤새 술을 마신 거겠지. 괜찮은 여자라도 만났어?

아무래도 자네는 직업을 잘 고른 것 같아. 해킹 실력은 최고지만 이야기를 꾸미는 데는 영 재주가 없는 걸 보면.

내 대꾸에 그가 피식 웃음을 흘렸다.

이번 펌웨어는 무슨 내용이야?

기능 향상과 관련한 건 아니고, 보안을 강화한 펌웨어야. 물론 내가 손봤으니까 훨씬 더 강력한 보안을 유지하게 될 거야.

기능적으로 획기적인 업그레이드를 기대했는데 그게 아니라니 조금 실망이었다.

얼마 전 유행한 신종 의체 독감도 알려지지 않은 보안 취약점을
노렸다는 거, 자네도 알지?

내 속내를 읽은 듯 샘이 덧붙였다. 아쉽지만 틀린 말이 아니었
다. 내가 묵묵히 고개를 끄덕였다.

오래 걸리진 않을 거야.

샘이 방 한쪽에 놓인 전뇌용 진료 의자를 툭툭 두드렸다. 나는
얌전히 의자에 몸을 뉘었다. 그가 내 전뇌 포트에 의체 관리 시스
템을 연결했다. 고용량의 업데이트 파일이 순식간에 머릿속으로
밀려들었다. 기존의 프로그램이 해체되고 새로운 코드들이 차곡
차곡 자리를 잡았다.

신종 의체 독감이 처음 발견된 건 3개월 전이었다. 의체 사용자
들 사이에서 원인을 알 수 없는 발열과 오한, 통증이 보고되기 시
작했다. 처음에는 그 수가 얼마 되지 않았는데 어느 순간부터 기
하급수적으로 환자가 증가했다. 역학조사 결과 인공 신체 시스템
에 침투한 바이러스가 원인이라는 사실이 밝혀졌다. 즉시 경찰이
수사에 착수했고 얼마 지나지 않아 덜미가 잡힌 범인은 놀랍게도
고등학교 2학년 남학생이었다. 도대체 왜 그런 바이러스를 만들
었냐는 질문에 녀석의 대답은 허무했다. '그냥, 내 능력을 증명하고
싶었어요.' 그런 제목이 대문짝만하게 뉴스 기사의 1면을 장식했었
다. 다행히 곧바로 백신을 개발해 대유행 단계에 이르기 전에 사
태가 진정됐다. 네트워크에는 그런 바이러스들이 상당수 떠돌고
있었다. 그 때문에 인공 신체와 전뇌의 보안 관리는 결코 소홀히

해서는 안 되는 문제였다.

업데이트를 완료했습니다.

작업 완료를 알리는 문구가 떠올랐다. 뒤이어 인공 신체 시스템을
재부팅합니다, 라는 메시지가 송출되며 전뇌와 인공 신체의 연결이
끊겼다. 인공 신체 시스템을 새로운 설정으로 다시 시작하기 위함
이었다. 잠시 후 의체가 정상적으로 작동했다.

어때? 몸 안에서 항체가 불끈불끈 솟는 거 같지 않아?

의자에서 내려서는 내게 샘이 장난스러운 표정으로 물었다.

예방주사를 맞은 기분인데.

주사를 맞고도 울지 않았으니, 상을 줘야겠군.

그가 납작하고 네모난 물건을 내밀었다.

뭐야, 이게?

전에 부탁했던 거.

포장을 뜯어보니 종이책이었다. 다름 아닌 M. C. 에셔의 화집.

이걸 어디서 구했어?

글쎄, 그건 지니만 알겠지.

지니는 샘에게 온갖 물품을 대주는 공급책이다. 희귀한 의체 부
품에서부터 반출이 금지된 군용 장비에 이르기까지 아무리 구하
기 어려운 물건도 그에게 부탁하면 반드시 가져다주곤 했다. 샘과
나는 그를 지니라고 불렀다. 하지만 이걸 구해 올 줄이야.

흥분을 가라앉히며 조심스레 책을 펼쳤다. 빛바랜 책장을 넘길 때마다 묵은내가 텁텁하게 피어올랐다. 반복과 대칭, 변형과 순환 그리고 비틀기. 수학적인 기법들을 사용한 에셔의 작품들이 차례차례 눈앞에 펼쳐졌다. 유한한 평면에 담긴 무한한 역설의 공간이 차츰 나를 빨아들였다. 한 장 한 장 책장을 넘기던 손이 멈췄다. 〈그리는 손〉이 모습을 드러냈다. 오른손이 왼손의 소매를 그리고 왼손이 오른손의 소매를 그린다. 끝없이 돌고 도는 뫼비우스의 띠가 연상되기도 하고, 음양의 이치를 담은 태극문이 떠오르기도 한다. 놀라운 점은 이 작품이 석판화라는 사실이다. 세밀화를 그리듯 정밀하게 돌을 깎아낸 에셔의 치밀함과 인내심에 혀를 내두르지 않을 수 없다. 절로 감탄사가 흘러나왔다.

물론 이 그림을 처음 보는 것은 아니다. 이미 수백 번, 수천 번을 보았다. 다만 그것들은 모두 전자파일로 작성된 그림이었다. 종이에 찍힌 그림을 보는 건 처음이었다. 이것 역시 원본이 아닌 대량으로 인쇄한 복사본 중 하나지만 원본처럼 종이라는 매체에 담겼다는 점에서 의미가 남달랐다. 의체 커뮤니티에서는 종이에 찍힌 이 판화가 이른바 궁극의 아이템으로 추앙받는다. 인공 신체 개조와는 직접 상관이 없지만 상징적으로 엄청난 가치를 지니기 때문이다.

21세기 최고의 천재로 칭송받는 데이비드 장은 4세대 전뇌를 설계한 인물이다. 대학원을 졸업한 후 서른두 살이 될 때까지 그는 세계 최대의 전뇌 회사인 뉴브레인에서 근무했다. 그의 업무는 전뇌 개발과는 다소 거리가 먼, 완성한 전뇌 회로의 오류를 검사하는 일이었다. 서른두 살이 되던 해 그는 돌연 사표를 내고 회사를 나왔다. 3년 후 그는 특허를 신청하며 4세대 전뇌를 발표했다. 전뇌동기화라는 획기적인 기술을 적용한 4세대 전뇌는 엄청난 반향을 불러일으켰다. 인간의 의식이 컴퓨터와 동조同調할 수 있게 된 것이다.

데이비드가 전뇌동기화라는 개념을 처음으로 구상한 시기는 열다섯 살 때였다고 한다. 어느 미술 전시회에서 그는 에셔의 〈그리는 손〉이라는 작품을 봤다. 그것도 진품으로. 감수성과 상상력이 풍부한 사춘기 소년에게 철학적이며 예술적인 이미지는 강렬한 충격이었다. 이후 소년의 머릿속에서는 늘 에셔의 작품이 떠나질 않았다. 시간이 흘러 소년은 대학과 대학원에서 전뇌공학을 전공했다. 졸업 후에는 당시 가장 유명한 전뇌 회사인 뉴브레인에 취직했다. 그는 평소 자신이 가장 좋아하는 예술가는 에셔이며 가장 좋아하는 작품은 〈그리는 손〉이라고 공공연히 밝히곤 했다. 얼마나 에셔를 좋아했던지 그의 취미는 에셔의 작품을 모사하는 일이었다. 그는 컴퓨터로 〈그리는 손〉을 따라 그리곤 했다. 어느 때부턴가 그의 모작에 하나둘 손이 추가됐다. 차츰 손의 수가 늘었고 얽히고설킨 손들은 각각 연필뿐 아니라 지우개, 자, 저울 혹은 그 밖의 다른 도구나 기호를 들고 있었다. 일일이 세기에 벅찰 정도로 손의 숫자가 불어나면서 급기야 그림은 평면에서 입체로 확장했다. 그는 거대한 구조물처럼 변한 자신의 작품을 주변 사람들에게 보여주곤 했다. 하지만 아무도 그의 그림에 관심을 기울이지 않았다. 거기에 엄청난 반전이 숨어 있었다. 취미로 그려온 그 그림이 바로 4세대 전뇌의 회로도였던 것이다. 각각의 손이 가리키는 방향은 회로가 흐르는 방향을 나타냈고, 손에 쥔 도구나 기호는 소자素子의 기능을 의미했다. 데이비드는 E-뉴로테크를 설립하고 본격적으로 4세대 전뇌를 생산했다. 뉴브레인은 데이비드의 발명이 자사에 다니며 설계한 직무발명에 해당하므로 뉴브레인에 4세대 전뇌에 대한 권리가 있다고 주장하며 소송을 냈다. 막대한 소송비와 지루한 공방이 오간 끝에 결국 뉴브레인이 패소했다. 한 시대를 풍미하던 거대 기업이 스러지고 새로운 기업이 그 자리를 대신하는 순간이었다. 안타깝게도 데이비드는 회사를 설립한 지 6년 만에 세상을 떠났다. 그의 어머니가 그랬듯 악성 뇌종양이 원인이었다.

4세대 전뇌는 인간의 의식을 컴퓨터처럼 분할 가능하게 하는 신기원을 열었다. 신체친화도가 뛰어난 의체를 개발하는 데도 촉진제 역할을 했다. 그 모든 역사가 이 그림에서 비롯했으니 전뇌 혹은 인공 신체에 관심이 있는 사람이라면 누구든 탐내는 건 당연한 일이었다.

다시 한 번 꼼꼼히 책을 살폈다. 군데군데 헌 표지에 '769.92 M478K'라는 라벨이 붙어 있었다.

이건 뭐지?

청구기호라는 거야. 예전에 도서관에 보관하던 종이책에는 이런 일련번호가 붙었어. 책을 찾거나 정리하기 쉽도록 말이야. 이 책도 원래는 도서관에 소장돼 있던 걸 거야. 도서관 통폐합이 이뤄지면서 여기저기 떠돌다가 이렇게 자네 손에 들어오게 된 거겠지.

부탁을 하긴 했지만, 기대하진 않았는데.

그럼 한턱 쏘라고.

최고로 맛있는 의체식을 찾아보도록 하지.

삐릭! 메시지가 수신됐다. 발신인이 하이랜더였다. 닉네임을 보는 순간 지난 기억 하나가 섬광처럼 뇌리를 스쳤다. 블랙홀 살인 이후 맡았던 또 하나의 사건. 묻혀 있던 씁쓸한 기억이 뇌 표면을 타고 슬금슬금 번졌다.

회사로 와주십시오.

내 의향 따위는 중요치 않다는 투의 짤막한 내용이었다. 어쨌든 하이랜더에게서 온 연락이라면 무시할 수 없었다.

이만 가봐야겠는데.

벌써? 오늘 쉬는 거 아니었어?

그렇긴 한데, 가볼 곳이 생겼어. 한턱은 다음으로 미뤄야겠군.

기대하지.

작업실을 나서려는데 샘이 나를 불렀다.

점심시간인데 만두라도 먹고 가지그래.

고맙지만, 아침을 늦게 먹었거든.

알았다는 듯 고개를 끄덕이며 그가 커다란 의자에 몸을 기댔다. 찬장을 통해 다시 주방으로 빠져나왔다. 주방장이 또다시 눈인사를 건네왔다. 정중히 답례했다. 그러고 보니 샘을 만난 이후 나는 한 번도 만두를 먹은 적이 없었다. 어쩌면 그건 만두를 볼 때마다 그의 뇌가 연상되기 때문인지도 몰랐다. 그나저나 샘은 자기 가게의 만두가 어떤 맛인지 알고 있을까. 정말이지 뇌와 만두는 닮았다는 생각을 하며 거리로 나섰다.

백지증후군

거리는 존재를 압축한다. 1억 5,000만 킬로미터라는 거리는 지구 지름 109배 크기의 태양을 손바닥만 한 크기로 축소시키고, 230만 광년이라는 거리는 우리 은하보다 큰 안드로메다은하를 한 점 빛으로 요약한다. 여러모로 우리 은하와 닮았다는 안드로메다은하 어딘가에는 미지의 문명이 번성하고 있을지도 모른다. 그런 경이로운 가능성, 혹은 사실조차 까마득한 거리 앞에서는 한낱 가물거리는 빛으로 전락한다. 거리의 압축 효과는 우주적인 규모에서만 일어나는 현상이 아니다. 지구에서도 충분히 체감할 수 있는 장소가 있다. 예를 들면 457층이라는 높이가 그렇다. 서울 중심부에 우뚝 솟은 E-뉴로테크의 사옥. 그 꼭대기에서 내려다본 도시는 그야말로 한 조각 전자회로다.

기판基板을 분할하는 굵은 선처럼 널따란 강이 남과 북으로 대지를 가른다. 양분된 땅은 각기 열여섯 개의 구로 나뉜다. 각각의 구는 다시 무수한 블록으로 세분된다. 격자 모양의 블록에는 집

적된 소자素子들처럼 집과 건물이 빼곡하다. 견고한 다리들이 강을 뛰어넘어 남과 북을 잇고 사방으로 곧게 뻗은 도로들이 블록과 블록, 구와 구를 긴밀히 연결한다. 다리와 도로에는 회로를 내달리는 전자電子들처럼 꼬리에 꼬리를 물고 질주하는 차량들이 가득하다. 비단 도시의 외형만이 아니다. 457층이라는 높이는 도시에 속한 사람들까지 가차 없이 압축한다. 희로애락과 우여곡절을 품은 숱한 인생이 이곳에서는 그저 아스라한 점에 지나지 않는다. 하나의 삶이 하나의 좌표로 간추려지는 압축 효과에 그만 허탈감이 인다. 1년 전에도 나는 이곳에서 아래를 굽어보며 동일한 상념에 빠졌었다. 그때도 지금처럼 이 도시는 지구라는 뇌에 박힌 한 조각 전자회로였다.

회로를 관찰하던 현미경에서 눈을 떼듯 고개를 든다. 끝을 알 수 없는 하늘이 눈앞에 파랗게 펼쳐진다. 하늘과 맞닿은 곳. 이곳에서 일상을 보내는 이들에게는 어쩌면 저 아래의 삶이 하찮게 느껴질지도 모르겠다. 설령 그 정도까지는 아니라 하더라도 457층이라는 높이가 자부심을 갖게 만드는 것만은 분명했다. 하이랜더라는 메신저 닉네임은 은근히 그런 심리를 드러냈다.

응접실 내부로 몸을 돌리자 육중한 원목 탁자가 눈에 들어왔다. 오렌지 주스를 담은 길쭉한 유리잔이 탁자 위에 덩그러니 놓여 있었다. 사장님께서는 지금 회의 중이십니다, 라며 나를 안내한 비서가 놓고 간 음료였다. 잔 표면에 투명한 물방울들이 송골송골 맺혀 있었다. 맥주나 위스키를 바라지는 않았지만 커피도 아니고 오렌지 주스라니. 센스 없는 비서다. 주머니를 뒤져 담뱃갑을 꺼냈지만 재떨이가 보이지 않았다. 그것참 유감이라는 듯 유리잔 표면에 맺혀 있던 물방울 하나가 어색한 땀방울처럼 도르르 흘러내렸다. 생각해보니 1년 전에도 비서는 오렌지 주스를 가져다주었다. 그때도 재떨이는 없었다. 나는 담뱃갑을 만지작대며 괜스레 입맛을 다셨다. 담배 연기처럼 매캐한 추억이 기억 저편에서 스멀스멀 피어올랐다.

이 분야에서는 그쪽이 최고라더군요. E-뉴로테크 사장 이형일이 입을 열었다. 자신감 넘치는 목소리였다. 주름 하나 없이 깨끗한 피부와 날렵한 몸매가 40대 후반이라는 나이를 의심케 했다. 피부 재생술을 비롯한 각종 의료 기록으로 보건대 각별히 몸 관리에 신경을 쓰는 듯했다.

글쎄요. 즐기면서 일하다 보니 저절로 그런 수식어가 붙더군요. 내가 호기롭게 대답했다. 그의 입가에 엷은 미소가 번졌다. 그는 이미 나에 대한 모든 기록을 조사했을 것이었다. 그건 나도 마찬가지였다. 그가 무슨 말을 꺼내려고 하는지 나는 이미 짐작하고 있었다.

일곱 사도 사건이 터졌을 당시 나는 캐나다 북부의 한 산장에서 오로라를 보고 있었다. 전생에 곰이었을 것 같은 거대한 덩치의 산장지기가 만일 아무 무기도 없는 상황에서 곰에게 습격을 받으면 온 힘을 다해 곰의 코를 후려치라고 귀띔해주었다. 무모해 보

이지만 에스키모들 사이에서 대대로 전해지는 위기 대처법이라고
했다. 그 이야기에 나는 귀가 솔깃해졌다. 조만간 비무장 상태로
곰을 찾으러 다녀야겠다고 단단히 마음먹었다. 그 무렵 나는 정말
곰의 콧등이라도 두들기고 싶을 만큼 자포자기한 심정이었고 스
스로에게 잔뜩 화가 나 있었다. 몇 달간 매달렸던 블랙홀 살인 사
건의 후유증이었다. 아무 단서도 찾지 못했다는 자괴감과 무력감
에 시달리며 나는 몇 개월째 가상현실 게임에 빠져 살았다. 종일
방에 틀어박혀 몬스터를 잡는 일에 골몰하다 보면 훌쩍 며칠이 지
나곤 했다. 그러다 정말 가상현실 중독증이라도 걸리겠어. 산책이
라도 좀 하지그래? 샘의 염려에도 나는 아랑곳하지 않았다. 몬스
터들은 끊임없이 나를 공격했고 그것들을 처치할 때마다 상승하
는 파워와 경험치가 유일한 낙이었다. 차라리 가상현실 여행을 떠
나는 건 어때? 폭력적인 게임보다는 자연을 보며 머리를 식히는
편이 한결 도움이 될 거야. 거절할 생각은 마. 이미 결제까지 해놨
으니까. 샘의 끈질긴 권유에 결국 나는 〈캐나다 오로라 투어〉라는
가상현실 서비스에 접속했다. 친구의 성의를 무시할 수 없었던 데
다 몬스터 대신 곰 사냥이라도 실컷 해야지, 뭐 그런 생각이었다.
세상은 늘 대칭을 이루는 법이죠. 남자가 있으면 여자가 있고, 오
른손이 있으면 왼손이 있고, 북극이 있으면 남극이 있고. 마찬가
지로 지금 보이는 저 극광極光도 남극에서 똑같은 패턴으로 나타납
니다. 산장지기가 곰의 앞발처럼 크고 투박한 손으로 뜨거운 커피
를 담은 잔을 건네며 말했다. 그러거나 말거나 나는 어떻게 해야

곰의 코에 강력한 펀치를 먹일 수 있을지를 고민하고 있었다. 산장지기가 탁자에 잔을 내려놓으려는 순간 신비스러운 빛깔의 밤하늘이 사라지고 순식간에 내 의식이 서버 밖으로 퉁겨졌다. 다시 접속을 시도했지만 반응이 없었다. 대형 포털 업체인 코스모스답지 않게 '죄송합니다. 연결이 되지 않습니다.'라는 성의 없는 메시지만 반복될 뿐이었다. 막 오후 1시가 넘은 시각이었다.

그야말로 전무후무한 사건이었다. 자그마치 여섯 곳에서 동시다발적으로 발생한 대규모 폭탄 테러라는 점도 그렇지만 무엇보다 사건 자체가 온통 의혹투성이였다. 테러 직후 곧바로 범인들이 검거(검거라기보다 자수에 가깝다)된 상황만 해도 그랬다. 범인들은 각각 테러 목표에 폭발물을 설치한 후 모두 경비실로 향했다. 경비실에 들어서는 순간 그들은 한결같이 정신을 잃었다. 뭐 이런 테러범들이 있나 싶었는데 황당한 건 그뿐만이 아니었다. 그들은 자신들이 무슨 일을 저질렀는지 전혀 기억하지 못했다. 병원에서 의식을 회복한 그들은 자신들이 폭탄 테러를 자행했다는 사실에 경악했다고 한다. 거짓말탐지기로 조사한 결과 진실을 말하고 있다는 판정이 나왔다. 전뇌 분석에 최면술까지 시도했지만 별다른 소득이 없었다. 그들은 정말 아무것도 기억하지 못했다. 더구나 범인들이 지니고 있던 「이것은 개벽. 섭리의 섭리다. 우리는 그의 일곱 사도다.」라는 이상한 글이 적힌 전자 메모지와 그들의 귀 뒤에 새겨진 숫자 문신 때문에 사건은 더욱 미궁으로 빠져들었다.

경찰은 범인들을 검거하고도 사건의 원인조차 규명하지 못했다. 언론 역시 추측성 기사를 쏟아내기에만 급급했다. 그 와중에 사건의 본질이 전뇌해킹이라는 소문이 퍼졌다. 누군가 열두 명의 전뇌를 해킹하고 그들을 조종해 테러를 일으켰다는 주장이었다. 아울러 그 해커의 이름이 '섭리'가 아니겠냐는 추측이었다. 일곱 사도라고 하면서 여섯 곳에서만 테러가 일어난 까닭은 전뇌해킹이 일부 실패했기 때문이며, 범인 중 한 명이 서버실을 빠져나오지 못하고 폭사한 이유 역시 전뇌해킹의 오류 때문이라고 했다.

그러나 대다수의 전뇌공학자와 전뇌의들은 전뇌해킹에 부정적인 입장이었다. 끊임없이 요동하는 의식의 지평선이 근거였다. 누구도 인간의 정신을 확정할 수 없고 장악할 수 없다는 것이 그들의 견해였다. 무리하게 시도했다가는 전뇌해킹은커녕 백이면 백 전뇌혼돈증에 빠지게 마련이었다. 그런 위험에도 불구하고 수많은 해커가 전뇌해킹에 뛰어들었다. 범죄이기는 하지만 성공한다면 그야말로 전설로 남을 일이기 때문이었다.

한편 무죄를 주장하던 열한 명의 범인은 전뇌 제작사인 E-뉴로테크를 상대로 소송을 제기했다. '전뇌사용자 보호법'이 근거였다. 전뇌해킹 혹은 전뇌의 심각한 오작동으로 자신들의 의지와 상관없이 테러 사건에 연루됐으니 전뇌의 보안과 안정성을 보장하지 못한 전뇌 제작사가 책임을 져야 한다는 주장이었다. E-뉴로테크는 즉각 그들의 전뇌에는 아무 이상이 없으며 전뇌해킹 또한 불가능한 일이라고 발표했다. 여론은 반신반의했다. 그 와중에 E-뉴로테크 사장 이형일이 내게 연락을 한 것이다.

그러니까 이번 사건이 전뇌해킹과 관련이 있는지 조사해달라는 말씀이죠? 그렇습니다. 반반하던 이형일의 이마에 주름이 잡혔다. 곳곳에서 상당한 압력이 가해지고 있을 터였다. 국회에서는 이미 전뇌사용자 보호법을 강화하려는 논의가 오가고 있었다. 법의 적용 요건을 완화하고 제작사의 책임을 확대한다는 내용이었다. E-뉴로테크는 다각적인 대응책을 마련하는 중이었다. 서처에게 사건을 의뢰하는 방안도 그중 하나였다. 나는 기꺼이 의뢰를 받아들였다. 사건에 대한 호기심과 두둑한 보수 때문이기도 했지만, 그간의 의기소침을 극복할 좋은 기회라고 생각했다.

사건을 수사하는 과정은 조각 퍼즐 맞추기와 비슷하다. 흩어진 조각들을 하나둘 제자리에 끼우다 보면 차츰 그림 전체가 모습을 드러낸다. 이따금 한꺼번에 여러 조각이 들어맞기도 하지만 늘 그런 운이 따르는 건 아니다. 기본적으로 인내와 끈기가 필요하다. 요령이 있다면 퍼즐 판의 가장자리에서부터 시작해야 한다는 점이다. 테두리를 차지하는 조각은 한 변(네 귀퉁이의 경우에는 두 변)이 선분이므로 다른 조각들보다 맞추기가 수월하다. 완성한 테두리를 토대로 퍼즐의 중앙으로 진출하는 방법이 가장 효과적이다. 수사도 마찬가지다. 간단한 단서를 실마리 삼아 점점 사건의 핵심으로 파고드는 전략. 그것이 수사의 요령이다. 물론 조각이 미리 준비된 퍼즐과 다르게 수사의 경우에는 직접 단서를 찾아야 한다.

나는 먼저 범인들의 신상 정보와 범행 내용을 정리했다.

테러 장소	폭발 시각	문신 번호	성명	성별	연령	신분	비고
코스모스 서버실	**13시 정각**	1	최남기	남	19	D전자고등학교 3학년	검거
		1(추정)	**정마리**	**여**	**14**	**H중학교 2학년**	**사망**
증권거래소 서버실	12시 **59분**	2	김대우	남	28	M방송국 기자	검거
			나희선	여	23	S대학 사학과 4학년	검거
KBS 방송국 서버실	12시 **58분**	3	오지원	남	32	J식품 회사 대리	검거
			박은혜	여	37	가정주부	검거
정부 중앙청사 서버실	12시 **57분**	4	이명훈	남	42	특전사 상사	검거/ 폭탄조달
			강미연	여	45	보험 설계사	검거
대법원 서버실	12시 **56분**	5	유광호	남	51	소방관	검거
			신지수	여	56	심리 상담사	검거
국회 서버실	12시 **55분**	6	하정표	남	63	Y대학 철학 교수	검거
			곽현선	여	61	전자 도서관 사서	검거

이건 도무지 테러범들의 명단이라고 볼 수가 없었다. 범인들 간에는 어떤 상관관계도 존재하지 않았다. 공유할 만한 범행 동기도 없었다. 그들은 그저 10대에서 60대에 이르는 평범한 시민일 뿐이었다. 더구나 정마리는 고작 열네 살에 지나지 않았다. 사건 발생 전으로 거슬러 올라가며 그들의 행적을 추적했다. 오프라인이든 온라인이든 서로 접촉한 흔적이 전혀 없었다.

사건 당일 퍼블릭아이에 찍힌 범인들의 동선을 토대로 사건을 재구성했다.

1) 10시

방위사령부 특전사 상사로 근무하던 이명훈이 무기고에서 군용 플라스틱 폭탄 열두 세트를 밀반출한다.

2) 11시

이명훈이 군용 플라스틱 폭탄 열한 세트를 등산용 배낭에 담아 서울역 사물함 열한 곳에 집어넣는다.

3) 11시~11시 30분

열한 명의 범인들이 저마다 서울역에 도착해 사물함에서 폭탄 이 든 배낭을 하나씩 가져간다.

4) 11시 30분~12시 30분

범인들이 배낭을 둘러메고 각각 목표로 정한 테러 장소로 향한 다.

5) 12시 30분~12시 45분

범인들이 두 명씩 짝을 지어 목표 여섯 곳에 잠입한다.

6) 12시 45분~12시 55분

폭탄 설치를 마친 범인들이 서버실을 빠져나와 저마다 건물의 경비실로 향한다. 경비실 안으로 들어서는 순간 모두 의식을 잃는 다. 코스모스의 경우 최남기만 나오고 정마리는 서버실에 남는다.

7) 12시 55분~13시 00분

55분 국회 서버실을 기점으로 1분마다 순차적인 폭발이 일어난 다. 코스모스의 서버실에 있던 정마리가 사망한다.

8) 14시~14시 30분

병원으로 후송된 테러범들의 소지품에서 「이것은 개벽. 섭리의 섭리다. 우리는 그의 일곱 사도다.」라는 글이 적힌 전자 메모지가 발견된다.

9) 19시 45분~21시 40분

의식을 회복한 범인들은 자신들이 무슨 일을 저질렀는지 전혀 기억하지 못한다.

범행은 매우 능숙하고 체계적으로 진행됐다. 서로 알지도 못하고 사전에 준비한 적도 없으며 이렇다 할 동기도 없는 일반인들이 대규모 폭탄 테러를 저지르는 게 가능한 일일까? 그것도 정확한 시간에 맞춰서. 그런 점에서 제3의 인물(한 명이 아닐 수도 있다)이 개입했을 거라는 추측은 신빙성이 있었다. 실제로 사건 곳곳에서 그것을 뒷받침할 단서들이 엿보였다.

우선 열두 명의 테러범 중 통솔자가 없다는 사실이 그랬다. 이명훈은 폭탄을 공급했지만 테러를 지휘하지는 않았다. 그는 조달책에 불과했다. 대규모 테러에 리더가 존재하지 않는다는 건 이치에 맞지 않는다. 범인들이 연령대별로 남녀 한 명씩 짝을 이룬 상황도 대단히 작위적이다. 누군가의 의도대로 선발됐을 공산이 크다. 또한 범인들이 침입한 서버실은 모두 일급 통제구역이었다. 출입문의 보안을 해제하려면 수준급의 해킹 능력이 필요했다. 하지만 범인 중 해킹 기술이 있는 사람은 아무도 없었다. 이 역시 제3의 인물이 존재할 가능성을 뒷받침했다. 누가 범인들의 귀 뒤에 숫자 문신을 새겼는지도 문제였다. 범인들이 지니고 있던 전자 메모지의 글귀도 마찬가지였다. 「이것은 개벽. 섭리의 섭리다. 우리는 그의 일곱 사도다.」라는 문장에서 '그'라는 단어는 직접 제3의 인물을 가리킨다. '섭리의 섭리'라니. 미지의 인물은 그런 식의 언어유희로 자신을 과시하고 싶었던 건지도 모른다.

여러 정황을 종합하면 범인들은 장기판 위의 말처럼 누군가에게 조종됐을 가능성이 높았다. 과연 제3의 인물은 어떻게 열두 명이나 되는 사람들을 조종했을까? 인간을 본인의 의지에 반해 움직이게 만드는 방법은 많지 않다. 가장 손쉬운 수단이 매수와 협박이고 그 외에 세뇌 같은 방식이 있다. 범인들의 계좌와 통신 내역에서 매수나 협박을 의심할 만한 단서를 발견하지 못했다. 또한 매수나 협박으로는 범인들이 의식을 잃은 현상과 기억을 상실한 이유를 설명할 수 없다. 세뇌는 사람의 의식을 바꾸는 기법이다. 세뇌에 의한 범행이라면 적어도 개조된 의식이 남아 있어야 했다. 그러나 범인들은 범행을 저질렀다는 기억조차 없었다. 전문가들의 부정적인 견해에도 불구하고 나는 점점 전뇌해킹이 의심스러웠다.

일반적으로 해킹은 타인의 컴퓨터에 침투해 정보를 빼내거나 시스템을 파괴하는 행위를 말한다. 전뇌해킹은 조금 의미가 다르다. 전뇌를 통해 인간의 정신(의식+무의식)을 장악하고 행동을 지배하는 행위를 전뇌해킹이라 한다. 전뇌해킹이라는 개념의 등장은 4세대 전뇌의 개발과 궤를 같이했다. 전뇌동기화로 인간의 뇌와 전뇌가 등가等價를 이룰 수 있다면 전뇌를 거쳐 인간의 정신을 조작하는 일이 가능하지 않을까. 그것이 전뇌해킹의 기본 아이디어다. 그러나 실제로 전뇌해킹이 보고된 사례는 한 건도 없었다. 널리 알려진 대로 의식의 지평선이라는 불가해한 장애물이 버티고 있는 까닭이었다. 수많은 해커가 전뇌해킹에 열을 올리고 있지만 아직은 전뇌에 저장된 일부 정보를 탈취하거나 전뇌 시스템을 파괴하는 전뇌 테러가 고작일 뿐이었다.

어떻게 생각해?

뭘?

전뇌해킹 말이야. 가능한 일일까?

내 질문에 샘은 침묵했다.

솔직히 말해봐. 전뇌해킹을 시도해본 적 있어?

물론 있지.

정말?

물어봐놓고 뭘 그리 놀라?

그렇긴 하지만 그건 일반적인 해킹과는 다르잖아. 인간의 존엄성을 훼손하는 일이기도 하고.

그러니까 내가 전뇌해킹을 해보지 않았다면 해커로서 실망인 거고, 해봤다면 인간적으로 실망이라는 거야?

아니, 전뇌해킹을 해보지 않았다면 인간적으로 흡족하고, 해봤다면 해커로서 흡족하다는 거지.

내 대답에 그가 어이가 없다는 듯 헛웃음을 쳤다.

시뮬레이션으로 해봤어.

에이, 그럼 진짜 해본 게 아니잖아.

이봐, 나는 지극히 합리적인 해커라고. 현재까지 알려진 가이드라인과 방어 프로그램은 완벽한 보호책이 아니야. 그걸 알면서 무턱대고 뛰어드는 바보짓은 하지 않는다고.

아무튼 그래서 어땠는데?

결론부터 말하면 '불가능하다'였어. 여러 가지 방법을 시도했지만 의식의 지평선을 처리할 묘책을 찾지 못했지.

그럼 아까 물어볼 때 왜 바로 대답하지 않았어?

웜홀을 이용한 우주여행이 가능할까?

뭐?

웜홀을 통한 우주여행이 가능할 거 같냐고?

뜬금없이 무슨 소리야?

대답해보라니까.

음, 글쎄.

아까 나도 그런 심정이었어. 이론적으로는 가능하지만 현실적으로는 '음, 글쎄'. 하지만 이론적으로 가능하다면 언젠가 실현할 날이 올 수도 있는 거 아니겠어?

가능성을 아예 부정하는 건 아니군. 그런데 왜 자네는 전뇌해킹에 뛰어들지 않아? 대부분의 해커가 그것 때문에 혈안이잖아.

나는 지극히 현실적인 해커거든. 전뇌해킹에 성공한 최초의 해커라는 명성을 얻으려고 전뇌혼돈증이라는 엄청난 위험을 무릅쓰느니 아직 정복하지 않은 시스템들을 해킹하는 편이 훨씬 더 효용 높은 삶이라는 게 내 지론이야. 한 가지 분명한 건 자칭 전뇌해커라는 수많은 해커 중 실제로 전뇌해킹에 성공한 해커는 지금껏 단 한 명도 없었다는 사실이야. 그러니 현존하는 전뇌해커들은 사실 전뇌해커가 아닌 셈이지. 재밌지 않아? 어쨌든 다시 예전 모습으로 돌아온 걸 보니 안심이 되는군.

그럼 난 바빠서 이만, 이라는 말을 남기고 그가 접속을 끊었다. 그러고 보니 나는 어느새 사건에 대한 의욕으로 달아 있었다. 까다롭지만 흥미진진한 퍼즐 판이 눈앞에 펼쳐진 기분이었다.

그러니까 제3의 인물이 개입했을 가능성이 있다는 말이군요. 그렇습니다. 하지만 전뇌해킹을 당했다는 증거는 찾지 못했고? 네. 턱을 쓰다듬는 이형일의 왼쪽 눈썹이 꿈틀거렸다. 좀 더 시간을 주시면⋯. 아니, 더 이상 조사는 필요 없습니다. 한창 맞춰가던 퍼즐 판을 뒤엎듯 그가 단호히 말을 잘랐다. 순간 내 머릿속에서는 아직 자리를 찾지 못한 퍼즐 조각들이 한꺼번에 달그락거렸다.

우선 정마리라는 범인이 그랬다. 폭탄을 설치한 후 서버실을 빠져나온 다른 범인들과 달리 그 아이는 서버실에 남아 폭사했다.

유독 정마리만 죽음을 자초한 이유가 무엇일까? 정말 전뇌해킹의 오류였을까? 이상한 점은 그뿐만이 아니었다. 이명훈이 무기고에서 열두 세트의 폭탄을 반출한 사실은 테러 목표가 여섯 곳(한 곳당 두 세트)이라는 증거다. 애당초 일곱 번째 폭탄 테러는 준비되지 않았다. 그렇다면 도대체 일곱 번째 사도는 누구일까? 테러의 목적 자체도 모호했다. 거창하게 '개벽'을 선언했지만 구체적 내용은 아무것도 없었다. 대규모 폭탄 테러임에도 인명 피해 역시 미미했다. 서버에 직접적으로 접속 중이던 일부 문지기들이 폭발 시 치솟은 전압 쇼크로 잠시 의식을 잃었을 뿐이었다. 정마리가 유일한 희생자였다. 인명 살상이 아니라 시스템 파괴가 목적이었다면 백업 서버도 공격해야 했다. 백업 서버까지 복구 불능 상태에 빠졌다면 피해는 추산하기 힘들 정도로 커졌을 것이다. 하지만 그들은 백업 서버는 건드리지 않았다. 결국 사건 자체가 사회적으로 불러일으킨 충격에 비해 실질적인 손실은 그다지 크지 않았다. 아직 발견하지 못한 중요한 조각들이 어딘가 숨어 있는 게 분명했다. 그런데 여기서 그만두라고?

혹시나 해서 하는 말인데 개인적으로도 더 이상 이 사건을 파고들지 마십시오. 사건을 의뢰한 사람이 나였으니 중단할 권한 역시 나에게 있지 않겠습니까. 분명히 해야겠다는 듯 이형일이 다시 한번 못을 박았다. 그랬다. 애당초 그는 원인을 규명하려고 나를 고용한 게 아니었다. 사건을 덮을 목적이었다. 만일 내가 전뇌해킹과 관련한 증거를 찾았다면 그는 그것을 없애려고 했을 것이다. 증거의 유무와는 별개로, 유능한 서처인 내가 증거를 찾지 못했으니 경찰도 찾지 못할 거라는 계산이 분명했다. 끝까지 캐보고 싶었지만 고객의 신뢰를 깨뜨릴 수는 없었다. 경찰이 법에 구속되듯 서처는 의뢰인과의 계약에 구속되는 법이니까. 그 때문이었을 것이다. 한동안 내가 평소보다 더 많이 담배를 피워댔던 까닭은.

다시 그 기억의 시발점에 서 있으려니 묘한 기분이었다. 그때나 지금이나 응접실은 그다지 변한 게 없었다. 고급스러운 양탄자와 고풍스러운 가구들, 고가의 분재들이 상류층 특유의 분위기를 자아냈다. 달라진 점이라면 한쪽 벽에 진열된 일본도였다. 전에는 없던 장식물이었다. 번쩍이는 날을 드러낸 칼과 수수하면서도 세련된 기운을 풍기는 칼집이 유리 상자 안에 2단으로 배열돼 있었다.

영혼을 믿습니까?

어느새 이형일이 응접실로 들어왔다. 여전히 젊고 탄력 있는 외모에 벼린 칼날처럼 거침없는 목소리였다.

칼을 만드는 장인은 칼에 자신의 혼을 불어넣는다고 하지요. 어떻습니까? 그 칼에는 혼이 깃들어 있는 것 같나요?

글쎄요. 잘은 모르지만 상당히 공을 들인 물건 같군요.

공을 들인 것만은 확실합니다. 그런 칼이 나오기까지는 짧아도 3개월, 길면 반년 이상 걸리니까요.

영혼을 불어넣는 건 시간과의 싸움인가 보군요.

그럴지도 모르지요. 날 부분을 잘 살펴보십시오. 미려한 물결무늬가 보일 겁니다. 하몬刀文이라고 하는 건데, 담금질을 할 때 부위별로 냉각 속도가 달라서 생기는 문양이지요. 아름답지 않습니까?

그의 말대로 칼날에는 퇴적된 장인의 혼처럼 아련한 줄무늬들이 박혀 있었다.

사실, 그건 모조품입니다. 진품은 금고에 보관하고 있지요.

짐작은 했습니다.

그래요? 그럼 그 가짜를 누가 만든 것 같습니까?

글쎄요.

휴머노이듭니다. 우리 연구진은 장인이 6개월에 걸쳐 칼을 제작하는 모든 과정을 데이터화했습니다. 그 정보를 입력받은 휴머노이드가 장인의 작업 방식을 그대로 재현했지요. 결과가 어땠을 것 같나요?

뭔가 달랐군요?

풀무의 온도, 망치질의 강도와 횟수, 담금질 시간과 연마 정도까지. 모든 조건을 똑같이 했는데 완성한 칼은 장인이 만든 칼에 비해 모든 면에서 조금씩 부족하더군요.

이유가 뭐죠?

글쎄요, 우리도 아직 이유를 모릅니다. 연구진은 그 차이를 '영혼의 간극'이라 부르더군요.

영혼의 간극?

일종의 수사修辭지요. 아마도 우리가 파악하지 못한 오차가 있었을 겁니다. 데이터가 누락됐거나, 정밀도가 떨어졌거나.

그가 팔을 뻗어 내게 자리를 권했다.

백지증후군이라고 들어봤습니까?

슬며시 화제가 바뀌었다. 슬슬 본론이 나올 모양이었다. 탁자 위에 놓인 유리잔 표면에서 또다시 물방울 하나가 영글고 있었다.

처음 듣습니다. 전뇌 질환인가요?

글쎄, 그걸 병이라고 해야 할지 모르겠군요. 처음 보고된 시기는 대략 1년 전이었습니다. 일곱 사도 사건이 발생하고 한 달 반가량 지났을 무렵이었지요. 우리 회사의 전뇌를 사용하던 고객 한 명이 AS센터로 실려 왔습니다. 심각한 전뇌 기억상실증이었지요. 알다시피 전뇌의 기억장치는 M메모리와 S메모리로 이원화돼 있습니다. 전뇌의 작업 영역이 둘로 분할돼 있기 때문이지요. 일반적인 컴퓨터처럼 작동하는 부분은 M메모리가 관장하고 뇌와 동기화하는 부분은 S메모리가 담당하는 거지요. 전뇌 기억상실증이란 그중 S메모리의 정보가 소실되고 다시 동기화하지 못하는 현상을 말합니다. 특이하게도 그 환자는 S메모리뿐 아니라 M메모리의 정보까지 완전히 사라진 상태였습니다. 공장에서 갓 생산한 제품처럼 깨끗했지요. 그런데 검사 결과 그의 S메모리는 재동기화를 못 한 게 아니었어요. 그의 생체 뇌에 동기화할 기억이 없었던 겁니다. 머릿속이 백지장처럼 텅 빈 상태였기에 그는 말을 하지도 못했고 몸을 가누지도 못했습니다. 심지어 자의식조차 없더군요.

뇌 손상을 입은 건가요?

차라리 그랬다면 이상하지 않았을 겁니다. 하지만 뇌에는 아무 이상이 없었습니다. 전기적인 충격을 받은 상황도 아니었고, 물리적 혹은 화학적 상해를 입은 흔적도 없었어요. 오히려 갓 태어난 아기의 뇌처럼 깨끗하고 건강한 상태였습니다. 실제로 그 환자의 뇌는 외부 자극에 적극적으로 반응하며 학습하기 시작했습니다. 수차례 정밀 검사를 했지만 원인을 알 수가 없었지요. 결국 원인 불명의 특이한 사례로 결론짓고 말았습니다. 그런데, 그게 끝이 아니더군요.

또 다른 환자들이 나타났군요?

다들 머릿속이 깨끗이 지워져 있었습니다. 하얀 종잇장처럼. 백지증후군이라는 명칭은 거기서 따온 겁니다.

그걸 단순한 전뇌 질환이라고 판단하지 않는 이유가 있습니까?

우리 회사는 전 세계에 전뇌를 판매하고 있습니다. 만일 백지증후군이 하드웨어나 소프트웨어의 문제라면 다른 지역에서도 동일한 환자들이 나타나야 합니다. 네트워크를 통해 전파되는 바이러스성 질환이라고 해도 마찬가지고요. 그런데 백지증후군은 오직 이 도시 안팎에서만 발생하고 있습니다. 지금껏 스물한 명의 환자를 발견했는데 거주지가 모두 서울이나 서울 근교였습니다.

누군가 사람들의 기억을 지우고 있다는 말인가요?

그가 몸을 일으켜 창가로 향했다. 창 아래에는 전뇌 회로를 닮은 도시가 펼쳐져 있을 터였다. 회로에 발생한 오류를 찾지 못해 고민에 빠진 전뇌공학자처럼 묵묵히 그가 도시를 내려다봤다. 유리잔에 매달려 있던 물방울 하나가 더 이상 버티기 힘들었는지 결국 맥을 놓으며 잔 아래로 주르륵 흘러내렸다.

분명하진 않습니다. 하지만 저 아래에서 뭔가 일이 일어나고 있는 게 틀림없어요. 그 원인을 밝혀주십시오.

그런데 아무런 상해 없이 생체 뇌에 저장된 기억을 지우는 게, 기술적으로 가능한 일입니까?

불가능한 일이라고 하더군요. 우리 연구진은.

불가능한 일이다. 그런데 그런 일이 일어나고 있다? 오랜만에 서처의 본능이 꿈틀거렸다.

조건이 있습니다.

뭔가요?

일단 조사를 시작하면 끝까지 파헤칠 겁니다. 만에 하나 도중에 의뢰를 철회하셔도 말입니다.

좋을 대로 하십시오. 이게 참고가 될 겁니다.

탁자 위에 자그마한 메모리스틱을 올려놓는 이형일의 얼굴에 희미하게 서늘한 미소가 어렸다.

유리잔을 따라 흘러내리는 물방울처럼 엘리베이터를 타고 지상으로 내려왔다. 지상에서 올려다본 건물의 꼭대기는 하늘을 뚫을 듯 까마득했다. 이제는 내가 작은 점이 된 기분이었다. 멀리 하얀 구름 한 조각이 무연히 흘러갔다. 잠시 하늘을 올려다보던 나는 곧 압축된 점처럼 수많은 점 사이로 섞여들었다.

아르고스의 눈

이형일이 건네준 자료에는 백지증후군 환자 스물한 명의 기록이 담겨 있었다. 증상을 분석한 의학적 소견에서부터 사생활에 이르기까지 매우 상세하게 작성한 보고서였다. 그토록 치밀하게 조사했다는 건 그만큼 중대한 사안으로 다루고 있다는 뜻이었다. 보고서의 결론은 역시 발병(백지증후군을 병이라고 단정하지는 않았지만 병에 준하는 취급을 했다) 원인을 알 수 없다는 내용이었다. 서울 안팎에서만 발생했다는 지역적 한계와 야간에만 발병했다는 시간적 특성을 제외하면 환자들 사이에는 아무런 공통점이 없었다. 전뇌의 작동 상태, 생물학적 인자, 과거 병력, 주변 환경, 직업적 요인, 해외여행 여부 등 다양한 변수를 고려했지만 전혀 상관관계가 나타나지 않았다. 환자들은 대부분 독신이었고 동거인이 있는 경우에는 혼자 있을 때 발병했다. 그런 까닭에 발병 직전의 상황이 목격된 환자는 아무도 없었다. 다만 두 가지 특이사항이 있었다. 하나는 백지증후군의 양상이 변화했다는 사실이었다. 최초 환자부터 여섯 번째까지는 환자들의 모든 기억이 지워졌다. 일곱 번째 환자부터 언어와 사고 및 운동을 담당하는 기억이 보존됐다. 어째서 그런 변화가 일어났는지 E-뉴로테크의 유수한 전문가들도 짐작조차 하지 못했다. 한편 스물한 명의 환자 중 열한 명은 각각 사이버 마약중독, 가상현실 중독, 전뇌 우울증, 외상 후 스트레스 장애, 전뇌부적응 현상 등 심각한 질환을 앓고 있었다. 그런데 백지증후군이 발병한 후 열한 명 모두 기존의 병이 깨끗이 치유됐다. 보고서 작성자는 '기존 지식으로는 설명할 방법이 없다'라는 글로 결론을 대신했다.

나는 우선 환자들의 네트워크 사용 내역을 조사했다. 백지증후군이 바이러스성 질환이라면 감염 파일의 흔적이, 직접적인 범행이라면 범인의 흔적이 남아 있을지 몰랐다. 심각한 질환을 앓았던 열한 명의 기록은 대체로 깨끗했다. 대부분 업무나 학업, 개인적인 친분, 생활 및 치료와 관련한 접속이 대부분이었다. 수상한 사이트를 방문했다거나 의심스러운 인물과 접촉한 흔적은 없었다. 반면 나머지 열 명은 대단히 위험해 보였다. 마약 제조, 인신매매, 장기 밀매, 학대, 살인, 테러, 폭탄 제조, 악마 숭배 등 반사회적이고 반인류적인 정보를 탐독한 기록이 수두룩했다. 서처의 직감으로 판단컨대 단순한 자료 수집이 아니었다. 범죄 이력은 없지만(드러나지 않았을 뿐 이미 범죄를 저질렀을 수도 있다) 범죄를 저지를 가능성이 농후한 인물들이었다. 발병 한 달 전까지 거슬러 올라가며 모든 사항을 꼼꼼히 점검했다. 스물한 명 중 누구에게서도 단서를 포착하지 못했다. 방향을 바꿔 환자들의 생활권에 설치된 퍼블릭 아이 영상을 확인했다. 주거지와 직장, 학교 등 주요 생활권을 기준으로 사방 네 블록까지 범위를 넓혀 살펴봤다. 역시 이상한 점을 발견하지 못했다.

부연 담배 연기가 한숨처럼 길게 흘러나왔다. 스물한 명의 뒷조사를 하다 보니 어느새 엿새가 지났다. 주요 검색 작업을 마쳤지만 별 소득이 없었다. 흩어지는 담배 연기 속에서 꽁초로 수북한 재떨이가 고립된 섬처럼 모습을 드러냈다. 결과가 있는데 원인이 보이지 않는다면 이유는 하나다. 원인이 없는 것이 아니라 찾지 못한 것이다. 스물한 건이나 되는 사건에 단 하나의 실마리도 보이지 않는다는 사실 자체가 이미 중요한 단서였다. 원인과 결과의 부자연스러운 단절에는 반드시 인위적인 힘이 개입돼 있기 마련이다. 또다시 부연 연기가 눈앞을 흐렸다. 묵직한 피로감이 목덜미를 짓눌렀다. 엿새간 사무실에만 틀어박혔던 탓이다. 담배를 너무 많이 피운 탓인지도 몰랐다. 잠시 바람을 쐬는 것도 나쁘지는 않을 것이다. 복잡하게 얽힌 매듭은 무조건 강하게 당긴다고 풀리는 게 아니니까. 때로는 느슨하게 접근하는 편이 오히려 해결의 실마리를 제공할 수 있다는 생각을 하며 몽톡해진 담배를 재떨이에 쑤셔 넣었다.

인공 신체 상점 내부에 바흐의 무반주 첼로 모음곡이 흘렀다. 경쾌하면서도 고상한 첼로의 선율이 눈부신 진열장 주위를 휘돌았

다. 투명한 유리 상자 속에 의체 유닛 HB-M73RA가 진열돼 있었
다. 휴먼보디의 최상급 모델로 내 오른팔과 기본 구조가 동일한
제품이었다. 현존하는 금속 중 가장 가볍고 강력한 합금인 아만듐
으로 골격을 제작했다. 구동장치는 인공 근육이었다. 피부를 입히
지 않은 상태라 회색빛 인공 근섬유 다발이 적나라하게 드러났다.
매끈한 인공 근육의 굴곡을 따라 고아한 첼로의 멜로디가 감미롭
게 흘러내렸다.

　인공 근육을 개발하기 전 의체는 전동기와 유압기로 움직였다.
딱딱하고 부자연스러운 동작 탓에 인간미가 느껴지지 않는, 그래
서 기술적인 한계보다 심리적인 한계가 더 크게 부각되는 방식이
었다. 인공 근섬유가 등장하면서 인공 신체의 패러다임이 바뀌었
다. 전기 자극으로 수축하는 인공 근육은 의체의 움직임을 인체의
움직임과 구분할 수 없는 수준으로 향상시켰다. 부드러운 작동 방
식으로 의체의 동작에 유연성을 부여했고 기민한 반응 속도로 동
작에 민첩성을 불어넣었다. 의체도 인체의 일부라는 인식이 확산
되면서 명실공히 의체는 인간 진화의 한 방식이 됐다. 지금 눈앞
에 있는 인공 팔은 단순히 의체 기술의 정수를 집약한 제품이 아
니라 인간의 진화를 표상하는 예술품이라 해도 과언이 아니었다.
그런 것이 내 몸의 일부를 이루고 있다는 사실에 은근히 마음이
뿌듯했다.

　머리가 복잡할 때면 나는 늘 이곳을 찾는다. 특수 합금으로 제작
한 인공 골격과 강력하고 유연한 인공 근육들 사이를 거닐다 보면

뒤숭숭한 생각이 차분히 가라앉곤 한다.

　드셔보세요.

　매장 한쪽에서 의체식 전문 제조 업체가 출시한 신제품 홍보가 한창이었다. 단정하게 차려입은 휴머노이드 둘이 고객들에게 시식을 권했다. '단순한 유동식流動食이 아닌 실제 음식의 풍미와 식감을 그대로 재현한 혁신적인 식품'이라는 홀로그램 문구가 화려하게 매대 주변을 흘러갔다. 아니나 다를까 접시 위에 놓인 스테이크와 치킨은 전혀 합성한 음식처럼 보이지 않았다.

　보시다시피 실제 음식과 똑같이 생겼지만 섭취 후에는 인공 소화기관이 흡수하기 쉽도록 분자구조가 바뀐답니다. 맛 또한 실제 음식과 똑같습니다. 스테이크형은 부드러우면서 담백하고, 프라이드치킨형은 쫄깃하면서 고소하지요.

　오렌지색 머리칼을 한 휴머노이드가 상냥한 목소리로 설명했다. 정말 먹어보기라도 한 듯한 투였다. 보라색 머리를 한 휴머노이드가 스테이크 조각 하나를 내게 권했다. 반신반의했는데 꽤 그럴듯한 맛이었다. 콩에 글루텐을 섞어 만든 콩고기와 비슷한 식감이었다. 완벽한 고기 맛은 아니지만 기존 의체식에 비하면 대단한 발전이었다. 뒤이어 건네받은 치킨도 훌륭했다.

　어떠세요? 맛있죠? 현재는 스테이크형과 프라이드치킨형 두 종류뿐이지만 조만간 다양한 메뉴를 선보일 예정이랍니다. 출시 기념으로 50% 할인 행사 중이니 이 기회에 구입하세요.

　보라색 머리가 낭랑한 목소리로 말했다. 일반적인 의체식보다 두 배나 비쌌지만 납득할 만한 가격이었다. 전신 의체 사용자뿐 아니라 향후 전신 의체를 고려하는 이들에게도 반가운 제품이었다. 프라이드치킨형을 한 팩 집어 들었다. 오렌지색 머리가 활짝 웃으며 쇼핑백에 담아주었다.

기계 몸은 고효율 배터리에서 에너지를 얻는다. 전신 의체의 경우에는 배터리뿐 아니라 뇌에 영양을 공급할 장치도 필수다. 초기 몸통 의체는 캡슐 시스템을 사용했다. 필수 영양소를 함유한 캡슐을 삽입하면 자동으로 뇌에 양분을 전달하는 방식이었다. 그런 식으로 영양을 흡수하던 상당수의 뇌에서 끊임없이 허기를 느끼고 활동이 둔화되는 문제가 나타났다. 온몸이 기계로 교체됐지만 뇌는 여전히 장기를 통해 음식을 소화하려는 욕구를 느꼈다. 그것을 충족하지 못한 탓이었다. 신체 일부가 잘린 이들에게 나타나는 유령통과 비슷한 증상이었다. 뇌에 가상 신호를 보내는 방안이 해결책으로 제시됐다. 그러나 실제 적용 결과 효과가 미미했다. 다양한 시도 끝에 인공 소화기관을 장착하는 방식이 거론됐다. 뇌와 인공 소화기관이 피드백을 주고받는 과정을 통해 양분을 공급하자 비로소 공복감과 뇌의 기능 저하 현상이 사라졌다. 다만 인공 소화기관은 유동식처럼 멀건 의체식만 소화할 수 있었다. 기호에 따라 여러 가지 맛과 향을 첨가했지만 실제 음식에 비하면 상당히 만족도가 떨어졌다.

그런 사실을 입증하기라도 하듯 샘이 야무지게 닭 다리를 물어뜯었다. 한참 입을 우물거리더니 그가 불쑥 엄지를 치켜세웠다.

이거 최곤데!

기름기로 번들거리는 그의 입가에 만족스러운 미소가 번졌다.

막 출시한 제품이야. 먹을 때는 실제 음식과 비슷하지만 소화기관으로 들어가면 즉시 흡수하기 쉬운 상태로 분자구조가 바뀐다고 하더라고.

내 설명을 듣는 둥 마는 둥 그는 닭 다리를 뜯느라 여념이 없었다. 해킹할 때 말고 이렇게 집중하는 걸 본 적이 없었다.

혹시 그런 생각 해본 적 있어? 가상현실에서도 음식의 맛과 향을 느낄 수 있잖아. 그건 실제 음식을 먹을 때 뇌를 자극하는 전기신호를 모방한 거고. 그런데 어째서 가상현실에서 느끼는 만족감은 진짜 음식을 먹을 때 느끼는 만족감에 미치지 못하는 걸까?

존재란 하나의 방식으로만 실재하기 때문인지도 모르지.

어느새 뼈(물론 인공으로 만들어진 뼈)만 남은 닭 다리를 빈 그릇에 던져 넣으며 샘이 대꾸했다.

뭐?

존재를 구성하는 요소 중 하나라도 일치하지 않으면 원래 존재가 될 수 없는 거 아니겠냐고. 예를 들면 '닭튀김'이라는 존재는 닭과 튀김 가루와 펄펄 끓는 기름이라는 요소가 특정한 시간적 순서에 따라 조합돼 만들어지잖아. 따라서 그와 동일한 성분과 차례로 조리한 음식이 아니면 그건 닭튀김이라고 할 수 없지. 닭튀김이 아니라면 당연히 닭튀김과 똑같은 맛과 향을 낼 수 없는 거고. 지금 내가 먹는 요리도 진짜 닭튀김을 이루는 요소로 만든 게 아니니까 엄밀히 말하면 닭튀김이 아니라 '닭튀김에 가까운 무엇'이라고 해야겠지. 비슷하지만 결국 같은 존재가 아니므로 당연히 특성도 다른 거고. 마찬가지로 가상현실에서 '닭튀김 맛을 내는 전기신호'를 모방했을 때 그 역시 '닭튀김 맛을 내는 전기신호에 가까운 무엇'에 불과하니까 원래 닭튀김 맛에 미치지 못하는 거 아니겠어?

하지만 전기신호는 완벽하게 복제할 수 있잖아. 뇌는 어차피 전기신호를 감지하는 거고. 닭튀김에서 추출한 '닭튀김 맛을 내는 전기신호'와 그것을 복사한 사본의 차이를 뇌가 어떻게 구분하겠어?

생각나는 대로 무작정 떠들어본 건데, 왜 이리 심각하셔? 여하튼 관건은 닭튀김에서 '닭튀김 맛을 내는 전기신호'를 얼마나 생생하게 추출하느냐, 그것을 어떻게 고스란히 뇌에 전달하느냐, 즉 기술의 완성도가 문제 아니겠어? 아직은 완벽하지 않지만 조만간 현실과 가상 사이에 존재하는 벽을 말끔히 허무는 날이 오겠지. 네트워크에 인간의 의식을 업로드할 수 있는 날도 올 테고. 시간이 모든 걸 해결해줄 테니까 걱정하지 말고 거기 만두나 좀 먹어봐.

샘이 닭 가슴살을 뜯기 시작했다. 만두가 담긴 찜통 뚜껑을 열자 영혼처럼 하얀 김이 화르르 피어올랐다. 이형일이 언급했던 영혼의 간극이라는 말이 떠올랐다. 진짜 '닭튀김'과 '닭튀김에 가까운 무엇'의 차이는 '장인이 만든 칼'과 '휴머노이드가 만든 칼'의 차이와 유사한 데가 있었다. 괜스레 머리가 묵직해지는 중량감을 느끼며 처음으로 봉식이네 만두를 먹었다. 지극히 평범하고 일반적인 만두의 맛이었다.

그나저나 흥미로운 사건을 맡았다면서?

백지증후군이라고 들어봤어?

아니, 그게 뭔데?

샘이 치킨을 먹는 동안 나는 백지증후군에 대해 차근차근 설명했다. 사람들의 기억이 지워지는 현상이 서울 안팎에서 병처럼 번지고 있다는 사실에 그 역시 호기심이 동하는 모양이었다. 닭 날개를 발라먹은 후 냅킨으로 입을 닦으며 그가 물었다.

그러니까 전혀 단서를 찾지 못했단 말이지?

응.

내가 고개를 끄덕이는 순간 암호화한 무선통신 채널을 통해 샘의 목소리가 전해졌다.

아무 말 말고 조용히 따라와.

왜 그래 갑자기?

나 역시 무선통신으로 물었지만 그는 대꾸 없이 불쑥 자리에서 일어섰다. 엉겁결에 나도 궁둥이를 뗐다. 샘이 전자 장비로 빼곡한 작업실 한쪽 벽 앞으로 가까이 갔다. 순간 전자 장비와 함께 벽이 통째로 뒤로 물러났다. 바닥에 뚫린 어둑한 통로가 모습을 드러냈다. 탈출용 비상구 외에 또 다른 비밀 통로가 있을 줄이야! 샘은 나를 돌아보지도 않고 성큼 통로 안으로 들어갔다.

통로는 나선형 계단을 이루며 지하로 이어졌다. 건장한 성인 남자 한 명이 넉넉히 지날 크기였다. 세 바퀴 정도 돌아 내려가자 견고해 보이는 금속 문이 앞을 가로막았다. 샘이 다가서자 묵직한 소리를 내며 문이 좌우로 갈라졌다. 문 뒤는 엘리베이터만 한 크기의 작은 방이었다. 왼쪽 벽에 붙은 작은 선반에 귀마개와 눈가리개 들이 비치돼 있었다. 샘이 묵묵히 그것들을 착용했다. 따라 하는 수밖에 없었다. 영문도 모른 채 눈과 귀를 막고 서 있으려니 묘한 기분이었다. 신경이 곤두선 탓인지 무언가 자꾸 피부를 스치는 느낌이 들었다. 30초쯤 지났을까. 샘의 손이 내 눈가리개를 벗겼다. 눈가리개와 귀마개를 제자리에 두는 사이 입구 반대편 벽이 열렸다.

그곳은 무수한 불빛들이 명멸하는 또 하나의 작업실이었다.

벙커에 온 걸 환영해.

내가 안으로 들어서자 참았던 숨을 내뱉듯 샘이 말했다.

뭐야 여긴?

말 그대로, 벙커야.

위에 있는 작업실이랑 뭐가 다른데?

그는 대답 대신 나를 현미경이 놓인 책상 앞으로 데려갔다. 재물대載物臺에 잠자리 날개가 올려져 있었다.

잠자리 날개잖아?

정말 그럴까?

무슨 뜽딴지같은 소린가 싶어 다시 살펴봤다. 틀림없는 잠자리의 날개였다. 그물 모양의 시맥翅脈*이 투명한 막을 가로지르며 촘촘히 뻗어 있었다. 의아해하는 내게 샘이 현미경을 들여다보라고 눈짓했다. 날개가 몸통과 연결되는 부분에 초점이 맞춰져 있었다. 접안렌즈에 눈을 대자 뜻밖에도 인공 구조물이 보였다. 인공 근섬유와 유사한 모양새였다.

이거 잠자리 날개가 아니야?

잠자리 날개지만, 잠자리 날개가 아니지.

그의 광대뼈 위에 장난기가 뭉쳤다.

스무고개는 그만하고.

내가 정색하자 그의 눈 아래 뭉쳤던 장난기가 뿔뿔이 흩어졌다.

최근 국정원에서 비밀 프로젝트를 하나 추진 중이야. 곤충형 로봇을 이용한 정보 수집 프로젝트.

그런 기술은 이미 존재하잖아. 실전에도 많이 사용하고 있고.

물론 그렇지. 하지만 기존 곤충 로봇은 크기가 작다는 이점을 제외하면 부족한 부분이 많아. 특히 실제 곤충에 비해 생김새나 움직임이 매우 부자연스럽지. 조금만 주의를 기울이면 누구든 로봇이라는 사실을 알아챌 수 있으니까. 이번 프로젝트는 그런 문제를 확실하게 해결했어. 완벽한 곤충의 외피에 로봇을 이식할 방법을

---

* 곤충의 날개에 망처럼 퍼져 있는 구조물. 체액이 흐르는 통로이자 신경을 연결하는 관.

개발한 거지. 겉모습만으로는 곤충인지 로봇인지 구분할 수가 없어. 거기에 자폭 기능을 추가했어. 고장 나거나 포획되면 내부 구조물이 곤충의 체액처럼 녹아서 사용자가 누구인지 알아낼 수 없도록 추적을 차단하는 거야. 사용 범위도 확장됐어. 로봇 수십 마리를 일시적인 작전에 투입하는 방식이 아니라 수만 마리를 도시 전역에 퍼트려 상시 정보를 수집하는 거지. 생각해봐. 그 정보력이 어느 정도일지.

그건 명백한 불법행위잖아.

그러니까 비밀 프로젝트지.

이게 그 스파이 로봇의 날개라고?

그래. 하지만 단순히 잠자리 한 마리라고 생각하면 오산이야. 나비, 벌, 개미, 귀뚜라미, 무당벌레, 모기, 파리, 바퀴벌레 등등 뭐든지 가능해. 내가 여기에 벙커를 구축한 이유도 그 때문이야. 스파이 벌레로부터 보안을 유지할 장소가 필요하거든.

단순히 지하에 작업실을 하나 더 만든다고 보안 수준이 높아지는 건 아닐 텐데?

물론이지. 일단 이곳은 위에 있는 작업실과 달리 완벽하게 전파가 차단되는 장소야. 스파이 벌레가 침투하더라도 외부로 정보를 전송할 수 없어. 그리고 입구에 방충 시설을 갖췄어. 아까 들어오기 전에 잠깐 눈과 귀를 가렸지? 그 방이 바로 방충 시설이야. 혹시 따라 들어왔을지도 모를 로봇 벌레를 초음파와 레이저로 박멸하는 거지. 결국 이곳은 완벽한 청정 지역이다, 이 말씀이야.

때로는 세상의 변화에 대처하는 게 꽤 피곤한 일이라는 생각이 들었다. 조만간 내 사무실에도 보안 대책을 세워야 할 것 같았다.

그런데 갑자기 여기로 온 이유가 뭐야?

자네를 도울 수 있을 것 같아서. 대신 절대적으로 보안이 필요한 이야기거든.

어떻게 돕겠다는 건데?

그 전에 자랑을 좀 하고 싶은데.

흩어졌던 장난기가 살금살금 그의 광대뼈 부근에 다시 모여들었다. 어차피 머리를 식히러 온 터였다. 도움을 받을 수 있다면 자랑을 들어주는 것쯤이야 어려운 일도 아니었다. 대놓고 자랑을 하고 싶어 할 정도라니 무슨 일인지 궁금하기도 했다.

해봐, 자랑.

책상 앞에 놓인 의자에 걸터앉으며 내가 말했다. 그가 천천히 내 앞을 오가며 이야기를 늘어놓기 시작했다.

알고 있겠지만 해킹 기법은 크게 세 가지로 분류돼. 기술적 해킹, 사회공학적 해킹, 물리적 해킹. 기술적 해킹은 프로그램의 허점을 공격하거나 우회하는 방식으로 시스템에 침투하는 기법이지. 해커의 기본 실력을 가늠하는 중요한 기준이고. 하지만 기술적 해킹만으로 모든 시스템을 뚫을 수는 없어. 때로는 사회공학적 해킹처럼 시스템을 관리하는 인간을 공략해서 정보를 캐낼 필요도 있으니까. 물리적 해킹은 말 그대로 목표물에 물리적 변형을 가하거나 직접 접촉해서 정보를 빼내는 방식이고. 컴퓨터 회로에 스파이 칩을 심는 수법처럼 말이야. 그런데 그 기법들의 대전제가 뭔지 알아? 이미 시스템이 존재한다는 거야. 이제까지의 해킹은 전부 구축된 시스템을 공략하는 거였어. 안 그래? 그런데 만일 시스템이 완성되기 전에 미리 해킹 통로를 만들어놓는다면 어떨까? 그건 매우 직접적이면서도 은밀하고 치명적인 방식이지. 그걸 해낸 거라고, 내가!

걸음을 멈춘 그가 자랑스럽게 자신의 가슴을 두드렸다. 나는 가볍게 고개를 끄덕여주었다.

수년 전부터 국정원의 자금 흐름을 모니터했어. 신임 국정원장이 취임한 후 기업들로부터 받은 막대한 돈을 교묘히 세탁하고 있더군. 추적 결과 국정원에서 만든 유령회사로 돈이 흘러들고 있었어. 그 유령회사는 컴퓨터 시스템을 전문적으로 구축해주는 회사와 계약을 체결했고. 주문 내용을 해킹해봤지. 소형 로봇을 대량으로 제어하는 시스템이었어. 곤충 로봇은 국정원 산하의 연구소에서 직접 생산하고 로봇들을 제어할 시스템은 외주를 준 거였지. 그래서 내가 뭘 했는지 알아? 시스템을 주문받은 회사의 공장에 침입해 국정원에 납품할 컴퓨터 기판에 스파이 칩들을 심었어. 시스템을 조립하기도 전에 물리적 해킹을 해둔 셈이지. 완성된 시스템은 국정원으로 옮겨졌고, 얼마 전부터 시험 가동을 시작했어. 일명 아르고스* 프로젝트야. 지금 이 순간에도 수만 마리의 스파이

---

* 그리스신화에 등장하는 거인. 온몸에 눈이 달렸고 잠을 자지 않아 항상 주변의 모든 것을 감시할 수 있다.

벌레들이 서울 곳곳을 들여다보고 있지. 나는 그 눈을 훔쳐볼 수 있는 유일한 해커고. 어때? 이 정도면 자랑할 만한 거 아냐?

트로이 성을 건축하기도 전에 미리 목마를 묻어둔다? 역시 그는 타고난 해커였다. 손을 들어 가볍게 손뼉을 쳐주었다.

아르고스 시스템을 가동한 지 한 달쯤 됐으니까, 그사이 발병한 백지증후군 환자가 있다면 그들 주변의 영상과 소리를 수집했을지 몰라.

단단히 묶였던 매듭이 살짝 느슨해진 느낌이었다.

드디어 자네가 치킨값을 하는군.

치킨은 책에 대한 답례 아니야?

따지기는. 아무튼 3주 전에 발병한 환자가 한 명 있는데, 한번 알아봐줘.

그런데 말이야.

응?

가격이 비싸. 아무리 자네라지만, 쉽지 않은 작업이었거든.

걱정하지 마. 비용을 아까워할 고객이 아니니까.

이형일로부터 받은 메모리스틱을 샘에게 건넸다.

이 보고서에 들어 있는 스물한 번째 환자야.

좋아! 그럼 시작해볼까.

그는 해킹할 생각에 벌써 들뜬 모습이었다.

얼마나 걸릴 것 같아?

스파이 칩들을 심긴 했지만 발각되거나 추적당하지 않도록 신중을 기해야 하고 데이터를 일일이 점검해야 하니까, 하루 이상 걸리지 않을까 싶어. 그동안 자넨 뭘 할 건데?

그럼 나는 직접 그 환자를 만나봐야겠군. 가장 최근에 발병했으니 뭔가 뜨끈뜨끈한 단서가 있을지도 모르지.

행운을 빌어.

그렇게 말하고 샘은 곧 네트워크 속으로 뛰어들었다. 우주선 조종석처럼 커다란 의자에 앉은 그를 뒤로한 채 나는 지상으로 올라왔다.

스물한 번째 백지증후군 환자 최수연의 입원실은 E-뉴로테크 AS센터의 격리병동 609호였다. 만나도 별 소득이 없을 겁니다. 아무것도 기억하지 못하거든요. 담당 의사가 면회를 승인하며 말했다. 선생님께서는 어떻게 보십니까? 듣기로는 백지증후군 자체가 불가능한 현상이라고 하던데요. 글쎄요, 설명하기가 좀…. 그가 말끝을 흐렸다. 이형일에게 받은 보고서의 결론과 비슷한 대답이었다. 설명할 수 없는 기현상은 누구에게나 깊은 당혹감을 안겨주는 모양이었다.

최수연이 창가에서 밤하늘을 올려다보고 있었다. 스물세 살. 많지 않은 나이에 파란만장한 이력을 지닌 여자였다. 열일곱 살에 사고로 부모를 여의었다. 열여섯에 격투기에 입문했고 스물한 살에 더 원-P의 챔피언에 올랐다. 영광은 잠시였다. 갑작스러운 시력 상실로 한 차례 방어전도 치르지 못한 채 챔피언벨트를 반납해야 했다. 전뇌 이식수술과 인공 안구 이식수술을 받았지만 심각한 전뇌부적응 현상이 나타났다. 결국 F등급 전뇌부적응자로 분류됐다. 전뇌불능자 및 기타생활보호대상자 보호법에 의해 버그플래닛이라는 회사에서 프로그램 테스터로 근무하던 중 백지증후군이 발병했다. 말하고 생각하고 운동하는 능력과 관련한 기억 외에 모든 기억이 지워졌다. 그리고 전뇌부적응 현상이 사라졌다.

실례합니다.

말을 건네자 그녀가 천천히 고개를 돌렸다. 각진 턱선과 굳게 다문 입이 강한 인상을 풍겼다. 딱 벌어진 어깨가 오랜 기간 단련한 몸이라는 사실을 드러냈다.

무슨 일이시죠?

보험회사에서 나왔습니다. 고객님 AS비용을 저희 쪽에서 지불하고 있거든요. 몇 가지 확인을 좀 했으면 합니다.

아, 네. 거기 앉으시죠.

그녀가 선선히 자리를 권했다. 막상 목소리를 들어보니 강렬한 외모와 달리 순수하고 선량한 느낌의 청년이었다.

갑자기 이런 일을 당해서 무척 혼란스러우실 텐데, 기분은 좀 어떤가요?

뭐라고 표현해야 할지 모르겠어요. 막막하기도 하고, 한편으로는 뭔가 후련한 것 같기도 하고요.

혼돈과 당혹감이 불안정한 대기처럼 그녀의 얼굴에 휘돌았다.

이런 질문은 여러 번 받았겠지만, 본인의 이름이 기억나지 않나요?

지금은 알고 있습니다만, 제가 기억해낸 게 아니에요. 의사 선생님이 알려주신 거죠.

나이라든가 사는 곳, 가족에 대해서도요?

네.

단편적인 기억은 어떤가요? 논리적으로 이어지지 않는다 해도 그런 파편들을 따라가다 보면 기억을 찾을 수 있을지도 모르잖아요.

그러면 좋겠지만, 전혀 떠오르는 게 없습니다. 어느 날 갑자기 암흑 속에서 솟아오른 기분이에요. 의사 선생님이 기억을 회복하는 데 도움이 될지도 모른다고 하면서 제 경기 장면을 보여주셨거든요. 그런데 화면 속 제 모습이 무척 낯설게 느껴지더라고요. 내가 정말 저랬을까 싶었어요.

그렇군요. 어쨌든 전뇌부적응 현상 때문에 무척 고생이 많으셨을 텐데, 그게 사라져서 정말 다행입니다.

그것도 의사 선생님이 말씀해주시기는 했는데, 저는 도무지 생각이 나질 않아요.

망망대해에 조약돌을 던지는 기분이었다. 퐁당. 퐁당. 던지는 질문마다 죄다 가라앉아버릴 뿐 해답을 낚아 떠오르는 대답은 하나도 없었다. 더 이상 물어봤자 별다른 단서가 나올 것 같지 않았다.

환자분 상태를 충분히 알겠습니다. 혹시 하고 싶은 말씀이라도 있나요? 뭐든 상관없습니다.

면담을 마무리하기 위해 형식적으로 던진 말이었는데 그녀는 잠시 머뭇거리더니 이렇게 말했다.

구름이 걷혔으면 좋겠어요.

네?

별이 보고 싶거든요. 며칠째 구름이 껴서 별이 보이질 않네요.

그녀가 고개를 돌려 창밖을 올려다봤다. 그녀의 시선을 따라 올려다본 하늘에는 막막한 어둠이 사악한 점령군처럼 주둔해 있었다.

창유리를 통해 올려다본 하늘은 잘 숙성된 흑맥주처럼 검었다. 날씨 정보를 확인해보니 강우 확률 34%였다. 잔뜩 구름이 꼈지만 비가 오지는 않을 모양이었다. 서울 외곽에 위치한 주택가는 고요했다. 드문드문 늘어선 집들의 창에서 어둠 속으로 밝은 빛이 녹아들고 있었다. 전조등

남자와 여자가 집 안으로 들어간 지 한 시간 반이 흘렀다. 그 사이 그들은 함께 요리를 했고, 식사를 했다. 지금은 몸을 맞대고 춤을 추고 있다. 쿵작작 쿵작작. 4분의 3박자에 맞춰 추는 왈츠가 틀림없었다. 일주일간 추적 끝에 드디어 목표가 시야에 들어왔다. 피로에 긴장감이 더해진 탓인

테라스코프 진단 프로그램을 가동했다. 테라스코프는 매우 유용한 투시 장비다. 감시 대상이 어느 공간에 있든지 유효거리 안에서는 우수한 해상도로 영상을 확보한다. 다만 물은 투시하지 못한다. 비가 온다거나 수분이 목표를 가로막는 상황에서는 무용지물이다. 주로 군 특수부대

을 켠 자동차 한 대가 비질하듯 어둠을 쓸며 지나갔다. 멀어지는 자동차 뒤로 쏠려갔던 어둠이 금세 다시 밀려들었다. 지 전뇌와 연결한 테라스코프의 무선 채널에 자꾸 노이즈가 발생했다. 세 번이나 채널을 재설정했지만 나아지지 않았다. 에서 사용하는데 지니가 최신 모델을 조달해주었다. 진단 프로그램이 완료 메시지를 송출했다. 장비에 이상은 없었다.

테라스코프의 무선 연결을 끊었다. 모니터 화면을 통해 집 안을 주시했다. 빙글빙글 거실을 도는 그들과 달리 한 시간 반 동안 차 안에만 있었더니 몸이 찌뿌드드했다. 시원한 맥주라도 한잔 들이켜고 싶은 심정이었다. 콘솔 박스를 뒤져 담배 한 개비를 입에 물었다. 딸깍, 라이터의 불이 빨갛게 담배를 발화했다. 어느새 춤을 멈춘 남자와 여자는 주방으로 가서 설거지를 했다. 잿빛 연기가 그들의 실루엣을 부옇게 흐렸다.

샘으로부터 연락을 받은 건 해킹을 의뢰한 다음 날 아침이었다. 벙커로 들어서자 나를 맞는 그의 얼굴에 득의양양한 미소가 가득했다.

뭔가 찾았군.

음하하, 찾았지.

팔짱을 낀 채 그가 괜스레 뜸을 들였다.

알았어. 역시 자네는 최고의 해커야.

그제야 그가 빙그르 의자를 돌려 앉더니 모니터에 영상을 띄웠다. 도로를 따라 걷던 한 남자가 가방에서 물병을 꺼내 무언가를 마시는 장면이었다. 남자의 얼굴이 클로즈업되는 순간 샘이 화면을 정지시켰다. 평범한 얼굴이라 그런가. 낯설지가 않았다.

이 남자가 열쇠야.

자세히 설명해봐.

영상이 촬영된 장소는 스물한 번째 환자인 최수연의 집에서 얼마 떨어지지 않은 대로변이야. 시간은 백지증후군이 발병했던 날 새벽 3시 6분. 같은 시간대에 저 지역에서 작동 중이던 퍼블릭아이 어디에도 저 남자가 찍히지 않았어. 하지만 아르고스 시스템에는 찍혔더군. 시리얼 넘버 SR-B737. 나비형 스파이 로봇이 촬영한 거야. 그러니까 저 남자가 퍼블릭아이 시스템에 침투해 자신의 모습을 삭제한 게 틀림없어. 신원 조회를 해봤는데 재밌는 사실이 나오더라고. 이름은 김진. 일곱 사도 사건이 터졌을 당시 코스모스의 서버를 관리하던 문지기였지.

그제야 그의 얼굴이 낯익은 이유를 깨달았다. 그는 전압 쇼크로 의식을 잃었던 몇몇 문지기 중 하나였다. 직접 면담을 하지는 않았지만 당시 내 사건 파일 속에는 그를 포함해 피해를 보았던 몇몇 문지기들의 기록이 들어 있었다.

그런데 이 남자, 기록이 이상해. 사고를 당하고 8일 후 사표를 제출했는데, 이후의 종적이 묘연해. 취업한 이력도 없고, 세금을 낸 자료도 없어. 먹고살려면 최소한 소비를 한 흔적이라도 있어야 하는데, 신용 계정의 거래 명세나 은행 이용 내역도 없어. 한마디로 이 남자의 기록은 회사에 사표를 낸 시점을 기준으로 완전히 멈췄어.

비로소 퍼즐의 테두리가 완성된 느낌이었다. 시스템에서 자신의 행적을 지우는 남자라. 정황상 그가 백지증후군을 야기하는 것이 틀림없었다. 도대체 왜, 어떻게 기억을 지우는 것일까? 여전히 퍼즐의 중앙은 뻥 뚫린 채였다. 직접 만나보면 알 수 있겠지. 나는 라이터를 만지작대며 화면 속의 남자를 찬찬히 뜯어봤다. 하늘을 올려다보는 그의 눈은 어딘가 먼 곳의 기억을 더듬고 있는 듯했다.

IV 제3의 손

무슨 꽃을 드릴까요? 아주머니의 질문에 순간 머뭇했어. 달콤한 꽃향기가 싸늘한 성에가 되어 기도에 달라붙은 듯 숨이 턱 막혔지. 아마도 그건 네가 무슨 꽃을 좋아했는지조차 모르는 나 자신이 혐오스러웠기 때문일 거야. 입술을 잘근대며 주위를 둘러봤지. 단박에 시선을 잡아끄는 새빨간 장미와 고상하게 꽃대를 세운 하얀 백합이 앞을 가로막고 있었어. 뒤에는 노란 프리지어가 발랄하게 피어 있었지. 여리디여린 안개꽃과 우람하게 솟은 해바라기도 눈길을 끌었어. 구석에 자리한 하얀 국화 다발에 시선이 멈췄어. 그건 결코 그것들이 죽은 이에게 바치는 꽃이라서가 아니었어. 서늘한 기운이 감도는 꽃송이들을 보는 순간 절로 네 얼굴이 떠오른 거야. 그래, 맞아. 너는 국화처럼 고요한 아이였어. 봄이 무르익어 가는 계절이야. 따스한 햇살 아래 사방이 온통 초록으로 물들었어. 숲을 지나온 바람에서 싱그러운 향기가 나. 다가오는 여름에 대한 기대감으로 세상이 하루가 다르게 벅차오르고 있지. 네가 있는 곳이 가까워질수록 내 걸음은 점점 무거워져. 들고 있는 거라곤 고작 국화 열네 송이뿐인데 말이야. 가슴께에서 피어오르는 서늘한 국화 향이 콧속으로 스밀 때마다 심장이 얼어붙는 느낌이야. 벌써 1년이라는 시간이 흘렀어. 너는 여전히 열넷. 얼어붙은 시간 속에 갇힌 널 위해 내가 할 수 있는 일은 아무것도 없어. 결국 이 꽃들은 널 위한 게 아냐. 너를 그리워하는, 나를 위한 거야. 그래서 더더욱 네게 면목이 없어. 체온을 잃은 이들이 잠든 곳이기 때문일까. 봉안당 안은 언제나 한기로 가득해. 나는 늘 목을 움츠리며 싸늘한 항아리에 담긴 너를 포근히 품어주고 싶다는 충동을 느껴. 하지만 안치단의 봉인을 해제할 수 있는 횟수는 규정상 1년에 세 번뿐이래. 한번은 얇고 따스한 무릎 담요를 잘라다가 너를 꼭꼭 싸매주었지. 고객님 이건 좀. 관리 직원이 난감한 표정을 지었어. 왜요? 어떤 사람은 고인이 평소에 술을 좋아했다면서 소주를 병째 넣어주기도 하던데요. 그렇게 따져 물었지. 그제야 그는 공손히 너를 받아 다시 안치단에 넣어주었어. 그 역시 결국 네가 아니라 나를 따뜻하게 하기 위해서가 아니었을까. 그런 생각에 이내 심장에 서릿발이 솟는 느낌이었어. R-576. 투명한 유리 너머, 담요로 싼 항아리 속에 너는 잠들어 있어. 잿빛 금속판 위에 검게 인쇄된 안치단 번호를 볼 때마다 그것을 뜯어내고 그 자리에 네 이름을 새겨 넣고 싶어져. 정마리, 라는 세 글자를. 이곳 직원들은 너를 R-576이라 부르겠지. 사람은 결코 그런 식으로 불려선 안 돼. 나는 그걸 너무 늦게 깨달았어. 그렇게 간단한 것조차 모르는 아둔한 인간이었지. 그런 인간이었기에 너를 수치화한 대상으로만 생각했던 거야. 그건 내 인생 최대의 과오야. 나는 열일곱에 전뇌공학 박사 학위를 받았어. 스무 살에는 유전공학 박사 학위를 취득했지. 이후 대학에서 강의를 하기 시작했단다. 내가 너를 선택했듯 내 어머니와 아버지도 나를 선택했지. 병에 강하고 뛰어난 지능과 체력을 겸비한 맞춤형 아기. 그래, 나는 넥스트 1세대야. 욕망은 재능에 비례하는 걸까? 내 또래 혹은 나보다 나이 많은 학생들을 가르치며 나는 그들과 급이 다른 인간이라고 스스로를 규정하곤 했어. 쓸데없는 오만이었지. 나는 늘 내 능력에 걸맞게 원대한 일을 해야 한다는 강박에 사로잡혀 있었어. 데이비드 장은 그런 충동을 더욱 불타오르게 만든 인물이었지. 그는 전뇌동기화라는 개념으로 컴퓨터를 인간의 뇌와 연동시켰어. 그건 정말 위대한 업적이야. 다중 작업이 가능해지면서 인류의 의식이 한 단계 진화했으니까. 내가 시샘한 건 단순히 그의 공적만이 아니었어. 세계 최대의 전뇌 회사였던 뉴브레인에 입사할 정도로 명석했지만 그는 두각을 나타내는 인물이 아니었어. 핵심 인력을 투입하는 개발 팀이 아니라 개발한 전뇌의 이상 유무를 확인하는 검사 팀에서 근무했다는 사실만 봐도 알 수 있지. 그가 그토록 엄청난 일을 해낼 거라곤 아무도 상상치 못했던 거야. 더구나 취미 삼아 그리던 그림이 4세대 전뇌의 회로도였다니. 그렇게 극적인 반전이 또 있을까? 허허실실 자신의 천재성을 숨겼다가 폭발하는 화산처럼 어느 날 갑자기 세상 위로 우뚝 솟은 그의 행적이 얄미울 정도로 부러웠어. 4세대 전뇌가 등장한 후 전뇌공학자들은 전뇌동기화의 효율을 향상시키는 문제에만 골몰했어. 다들 데이비드 장이 이룩한 업적 위에 뭔가 쌓아보겠다고 안달이었지. 산꼭대기에 작은 탑을 하나 올리고 그 탑이 세상에서 가장 높은 탑이라고 뿌듯해하는 꼴들이라니. 사실 4세대 전뇌 이후 전뇌 개발은 답보 상태였어. 더 빠르고 뛰어난 기능을 갖춘 전뇌가 계속해서 출시됐지만 정작 4세대 전뇌의 틀을 깨는 혁신은 없었거든. 결국 데이비드 장을 능가하려면 스스로 거대한 산이 돼야 했지. 나는 혁신의 실마리를 나노 머신에서 찾았어. 뇌의 특정 부위에 전뇌 칩을 이식하는 대신 나노 머신을 이용해 뇌 전체에 회로를 구축하면 어떨까. 사람마다 제각각인 두뇌에 최적화할 맞춤형 전뇌를 만들자는 생각이었지. 그렇게 하면 뇌와 전뇌의 긴밀성이 극도로 향상될 것이 틀림없었어. 전뇌 수술을 하기 위해 두개골을 절개할 필요도 없어지지. 나노 머신을 흡입하거나 주사하기만 하면 되니까. 나노 머신을 재배열하거나 추가하는 작업만으로 전뇌를 업그레이드할 수도 있고. 전뇌 기술의 패러다임을 바꿀 방식이었어. 물론 해결해야 할 문제가 만만치 않았어. 무턱대고 뇌 전체에 회로를 깔았다가는 거부반응이 일어날 가능성이 컸어. 전뇌 회로 역시 새롭게 설계해야 했지. 단순한 전자 칩이 아니라 뇌와 융합할 유동적인 칩을 만드는 일이니까. 완성한 기술을 대중화할 방법도 고려해야 했지. 쉽지 않은 목표지만 이룰 수 있다는 자신감이 샘솟았어. 그 꿈의 시작이자 완결이 바로 너야. 비록 성공하지는 못했지만. 이제는 모든 것이 혼란스러워. 과연 그것이 꿈이었는지, 그저 철없는 인간의 탐욕에 지나지 않았는지 말이야. 데이비드 장이 홀로 4세대 전뇌의 회로도를 그렸듯 나 역시 홀로 너를 디자인했어. 엄밀히 말하면 너는 '네'가 아니라 '너희들'이었지. 나는 너를 1597번 설계했어. 1596번째까지의 '너'는 '네'가 되지 못하고 사라져야 했어. 1597번째에 이르러서야 비로소 '너'는 '네'가 된 거야. 네 유전자는 현존하는 어떤 전뇌 흡수자보다 뛰어난, 극한의 전뇌친화도를 갖도록 배열되었어. 'NGEB-1597'이라는 라벨이 붙은 시험관에서 너를 꺼내 인공 자궁에 착상하던 날 내 눈은 토끼처럼 빨갛게 충혈돼 있었지. 나노 머신 전뇌의 혜택을 입을 첫 번째 신인류가 바로 너라는 생각에 밤새 잠을 이루지 못했거든. 내가 너를 직접 품지는 않지만 역사는 기록하겠지. 나 정미연이 새로운 인류의 어머니라고. 그렇게 너는 내 딸이 된 거야. 엄마라는 존재가 정말 어떤 의미인지 알았다면 나는 결코 그런 식으로 너를 낳지 않았을 거야. 인공 자궁 세 개 중 두 개에서 기형이 발생했어. 오직 너만 내 계획을 이해하는 듯했지. 달이 차고 이지러지기를 열 번. 그동안 나는 어미로서의 애정보다 과학자로서의 사명감에 취해 있었어. 하루하루 자라는 너를 보면서, 너의 힘찬 발길질을 확인하면서, 인공 자궁을 빠져나와 터지는 네 울음소리를 들으면서도 오로지 연구 생각뿐이었지. 태어난 지 보름 만에 나는 네게 전뇌 이식수술을 했어. 여섯 살 미만의 유아나 영아에게는 금지된 일이었지만 너는 충분히 그걸 감당할 수 있는 아이였지. 영문도 모른 채 두개골이 절개된 너를 내려다보며 나는 모든 게 다 널 위한 거라고 말해주었어. 너로 인해 인류는 또 한 번 거대한 도약을 할 거라고. 돌이켜보면 그건 허울 좋은 말에 지나지 않았어. 잔인하게도 나는 자식이 아니라 실험체로 너를 낳았던 거야. 온 세상이 잠길 만큼 눈물을 흘린다 해도 결코 그 죄를 씻을 수 없다는 걸 알아. 내가 쏟는 이 눈물은 용서를 바라지 않는 참회야. 엄마, 라는 말이 네 입에서 처음 터진 건 태어난 지 2개월 만이었지. 설리번이 녹화한 영상을 보면서 나는 환호성을 질렀어. 예상대로 네 두뇌는 전뇌와 상호작용하며 급속도로 발달하기 시작했어. 전뇌 능력 또한 대단했지. 아직 갓난아기에 불과한데 테스트 결과 동기화 속도가 일반인의 네 배에 달했고 다중 작업 능력도 그에 버금갔어. 그렇게 기특한 너를 보면서도 나는 젖병 한번 물릴 생각을 하지 않았어. 너는 언제나 설리번의 품에 안겨졌고 나는 나노 머신을 이용한 전뇌 개발에만 몰두했지. 너를 설리번에게 맡긴 이유는 그보다 완벽한 보모는 없을 거라는 생각 때문이었어. 연구를 완성하기 전까지 네 존재를 숨기려는 의도도 있었고. 그래, 맞아. 나는 어느 날 갑자기 세상을 깜짝 놀라게 할 극적인 드라마를 꿈꿨던 거야. 데이비드 장처럼 말이야. 어째서 그토록 부질없는 명예욕에 눈이 멀었을까. 너는 관리해야 할 연구 성과이기 이전에 보듬어야 할 내 자식이었는데 말이야. 결국 내가 짊어진 이 모든 고통은 나 스스로 쌓은 업보인 게야. 나노 머신을 기반으로 하는 전뇌 회로의 초안을 완성한 건 네가 태어나고 4년째 되던 해였어. 동이 터 올 무렵이었지. 까무룩 잠이 들었었나 봐.

메인 컴퓨터의 신호음이 울려댔어. 시뮬레이션 결과를 알리는 소리였지. 몽롱한 상태에서 올려다본 모니터에 'SUCCESS'라는 단어가 강렬하게 번쩍이고 있었어. 세포 하나하나에 깊숙이 박혔던 피로가 순식간에 휘발하는 느낌이었지. 데이터를 백업한 후 찬란하게 쏟아지는 햇살을 가르며 집으로 돌아왔어. 이른 시각이었지만 축배를 들지 않을 수 없더구나. 식탁에 앉아 홀로 포도주잔을 기울였지. 지난 시간이 주마등처럼 눈앞을 스쳤어. 회로를 다듬고 발전시키는 데 이삼 년, 동물실험 및 임상시험을 거치는 데 삼사 년. 그 정도면 연구를 완성할 수 있다는 확신이 섰지. 그날따라 포도주가 달게 느껴졌어. 금세 잔이 비더군. 그때 네가 주방으로 들어섰어. 부스스한 머리에 가슴에 큼지막한 딸기가 그려진 잠옷 차림이었지. 잠기가 가시지 않은 듯 앙증맞은 손으로 눈을 비벼댔어. 며칠 만에 집에 온 거지? 너를 보자 비로소 그런 의문이 들었어. 방에서부터 널 따라온 듯 네 뒤로 조용히 설리번이 모습을 드러냈어. 비서용으로 출시된 휴머노이드인데 프로그램을 개조해 보모용으로 만들었지. 너를 잘 돌보라는 의미에서 설리번*이라는 이름을 지어줬어. 몇 주에 한 번씩 집에 들를 때마다 설리번의 품에 안긴 너는 부쩍부쩍 자라 있었어. 이따금 널 검사할 필요가 있을 때는 설리번이 너를 데리고 연구실로 오기도 했지. 비록 나는 네 곁에 없었지만 설리번이 전송하는 영상을 통해 항상 널 지켜봤어.

---

* 헬렌 켈러의 스승으로 널리 알려진 미국의 교육가.

내가 새로운 전뇌를 개발하는 동안 네 전뇌 능력은 하루가 다르게 성장했어. 모든 일이 계획대로 진행되고 있었지. 두 손을 내민 내게 네가 천천히 다가왔어. 나를 닮은 파란 눈이 유난히 빛났어. 아이답지 않게 어찌 그리 차분하고 고요한 눈을 하고 있던지. 우주 어딘가 미지의 행성에 존재하는 아름다운 보석을 들여다보는 것 같았어. 왕성한 호기심으로 한창 재잘거릴 나이였지만 평소 너는 거의 말이 없었어. 네트워크에 접속해 종일토록 사이버 세계를 누비며 스스로 호기심을 채우곤 했지. 뛰어난 전뇌 능력이 자연스레 그런 성향을 불러일으켰을 거야. 오랜만에 안은 너는 속이 꽉 찬 열매처럼 무거웠어. 너를 의자에 앉히고 냉장고에서 포도 주스를 꺼내 유리컵에 따라주었지. 내 잔에도 다시 포도주를 채웠어. 내가 건배를 외치며 잔을 들어 올리자 네가 앙증맞은 목소리로 따라 했어. 우리는 서로를 바라보며 단숨에 잔을 비웠지. 너를 안고 거실로 나가 빙글빙글 돌며 춤을 췄어. 그때 귀를 간질이던 네 숨소리가 아직도 귓가를 맴돌아. 순탄하던 연구에 제동이 걸린 건 동물 실험에서였어. 실험체들의 뇌세포가 괴사壞死하기 시작한 거야. 모든 데이터를 점검하고 또 점검했지만 원인을 알 수가 없었어. 항해 중인 배 어딘가에서 물이 새는데 구멍을 찾지 못하는 기분이었어. 비밀리에 진행 중인 연구였기에 누군가에게 조언을 구할 수도 없었지. 조언을 구할 수 있는 상황이라 해도 어차피 내 자존심이 허락지 않았겠지만. 시간은 흐르는데 좀처럼 돌파구가 보이지 않았어. 점점 초조해졌지. 발목에서 찰랑대던 물이 무릎과 가슴을 넘어 목까지 차오른 느낌이었지. 익숙지 않은 무력감과 자괴감에 스스로를 더욱 다그칠 수밖에 없었어. 몇 개월간 집에도 가지 않고 연구실에 틀어박혔지. 너를 잊고 지낸 날도 많았어. 그다지 염려할 필요는 없다고 생각했어. 네 곁에는 설리번이 있었으니까. 물론 이따금 내가 직접 처리해야 하는 일도 있었어. 예를 들면 너를 초등학교에 입학시키는 일이라든가. 그래, 너는 어느새 초등학교에 들어갈 나이였어. 너를 일반 학교가 아닌 사이버 학교에 보낸 건 순전히 내 욕심 때문이었어. 여전히 네 존재를 비밀로 해야 했으니까. 너는 어느 학교든 상관이 없는 듯했어. 잘됐다고만 생각했지. 그때 너를 일반 학교에 입학시켰다면, 그곳에서 사람들의 체온을 느끼고 그들과 함께 호흡하게 했다면, 상황이 달라졌을까? 확신할 수 없는 후회가 매 순간 해일처럼 나를 집어삼키고 있어. 기억나니? 어느 날 문득 네가 강아지를 사달라고 했어. 별생각 없이 허락했지. 와글거리는 강아지들 속에서 복슬복슬한 새끼 몰티즈를 들어 올리던 네 모습이 생생해. 물론 나는 그 자리에 없었어. 설리번이 전송한 영상을 봤을 뿐이야. 너는 강아지에게 루비라는 이름을 지어주었어. 먹이고, 놀아주고, 재우고, 씻기며 정성껏 돌봤지. 당연히 루비는 나보다 너를 더 따랐어. 그러니 오랜만에 귀가한 나를 반기러 달려 나오지 않았다고 해서 이상한 일은 아니었어. 둘 다 네 방에 있을 거라고 짐작했지. 그날따라 여러 일정이 몰려 심신이 지칠 대로 지친 상태였어. 빨리 침대에 눕고 싶었지. 1층 욕실을 지나려는 순간 서늘한 기운이 머리채를 끌어당겼어. 무심코

욕실 문을 열었지. 욕실 바닥에 네가 쪼그려 앉아 있었어. 바닥이
검붉은 피로 홍건했지. 네 손과 발도 피투성이였어. 부엌에 꽂혀
있어야 할 식칼을 손에 쥔 채 너는 무언가를 열심히 들여다보고
있었어. 네 앞에 널브러진 물체가 루비라는 사실을, 낭자한 선혈이
루비의 피라는 현실을 깨닫기까지 몇 초 정도 시간이 걸렸던 것
같아. 단순히 루비가 피를 흘리는 상황이 아니었어. 털가죽이 벗겨
진 채 루비의 장기들이 낱낱이 해체돼 있었지. 날카로운 칼끝에
위태롭게 맺혀 있던 핏방울 하나가 하얀 타일 위로 떨어져 내렸
어. 산산이 부서지는 핏방울에 내 호흡도 조각이 났어. 뭐, 뭐 하는
거니? 깨진 호흡을 주워 담듯 더듬거리며 물었어. 너는 아무렇지
않은 표정으로 대답했어. 루비를 관찰하고 있어. 네 눈동자와 목소
리에는 티끌만 한 죄책감도 실려 있지 않았어. 형언할 수 없는 공
포가 내 손과 발에 마구 못질을 해댔어. 너의 열 번째 생일을 나흘
앞둔 날이었어. 네 손에서 칼을 빼앗고, 설리번을 시켜 루비의 사
체를 수습한 후에도 몸이 후들거려 한동안 말이 나오질 않았어.
가까스로 놀란 가슴을 쓸어내리며 도대체 왜 그런 짓을 했냐고 물
었지. 너는 루비의 몸을 들여다보고 싶었다고 했어. 맙소사! 전뇌
분석에서부터 심리검사에 이르기까지 너를 면밀히 조사했어. 심
리검사에서 문제가 나타났지. 네게는 희로애락이라든가 선악의
개념이 옅었어. 타인과의 정서적인 교감이나 유대감도 희박했고.
세계를 객관적으로만 받아들였어. 마치 기계처럼 말이야. 심지어
죽음조차도 네게는 경험의 대상이었어. 나는 루비를 경험하고, 루

비는 죽음을 경험하는 거야. 무표정한 얼굴로 상황을 설명하던 네 모습이 아직도 잊히질 않아. 네 상태를 뭐라고 정의해야 할지 난감했어. 자폐증이나 기존에 알려진 인격장애는 아니었어. 굳이 명명하자면 '인격의 기계화'라고 해야 할까. 도대체 뭐가 문제였을까. 애당초 유전자 지도에 오류가 있었던 걸까. 아니면 너무 이른 전뇌 이식수술의 부작용일까. 어쩌면 격리된 환경에서 로봇에게만 너를 맡긴 게 실수였는지도. 아니, 그보다 그동안 나는 왜 네게 그런 문제가 있다는 사실을 전혀 눈치채지 못했던 걸까. 피범벅이 된 채 칼을 쥐고 있던 네 모습이 아른거려 잠을 이룰 수가 없었어. 분명한 건 너를 그대로 둬서는 안 된다는 거였어. 물리적인 해결책이 아니라 심리적인 치료가 필요했지. 그건 내 능력 밖의 일이었어. 나노 머신 전뇌와 함께 너를 세상에 선보이려던 계획을 미뤄야 한다는 걸 깨달았지. 고심 끝에 너를 전문의에게 보였어. 의사 역시 쉽게 진단을 내리지 못하더군. 여러 차례 검사를 한 끝에 그가 내린 결론은 전뇌 서번트증후군*이었어. 전뇌 이식의 영향으로 정서 반응을 담당하는 뇌 일부가 위축되면서 그 보상작용으로 일반인들과는 비교할 수 없을 정도로 뛰어난 전뇌 능력을 갖게 됐다는 설명이었지. 내 연구에 대해 전혀 모르는 입장에서 낼 수 있는 가장 합리적인 결론이었을 거야. 그에게 모든 사실을 말할 필

---

* 자폐증 같은 광범위성 발달장애나 지적장애 등 뇌장애를 가진 사람들 중 일부가 암기, 계산, 음악, 미술 등의 분야에서 기이할 만큼 천재적인 재능을 발휘하는 현상. 전뇌 서번트증후군은 전뇌 이식수술의 부작용으로 야기된다.

요는 없다고 생각했어. 중요한 건 병명이 아니라 너의 부족한 인성을 계발시켜줄 전문가의 세심한 관찰과 치료였으니까. 의사의 조언대로 너를 사이버 학교에서 일반 학교로 전학시켰어. 일주일에 한 번 심리치료를 받게 했지. 너를 노출하고 싶지 않았지만 어쩔 수 없었어. 10년 넘게 너를 보살폈던 설리번을 연구실로 데려오고 파출부를 고용한 결정도 그런 노력의 일환이었어. 나 역시 엄마로서 네게 관심을 기울이려고 애썼어. 여전히 집보다 연구실에 있는 시간이 많았지만 전처럼 몇 달 혹은 몇 주씩 집을 비우지는 않았지. 폭풍이 지난 후의 바다처럼 차츰 모든 일이 진정됐어. 그러나 드높았던 내 기상과 열정은 이미 부러진 돛대처럼 꺾인 상태였어. 연구는 지지부진했고 너는 넋이 없는 인형처럼 네트워크 속을 배회했지. 방향타를 잃어버린 선박처럼 나는 얼어붙은 바다 어딘가로 흘러들고 있었어. 계절이 바뀌기를 여러 번. 어느덧 네가 초등학교를 졸업할 나이였어. 아직 겨울의 흔적이 남은 교정에서 나는 네게 축하한다는 말과 함께 꽃다발을 안겨주었어. 처음으로 엄마다운 행동을 한 게 아닌가 싶어. 학교를 배경으로 사진도 찍어주었지. 함께할 친구 하나 없다는 사실이 안쓰러웠지만 무표정한 네 얼굴이 왜 그리 대견해 보이던지. 어쩐지 교정 곳곳에서 푸른 싹을 품은 씨앗들이 꿈틀대는 기분이었어. 덩달아 얼어붙었던 내 꿈도 들썩였어. 그래, 다시 시작하는 거야. 오랜만에 출항을 선언하는 선장처럼 나는 재기를 다짐했어. 설마 우리 앞에 거대한 암초가 기다리고 있을 줄은 상상도 못했지. 괴이한 날이었어. 서울 안팎에서 발생한 대규모 폭탄 테러라니. 나는 전뇌 학회에 참석 중이었어. 오후 발표의 첫 순서가 끝나고 휴식 시간을 틈타 다들 그 이야기뿐이더군. 마지막 발표자였던 나는 밤새 준비한 논문에 흠결이 없는지 다시 한 번 점검했어. 숙덕거리는 주변을 신경 쓸 여유가 없었지. 발표는 만족스러웠어. 모두 내 논문에 호의적이었 어. 반론을 제기하는 학자도 없었지. 학회가 끝나자 피로가 몰려들 었어. 휴게실 의자에 기대 잠시 눈을 붙였지. 모르는 번호로 연락 이 왔어. 경찰이라더군. 코스모스에 가해진 폭탄 테러. 그곳 감시 카메라에 찍힌 범인이 너라더구나. 무슨 소린지? 다음 순간 내 눈 을 번쩍 뜨이게 하는 말이 들려왔어. 따님이 사망했습니다. 이게 무슨! 즉시 네게 전화를 걸었어. 연결이 되지 않았어. 집으로 연락 했어. 아무도 받질 않았어. 파출부 아줌마를 호출했지. 장을 보는 중이라고 했어. 차를 타고 무작정 집으로 달렸어. 경찰이 잘못 안 것이기를 바랐지. 집은 텅 비어 있었어. 곧바로 학교로 갔어. 애타 는 마음으로 교실과 교정을 뛰어다녔어. 너는 보이지 않았어. 병원 에 간 걸까? 며칠 전에 다녀온 병원을 또 갔을 리 없다는 의구심을 억누르며 병원으로 향했어. 지하 주차장에서부터 옥상까지 샅샅 이 살폈지만 허사였어. 결국 내가 찾아간 곳은 테러 대책 본부가 세워진 경찰청이었지. 남겨진 거라곤 너의 오른쪽 넓적다리와 형 체를 알아볼 수 없도록 부서진 유해 조각들뿐이었어. 나머지는 모 조리 산화해 날아가버렸지. 네가 큼직한 등산 배낭을 메고 서버실 로 들어가는 장면을 수사관이 보여주었어. 그걸 보고도 도저히 믿을 수가 없었어. 말이 돼? 네가 테러범이라니! 납득이 가질 않았어. 아니, 납득하지 못해도 좋으니 네가 살아만 있으면 좋겠다고 생각했어. 슬픔이라는 단어는 그런 심정을 표현하기엔 너무 하찮았어. 우주가 무너지는 기분도 그보다 더하지는 않을 거야. 너는 한 줌도 되지 않는 하얀 가루가 되어 돌아왔어. 테러를 저지른 나머지 열한 명은 전뇌 제작사를 상대로 소송을 냈다더군. 힘겨운 법정 공방을 앞둔 그들이 그렇게 부러울 수가 없었어. 아귀다툼을 벌인다 해도 법원은 산 자들이 모이는 자리니까. 내가 가야 할 곳은 망자들의 혼령이 떠도는 봉안당이었지. 봉안당 안으로 들어설 때마다 이상한 세계로 떨어진 기분이었어. 왜 나는 여기 있는 거지? 왜 우리에게 이런 일이 생긴 걸까? 왜 나는 데이비드 장처럼 성공하지 못한 걸까? 왜 삶은 이토록 잔인한 걸까? 무수히 많은 '왜?'에 둘러싸인 채 망연히 네 사진을 들여다보곤 했어. 너는 여전히 무표정한 얼굴이었지. 어느 날 평소처럼 너를 보러 갔다가 한 여자와 마주쳤어. 죽음이라는 의미로 점철된 봉안당과는 어울리지 않는, 건장한 아가씨였지. 그녀는 유골함 앞에 놓인 네 사진을 보고 있었어. 널 아는 사람일까? 홀로 사막을 헤매다 사람을 만난 기분이었어. 가슴이 두근거렸지. 우리 마리를 아나요? 무턱대고 물었어. 내 얼굴을 보자마자 여자가 고개를 돌리더군. 그녀의 행동이 내 절실함을 자극한 걸까. 그녀의 팔에 매달리며 다시 물었어. 널 아느냐고. 아는 게 있다면 뭐든 이야기해달라고. 그녀는 아무 말이 없었어. 나는 그녀에게, 아니 세상을 향해 마구 소리쳤어. 네가 테러를 저지를 리 없다고. 북받치던 감정이 결국 터지고 말았지. 언어가 감당치 못한 내면의 분화噴火가 울음을 타고 흘러나왔어. 여자는 조심스레 내 손을 떼어낸 후 달아나듯 사라졌어. 다시 사막과도 같은 날들이 이어졌지. 너에 대한 기억을 떠올리며 하루하루 연명하는 삶이었어. 적막하기만 하던 집에 초인종이 울렸던 그날, 나는 네가 돌아왔을지 모른다는 착각에 빠졌어. 비디오폰 화면에는 아무도 보이지 않았어. 무작정 대문으로 뛰어나갔지. 대문 밖에는 네가 아닌, 커다란 아이스박스가 놓여 있었어. 골목을 둘러봤지만 아무도 없었어. 바퀴가 달려 있지 않았다면 혼자서는 옮기지 못했을 만큼 박스는 무거웠어. 가까스로 집 안으로 들이고 뚜껑을 열었지. 큼직하게 썰린 고깃덩어리들이 가득했어. 어리둥절할 수밖에 없었지. 한쪽 구석에 주둥이를 묶은 검정 비닐봉지가 있더군. 소형 비디오카메라와 전뇌가 들어 있었어. 누군가에게서 뜯어낸 듯 핏자국이 말라붙은 전뇌에 약간의 뇌 조직이 붙어 있었지. 다시 아이스박스 속의 고깃덩이들을 살피다가 털썩 주저앉고 말았어. 둥그런 엄지발가락이 보인 거야. 그래, 그건 조각난 인간의 사체가 틀림없었어. 들이마셨던 공기가 폐 속에서 그대로 굳어버린 듯 숨이 막혔지. 들고 있던 비닐봉지를 떨어뜨리자 데굴데굴 비디오카메라가 굴러 나왔어. 카메라를 집으려는 손끝이 갈피를 잡지 못했지. 전원을 켜자 홀로그램 메뉴가 솟아올랐어. 재생 목록에 열두 개의 파일이 들어 있었어. 내 이름은 최남기…. 첫 번째 파일을 클릭하자 남학생 하나가 그런 말을 했어. 낯익은 얼굴이었지.

테러 사건에 연루된 열두 명의 범인 중 하나였어. 너와 함께 코스모스의 서버실에 들어간 아이였기에 똑똑히 기억하고 있었어. 그 아이만 혼자 서버실을 빠져나왔어. 우습게도 그 아이는 너를 전혀 기억하지 못했어. 아이는 나이와 학교를 밝힌 후 코스모스의 서버를 폭파하겠다고 했어. 그 말이 끝나자마자 정체를 알 수 없는 손이 아이의 왼쪽 귀 뒤에 문신을 새기기 시작했어. 타투 머신을 쥔 오른손의 엄지와 검지 사이에 까만 점 두 개가 박혀 있었지. 두 번째 영상도 그런 식이었어. 소용돌이 속으로 빨려들 듯 나는 차례차례 파일을 클릭했어. 감당키 어려운 직감이 지옥문을 향해 나를 이끌었지. 마침내 소용돌이의 끝에서 널 만날 수 있었어. 너는 여전히 무표정한 얼굴이었어. 무어라 중얼거리는데 도무지 그 말이 귓속으로 들어오질 않았어. 그저 네 모습이 아른거릴 뿐이었어. 치솟는 눈물을 훔칠 생각은 못 하고 홀로그램 속 네 얼굴만 하염없이 쓰다듬었어. 영상이 끝나면 다시 재생 버튼을 누르고 끝나면 또다시 재생 버튼을 눌렀지. 그렇게라도 널 볼 수 있어서 기뻤어. 얼마나 봤던 걸까. 배터리가 바닥나며 홀로그램이 꺼졌어. 차츰 눈물이 마르고 호흡이 가라앉았어. 그제야 움츠렸던 이성이 서서히 고개를 들기 시작했어. 조각난 시신의 정체가, 피 묻은 전뇌의 주인이, 네 귀에 문신을 새기던 손의 임자가 누구인지 궁금했어. 알아낼 방법은 하나뿐이었지. 전뇌 침투. 물론 그건 대단히 위험한 일이었어. 전뇌 주인의 기억을 들여다보는 대신 엄청난 부작용을 각오해야 했지. 나는 알아야만 했어. 선택의 여지가 없었어. 어차피 내 삶은 의미를 잃은 지 오래였으니까. 내 목덜미에서 케이블 단자를 끌어내 피로 얼룩진 전뇌에 연결했지. 크게 한 번 호흡을 한 후 나는 곧바로 미지의 기억 속으로 뛰어들었어.

밀리건의 문

f... f.. f. f7*에 있던 나이트를 h6으로 옮긴다. 위치를 바꾼 나이트와 나이트가 이동하며 경로를 확보한 퀸이 동시에 g8에 있는 백 킹을 노린다. 더블체크**다. 팽팽하던 체스판 위의 균형이 순식간에 무너진다. 곧추선 기물들 사이로 비장한 침묵이 감돈다. 킹에게 선택권은 없다. 앞은 자신의 폰들로 막혀 있고, f8로 피하면 b3에서 비숍이 노린다. 남은 곳은 h8뿐. 그 역시 임시방편에 지나지 않는다. 차단된 전뇌 수읽기를 허용한다 해도 소용없다. 두 수 후면 게임은 끝난다. 초보도 파악할 수 있는 간단한 수다. 그럼에도 그가 순순히 패배를 인정하지 않는 이유는 알량한 자존심 때문이다. 샥. 샥. 내가 아바타의 혀를 날름거렸다. 끝이 갈라진 길고 검은 혀가 두어 번 허공을 핥았다. 상대의 아바타는 미동조차 없다. 휘날

---

* 가로 8칸, 세로 8칸, 총 64칸으로 구성된 체스판에서 말의 위치를 표시하는 방법. a부터 h까지 알파벳으로 가로 위치를, 1부터 8까지 숫자로 세로 위치를 표시한다.

** 두 개 이상의 말로 동시에 킹을 공격하는 전법.

리듯 기氣를 발산하던 갈기가 차분히 가라앉았다. 날카로운 이빨을 드러내던 입도 굳게 닫혔다. 타오를 듯 붉은 두 눈동자만이 체스판을 뚫어지게 내려다본다. '사자왕'이라는 닉네임처럼 주인의 성향을 그대로 드러내는 아바타다. 게임 초반 그는 대단히 공격적인 플레이를 펼쳤다. 저돌적으로 달려들어 적의 진영을 휘젓고 상대가 우왕좌왕하는 틈을 타 덜미를 노리는 방식. 시원시원한 스타일이다. 문제는 지구력이었다. 그가 쉴 새 없이 몰아치며 덤벼들었지만 나는 조금도 흔들리지 않았다. 그는 제풀에 지쳐버렸다. 게임이 중반으로 접어들면서 거침없던 말의 이동이 둔해지고 필요 이상으로 눈치를 보기 시작했다. 게임은 이렇다 할 접전 없이 후반으로 치달았다. 사자의 콧구멍이 긴 숨을 내뿜었다. 그의 아바타가 천천히 고개를 들었다. 그의 눈에는 한 마리 거대한 코브라가 보일 것이다. 뱀은 존재만으로도 상대를 얼어붙게 만든다. 백수의 왕 사자도 코브라의 독에는 속수무책이다. 사자왕의 맹공을 버텨낸 나는 서서히 그의 숨통을 조였다. 그에게 뚝심이 있었다면 좀 더 재미있는 경기가 되었을지도 모른다. 안타깝게도 그는 쉬이 자신감을 잃었고, 나는 금세 흥미를 잃었다. 결국 나는 독니처럼 예리한 수로 쐐기를 박았다. 독 기운이 효과를 발휘한 듯 사자왕이 말 없이 자신의 킹을 쓰러뜨렸다. 좋은 경기였습니다. 섭리님. 저 역시 즐거운 경기였습니다. 사자왕님. 우리는 정중히 인사를 나눴다. 그의 억양에서 패자의 아쉬움이 묻어났다. 그러나 그는 아쉬움을 누릴 자격이 없다. 이길 자신이 없다면 끈질기게 버텨 무승부라도 끌어내야 하지 않았을까. 그마저 어렵다면 그런 노력이라도 보여야 했다. 아쉬움은 근성을 갖춘 이에게만 허락되는 감정이다. 그 외의 인간에게는 자기기만에 지나지 않는다. 나는 서버에 기록된 나의 모든 정보를 지운 후 미련 없이 접속을 끊었다.

〈개벽開闢〉을 개시한 지 15일째. 그간 두문불출하며 사태의 추이를 지켜보던 내게 체스는 유일한 낙이요, 위로였다. 한 수 한 수 말을 놓을 때마다 나는 모든 계획을 되짚었다. 폭발은 12시 55분을 기점으로 차례차례 1분 간격으로 일어났다. 사랑스러운 나의 사도들은 체스판 위의 말처럼 일사불란하게 움직였다. 나는 추호도 성공을 의심치 않았다. 더구나 정마리에게 일곱 번째 사도 〈밀리건의 문〉을 맡기지 않았던가. 체스판 위의 말이 모두 동일한 가치를 갖는 것은 아니다. 나이트는 폰 세 개와 맞먹고 룩은 폰 다섯 개의 값어치를 지녔다. 퀸으로 말하면 무려 폰 아홉 개와 등가를 이룬다. 정마리는 퀸과 같은 존재였다. 나의 가장 완벽한 사도. 그런 그가 계획을 망치다니. 납득할 수가 없다. '어떤 수를 두든 그 수에는 결점이 있다'라고 지적한 어느 체스 마스터의 말이 떠오를 때마다 나는 습관처럼 체스 대국 사이트에 접속하곤 했다. 사도들을 통해 전파한 나의 메시지「이것은 개벽. 섭리의 섭리다. 우리는 그의 일곱 사도다.」가 유행처럼 번지고 있는 듯 '섭리1', '섭리77', '섭리의 섭리' 같은 닉네임들을 쉽게 발견할 수 있었다. 내 닉네임 '섭리'가 특별히 주목받을 이름은 아니었다. 경기를 진행하면서 하나둘 사라지는 체스판 위의 말처럼 대중의 관심은 차츰 사그라졌다. 언제 그랬냐는 듯 세상은 종내 평정을 되찾았다. 그러나 내 머릿속은 여전히 혼란스럽다. 나는 아직도 정마리라는 수₣의 결점이 무엇이었는지 모르겠다. 무지無知는 두려움의 씨앗이라 했던가. 굵고 딱딱한 씨앗을 삼킨 듯 위장이 뻣뻣해진다 ——

하... 하.. 할. 할머니의 손은 나무껍질처럼 건조했다. 투박한 손끝이 내 오른손 엄지와 검지가 갈라지는 부분을 더듬었다. 여기가 합곡合谷이야. 여길 누르면 10년 묵은 체증도 내려가. 뭉툭한 압통이 엄지와 검지 사이를 파고들었다. 절로 어깨가 움츠려졌다. 할머니의 손은 생각보다 훨씬 매웠다. 나도 모르게 할머니의 얼굴로 시선이 옮아갔다. 자글자글 주름이 가득한 낯에 피로감이 잔뜩 달라붙어 있었다.

습관적인 복통이 시작된 건 엄마의 장례식에 다녀온 후부터였다. 이틀 만에 돌아온 집은 폐가처럼 스산했다. 불현듯 밀려드는 졸음에 나는 쓰러지듯 잠이 들었다. 눈을 떴을 때는 뉘엿뉘엿 해가 저물고 있었다. 할머니가 큰방에서 엄마의 유품을 정리하는 중이었다. 문지방에 서서 물끄러미 바라보니 구부정한 등이 소리 없이 들썩였다. 나는 조용히 방문을 닫았다. 부엌을 서성이다 문상객을 대접하고 남은 떡 상자를 발견했다. 내가 좋아하는 꿀떡이며 개피떡은 다 떨어지고 절편만 잔뜩 들어 있었다. 딱히 배가 고프지는 않았는데 무심코 손이 갔다. 절편은 엄마가 가장 좋아하는 떡이었다.

여름방학을 이틀 앞둔 밤 전국적으로 폭우가 쏟아졌다. 일기예보에서는 비정상적으로 발달한 북쪽의 서늘한 공기덩어리가 고온다습한 북태평양 기단과 부딪치며 빚어진 호우라 했다. 초등학교에 입학한 후 처음 맞는 방학을 앞두고 있기 때문인지, 유난히 큰 빗소리 때문인지 좀처럼 잠이 오질 않았다. 아빠와 헤어진 후 엄마의 우울증은 더욱 깊어졌다. 의사는 엄마에게 산책이나 드라이브처럼 적극적인 활동을 권했다. 시도 때도 없이 엄마가 차를 몰고 나가는 건 으레 있는 일이 돼버렸다. 자동 운행 장치를 끈 채 수동으로 핸들을 잡는 엄마를 볼 때마다 나는 불안감에 휩싸였다. 비정상적으로 발달한 북쪽의 서늘한 공기덩어리와 고온다습한 북태평양기단 같은 기운들이 엄마의 내부에서 격돌하고 있는 게 분명했다. 그날 밤 불안감이 현실이 됐다. 엄마의 승용차가 서울 외곽 어느 도로에서 빗길에 미끄러지며 반대편에서 오던 화물차와 정면으로 충돌했다. 회색빛 중형 세단이 형체를 알아볼 수 없게 구겨졌다. 엄마는 그 자리에서 숨을 거뒀다. 친척들은 이제 겨우 초등학교에 입학한 내가 뭘 알겠냐며 쉬쉬했지만 나는 모든 걸 알고 있었다. 엄마의 우울증이 아빠의 외도 때문에 시작됐다는 사실도. 치과의사였던 아빠는 치료하던 환자에게 마음을 빼앗겼다. 의상디자인을 하는 여자라던가. 차츰차츰 늦던 아빠의 귀가가 외박으로 바뀌고 하루 이틀 외박 횟수가 늘면서 엄마가 식탁에서 홀로 술잔을 기울이는 날이 많아졌다. 급기야 아빠가 여자를 따라 프랑스로 떠났을 때 엄마는 이미 우울증 치료를 받고 있었다.

소도 들어 있지 않은 떡이 뭐가 맛있다고. 그런 생각을 하며 꾸역꾸역 절편을 집어 먹었다. 그날 밤 나는 복통과 고열에 시달려야 했다. 아빠의 생각을 바꿀 수 있었다면. 엄마의 정신이 좀 더 강인했다면. 내 힘으로는 어쩔 수 없었던 자책과 안타까움에 휩싸인 채 밤새 사경을 헤맸다. 그때부터였다. 신경이 날카로워질 때마다 배 속에서 정체를 알 수 없는 응어리가 돌덩이처럼 뭉쳐졌다. 할머니가 일러준 방법은 소화제나 진통제보다 효과가 좋았다. 배앓이를 할 때마다 습관적으로 엄지와 검지 사이를 눌렀다. 너무 자주 피부를 압박한 탓인지 엄지와 검지 사이에 작은 점 하나가 돋았다. 얼마 지나지 않아 또 하나가 자리를 잡았다. 합곡 위에 쌍둥이처럼 박힌 두 점을 볼 때마다 엄마와 아빠가 떠올랐다. 인간의 생각을 바꿀 수 있다면. 인간의 정신이 좀 더 강해진다면. 종종 그런 꿈을 꿨다——

누... 누.. 눈. 눈을 뜬다. 새벽인지 저녁인지 좀처럼 무게를 가늠할 수 없는 빛이 방 안으로 비쳐든다. 나는 침대에 누워 있다. 고개를 돌리자 맞은편 벽에 걸린 판화가 눈에 들어온다. 에셔의 〈그리는 손〉. 진품은 아니지만 종이에 인쇄했다는 점에서 수집가들 사이에서 꽤 고가에 거래되는 물건이다. N구의 어느 골동품상에서 저 그림을 발견했을 때 군말 없이 주인이 부르는 값을 그대로 지불했다. 자신의 작품이 인류 정신의 진화를 예언한다는 걸 에셔는 알고 있었을까. 의도했든 의도하지 않았든 결과적으로 그는 예술가인 동시에 예언자였다. 사람들은 흔히 평면과 입체를 넘나들며 얽힌 두 손에 대해 논한다. 그건 평면적인 해석이다. 저기에는 또 하나의 손이 숨어 있다. 두 손을 조각한 에셔의 손. 눈에 보이지 않는 제3의 손을 인식하는 순간 우리의 사고는 한 차원 높은 단계로 확장한다. 데이비드 장은 그것을 간파한 인물이었다. 그는 에셔의 예언을 이해했고, 재해석했으며, 실현했다. 에셔가 형상화한 두 손은 데이비드 장이라는 제3의 손에 의해 새로운 모습으로 거듭났다. 시대가 바뀌고 세상이 변했지만 에셔의 예언은 전뇌동기화라는 개념을 매개로 여전히 현현한다. 그 예언은 앞으로도 계속될 것이다. 4세대 전뇌가 등장한 이후 전뇌 개발은 정체 상태에 빠졌다. 다중 작업으로 인간의 의식이 확장했지만 더 이상 진전이 없었다. 안정은 결국 쇠락으로 이어지기 마련. 이대로 안주할 것인가? 〈그리는 손〉을 마주할 때마다 에셔의 예언이 나에게 물었다. 그때마다 나는 고개를 저었다. 혁신이 필요하다. 혁신이 ——

시... 시.. 시. 시작은 인간의 정신을 조작하고 싶다는 욕구에서 출발했다. 다른 전뇌해커들처럼 나 역시 의식의 지평선을 공략하기 위해 고군분투했다. 난공불락의 경계선을 넘어선 수많은 해커가 의식을 회복하지 못하거나 목숨을 잃었다. 그나마 운이 좋은 일부는 전뇌혼돈증에 시달려야 했다. 부수거나 통과할 수 없다면 돌아가는 게 답 아닐까. 새로운 방법을 모색하던 중 해리성 정체감 장애—이른바 다중 인격 장애로 알려진 정신병에서 실마리를 찾았다. 해리성 정체감 장애란 한 사람 안에 둘 이상의 인격이 공존하는 질환이다. 보통 다섯 개에서 열 개 정도의 인격이 병존하는데 각각의 인격은 성격, 말투, 습관, 필체뿐 아니라 나이, 학식 심지어 인종과 성별까지도 뚜렷이 구분된다. 기록에 따르면 빌리 밀리건이라는 남자는 무려 스물네 개의 다중 인격을 갖고 있었다고 한다. 이는 하나의 기기에 두 개 이상의 운영체제를 설치해 사용하는 컴퓨터 멀티 부팅 기술과 유사하다. 컴퓨터의 경우 부트로더 bootloader라고 부르는 프로그램으로 원하는 운영체제를 선택할 수 있다. 인간의 뇌가 다중 인격을 가질 수 있고, 전뇌 역시 멀티 부팅이 가능하다면 인간의 뇌에 하나 이상의 인격을 주입할 수 있지 않을까. 아울러 조종할 수 있는 인격을 삽입한다면 사람의 생각과 행동을 통제할 수 있을 것이다. 전뇌해킹에 성공하는 것이다! 그것을 가능케 하는 프로그램을 〈밀리건의 문〉이라 이름 지었다. 〈밀리건의 문〉이 작동하는 개괄적인 도식은 다음과 같다.

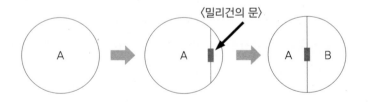

(1) A는 인간의 정신이다.
(2) 전뇌를 통해 A에 〈밀리건의 문〉을 삽입한다.

(3) 〈밀리건의 문〉을 이용해 조종할 수 있는 정신 B를 주입 혹은
    생성한다.

(4) 정신 A와 정신 B가 공존한다.

(5) 〈밀리건의 문〉 스위치를 돌린다. 즉, 정신 A를 잠재우고 정신
    B를 활성화한다.

(6) 정신 B를 통해 인간을 통제한다.

한 걸음 더 나아가 이는 강제적으로 전뇌혼돈증을 유발할 수 있
음을 암시한다. 방법은 간단하다. 정신이 분화된 상태에서 〈밀리
건의 문〉을 파괴하면 된다.

만일 개인의 정신과 정반대인 정신, 즉 역逆정신을 주입한 후
〈밀리건의 문〉을 소멸시키면 어떻게 될까?

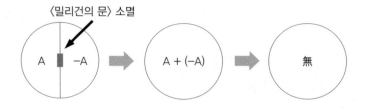

〈밀리건의 문〉 소멸

A   −A   ➡   A + (−A)   ➡   無

인간의 정신은 붕괴될 것이다. 거기까지 생각이 미치자 〈개벽〉이 떠올랐다.

4세대 전뇌가 그랬듯 〈개벽〉이 다시 한 번 인간의 정신을 도약시키는 발판이 될 것이다. 진화의 법칙은 언제나 작용과 반작용의 관계였다. 환경의 작용에 반작용할 힘을 갖추지 못한 생명은 시간의 퇴적층에 묻혔다. 살아남은 생명만이 시행착오를 거치며 새 시대를 열었다. 인간의 정신이 성장하려면 인간의 정신을 무너뜨려야 한다. 〈개벽〉이 인간의 정신을 붕괴시킬 것이다. 인간 대부분이 빈 깡통이 되겠지만 틀림없이 폐허 속에서 새로운 싹을 내미는 개체가 존재할 것이다. 결국 〈개벽〉은 파괴와 재건이라는 두 단계를 포괄한다. 파괴라는 작용이 손을 뻗었을 때 인간의 정신이 어떤 반작용으로 스스로를 재건할지 궁금하다 ─

〈미... 〈미.. 〈밀. 〈밀리건의 문〉을 완성하는 데 3년이 걸렸다. 알고리즘은 다음과 같다.

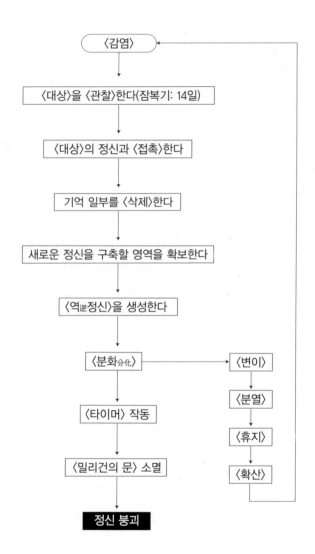

〈감염〉

〈대상〉을 〈관찰〉한다(잠복기: 14일)

〈대상〉의 정신과 〈접촉〉한다

기억 일부를 〈삭제〉한다

새로운 정신을 구축할 영역을 확보한다

〈역逆정신〉을 생성한다

〈분화分化〉 → 〈변이〉

〈타이머〉 작동

〈밀리건의 문〉 소멸

〈분열〉

〈휴지〉

〈확산〉

정신 붕괴

코딩* 시 몇 가지 〈원칙〉을 기준으로 세웠다. 첫 번째 〈원칙〉은 은폐다. 〈밀리건의 문〉은 전뇌 바이러스다. 존재를 숨기는 것이 생존과 활동에 필수 요소다. 휴지休止 상태에서 최대한 보안 프로그램에 감지되지 않도록 여섯 조각으로 분할 설계했다. 각각의 조각은 깨진 파일처럼 불완전해 보이지만 스스로 복제하고 변이할 수 있으며 보이지 않는 끈으로 연결된 것처럼 무리 지어 이동한다. 그중 하나라도 건드리면 즉각 나머지 조각들이 활성화해 접촉자를 공격한다. 활동을 시작한 〈밀리건의 문〉은 스텔스 기능으로 흔적을 지우며 감염자의 전뇌에 스며든다. 두 번째 〈원칙〉은 〈장악掌握〉이다. 〈장악〉은 〈관찰〉과 〈접촉〉, 〈삭제〉라는 세 단계로 구축했다. 〈대상〉의 전뇌를 파고든 〈밀리건의 문〉은 2주간 감염자의 정신을 〈관찰〉한다. 이는 일종의 잠복기로 〈대상〉의 기억을 〈삭제〉할 최적의 〈접촉〉점을 타진하는 기간이다. 먼저 7일간 〈대상〉의 정신을 면밀히 스캔한다. 이후 다시 7일간 〈관찰〉을 반복하며 수집한 정보를 검증하고 보완한다. 피로가 몰릴 때, 불현듯 멍해질 때, 하품을 할 때, 생각이 뒤엉킬 때. 어느 때든 상관없다. 의식과 무의식의 경계가 흐릿해지는 순간에는 정신의 방어 본능이 약해진다. 가장 취약한 순간을 〈접촉〉점으로 삼아 〈대상〉의 기억을 공략한다. 〈삭제〉는 〈밀리건의 문〉이 지닌 핵심 기술 중 하나로서 새로운 정신이 들어설 공간을 확보하는 단계이기도 하다. 굳이 대량

* 특정 프로그래밍 언어를 이용해 추상적인 알고리즘을 구체적인 컴퓨터 프로그램으로 구현하는 작업.

의 기억을 지울 필요는 없다. 일정 영역을 갖추면 자연스럽게 확장한다. 기본값으로 〈대상〉의 정신과 상극相剋을 이루는 역逆정신을 생성하도록 설정했다. 역정신이란 〈대상〉의 정신을 수치화했을 때 각각의 데이터에 반대 부호를 붙인 값과 같다. 역정신을 생성한 후 〈밀리건의 문〉은 둘로 〈분화〉한다. 〈대상〉의 정신과 역정신을 가로막고 있던 하나는 소멸하고, 나머지는 〈변이〉와 〈분열〉을 거쳐 네트워크 속으로 〈확산〉한다.

〈밀리건의 문〉을 조작할 접속 키에 특정 이미지를 사용했다. 〈밀리건의 문〉과 접촉한 〈대상〉은 커다란 돌문을 보게 된다. 문 위에는 에셔의 〈그리는 손〉이 조각돼 있다. 에셔를 기리는 의미에서 그의 작품을 오마주했다. 접속 키는 〈밀리건의 문〉을 통제하고 〈대상〉의 정신을 조종하는 열쇠이다. 절대 노출돼서는 안 된다. 〈대상〉이 〈그리는 손〉이 새겨진 문을 인식하는 순간 그 이미지는 무의식의 영역으로 내던져진다. 감염자는 자신이 본 영상을 기억할수 없다. 접속 키를 검출하는 방법은 〈대상〉의 무의식을 낱낱이 조사하는 길뿐이다. 당연히 거기에는 의식의 지평선이라는 장벽이가로막고 있다.

〈밀리건의 문〉은 한 편의 시와 같다. 한 줄 한 줄 행갈이 된 코딩문이 시의 행을 떠올리게 한다. 행과 행이 얽혀 시의 이미지를 창출하듯 각각의 코딩문들이 맞물려 프로그램에 생명을 부여한다.

까마득한 날에

하늘이 처음 열리고

어디 닭 우는 소리 들렸으랴.

모든 산맥들이

바다를 연모해 휘달릴 때도

차마 이곳을 범하던 못하였으리라.

끊임없는 광음을

부지런한 계절이 피어선 지고

큰 강물이 비로소 길을 열었다.

지금 눈 내리고

매화 향기 홀로 아득하니

내 여기 가난한 노래의 씨를 뿌려라.

다시 천고의 뒤에

백마 타고 오는 초인이 있어

이 광야에서 목놓아 부르게 하리라.

여섯 조각으로 나눈 〈밀리건의 문〉 파일 첫머리에 각각 내가 가장 좋아하는 시, 이육사의 〈광야〉를 삽입했다. 〈광야〉의 시적 화자는 눈 내리는 세상에서 가난한 노래의 씨를 뿌리며 백마 타고 오는 초인을 기다린다. 〈개벽〉을 바라는 나의 심정과 같다. 〈광야〉야말로 〈밀리건의 문〉에 걸맞은 서문序文이다 ──

　우... 우.. 우. 우주가 열릴 때 거대한 폭발이 있었다. 〈개벽〉역시 폭발로 시작할 것이다. 폭발은 〈개벽〉을 알리는 팡파르이자 〈개벽〉에 불꽃을 당기는 도화선이다. 계획은 여섯 곳. 상징적인 장소여야 한다. 국가의 기간을 이루는 세 기관─국회, 대법원, 행정부의 서버실이 좋겠다. 대중이 체감할 수 있는 충격도 필요하다. 금융시장의 핵심인 증권거래소와 대중매체를 대표하는 방송국, 정보의 집결지인 대형 포털사이트를 추가한다. 불붙은 심지가 타들어가듯 다섯 곳에서 순차적으로 폭발이 일어날 것이다. 여섯 번째 폭탄은 준비될 뿐 터지지 않는다. 사람들은 불발이라 생각하겠지. 그건 평면적인 판단이다. 여섯 번째 장소에서는 네트워크로 〈밀리건의 문〉을 업로드할 것이다. 에셔의 그림이 평면에서 입체로 도약하듯 물리적 폭발이 정신적 폭발로 승화하는 단계이다. 효과적인 확산을 위해 최대 규모 포털사이트 코스모스를 여섯 번째 장소로 정한다.

　폭발 직후 〈개벽〉을 알리는 메시지를 선포한다. 한동안 아무 일도 일어나지 않을 것이다. 서서히 긴장이 풀리겠지. 끝이라고 생각한다면 오산이다. 이미 정신적인 폭발이 점화되었다. 고요는 〈개벽〉 전야의 움츠림일 뿐이다. 네트워크로 퍼진 〈밀리건의 문〉이 감염자의 정신을 장악하는 데 걸리는 기간은 최소 2주. 부지불식

간 역정신이 생성되고 하나둘 〈밀리건의 문〉이 소멸하면 인간의
정신이 붕괴하기 시작할 것이다. 본격적으로 〈개벽〉의 문이 열린
다 ──

　계... 계.. 계. 계획을 실행에 옮길 사도들이 필요하다. 검색 프로그
램을 퍼트려 서울 안팎에 거주하며 거동에 장애가 없는 전뇌인들
을 무작위로─단, 폭탄을 조달할 수 있는 인물이 있어야 한다─선
발했다. 10대에서부터 60대까지 연령대별로 구분한 후 각각 남녀
한 명씩 추렸다. 통신 계정을 해킹해 그들을 〈밀리건의 문〉에 감염
시켰다. 정신 붕괴가 아니라 조종이 목적이므로 〈개벽〉에 사용할
〈밀리건의 문〉과는 다른 방식을 적용했다.

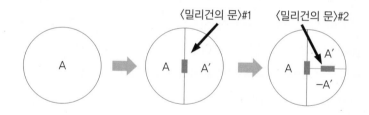

　먼저 〈밀리건의 문〉#1로 역정신이 아닌 유사類似 정신을 형성케
했다. 사도의 정신을 A라 했을 때 유사 정신 A′는 내 명령에 복종
하는 것 외에 모든 면에서 A와 동일하다. 이는 사도들의 행동에 자
율성과 유연성을 부여한다. 명령을 수행하던 중 아는 사람과 마주
치면 인사를 하기도 하고 대화를 나누기도 한다. 불가피하게 경로

에서 이탈하는 일이 발생한다 해도 스스로 문제를 해결한 후 다시 명령을 따른다. 사도들의 행동은 평소와 다름없다. 명령을 따랐던 흔적은 내가 말끔히 삭제한다. 누구도 이상한 점을 발견하지 못할 것이다. 명령은 욕구의 형태로 전달된다. 그들은 스스로 원해서 그런 행동을 한다고 생각한다. 결코 전뇌해킹을 당했다고는 생각지 못한다.

유사 정신 A′를 조종해 사도들을 훈련시켰다. 처음에는 작은 변화부터 시작했다. 아침에 눈을 뜨면 그들은 모두 다섯 번 눈을 깜빡였다. 잠들기 전 뒤통수를 세 번 긁는 행동도 내 명령이었다. 차츰 복잡한 행동을 지시했다. 새벽에 잠에서 깨 산책을 하게 만들었고, 한낮에 특정 경로를 따라 거리를 걷게 했다. 그들은 결국 내 메시지가 담긴 전자 메모지를 지니고 폭파 임무를 수행할 것이다. 폭발이 일어난 후 〈개벽〉을 선포하는 메시지 「이것은 개벽. 섭리의 섭리다. 우리는 그의 일곱 사도다.」가 세상에 공개되겠지. 에서의 예언은 〈그리는 손〉에서 전뇌동기화로 승화했다. 이제 〈개벽〉으로 다시 한 번 꽃필 것이다.

한편 〈밀리건의 문〉#2를 이용해 유사 정신 A′에 역정신 −A′를 생성시켰다. 폭파 명령을 수행한 후 사도들은 모두 경비실로 향할 것이다. 경비실에 들어서는 순간 〈밀리건의 문〉#2가 소멸한다. 유사 정신 A′와 역정신 −A′가 반응해 정신의 공백 상태가 형성된다. 뒤이어 〈밀리건의 문〉#1이 사라진다. 사도들의 정신이 A로 환원한다. 그들은 A′ 상태에서 행동했으므로 아무것도 기억하지 못할

것이다. 우아하고 깔끔한 마무리다. 예술성은 〈개벽〉의 필요조건
이다——

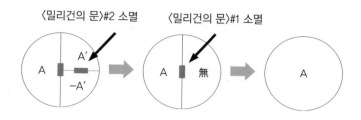

〈개... 〈개.. 〈개. 〈개벽〉 하루 전 사도들을 한 명씩 불러들였다. 그
들은 퍼블릭아이가 촬영하지 못하는 길을 따라 내 아지트로 왔다.
사도들과의 첫 대면이자 마지막 점검이었다. 한 명 한 명 테러 과
정을 시뮬레이션했다. 그들이 가상현실 속에서 충실히 임무를 수
행하는 동안 그들의 뇌 반응을 체크했다. 임무를 완수한 후 그들
은 본래의 정신으로 돌아갈 것이다. 그렇다고 해서 그들이 〈개벽〉
에서 제외되지는 않는다. 〈개벽〉은 모든 전뇌인을 아우른다. 사도
들은 〈개벽〉으로 확산한 〈밀리건의 문〉에 재차 감염될 것이고, 정
신의 붕괴를 경험할 것이다. 나조차도 〈개벽〉의 심판에서 벗어날
수 없다. 설계자마저 구속하는 완전무결을 추구하기 위해 애당초
〈밀리건의 문〉은 백신을 만들지 않았다. 맨 마지막에 정마리를 불
러들였다. 그는 가장 훈련하기 쉬운 사도였다. 단 한 번 새벽 산책
길에 경로를 이탈한 적이 있을 뿐 언제나 기계처럼 신속하고 정
확하게 명령에 반응했다. 일곱 번째 사도인 〈밀리건의 문〉을 업로

드하는 임무는 그가 적임자였다. 그에게 〈밀리건의 문〉을 담은 메모리를 건넸다. 백업 파일은 모두 폐기했다. 단 한 번의 발화로 세상을 뒤집을 것이다. 내 지시에 따라 사도들은 각자의 신분을 밝힌 후 테러 목표를 선언했다. 그들의 왼쪽 귀 뒷면에 각각 1부터 6까지 숫자 문신을 새겼다. 〈개벽〉이 나의 작품이라는 서명이었다. 그 역사적인 광경을 비디오카메라에 담았다. 모든 준비를 완료했다——

  어... 어.. 어. 어째서 여섯 번째 폭탄이 터졌단 말인가! 여섯 번째 목표인 코스모스의 서버실에서는 폭발이 일어나지 않는 대신 〈밀리건의 문〉을 네트워크에 업로드할 예정이었다. 그 막중한 임무를 정마리에게 맡겼다. 그는 언제나 적확하게 명령을 수행하는 사도였다. 그런데 어째서! 특전사 상사인 이명훈에게 첫 번째 사도인 정마리와 최남기에게 넘길 폭탄의 타이머 선을 빼놓도록 지시했다. 이명훈의 행동에 특이사항은 없었다. 타이머가 작동해도 폭탄은 터지지 않았어야 했다. 정마리와 함께 코스모스의 서버실에 잠입했던 최남기 역시 계획대로 서버실을 빠져나왔다. 이상 행동을 보인 이는 정마리뿐이었다.
  〈개벽〉 전날 시뮬레이션에서 정마리는 한 가지 남다른 반응을 보였다. 폭탄의 타이머를 작동하는 순간 사도들은 모두 폭발에 대한 두려움으로 공포를 느끼는 편도체가 활성화됐다. 정마리만 예외였다. 그는 전두엽의 호기심을 느끼는 부분이 반응했다. 특이하다고 생각했지만 문제가 되지는 않을 거라 판단했다. 정마리는 지금껏 누구보다도 충실히 명령에 복종했으니까. 그것이 원인이었을까? 유사 정신이 지닌 자율성을 너무 쉽게 생각한 걸까? 타이머가 무용지물인 상황에서 폭탄이 터졌다는 사실은 수동으로 폭발 버튼을 눌렀다는 걸 의미한다. 정마리는 내 명령을 어기고 홀로 서버실에 남았다. 납득이 가지 않지만, 아무리 생각해도 자폭을 했다는 결론 외에 다른 답이 나오지 않는다. 염병할! ——

하... 하.. 할. 할머니의 집은 S구 주택가에 있다. 주로 은퇴한 노인들이 거주하는 한적한 동네다. 할머니가 돌아가신 후 줄곧 세를 놓다가 〈개벽〉을 계획하면서 아지트로 삼았다. 이곳에서 모든 계획을 구체화했다. 〈밀리건의 문〉을 완성했고 사도들을 선택해 훈련했다. 사도들의 귀에 문신을 새겼고, 그들의 모습을 영상에 담았다. 폭발이 일어난 후 40일간 이곳을 찾지 않았다. 여섯 번째 서버실이 폭발해 계획이 어그러졌지만 실패를 단정하기엔 일렀다. 폭발 전 〈밀리건의 문〉이 네트워크로 흘러들었다면 예정대로 〈개벽〉의 문이 열릴 터였다. 그런 기대감으로 보름을 기다렸다. 〈개벽〉의 조짐은 나타나지 않았다. 다시 보름을 기다렸고, 또 열흘이 지났다. 세상은 잠잠했다. 어디서도 〈밀리건의 문〉과 관련한 징조를 찾을 수 없었다. 이젠 인정하지 않을 수 없다. 〈밀리건의 문〉은 폭발과 함께 날아갔다. 〈개벽〉은 실패했다. 남은 길은 두 가지다. 포기냐, 재실행이냐. 당연히 포기할 수 없다고 마음을 다지며 할머니

집 현관문을 열었다.

없다! 지하실로 통하는 문에 채워둔 자물쇠가 사라졌다! 누가 여길! 순간 뒤에서 기척이 느껴졌다. 미처 고개를 돌리기도 전에 정체를 알 수 없는 팔이 내 목을 휘감았다. 벗어나려고 발버둥 쳤지만 근육질의 단단한 팔은 굳게 잠긴 자물쇠처럼 꼼짝도 하지 않는다. 서서히 의식이 흐려진다 ──

누... 누.. 눈. 눈이 부시다. 절로 눈살이 찌푸려진다. 몸을 일으키려 했지만 머리가 움직이지 않는다. 무언가 이마를 강하게 붙들고 있다. 팔과 다리도 꼼짝할 수가 없다. 내 몸은 일자로 누운 채다. 어찌 된 상황인지 어리둥절하다. 뒤늦게, 공격을 받았다는 기억이 떠오른다. 눈알을 굴려 주변을 살폈다. 좌측에 전뇌 분석 장비가, 우측에는 타투 도구들을 정리한 책상이 보인다. 할머니 집 지하, 내 아지트다. 나는 침대처럼 펼친 전뇌용 진료 의자에 결박돼 있다.

불쑥 낯선 여자가 얼굴을 들이민다. 20대 초중반? 우람한 몸이 범상치 않다.

ㅇ, ㅐ, ㅙ, ㅙ 그, 그랬어?

강렬한 눈빛과 다부진 체격에 지레 겁이 났는데, 의외로 말을 더듬는다.

당신 누구야? 왜 이러는 거야?

ㅇ, ㅐ, ㅙ 그, 그랬냐니까?

어딘가 모자란 여자 같다. 말할 때마다 입이 돌아간다. 부랑자인가? 어떻게 내 아지트에 침입한 거지?

내가 뭘 어쨌다고 이러는 거야?

바, 바, 바, 바, 발뺌할 새, 새, 생각은 마. 이, 이미 다 아, 알고 있으니까.

여자가 익숙한 물건을 들이민다. 사도들을 촬영한 비디오카메라다. 영상을 봤나? 그렇다 해도 나와 사도들의 관계를 연결하지는 못할 것이다. 영상에는 내가 나오지 않는다.

무슨 소릴 하는 거야? 나는 오랫동안 비워둔 할머니 집을 둘러보러 온 것뿐이야.

거, 거, 거, 거짓말!

여자의 얼굴이 시뻘겋게 상기한다. 미간이 사납게 우그러들며 나를 집어삼킬 듯 바싹 얼굴을 디민다.

네, 네, 네가 사람들에게 테, 테러를 지시하고, 그, 그, 그들 귀에 무, 무, 무, 문신을 새겼잖아!

뭔가 오해를 한 거 같은데, 당신 지금 큰 실수하는 거야.

여자가 한 걸음 물러난다. 좌우로 서성이며 숨을 고른다. 도대체 정체가 뭐지?

테, 테, 테러를 일으킨 사, 사, 사람들은 무, 무, 무, 무언가에 홀린 듯 제, 제정신이 아니었어. 그, 그 사람들 귀에 무, 무, 문신을 새긴 오, 오른손에는 저, 저, 점이 두 개 박혀 있었지. 어, 어, 엄지와 검지 사이에. 네, 네 손이랑 똑같아!

제기랄. 발뺌할 수 없는 상황이 됐다.

ㅇ, 왜 마리를 죽였지?

마리를 아나? 무슨 관계지?

그, 그, 그건 네가 알 바 아니야. 너, 너, 넌 묻는 말에 대, 대답만 하면 돼. ㅇ, 왜, 왜 그 아이를 죽인거야?

난 마리를 죽이지 않았어. 여섯 번째 폭발은 불발했어야 해. 마리는 자폭한 거라고.

우, 우, 우, 웃기지 마!

내가 그 아일 죽일 이유가 뭐겠어? 〈개벽〉은 깔끔하고 완벽한 작품이야. 다치는 사람이 없어야 했어.

포, 포, 포, 폭탄 테러가 작품이라고? 여, 여, 역시 제, 제, 제정신이 아니군. 너, 너, 넌 마리를 희, 희, 희, 희생 제물로 삼았어!

이봐, 진정하고 차근차근 대화를 하자고. 지금 단단히 오해를 하는 거야.

네, 네, 네, 네가 무, 무, 무슨 생각하는지 알아. 이 사, 사, 사, 상황을 모면하고 싶겠지. 하, 하, 하지만 네게 남은 길은 하, 하나뿐이야.

그녀가 시야에서 사라졌다. 다시 나타난 그녀의 손에 무언가 들려 있다. 스위치 누르는 소리와 동시에 그녀의 손끝에서 가늘고 붉은 빛기둥이 뻗었다. 레이저 칼이다. 심상치 않다. 그녀가 내 다리 쪽으로 향했다. 나를 보며 힐끗 웃음을 흘리는가 싶더니 여자가 성큼 레이저 칼을 휘둘렀다. 엄청난 열기와 통증이 오른쪽 무릎을 파고들었다. 살이 타는 냄새가 코를 찌른다. 믿을 수가 없다!

내 무릎 아랫부분이 운동화를 신은 그대로 여자의 손에 들려 있다! 원통처럼 다리를 감싼 바지를 벗기자 털이 숭숭 박힌 정강이가 드러났다. 정강이를 타고 붉은 핏물이 줄줄 흘러내린다. 실감이 나질 않는다. 여자가 내 머리 쪽으로 다가왔다. 다시 레이저 칼을 휘두른다. 무가 잘리듯 숭덩숭덩 눈앞에서 내 다리가 조각난다. 이, 이 미친년이!

　그만! 그만! 제발 그만!

　여자는 눈썹 하나 까딱 않는다.

　살려줘! 살려줘! 살려주세요! 제발 살려주세요!

　소리를 지를수록 여자의 눈빛이 더욱 광기를 띤다. 아무 생각도 할 수가 없다. 목숨을 구걸하는 애원만이 분출하는 선혈처럼 목구멍 밖으로 치솟는다 ──

침이 고이는 시간

어떻게 의식을 되찾았는지 모르겠어. 정신을 차려보니 거실 바닥에 엎어져 있더군. 코에서 흘러나온 피가 종지만 한 크기로 찐득하게 양탄자를 덮고 있었어. 입안이 피 냄새로 흥건했어. 몸을 일으킨 채 한동안 멍하니 앉아 있었지. 폭발 현장 한가운데 내던져진 기분이었어. 애써 생각을 정리하려 했지만 머릿속이 뒤숭숭해서 아무것도 할 수가 없었어. 전뇌에 연결한 케이블을 분리하는 게 고작이었지. 차츰 주위가 어두워졌어. 해가 넘어갔는지 자동으로 실내등이 켜지더군. 그제야 몸을 일으켜 욕실로 갔어. 세수를 해서 피를 닦아내고 입을 헹궜어. 퀭한 눈에 초췌한 몰골을 한 여자가 거울에 비쳤지. 절로 안도의 한숨이 나왔어. 무작정 전뇌 침투를 하고도 무사히 의식을 회복했으니, 운이 좋았던 게야. 아니, 좋다고 할 수만은 없겠구나. 아무튼 그 순간만큼은 그런 느낌이었어. 침투했던 전뇌에는 섭리라는 자의 기억이 담겨 있었어. 일곱 사도 사건을 계획하고 지시한 인물. 그의 온갖 기억을 헤집고 다

넜지. 그는 정말 뛰어난 능력을 지닌 자더군. 하나의 컴퓨터에 여러 개의 운영체제를 설치하듯 기존의 정신을 잠재우고 조종할 수 있는 새로운 정신을 주입하다니. 그가 고안한 전뇌해킹 기법은 아무도 생각지 못한 방법이었어. 새로운 전뇌 개발에도 시사하는 바가 클 거야. 하지만 그게 다 무슨 소용이겠어. 그 때문에 네가 죽음의 나락으로 떨어졌는걸. 온몸이 조각조각 잘려나간 그의 최후는 응당한 처분이라 생각해. 그를 절단한 여자는 언젠가 봉안당에서 마주쳤던 이였어. 애틋한 눈으로 네 사진을 들여다보고 있었지. 그녀와 너는 무슨 관계니? 그녀는 어떻게 일곱 사도 사건의 배후인 섭리를 찾아냈을까? 섭리의 시신을 내게 보낸 이유는 그때 내 울부짖음에 대한 대답일까? 아이스박스를 가득 채운 고깃덩어리들을 내려다보고 있자니 난감했어. 음식물쓰레기에 섞어서 버릴까? 마당에 파묻을까? 우왕좌왕하다가 결국 김치냉장고를 비웠어. 설정을 냉동으로 바꾼 후 그 안에 시신 조각들을 던져 넣었지. 섭리의 전뇌와 비디오카메라는 비닐로 싸서 책상 서랍에 넣어두었어. 양탄자에 스민 핏자국을 지우고 나니 졸음이 몰려들더군. 전뇌 침투를 하느라 피로해진 탓이었나 봐. 그대로 잠이 들었지. 그렇게 마무리됐다면 얼마나 좋았겠어. 섭리의 기억을 들여다본 혹독한 대가가 기다리고 있었지. 전뇌혼돈증이 시작된 거야. 섭리가 저지른 모든 일들―전뇌 바이러스를 만들고, 너를 그것에 감염시키고, 네게 폭탄 테러를 지시했던―이 마치 내가 한 일처럼 느껴졌어. 너를 죽음으로 몰아넣었다는 죄책감을 떨칠 수가 없었지. 이질적인 기억이 빚은 환각이 정신을 갉아먹기 시작했어. 레이저 칼의 강렬한 빛줄기가 온몸을 조각내는 고통에 시달렸고, 살 타는 냄새가 코끝에 달라붙어 음식을 넘기기 힘들었어. 잠자리도 편치 않았어. 날마다 악몽에 몸부림치다가 식은땀을 흘리며 깨기 일쑤였지. 기다렸다는 듯 불면증이 찾아오더군. 술의 힘을 빌려 잠을 청했지만 임시방편에 지나지 않았어. 한 잔 두 잔 술의 양이 늘면서 정신이 더 혼란스러워진 거야. 결국 병원을 찾아갔지. 현재로서는 특별한 치료법이 없다는 거, 아시죠? 정신을 집중할 수 있는 일을 찾는 게 중요합니다. 신경안정제와 영양제를 처방해주며 의사가 말했어. 주거 환경을 쾌적하게 바꾸는 방법도 도움이 될 거라 했지. 전원주택처럼 자연과 가까운 곳으로 말이야. 의사의 충고대로 주변을 정리하고 서울 근교로 이사를 하기로 했어. 우습지? 널 그렇게 망쳐놓은 주제에 그토록 삶에 집착하는 내 모습이 말이야. 내가 생각해도 가증스러워. 한 꺼풀 한 꺼풀 껍질을 벗겨내면 결국 인간이란 존재는 살기 위해 본능적으로 반응하는 단세포생물과 다를 바 없어. 너를 안치한 봉안당에서 그리 멀지 않은 곳에 새집을 구했어. 많은 짐을 처분했지만 섭리의 시신이 든 김치냉장고는 그대로 가져왔지. 마땅히 처리할 방법을 찾지 못했던 거야. 그때부터 날마다 너를 찾아가는 게 일과가 됐어. 아침에 눈을 뜨면 세수를 하고 집을 나섰지. 한적한 도로를 따라 한 시간가량 걷다 보면 숲 사이로 회색 건물이 모습을 드러냈어. 청록추모공원이라는 산뜻한 이름과 달리 건물은 늘 칙칙한 느낌이었어. 문 앞에 쪼그려 앉아 문이 열리기를 기다렸지. 운영 시간이 9시부터거든. 이른 아침 숲은 참으로 분주한 곳이더구나. 온갖 새들이 수다를 떨고 다람쥐들이 꼬리를 흔들며 바쁘게 나무를 오르내렸지. 고양이 몇 마리가 텅 빈 주차장을 어슬렁거리기도 했어. 8시 반쯤이면 직원이 차를 타고 나타났어. 주로 남자 직원이었지만 이따금 여직원이 오기도 했어. 모두 단정한 정장 차림이었지. 오늘도 오셨네요. 가늘게 미소를 지으며 인사를 건네는 그들의 눈에는 안타까움이랄까 연민이랄까, 그런 감정이 서려 있었어. 안치단을 찾아가 너와 대면한 후 종일 봉안당 근처를 서성였어. 이름 모를 풀과 꽃을 들여다보기도 하고 무연히 흘러가는 구름을 올려다보기도 했지. 네가 보고 싶어지면 다시 봉안당으로 들어가 너를 만났어. 그렇게 하루를 보내다가 문 닫을 시간이 되면 터덜터덜 집으로 돌아왔지. 시간이 흐를수록 전뇌혼돈증이 심해졌어. 내가 섭리인지 섭리가 나인지 구별이 가지 않는 순간이 많아졌지. 신경안정제가 떨어지면 미칠 것 같았어. 기본적인 욕구를 돌볼 여력조차 없었어. 배가 고프면 아무거나 닥치는 대로 입안에 쑤셔 넣었어. 옷도 갈아입지 않았고, 몸을 가눌 수 없을 만큼 피로해지면 겨우 잠이 들었지. 그때마다 악몽으로 몸서리를 치며 깨어나곤 했어. 날이 갈수록 몸이 수척해졌지. 하루는 피투성이가 된 채 칼을 들고 달려드는 네 모습에 기겁을 하며 잠에서 깼어. 온몸이 땀에 젖어 축축했어. 주방으로 가서 벌컥벌컥 물을 들이켰지. 이대로 가다가는 정말 미쳐버릴 것 같았어. 그때였어. 구석에 놓인 김치냉장고가 눈에 들어오더군. 뚜경을 열어보니 여전히 얼어붙은 고깃덩어리들이 가득했어. 한 덩이 집어 들자 날카로운 냉기가 손끝을 파고들었어. 하얀 뼈를 둘러싼 붉은 살덩이를 이리저리 살펴보다가 무작정 검은 비닐에 담았어. 옷을 챙겨 입고 집을 나섰지. 아직 해가 뜨기 전이었어. 새벽 안개가 자욱하게 깔려 사방이 아득했어. 싸늘한 기온 탓인지, 주머니 속에 얼어붙은 고깃덩이가 들어 있기 때문인지 턱이 덜덜 떨렸어. 무작정 걷기 시작했지. 횡단보도가 나오면 길을 건넜고 갈림길이 나오면 발 가는 대로 접어들었어. 해가 뜨면서 차츰 안개가 걷혔어. 서서히 기온이 올랐지. 걷기가 수월해지면서 걸음이 빨라졌어. 아무 생각도 하지 않았어. 그저 발을 뻗는 데만 집중했어. 무수히 많은 길을 건너고 수많은 차와 사람들을 지나쳤어. 동쪽 하늘을 서성이던 태양이 머리 위를 지나 어느덧 서쪽을 향해 굴러 내렸어. 끝나지 않을 것 같던 걸음을 멈춘 건 커다란 호수에 다다랐을 때였어. 전경이 한눈에 들어오지 않을 정도로 넓게 굽이진 호수였지. 멀리 북쪽 하늘로 구름이 몰리고 있었어. 스산한 바람을 맞으며 호수를 둘러싼 길을 따라 걸었어. 나무 그늘이 드리워진 산책로였지. 길은 호수와 가까워지기도 하고 멀어지기도 했어. 주머니 속 비닐을 만지작대며 수면을 내려다봤어. 검디검은 호수는 무언가를 잔뜩 집어삼킨 짐승처럼 음흉해 보였어. 길을 벗어나 기슭으로 내려갔지. 불과 몇 걸음 앞에 시커먼 물이 도사리고 있었어. 비닐에서 고깃덩어리를 꺼내 손에 쥐었지. 냉기를 잃은 살덩이가 기분 나쁘게 물컹거리더군. 크게 심호흡을 한 후 팔을 휘둘러

힘껏 내던졌어. 포물선을 그리며 날아간 덩어리가 검을 수면을 찢고 그 안으로 파고들었지. 첨벙, 하는 소리가 수면 위를 가로질러 경쾌하게 날아왔어. 출렁이는 물결이 동그랗게 번지다가 서서히 사라졌지. 남은 건 천연스레 검은 호수의 민낯뿐이었어. 가슴이 후련해지더군. 그 순간 내 의식은 종일 걸어온 길을 거슬러 주방에 놓인 김치냉장고로 되돌아갔어. 그 안에 수두룩한 고깃덩어리들을 어떻게 해야 할지 깨달았지. 돌아서서 산책로로 올라가려다 멈칫했어. 웬 사내아이가 나를 내려다보고 있었던 거야. 여덟 살쯤 됐을까? 쌍꺼풀이 없는 눈매에 눈썹 위로 앞머리를 가지런히 잘랐더군. 내가 던진 게 돌인지, 시신 조각인지 알 리 없건만 왜 그리 심장이 뛰고 몸이 굳던지. 아이는 나를 빤히 쳐다보더니 이내 몸을 돌려 산책로를 달음질했어. 저만치 엄마로 보이는 여자가 손짓을 하더군. 어디선가 바람에 흔들리던 나뭇잎 하나가 갈피를 잡지 못한 채 떨어져 내렸어. 다음 날부터 하루에 한 덩이씩 섭리의 시신을 내다 버리는 일을 시작했어. 눈을 뜨면 고기를 비닐에 싸서 주머니에 넣은 후 단단히 운동화 끈을 조였지. 너를 찾아가 봉안당 문이 열리길 기다렸어. 너를 만난 후 곧바로 길을 나섰지. 걷기에 집중하는 순간만큼은 의식의 혼란에서 벗어날 수 있었어. 힘이 부치면 걸음을 멈추고 주머니 속 고깃덩이를 주물렀어. 싸늘한 냉기가 각성제처럼 몸 안으로 스며들었지. 배가 고프면 아무 상점이나 들어가 손에 잡히는 대로 배를 채웠어. 나를 힐끔거리는 사람들의 시선이 느껴졌어. 그랬겠지. 꾀죄죄한 얼굴에 머리는 산발을 하고 옷은 걸레처럼 지저분했으니까. 끝없이 이어지는 길과 길을 따라 걷다 보면 마침내 호수를 둘러싼 산책로가 나타났어. 산책로는 늘 한산했어. 이따금 풀숲에서 산새 날아오르는 소리가 들리거나 드문드문 산책을 즐기는 사람들뿐이었지. 하염없이 호수 둘레를 걷다가 마음이 동하면 길에서 벗어나 기슭으로 내려갔어. 단단히 두 발을 딛고 서서 온 힘을 다해 고깃덩이를 던졌지. 볕이 내리쬐든 폭우가 쏟아지든 상관없었어. 날마다 섭리의 심장이, 눈알이, 허벅지가, 생식기가, 발꿈치가 시커먼 호수 속으로 사라졌어. 물컹이는 육괴肉塊가 내 손을 떠나 호수 바닥에 안착할 때면 나를 짓누르던 업보가 하나씩 줄어드는 기분이었어. 그 일만이 내 정신의 유일한 버팀목이었지. 고깃덩이를 던진 후에는 미련 없이 집으로 돌아왔어. 그렇게 하루를 마치면 겨우 잠을 청할 수 있었지. 서서히 고깃덩어리들이 줄어들었어. 마침내 냉장고 바닥이 드러나기 시작했어. 더럭 겁이 나더군. 다 떨어지면, 그다음엔 어쩌지? 대책이 없었어. 결국 마지막 조각을 꺼내는 날이 찾아왔지. 네모반듯하게 잘린 덩어리였는데 당최 몸의 어느 부분인지 짐작이 가질 않았어. 짐작 가는 게 있다면 그나마 진정세를 보이던 전뇌혼돈증이 다시 나빠질 거라는 불길한 예감뿐이었지. 밤새 황사가 불어 공기가 텁텁했어. 평소처럼 너를 찾아가 대면한 후 호수를 향해 걷기 시작했어. 한 걸음 한 걸음 발을 디딜 때마다 그간 내가 버린 섭리의 시신을 떠올렸어. 그의 조각들이 호수 곳곳에 흩뿌려졌다고 생각하니 묘한 기분이 들었어. 오랜 시간 공들여 그를, 아니 어쩌면 나 자신을 장사葬事한 기분이었지. 마지막 조각이라는 생각 때문인지 유난히 발걸음이 더뎠어. 오후 늦게 호수에 도착했지. 하염없이 호수 주변을 돌다가 벤치에 앉아 검푸른 수면을 바라봤어. 네가 죽는 건 섭리의 계획에 없었어. 코스모스의 서버실에 부착한 폭탄은 불발할 예정이었지. 네가 직접 폭발 버튼을 누르지 않고서는 있을 수 없는 일이란 얘기야. 전뇌해킹을 당한 상태에서 어떻게 섭리의 명령을 어길 수 있었을까? 테러 전날 시뮬레이션에서 네 뇌는 특이한 반응을 보였어. 폭탄을 설치하는 순간 두려움에 반응하는 편도체가 아니라 호기심을 느끼는 전두엽이 활성화했지. 네가 루비를 죽여 관찰하던 모습이 기억을 헤집고 나왔어. 손발이 피투성이가 된 채 루비를 들여다보고 있었지. 죽음조차 관찰의 대상으로 여기던 네 성향이 유사 정신에 그대로 반영된 탓일까? 그런 욕구가 결정적인 순간 섭리의 명령을 어기게 만든 걸까? 주머니에서 고깃덩이가 든 비닐을 꺼내 만지작대며 너의 죽음을 곱씹었어. 석양이 깔리기 시작했어. 마지막 고깃덩이를 던지고 나면 더 이상 삶을 감당하기 힘들 거라는 생각이 자꾸만 등을 떠밀었지. 호수는 여전히 음흉한 짐승처럼 시커멓게 입을 벌리고 있었어. 그래, 오늘은 저 짐승에게 두 번 먹이를 주자꾸나. 작은 살덩이에 이어 또 하나 비루한 고깃덩이를. 그동안 쉽사리 삶을 놓지 못했던 나 자신이 참 끈질기다는 생각이 들었어. 이제 그만 놓아주자는 마음으로 몸을 일으키려는데 불쑥 개 한 마리가 다가왔어. 진돗개보다 조금 작은 덩치에 혈통을 추측할 수 없는 잡종이었지. 원래 하얀색이었을 털이 희누렇게 바랬고, 피부병을 앓는 듯 군데군데 한 움큼씩 털이 빠져 있었어. 왼쪽 눈에는 희끄무레하게 백태가 끼어 있었지. 녀석이 내 눈치를 살피며 주위를 어슬렁거렸어. 모른 체하며 자리에서 일어났지. 그런데 고깃덩이를 쥔 손이 움직이자 개의 시선이 따라서 움직이는 거야. 고기 냄새를 맡은 거였어. 얻어먹을 게 있을까 싶어 다가온 모양이야. 서너 걸음 떨어진 자리에서 고분고분한 자세로 녀석이 나를 바라봤어. 물끄러미 개를 응시하다가 아무럼 어떻겠냐는 생각이 들었어. 비닐에서 고기를 꺼내 개 앞에 던져주었지. 얼마나 굶주렸던지 그 자리에서 개가 고기를 물어뜯기 시작했어. 입가로 걸쭉한 침이 질질 흘러내리더군. 그 광경을 보고 있으려니 내 입에도 침이 고였어. 오랜만에 느끼는 식욕이었지. 문득 테러 사건이 터지던 날 아침이 떠올랐어. 일찍부터 일정이 빠듯한 날이었지. 전날 파출부 아줌마가 오지 않은 데다 음식을 차릴 여유가 없었기에 식탁 위에는 우유와 시리얼뿐이었지. 물끄러미 식탁을 내려다보던 네가 말했어. 타코가 먹고 싶어. 타코? 오늘은 바쁘니까 나중에 사줄게. 건성으로 대꾸하고 집을 나선 게 너와의 마지막이었지. 아침부터 뜬금없이 왜 타코가 먹고 싶다고 한 걸까? 그날을 회상하다 보니 불쑥 나도 타코가 먹고 싶어졌어. 몹시 허기가 졌지. 개가 눈 깜짝할 사이에 고깃덩이를 먹어치웠어. 입맛을 다시며 꼬리를 흔들더군. 그렇게 잠시 내 앞을 서성이더니 더 이상 나올 게 없다는 걸 눈치챘는지 구부러진 길을 따라 후다닥 달려갔어. 멀어지는 개의 뒷모습을 보며 할 일이 생겼다는 걸 깨달았지. 버스를 타고 집으로 돌아오면서 타코 요리법을 검색했어. 식료품점에 들러 제일 먼저 토르티야를 장바구니에 담았지. 소고기, 돼지고기, 새우, 양상추, 양파, 할라페뇨, 살사 소스 등을 한 아름 샀어. 집에 도착하자마자 팬에 기름을 두르고 토르티야를 구웠어. 각종 재료도 정성껏 볶았지. 알맞게 익은 토르티야에 고기와 채소가 듬뿍 들어간 소를 얹었어. 매콤한 소스를 뿌린 후 반으로 접어 바로 한입 베어 물었지. 처음으로 만든 타코였는데, 맛있었어. 부드럽고 따뜻하고, 매콤하면서 달짝지근하고. 감칠맛이 돌았어. 침대에 누웠지만 잠이 오질 않더군. 밤새 몸을 뒤적이다가 새벽녘에 자리를 박차고 나왔어. 앞치마를 두르고 다시 타코를 만들었어. 정성스레 싼 타코 두 개를 보온 도시락에 넣고 루비가 썼던 개밥그릇과 함께 배낭에 담았어. 물론 너를 만나는 걸 빼먹을 순 없었지. 봉안당에 가서 문이 열리길 기다렸다가 네게 아침 인사를 한 후 곧바로 개를 만났던 장소로 갔어. 개는 보이지 않았어. 산책로를 돌며 찾아봤지만 허사였어. 혹시나 하는 마음에 개를 만났던 벤치에 앉아 기다렸지. 주부들 몇이 유모차를 밀며 지나갔어. 가쁜 숨을 몰아쉬며 조깅을 하는 이도 스쳐 갔지. 눈에 띄는 개들이라곤 주인을 따라 산책을 나온 녀석들뿐이었어. 서쪽 하늘이 붉게 물들면서 인적이 끊겨버렸어. 을씨년스러운 바람이 텅 빈 산책로를 훑었지. 개가 나타난 건 태양이 서산마루에 닿을 즈음이었어. 나를 알아보는 건지 타코 냄새를 맡은 건지 코를 킁킁대며 꼬리를 흔들더군. 반가운 마음에 곧바로 도시락을 열었어. 타코 하나를 꺼내 개밥그릇에 담았지. 주체할 수 없는 듯 녀석의 주둥이에서 침이 흘러내렸어. 그릇을 들고 다가가자 저만치 물러나더군. 바닥에 그릇을 내려놓고 벤치로 돌아왔어. 그제야 개가 타코 쪽으로 다가왔어. 잠시 나를 경계하는가 싶더니 그릇에 코를 박고 게걸스럽게 먹기 시작하더군. 내 입에도 잔뜩 침이 고였어. 개를 건너다보며 나도 타코를 베어 물었지. 전날 먹었던 타코의 맛과는 다른, 형언할 수 없는 맛이었어. 단순히 맛을 느끼고 배를 채우는 게 아니라 생명을 보충하는 기분이었어. 늘 냉하던 몸 구석구석에 온기가 돌더군. 개는 순식간에 타코를 먹어치웠어. 부스러기까지 낱낱이 핥아먹었지. 조금 아쉬워하는 눈치였지만 기분이 좋아 보였어. 덩달아 내 배도 든든했어. 그날부터 새로운 일과를 시작한 거야. 날마다 타코를 만들어 호수로 갔어. 해 질 무렵이면 어김없이 개가 나타났고 노을빛을 받으며 우리는 함께 타코를 먹었어. 허겁지겁 타코를 먹는 개를 보면 네 생각이 났어. 한 번이라도 쓰다듬어주고 싶었는데 개는 쉬이 곁을 주지 않았어. 보는 것만으로 만족해야 했지. 그렇게 몇 주가 지났어. 아침 안개가 유난히 짙은 날이었지. 해가 넘어가고 땅거미가 지는데도 개가 나타나지 않았어. 어둠과 얼굴을 맞댄 호수에서 섬뜩한 기운이 피어올랐지. 산책로를 따라 늘어선 가로등이 듬성듬성 빛을 밝혔어. 기다리다 지쳐 어둠 속에서 홀로 타코를 먹었어. 분명 동일한 재료와 방법으로 만들었는데 아무 맛도 느껴지지 않더군. 진흙 덩이를 씹는 기분이었어. 두 시간 정도 더 기다리다가 늘 개가 앉던 자리에 타코를 두고 돌아왔어. 다음 날 가보니 먹다 남은 타코가 너저분하게 흩어져 있었어. 개밥그릇이 뒤집혀 길가에 처박혀 있었지. 개가 먹은 것 같지 않았어. 산책로에서부터 주변 식당가까지 개를 찾아다녔지만 허사였어. 그날도 개는 나타나지 않았어. 다음 날도 마찬가지였지. 걱정과 불안을 짊어진 채 호수를 오간 지 6일째 되던 날이었어. 호수에 도착해서 한 바퀴 돌고 보니 웬 남자가 벤치 한쪽에 앉아 있었어. 동석하기 싫었지만 늘 개를 만나던 장소였어. 마지못해 반대편 끝에 엉덩이를 걸쳤지. 여전히 개는 감감무소식이었어. 도시락이 든 배낭을 끌어안은 채 망부석처럼 호수를 바라보는 수밖에 없었지. 호수가 음울해 보이는 이유를 아나요? 느닷없이 남자가 말을 걸어왔어. 전뇌혼돈증이 빚은 착각이라 생각했어. 불안감이 엄습했지. 그래도 혹시나 하는 마음에 고개를 돌렸어. 남자가 나를 보고 있더군. 대답을 기다리는 눈빛이었어. 대답 대신 그를 똑바로 쳐다봤어. 오른쪽으로 단정하게 빗어 넘긴 머리에 차분한 표정이었지. 남색 점퍼에 잿빛 슬랙스 차림이었어. 검은색 운동화를 신었지만 산책을 나온 사람 같지는 않았어. 고이기만 할 뿐 흘러가지 못하기 때문입니다. 남자의 목소리가 서늘한 바람처럼 내 가슴을 파고들었어.

강江

안녕하세요. 봉안당 안으로 들어서자마자 내가 먼저 인사를 건
넸어. 안내데스크에 앉아 있던 여직원이 놀란 표정으로 인사를 받
더니 금세 미소를 지었어. 곧장 너를 안치한 R호실로 갔어. 바닥을
울리는 구둣발 소리가 생경하게 느껴졌지. 빽빽하게 자리한 안치
단 한곳에서 너는 묵묵히 나를 기다리고 있었어. 얇은 담요로 싼
유골함과 네 사진이 박힌 액자가 눈에 들어오자 울컥, 마음이 동
했어. 호흡을 가다듬으며 안치단을 덮은 투명한 유리를 쓰다듬었
지. 미안하구나. 네겐 언제나 죄스러운 마음뿐이야. 또다시 이기적
인 선택을 한 나를 용서해달라고 하진 않을게. 네 앞에 국화 다발
을 내려놓고 쉬 떨어지지 않는 발걸음을 추스르며 관리사무실로
향했어. 하얀 와이셔츠에 남색 넥타이를 맨 남자 직원이 나를 맞
았어. 그 역시 놀라는 눈빛이더군. 나를 응접탁자로 안내한 후 그
가 준비한 서류를 내보였어. 봉안 계약을 해지하고 안치단을 추모
공원에 기증한다는 문서였지. 차를 좀 드릴까요? 두 차례 서명을

끝내자 그가 물었어. 괜찮아요. 국화를 좀 가져왔는데 시들 때까지 그 자리에 둬도 될까요? 물론이죠. 그럼 잠시만 기다려주십시오. 그가 두 손에 하얀 예식용 장갑을 끼고 사무실을 나갔어. 일주일 전만 해도 여기 앉아 서류에 서명을 할 거라고는 상상도 못 했어. 진이라고 합니다. 두 번째 마주쳤을 때 진은 자신의 이름을 밝혔어. 나는 아무 대꾸도 하지 않았지. 이상한 남자라는 생각에 마음이 불편했어. 개를 기다리지 않았다면 곧바로 자리를 떴을 거야. 석양이 지는데도 여전히 개가 나타나지 않았어. 희미한 저녁빛을 가르며 날아온 건 남자의 목소리였지. 개가 영영 나타나지 않으면 어쩔 건가요? 순간 마음속에서 희망과 경계심이 교차했어. 그가 개의 행방을 알지도 모른다는 희망보다는 개를 기다린다는 걸 어떻게 알았을까 하는 경계심이 더 컸나 봐. 개를 기다린다는 걸 어떻게 알았죠? 따지듯 물었어. 당신 뒷조사를 했습니다. 너무나도 당당히 대답하는 그의 태도에 잠시 할 말을 잃었지. 당신이 나를 만난 건 우연이 아닙니다. 함부로 뒷조사를 한 점 사과드립니다. 그가 정중히 고개를 숙였어. 왜 내 뒷조사를 한 거죠? 나는 도움이 필요한 사람을 찾고 있습니다. 그러다 당신을 발견한 겁니다. 나를 어떻게 도울 수 있는데요? 처음엔 그의 말을 믿을 수 없었어. 기억을 삭제해서 전뇌혼돈증을 치료하겠다니. 그럴듯한 방법이긴 했어. 전뇌혼돈증이라는 게 기억이 뒤섞여 발생하는 병이니까. 하지만 기억을 말끔히 지우는 건 불가능한 일이야. 더구나 뇌에 아무 해도 입히지 않으면서? 기억이란 뇌의 신경세포들이 형성한 일종의 회로야. 기억을 지우려면 연결된 회로를 끊어야 하고 그러려면 필연적으로 뇌에 충격을 가해야 하지. 뇌 손상이 따른다는 뜻이야. 속으로는 그의 말을 부정하면서 이상하게 그 이야기에 끌렸어. 원리를 설명해봐요. 원리는 모릅니다. 다만 전뇌 접속이 가능하다면 나는 무엇이든 삭제할 수 있습니다. 당신 머릿속에 든 기억까지도. 그가 또다시 당당하게 대답했어. 솔직한 건지 사기꾼인지 헷갈리더군. 하지만 나는 과학자야. 증명할 수 없는 사실은 받아들일 수 없었지. 원리를 증명할 수 없다면 능력을 증명해봐. 그가 엷게 미소 지으며 고개를 끄덕이더군. 다음 날 그가 카드 갑만 한 크기의 메모리 박스를 내밀었어. 매끈한 검은색 외장이 대단히 눈에 익은 물건이었지. 널 잃은 후 나는 너와 관련한 연구 기록을 모조리 휴대용 저장 장치에 옮겨 담았어. 그걸 은행 안전금고에 넣고 봉인했지. 그가 건넨 건 내가 직접 안전금고에 넣은 메모리 박스였어. 안전금고는 개인 암호 외에도 지문 및 홍채 인식, 보행 패턴 분석 등 세 가지 생체 암호로 보호하고 있어. 거기다 망분리한 시스템으로 관리하고 있지. 해킹은 물론 금고를 터는 일이 불가능하단 얘기야. 어떻게 한 거죠? 보안 시스템을 지우고 관리 로봇을 조종해서 외부로 반출했습니다. 망분리가 돼 있어서 외부 접속이 불가능할 텐데요? 이 세상에 완벽하게 독자적으로 존재하는 시스템은 없습니다. 어떤 방식으로든 바깥세상과 접촉하기 마련이지요. 시스템이 독립적이라 하더라도 관리자는 날마다 출퇴근을 하고, 시설 점검자나 청소 작업자 역시 주기적으로 시스템 안을 드나드

니까요. 그가 담담하게 설명했어. 내 뒷조사를 철저히 했나 보군
요. 이 메모리 박스는 나만 아는 비밀인데. 이 정도면 내 능력을 증
명한 셈인가요? 정말로 기억을 지울 수 있는지 여전히 의심스러웠
지만 그의 삭제 능력이 범상치 않은 것만은 확실했어. 그가 세 가
지 조건을 제시했어. 말하고 생각하고 운동하는 일과 관련한 기억
외에 모든 기억이 지워지고, 나의 모든 기억을 들여다볼 것이며,
내 기억 중 일부와 그의 작업 내역을 어딘가에 기록하겠다고 했
지. 메모리 박스를 손에 쥔 채 망연히 호수를 바라봤어. 끝끝내 개
가 나타나지 않으면 어찌해야 할까? 진이 던졌던 질문이 수면 위
로 떠오르더군. 그날 이후 진은 더 이상 아무 말도 하지 않았어. 날
마다 벤치에 앉아 조용히 호수를 바라볼 뿐이었지. 그가 침묵할수
록 내 안에서는 갈등이 고조됐어. 과연 그가 기억을 깨끗이 지울
수 있을지, 기억을 지우면 정말 전뇌혼돈증도 사라질지 확신이 서
질 않았지. 모든 것을 허물고 다시 삶을 시작한다는 것도 두려웠
어. 한 가지 분명한 건 이 상태로 가다가는 파국을 맞을 뿐이라는
거였지. 결국 선택의 문제였어. 만난 지 엿새째 되던 날 진에게 다
가가 말했어. 영원히 작별하고 싶은 기억이 있다면 기억뿐 아니라
삶에 남은 흔적도 지워야겠죠? 그가 차분한 눈으로 나를 올려다봤
어. 어제는 작은방에 보관해뒀던 네 유품을 처분했어. 마당에 불을
피우고 신발과 옷가지, 소지품들을 던져 넣었지. 시뻘건 불길이 순
식간에 네 흔적을 집어삼켰어. 검은 연기가 파란 하늘을 향해 뭉
실뭉실 피어올랐지. 네 사진과 영상을 담은 데이터도 남김없이 삭

제했어. 네 기록을 저장한 메모리 박스와 섭리의 전뇌와 비디오카메라는 따로 가방에 담아두었어. 봉안당 관리사무실에 전화를 걸어 계약을 해지하고 안치단을 기증하겠다는 의사를 전했지. 오늘은 아침 일찍 욕실에서 꼼꼼히 목욕을 했어. 묵은 때를 벗기고 라일락 향이 나는 보디워시로 몸을 씻었어. 화장을 하고 검은색 투피스 정장을 차려입었지. 신발장에서 구두를 꺼내 신고 미용실에 가서 머리를 손질했어. 약속대로 진이 나를 데리러 왔어. 그의 차에 미리 꾸려둔 가방을 싣고 봉안당으로 향했지. 여기서부터는 걸어갈게요. 봉안당 근처에서 내려 걷기 시작했어. 꽃가게가 보이더군. 국화 열네 송이를 샀지. 관리 직원이 하얀 보자기에 싼 나무 상자를 가슴에 안고 사무실로 들어왔어. 한쪽 손에는 작은 쇼핑백이 들려 있었어. 자리에서 일어나 그에게 다가갔어. 그가 조심스레 너를 내 가슴에 안겨주었지. 고작 한 줌에 지나지 않는 유골인데 두 손에 느껴지는 중량감이 상당했어. 쇼핑백에는 네 사진을 담은 액자가 들어 있었어. 안치단을 기증해주셔서 감사합니다. 그가 정중히 허리를 굽혔어. 나도 고개 숙여 인사를 하고 사무실을 나섰어. 햇살이 눈부시게 쏟아지고 있었어. 계단을 내려서자 진이 내 앞에 차를 댔어. 너를 끌어안고 조수석에 몸을 기댔지. 차가 미끄러지듯 봉안당 주차장을 빠져나왔어. 도로는 한산했어. 구름 한 점 없는 하늘 아래 나지막한 산들이 어깨를 맞대며 이어졌지. 어디로 가느냐고 묻지 않았어. 묵묵히 창밖만 바라봤지. 한참을 달리다 보니 저만치 강이 흐르더군. 우리는 강을 따라 상류로 향했어. 곁길로 접어들자 길이 좁아지며 더욱 강과 가까워졌지. 그렇게 30분 정도 더 달렸을 거야. 차가 도로에서 벗어나 길옆 풀숲에 멈췄어. 진이 뒷좌석에서 운동화를 꺼내주더군. 그가 가방을 챙기는 동안 구두를 벗고 운동화로 갈아 신었어. 너를 안고 차에서 내리자 진이 가방을 둘러메고 앞장섰어. 풀숲 사이로 난 좁은 길을 따라 내려갔지. 금세 강기슭이 나타났어. 허름한 나루에 작은 배 한 척이 묶여 있더군. 진이 먼저 배에 올라 손을 내밀었어. 그의 손을 의지해 배에 발을 디뎠어. 배가 기우뚱거리는 바람에 너를 꼭 움켜쥐어야 했지. 내가 자리에 앉는 사이 진이 나루에 묶인 줄을 풀었어. 그가 양손에 노를 잡고 노질을 시작했어. 물결을 가르며 배가 앞으로 나아갔어. 강은 잔잔히 흐르고 있었어. 저 위 어딘가에서 시작해 저 아래 어딘가로 사라지고 있었어. 강 중앙에 이르자 진이 노 젓기를 멈췄어. 때가 됐다는 걸 알았지. 조심조심 나무 상자를 감싼 보자기를 풀었어. 진이 가방에서 하얀 예식용 장갑을 꺼내주더군. 괜찮다고 고개를 저었어. 상자를 열고 얇은 담요에 싸인 유골함을 꺼냈어. 담요를 걷어내자 반드럽고 싸늘한 유골함이 드러났어. 유골함 안에는 한 줌도 되지 않는 유골 가루가 하얗게 웅크리고 있었어. 떨리는 손으로 골분을 움켜쥐었지. 건조하고 단단한 뼛가루가 피부에 박히는 느낌이었어. 배 밖으로 손을 뻗었어. 바람 한 점 불지 않더군. 손을 펼치자 하얀 뼛가루가 사뿐히 강물 위로 떨어져 내렸어. 다시 유골함에 손을 넣고 남은 골분을 긁어모아 강에 뿌렸어. 하얀 가루들이 점점이 흩어지며 서서히 떠내려갔지. 미안하구나. 모든 걸 내 마음대로 시작해놓고 이렇게 마음대로 끝내버려서. 이제 우리도 흘러가자꾸나. 이 강물처럼. 빈 유골함을 물속에 담갔어. 유골함 입구로 속절없이 물이 파고들었지. 손을 놓자 물을 삼킨 유골함이 강바닥으로 가라앉았어. 유골함 뚜껑도 함께 내려보냈어. 진이 가방을 내밀었어. 가방 속에는 네 사진이 박힌 액자와 너에 관한 연구를 담은 메모리 박스와 섭리의 전뇌와 비디오카메라가 들어 있었어. 그것들을 차례차례 물속에 던져 넣었지. 강은 모든 것을 받아주었어. 진이 유골함을 쌌던 나무 상자와 보자기를 가방에 집어넣었어. 그가 다시 노를 젓기 시작했지. 호수로 가주겠어요? 집으로 돌아오던 길에 진에게 말했어. 그가 조용히 경로를 바꿨지. 우리는 빈손으로 벤치에 앉아 개를 기다렸어. 아무것도 줄 게 없었지만, 그래서 개가 나타나면 미안할 테지만 마지막으로 개를 보고 싶었어. 무심하게도 개는 끝끝내 모습을 보이지 않더군. 사방이 어두워지고 한참이 지나서야 벤치에서 일어났지. 집에 도착한 후 옷을 갈아입고 저녁을 차리기 시작했어. 그래, 맞아. 타코를 만들었어. 포도주를 마셔도 될까요? 반 잔 정도는 괜찮을 것 같군요. 본인은 마시지 않았지만 진이 기꺼이 허락했어. 우리는 마주 앉아 타코를 먹었어. 집에서 호수까지 매번 내 뒤를 쫓아서 걸었죠? 왜 그런 거죠? 조금이라도 더 당신의 심정을 이해하고 싶었습니다. 그가 냅킨으로 손을 닦으며 대답했어. 어쩌다 기억을 지우는 일을 하게 됐나요? 잘 모르겠습니다. 그저 어느 순간 원칙에 따라 일을 하게 됐지요. 원칙이라고요? 내 안에서 모든 절차와 방식을 규율하는 기준이지요. 당신이 원칙을 정한 게 아닌가요? 어느 날 그냥 내 안에 존재했습니다. 화산이 폭발해서 바다 한가운데 섬이 생긴 것처럼요. 신내림을 받았다고 이야기하는 것처럼 들리는군요. 삶의 진화라 생각하고 있습니다. 수중 생물이 육상으로 올라오듯 삶의 체계가 바뀐 거죠. 흥미로운 표현이네요. 내 대답을 기다린 것도 원칙을 따른 건가요? 그렇습니다. 내가 끝까지 승낙하지 않았다면 어쩔 작정이었나요? 마냥 기다리는 건가요, 아니면 포기하고 돌아가는 건가요? 순간 그의 얼굴에 당혹감이 서렸어. 그건, 생각해본 적이 없군요. 원칙은 뭔데요? 다시 그가 머뭇거렸지. 나는 포도주를 한 모금 마셨어. 늘 침착하기만 하던 그가 당황하는 걸 보니 묘한 쾌감이 느껴지더군. 미안해요. 곤란하게 할 생각은 없었어요. 따지듯 파고드는 습관이 있어서. 나는 논리적 사고야말로 세상에서 가장 큰 가치라고 생각하며 살아왔어요. 그런데 돌아보니 인생에 남는 건 추억뿐이군요. 그마저도 내겐 드물지만. 그가 가만히 내 눈을 들여다보며 물었어. 가장 기뻤던 기억이 뭔가요? 너를 끌어안고 빙글빙글 춤을 췄던 때라고 말해주었지. 그때를 생각하니 나도 모르게 입가에 미소가 고였어. 불쑥 진이 손을 내밀었어. 춤추지 않을래요? 잠시 머뭇댔지만 싫지는 않았어. 우리는 거실로 나가 손을 잡고 서로의 등을 감쌌어. 하나 둘 셋. 하나 둘 셋. 마음속으로 박자를 맞추며 빙글빙글 거실을 돌았지. 음악 따윈 필요 없었어. 발을 뻗을 때마다 네 웃음소리가 귓가를 맴돌았지. 눈물이 나오더군. 결국 스텝을 놓친 발걸음이 바닥에 박혔어. 고개를 숙인 채 눈물을 삼켰지. 진이 나를 꼭 안아주었어. 눈물을 훔치고 주방으로 가서 식탁에 놓인 그릇들을 치우기 시작했어. 진이 설거지를 도와주었어. 그가 세제를 묻힌 수세미로 찌꺼기를 닦아내면 내가 깨끗이 헹궈 식기건조대에 올렸지. 이를 닦고 잠옷으로 갈아입은 후 침대에 올랐어. 진이 식탁 의자를 가져와 침대 옆에 앉았지. 그가 자신의 목 뒤에서 전뇌 케이블을 끌어내 건네주었어. 내 전뇌 포트에 연결한 후 몸을 뉘었지. 가슴이 두근거렸어. 걱정하지 말아요. 진이 나지막한 목소리로 나를 진정시켰어. 즐거웠던 기억만 떠올리도록 해요. 한숨 푹 자고 나면 새로운 삶이 열릴 거예요. 기억이 지워지면 당신을 알아보지 못하겠죠? 미리 말할게요. 고마워요. 묵묵히 미소 짓는 진의 얼굴을 바라보며 눈을 감았어. 강을 따라 멀어지던 하얀 뼛가루들이 떠올랐어. 지금쯤 너는 어디를 흘러가고 있을까. 한없이 펼쳐진 바다에 다다랐을까. 네 눈동자처럼 푸른 바다가 편안히 너를 받아주겠지. 이제 정말 작별 인사를 해야겠구나.

안녕.

안녕, 마리야.

V 손과 손

진의 기억

팽창하는 우주처럼 사방으로 뻗었던 기억이 거대한 빛줄기를 이루며 회귀한다. 원초적이고 강렬한 에너지가 나를 강타한다. 나는 오버클러킹overclocking*한 전자 칩처럼 과열한다. 오감五感이 폭주한다. 눈이 부시고 귀가 멍멍하다. 코가 얼얼하고 피부가 따끔거린다. 입이 마른다. 아무것도 생각할 수 없다. 끊임없이 되몰리는 기억의 파도에 집중할 뿐이다. 나를 통과하는 순간 〈대상〉의 기억은 대부분 무無로 돌아간다. 남는 것은 말하고 생각하고 운동하는 일과 관련한 기억뿐이다.

한없이 이어지던 빛줄기가 사라졌다. 어둠과 적막이 사방을 둘러쌌다. 웜홀을 통과해 미지의 우주에 도착한 느낌이다. 여전히 앞이 아른거리고 몸이 후끈거린다. 전신이 땀으로 흥건하다. 길고 긴 항해를 마친 우주선이 좌표를 계산하듯 천천히 호흡을 가다듬었

---

* 제조사의 설계 기준보다 더 빠른 속도로 작동하도록 컴퓨터 부품의 처리 속도를 강제로 향상시키는 일.

다. 종료 시각 00시 39분 07초. 3시간 19분 43초가 소요됐다. 지난 번 〈케이스〉와 비슷하다. 눈을 뜨자 방 안에 고여 있던 어둠이 안구 속으로 밀려들었다. 〈대상〉의 숨소리는 차분하다. 활력징후도 안정적이다. 가만히 어둠에 잠긴 정미연의 얼굴을 내려다봤다.

뫼비우스의 띠 위를 걸은 기분이다. 안과 밖. 확연히 다르지만 두 길은 하나의 길로 이어져 있다. 문지기로서의 삶과 〈케이스〉를 진행하는 삶. 두 삶을 연결하는 비틀린 길의 접점을 〈대상〉의 기억에서 확인하게 될 줄이야.

그녀의 기억 속에는 섭리라는 자의 기억이 섞여 있었다. 일곱 사도 사건을 일으킨 장본인. 그는 〈밀리건의 문〉이라는 전뇌 바이러스를 만들었고, 정미연의 딸을 조종해 그것을 코스모스의 서버에 업로드했다. 당시 내가 검역했던 정체불명의 파일은 〈밀리건의 문〉이었다. 나는 파일 첫머리에 삽입된 이육사의 시 〈광야〉를 읽었다. 돌문 위에 서로를 그리는 두 손이 새겨진 접속 키를 보았다. 〈밀리건의 문〉이 나를 장악하지 못한 이유는 폭발의 충격 때문인 듯하다. 대신 그것은 다른 방식으로 내게 영향을 끼쳤다. 내 머릿속에는 폭발 직전 보았던 이육사의 시 〈광야〉가 늘 바람처럼 떠돈다. 나를 규율하는 〈원칙〉과 〈케이스〉의 진행 절차는 〈밀리건의 문〉이 작동하는 알고리즘과 유사하다. 내 〈삭제〉 능력 또한 〈밀리건의 문〉이 갖춘 〈삭제〉 기능과 닮았다.

나는 무엇인가?

자문하지 않을 수 없다.

전뇌 바이러스와 폭발의 충격이 빚은 특이능력자인가?

수십억 년간 축적된 생물학적 진화의 정보에 컴퓨터 코드가 더해지며 탄생한 변종인가?

한 가지 분명한 건 절대적으로 신뢰했던 〈원칙〉에 허점이 존재한다는 사실이다. 내가 끝까지 승낙하지 않았다면 어쩔 작정이었나요? 그녀의 질문에 나는 제대로 대답하지 못했다. 〈대상〉이 〈삭제〉를 허락할 때까지 〈원칙〉은 계속해서 〈접촉〉을 지시한다. 만일 〈대상〉이 〈삭제〉를 거부하기로 마음을 굳히면 도리가 없다. 〈케이스〉는 중단되고 만다. 지금껏 제안을 거절한 〈대상〉이 없었다고 해서 앞으로도 그럴 거라고 확신할 수는 없다. 〈원칙〉은 그런 경우를 헤아리지 못한다. 첫 번째 〈대상〉의 기억을 지운 직후 나는 탈수증으로 의식을 잃을 뻔했다. 그때도 〈원칙〉은 아무 대책을 제시하지 않았다. 어째서 한 번도 〈원칙〉을 의심하지 않았던 걸까? 〈원칙〉의 속성이 감염자를 장악하려는 바이러스이기 때문일까?

〈밀리건의 문〉이 인류의 정신을 붕괴하기 위해 제작됐다는 사실은 중요치 않다. 그것을 구성하는 코드 일부가 내게 각인됐다 해도 상관없다. 〈케이스〉를 진행하는 삶이 우연의 결과라 해도 마찬가지다. 나를 규정하는 건 지금의 내 모습이다. 〈케이스〉는 단순히 기억을 제거하는 기계적인 작업이 아니다. 〈대상〉의 삶에 공감하고 그와 인격적으로 교감해야만 성취할 수 있는 일이다.

나는 무엇인가?

나는
막다른 길에 몰린 이에게 출구를 제시하는 안내인이다.
불완전한 인생을 보완하는 패치다.

내 능력이 점점 발전하고 있다는 사실은 고무적이다. 〈케이스〉
초기에는 일괄 〈삭제〉만 가능했다. 사이버 마약 중독자였던 첫 번
째 〈대상〉은 모든 기억을 잃어야 했다. 그럼에도 그는 〈삭제〉를 원
했다. 효율적이지는 않지만 그를 구할 유일한 방법이었다. 네 번째
〈케이스〉를 진행하던 도중 기술적 기억과 관계적 기억─편의적 구
분일 뿐 학술적인 정의는 아니다─을 분리할 수 있다는 사실을 깨
달았다. 그때부터 〈삭제〉의 효용이 대폭 증가했다. 열 번째 〈케이
스〉에서 〈휴지〉 기간이 단축됐고, 열한 번째에는 〈삭제〉 시간이 빨
라졌다. 조만간 필요 없는 기억만 선별해서 지우는 일이 가능할지
도 모른다. 그렇게 된다면 〈삭제〉의 효용이 극대화할 것이다.

조심조심 정미연의 덜미에서 전뇌 케이블을 분리했다. 내일 한
번만 더, 개를 기다려주겠어요? 호수에서 돌아오던 길이었다. 우
두커니 앞을 응시하던 그녀가 혼잣말하듯 부탁했다. 굴곡진 옆얼
굴이 유난히 쓸쓸해 보였다. 그러지요, 라고 대답했지만 개가 죽은
건 그녀가 나를 만나기 전이었다. 안개가 자욱이 꼈던 어느 아침
이었다. 개는 호수 근처 대로를 건너다 차에 치여 즉사했다. 도로

관리 로봇의 일지에서 개의 사체를 치운 기록을 확인했다. 그녀에게는 말하지 않았다. 곧 지울 기억이지만 굳이 상처를 더할 필요가 없다고 생각했다.

개가 죽었는지 몰랐다면 다음 단계로 진행하기 전 호수로 가야 했을까? 처음으로 〈대상〉에게 받은 부탁이었다. 그러나 〈원칙〉은 그런 변수를 고려하지 않는다. 〈삭제〉가 끝나면 곧바로 〈기록〉 단계로 넘어갈 뿐이다. 역시 불완전하다. 그뿐 아니다. 지금껏 나는 〈삭제〉 이후 〈대상〉의 삶을 검증하지 않았다. 혹시라도 기억의 찌꺼기가 남아 〈대상〉의 발목을 잡는다면 〈케이스〉는 완료된 것이 아니다. 완벽하게 기억을 지웠다 해도 〈대상〉의 삶이 또다시 동일한 수렁에 빠진다면 성공했다고 할 수 없다.

좀 더 치밀하게 〈원칙〉을 수정하고 보완할 필요가 있다고 생각하는 찰나 별안간 목덜미에 서늘한 물체가 달라붙었다. 찰칵하는 기계음이 울렸다. 황급히 고개를 돌리며 목덜미를 더듬었다. 등 뒤에 검은 형상이 서 있었다. 손끝에 단단한 물체가 닿았다. 손가락만 한 두께에 컵 바닥처럼 동그란 장치가 전뇌 포트에 박혀 있었다. 장치를 떼려 하자 전신이 마비될 정도로 강한 전기 충격이 느껴졌다. 숨을 쉴 수가 없었다. 저절로 목덜미에서 손이 떨어졌다.

전뇌구속구電腦拘束具야.

검은 형상이 말했다. 중저음의 남자 목소리였다.

가까스로 호흡을 가다듬으며 검은 형상을 응시했다. 희미하게 담배 냄새가 풍겼다. 실내등 조도를 높여 상대를 확인하고 싶었지만 무선통신이 연결되지 않았다. 주택관리 시스템에 접속할 수가 없었다. 다시 목덜미로 손이 올라갔다.

손대지 않는 게 좋아.

검은 형상이 경고했다.

당신 뭐야?

의자에서 일어나 검은 형상과 마주 섰다. 잠든 정미연을 의식한 탓에 최대한 목소리를 낮췄다.

왜 속삭이듯 말하지? 여자가 깰까 봐 걱정되나?

이미 기억을 지웠으므로 강제로 각성시킨다 해도 별문제는 없을 것이다. 그러나 첫 기억부터 〈대상〉을 곤란한 상황에 빠트리고 싶지는 않았다.

나가서 얘기하지.

내 짐작이 맞나 보군. 뭐, 상관없어. 내가 원하는 건 당신이니까.

나를 원한다? 도둑이나 강도가 아니다. 경찰인가? 내 존재가 노출된 것일까? 〈삭제〉 작업도? 하지만 어떻게? 의문이 잇달았지만 깊이 생각할 겨를이 없었다.

검은 형상이 옆으로 비켜섰다. 나는 침대를 내려다봤다. 다행히 정미연이 잠을 깬 기척은 없었다. 의자를 들고 조용히 방을 나섰다. 뒤따라 나오던 남자가 등 뒤에서 문을 닫는 소리가 들렸다. 그가 주택관리 시스템에 접속한 듯 거실 등이 켜졌다. 나는 미간을 찡그리며 주방으로 향했다. 식탁 앞에 의자를 놓고 돌아섰다. 훤칠한 체격의 남자가 눈에 들어왔다. 180센티미터 정도의 키에 호리

호리한 몸매였다.

거기 앉는 게 좋겠군.

그의 시선이 식탁을 가리켰다. 주방에 불이 들어왔다. 내려놨던 의자에 다시 궁둥이를 붙였다. 남자가 그릇 진열장에서 작은 접시 하나를 꺼냈다. 그것을 식탁 위에 놓더니 내 앞에 앉았다. 쌍꺼풀 없는 눈매와 뾰족한 코가 냉정한 인상을 풍겼지만 두툼한 입술 때문에 매몰차지만은 않을 것 같은 얼굴이었다. 나를 빤히 쳐다보며 그가 재킷 왼쪽 주머니에서 담뱃갑과 라이터를 꺼냈다. 담배 한 개비를 꺼내 입에 물고 나머지를 내게 권했다.

당신 누구야? 왜 이러는 거지?

담배 따위는 무시한 채 나는 남자의 눈을 똑바로 쳐다보며 물었다. 차가운 눈빛이었다. 그는 말없이 손을 거두고 담배에 불을 붙였다.

피곤해 보이는군.

오른쪽으로 살짝 고개를 돌려 연기를 내뿜은 후 남자가 말했다. 나는 잔뜩 신경이 곤두선 상태였다. 한계 수위에 다다른 댐처럼 피로가 누적됐지만 그것을 느낄 여유가 없었다. 육중한 긴장감을 비집고 갈증이 치밀었다. 탈수가 진행 중일 터였다.

물을 좀 마셔야겠어.

내가 일어서려 하자 남자가 담배를 쥔 손으로 저지했다.

소파 옆 가방에 내 물병이 있어.

내가 가지.

성큼성큼 그가 거실로 가서 물병을 가져왔다. 물었던 담배를 접시에 내려놓고 물병 뚜껑을 열더니 살짝 내용물을 맛봤다.

이온 음료군.

맛이 탐탁지 않은 듯 물병을 건네는 사내의 표정이 씁쓸했다. 그를 경계하며 나는 천천히 음료를 마셨다.

기억을 지우는 작업은 체력 소모가 큰가 보군. 흡수율 높은 이온 음료를 챙겨 다닐 정도면.

남자의 눈이 예리하게 빛났다. 나는 아무 대꾸도 하지 않았다. 잿빛 연기가 주방 천장으로 부옇게 번지고 있었다. 하얀 접시 위에 그가 담뱃재를 떨었다. 나는 빨갛게 타들어가는 담배를 쏘아봤다.

담배를 피우는 게 거슬리나?

이 집 주인은 비흡연자야.

남자가 상체를 뒤로 젖히며 담배 연기를 머금듯 살짝 미소를 머금었다.

상관없지 않나? 어차피 눈을 뜨면 자신이 흡연자였는지 비흡연자였는지도 기억 못 할 텐데.

나는 태연한 표정을 지으려 애썼다.

기억을 못 한다고?

해킹 능력은 뛰어난지 몰라도 표정 연기는 영 어색한걸.

무슨 말인지 모르겠군.

시치미 떼지 마. 조금 전 당신이 저 여자의 기억을 지웠잖아.

그가 다시 담배를 입에 물었다.

그녀는 오늘 힘든 하루를 보냈어. 나는 친구로서 함께 있어준 것뿐이야.

두 사람이 어떤 하루를 보냈는지는 충분히 알고 있어. 앞으로 일어날 일도 알고 있지.

당신 뭐 하는 사람인지 몰라도 이건 범죄야. 주거침입에 폭행까지.

내가 목덜미에 달라붙은 전뇌구속구를 가리켰다. 남자는 내 말에 전혀 개의치 않았다.

잠에서 깨면 틀림없이 그녀의 기억은 사라져 있겠지?

짤막해진 담배를 접시에 비비며 그가 말을 이었다.

당신은 종일 그녀와 함께 있었어. 조금 전까지 그녀의 전뇌에 접속한 사람도 당신이고.

당신 말대로 그녀의 기억이 사라졌다 해도 그건 정황일 뿐이야. 내가 그랬다는 증거는 없어.

나는 다시 이온 음료를 한 모금 마셨다. 여전히 전뇌의 통신 모듈이 차단된 상태였다. 전뇌구속구 하나로 완벽하게 제압당해버렸다. 상황을 타개할 방법이 떠오르지 않았다. 남자가 새 담배에 불을 붙였다. 대화가 불만족스럽다는 듯 눈살을 찌푸리면서도 담배를 문 입은 여유로워 보였다.

잠시 후면 회사에서 보낸 사람들이 도착할 거야.

회사?

어딜 거 같아?

E-뉴로테크인가?

눈치가 빠르군. 그들이 당신을 철저히 조사할 거야. 계속 발뺌하면 조사가 아니라 가혹한 고문이나 실험이 될 수도 있지. 험한 꼴당하지 않으려면 순순히 실토하는 게 좋아.

담배 연기가 부옇게 시야를 흐렸다. 경찰이 아니라는 사실이 더위험하게 느껴졌다.

그런 일을 저지르고도 무사할 거 같아?

당신이 사라진다고 해서 신경 쓸 사람이 있을까? 지금껏 아무흔적도 남기지 않고 살아왔잖아.

남자가 왼쪽 관자놀이를 긁적이며 대꾸했다.

나에 대해 많은 걸 안다. 어디서 꼬리를 밟힌 걸까? 짐작이 가지 않았다. 탈출구도 보이지 않았다. 그러나 절대로 기억을 지웠다고 자백할 수는 없다. 그건 〈원칙〉에 어긋난다. 완벽하지는 않지만〈원칙〉은 지금껏 나를 훌륭히 이끌어주었다.

뇌 손상 없이 기억을 지우는 방법은 아직까지 알려진 바가 없다고 하던데, 어떻게 한 거야? 전뇌를 통해 생체 뇌를 초기화하는 경로를 알아낸 건가? 새로운 해킹 프로그램이라도 제작했어?

협박조로 을러대던 남자의 어조가 바뀌었다.

굳이 직접 접속하는 이유는 안정성 때문이겠지? 잘 생각해봐. 협조하면 오히려 득이 될 수도 있어. 세계 최대의 전뇌 회사에 능력을 어필할 수 있는 기회라고.

어차피 내겐 선택지가 없는 거 아닌가? 하지만 당신들은 아무것도 발견하지 못할 거야. 증명하지도 못할 테고. 사람들이 온다고?
맘대로 해. 난 좀 쉬어야겠어.

나는 단호히 말을 던진 후 의자에서 일어났다. 연기를 내뿜던 남
자가 침착한 얼굴로 나를 올려다봤다. 의혹 가득한 눈빛이었지만
입가는 여전히 여유로웠다. 부조화한 표정이 눈에 거슬렸다.

거실로 나와 소파에 등을 기댔다. 파묻힐 듯 몸이 무거웠다. 눈
을 감고 고개를 뒤로 젖혔다. 전뇌구속구의 딱딱한 감촉이 목덜미
를 압박했다. 눈꺼풀을 투과한 광선이 희미하게 시신경을 자극했
다. 갈라파고스 언덕에 내리쬐던 맑은 햇살과 청량한 바닷바람이
그리웠다. 가슴 깊이 숨을 들이마셨다.

어차피 당신을 인계하면 내 역할은 끝이야.

천천히 숨을 내쉬는데 남자의 목소리가 딴지를 걸었다.

그런데 한 가지 정말 궁금한 게 있어.

그의 말을 신경 쓰지 않으려고 애써 호흡에 집중했다.

기술적인 문제는 그렇다 치고, 도대체 스물한 명이나 되는 사람
들의 기억을 지운 이유가 뭐야?

스물한 명?

가다듬던 호흡이 깨졌다.

아귀가 맞지 않는다.

스물한 명….

V. 손과 손 331

정보가 부족하다.
정보를 수집할 방법은 차단됐다.

시간도 촉박하다.
곧 사람들이 들이닥칠 것이다.

중요한 문제는 당면한 상황이다.
선택해야 하고
집중해야 한다.

자기만족인가? 아니면 과시욕?
남자가 끈질기게 말을 걸었다. 담배 연기처럼 지루한 목소리였다.

나는 다시 호흡을 가다듬으며 최상위 〈원칙〉을 되뇌었다.
어떤 〈원칙〉보다도 우선하는 강행 〈원칙〉.

내 존재의 은폐.

현우의 기억

사무실 출입구와 환기구에 스파이 로봇을 차단할 방충 시설을 설치했다. 샘의 벙커처럼 완벽하지는 않지만 안심할 만한 수준이다. 방충 시설을 설치한 다음 날 두 건의 의뢰를 접수했다. 둘 다 사람을 찾는 일이었다. 어렵지 않게 해결했다. 계절이 천천히 여름을 향해 발을 뻗었다. 대체로 한가롭게 시간이 흘렀다. 일이 없는 날 낮에는 사무실 소파에 누워 낮잠을 잤고 밤에는 재즈 바에 들러 위스키를 마셨다. 음악에 귀를 기울이며 술잔을 비우다 보면 무심결에 백지증후군 사건을 되짚고 있었다. E-뉴로테크에 김진을 넘긴 지 열흘이 지났지만 좀처럼 뇌리에서 떠나질 않았다.

E-뉴로테크 직원들이 정미연의 집에 도착했을 때 김진은 거실 소파에 앉아 있었다. 피로한 듯 두 눈을 감고 고개를 뒤로 젖힌 채였다. 나는 접시에 담배를 비벼 끄고 그에게 다가갔다. 그만 일어나지. 반응이 없었다. 규칙적으로 가슴이 오르락내리락할 뿐이었

다. 어깨를 흔들었다. 소파에 기댄 몸뚱이가 힘없이 흐느적거렸다. 정미연을 진료하러 온 전뇌의가 곧바로 그의 상태를 살폈다. 동공반사는 있으나 의식이 없었다. 맥박 153, 혈압 195에 120, 체온 39.1도였다. 정미연을 태우러 온 구급차가 급히 김진을 싣고 떠났다. 20분 후 다른 구급차가 도착했다. 정미연의 활력징후는 모두 정상이었다. 지독히 깊은 잠에 빠진 듯 들것으로 옮기는 동안에도 그녀는 잠에서 깨지 않았다. 모두가 떠나자 집이 횅뎅그렁해졌다. 식탁에 앉아 담배를 한 개비 입에 물었다. 예상했던 결말이 아닌 탓일까. 뒷맛이 개운치 않았다. 습관대로 재즈 바를 찾았지만 여전히 께름칙한 기분을 떨칠 수 없었다. 위스키 스트레이트를 두 잔 마신 후 집으로 돌아갔다. 아침 일찍 이형일에게 연락했지만 답신이 없었다. 샘의 아지트에 들러 만두를 먹었다. 대체 어떤 방법으로 기억을 지운 걸까? 샘 역시 뒷일이 궁금한 듯 스테이크형 의체식을 썰다 말고 고개를 갸웃거렸다. 김진은 정미연의 전뇌에 세 시간 이상 접속했다. 작업을 마친 그의 얼굴은 초췌했다. 온몸이 땀으로 젖어 있었다. 흡수가 빠른 이온 음료를 휴대할 정도로 체력 소모가 크다면 일반적인 해킹과는 다른 메커니즘이 작용하는 게 분명했다. 기억을 지우는 방법 못지않게 동기도 의문이었다. 백지증후군 환자 스물한 명 중 열한 명은 백지증후군 발병 후 모두 기존에 앓던 질환이 사라졌다. 정미연은 심각한 전뇌혼돈증 환자였다. 그녀의 병도 치유됐을까? 병을 고치기 위해 기억을 지운 거라면 김진의 행위는 일종의 치료라 할 수 있다. 그러나 그런 해석은 나머지 열 명에게는 적용할 수 없었다. 그들의 공통점은 병이 아니라 극도로 높은 범죄 성향이었다. 동기에 일관성이 보이지 않는다는 점이 자꾸만 마음에 걸렸다. 이형일에게서 연락이 온 건 닷새 후였다.

내가 응접실에 들어섰을 때 이형일은 벽 앞에 진열된 일본도를 보고 있었다. 고개를 수그리고 골똘히 들여다보는 모습이 언뜻 칼날에 박힌 물결무늬의 수를 세고 있는 것 같았다.

안녕하십니까?

인사를 건네자 칼날에 꽂혀 있던 시선이 나를 향했다. 예리한 칼날에 찍히기라도 한 듯 미간에 깊은 골이 패 있었다.

어서 오십시오.

금세 얼굴을 펴며 그가 나를 소파로 안내했다.

마실 거라도?

괜찮습니다.

진즉 연락을 받았습니다만, 이제야 자리를 마련하게 됐군요.

두툼한 팔걸이에 팔을 얹으며 변명하듯 그가 말했다. 여전히 반반한 얼굴이지만 어딘가 모르게 그늘진 느낌이었다.

모든 일에는 절차와 사정이 있기 마련이니까요.

의례적인 말로 대꾸했다. 그 역시 의례적인 미소를 지어 보였다.

정미연은 기억이 지워졌나요?

형식적인 말들을 걷어내고 바로 본론으로 들어갔다.

정미연 씨는 스물두 번째 백지증후군 환자로 기록됐습니다.

다른 환자들처럼 말하고, 생각하고, 운동하는 일과 관련한 기억 외에 모든 기억이 지워진 건가요?

그렇습니다.

역시, 그랬다.

김진은 어떻게 됐습니까?

그는…, 스물세 번째 백지증후군 환자가 됐습니다.

잠시 말을 끊었던 이형일이 굳은 얼굴로 대답했다.

네?

나는 반사적으로 되물었다. 지금쯤이면 의식을 회복한 김진에게서 기억을 지운 방법과 동기를 캐냈을 거라고 예상했다. 아직 김진이 의식을 회복하지 못했다거나 그에게서 알아낸 것이 없다고 해도 이해할 수 있다. 그런데 그의 기억이 지워지다니?

저는 김진을 현장에서 붙잡았습니다. 그는 백지증후군 사건의 범인입니다.

내가 목소리를 높였다.

이송 당시 김진은 의식불명이었습니다. 활력징후가 굉장히 높았지요. 진정제를 투여했지만 효과가 없었습니다. 한 시간 정도 지난 후 저절로 안정을 찾았지만 여전히 의식이 돌아오지 않았지요. 그가 깨어난 건 이틀 후입니다. 우리는 그에게서 많은 정보를 확보할 수 있을 거라 기대했습니다. 하지만 아무것도 얻지 못했습니다. 그의 기억이 지워진 겁니다.

이형일이 차분한 목소리로 설명했다. 보이지 않는 칼날이 또다시 그의 미간에 깊은 골을 새기기 시작했다. 나는 주머니에서 담뱃갑을 꺼내 만지작댔다.

김진은 백지증후군의 범인이 확실합니다. 그렇다면… 김진 스스로 자신의 기억을 지운 거군요?

판단인지, 질문인지 모를 모호한 말이 내 입에서 흘러나왔다.

우리도 그렇게 생각하고 있습니다. 그런데 김진의 증상은 다른 백지증후군 환자들과 다르더군요.

어떻게요?

의식을 회복한 그는 코스모스의 서버에 업로드된 파일을 검역하던 중이었다고 진술했습니다. 날짜를 확인해보니 일곱 사도 사건으로 코스모스의 서버가 폭발한 날이었지요.

그럼, 그 이후의 기억만 삭제됐다는 말인가요?

그렇습니다. 다른 환자들과 달리 김진의 기억은 일곱 사도 사건이 터지던 순간으로 회귀한 상태입니다.

이형일의 이마를 파고들던 칼날이 어느새 내 미간을 파고들었다. 김진의 목덜미에 전뇌구속구를 꽂는 순간 나는 게임이 끝났다고 확신했다. 내가 설계한 장기판 위에서 김진에게는 탈출구가 없었다. 그건 확실한 외통수였다. 설마 자신의 기억을 지울 줄이야. 평면적인 판단이었다는 걸 뒤늦게 깨달았다. 공간이 차단되자 그는 시간을 뚫고 달아났다. 모든 조건을 특정 시점으로 되돌리는 컴퓨터의 '시스템 복원'처럼 그는 자신을 과거로 환원시켰다. 내가 잡은 김진은 백지증후군을 야기하기 전의 김진이었다. 만지작 대던 담뱃갑에서 담배를 한 개비 빼냈다. 이형일의 시선이 담배에 꽂혔다.

그는 의식을 잃은 게 아니라, 외부 세계와 차단한 거군요…. 자신의 기억을 지우기 위해서.

담배를 도로 담뱃갑에 밀어 넣으며 내가 말했다. 이형일이 씁쓸한 표정으로 고개를 끄덕였다.

이제 어떻게 하실 겁니까?

일단 좀 더 검사할 계획입니다. 그래도 기억이 돌아오지 않는다면 퇴원시켜야겠지요.

하지만 계속 지켜보시겠지요?

이형일의 얼굴에 서늘한 미소가 비껴갔다.

여하간 수고 많았습니다.

그가 자리에서 일어나며 손을 내밀었다. 지상 457층의 높이에서 우리는 악수를 했다. 사건은 종결됐다.

〈마이 퍼니 발렌타인My funny Valentine〉. 쳇 베이커의 목소리가 읊조리듯 흐른다. 안개 낀 새벽길을 맨발로 걷는 청춘의 느낌. 무심한 듯 보드랍고, 여린 듯 주저하지 않는 발걸음이 묘한 여운을 남긴다. 공간을 울리는 발자취에 귀를 기울이며 위스키를 한 모금 마셨다. 스모키 향의 알코올이 우울한 음악처럼 위벽을 훑었다. 매력적인 트럼펫 실력에 잘생긴 외모, 우수에 찬 목소리. 베이커는 재즈계를 대표하는 청춘의 아이콘이다. 그런 그가 마약에 찌들어 젊은 날을 허비했다는 사실은 아이러니가 아닐 수 없다. 마약으로 인한 옥살이와 병원 생활로 피폐해진 그는 인생의 후반기에 유럽으로 활동 무대를 옮겨 재기에 노력했다. 초라하고 궁핍한 삶이었지만 평론가들은 그즈음 그의 음악이 더욱 성숙해졌다고 평가한다. 역시 아이러니다. 1988년 5월 암스테르담에서 성황리에 공연을 마친 베이커는 그날 밤 자신이 묵던 호텔에서 떨어져 사망했다. 자살이었는지 실족사였는지는 확실치 않다. 죽기 직전 그는 다큐멘터리 한 편에 출연했는데, 제목이 〈렛츠 겟 로스트Let's Get Lost〉였다고 한다.

　뭐 해?

　몽톡해진 담배를 재떨이에 비비는데 샘에게서 연락이 왔다.

왜?
염려돼서.
뭐가?
내가 자네를 좀 알잖아.
뭘?
아무래도 술을 마시며 방황하고 있을 거 같아서.
방황은 무슨.

잊어버려. 집에 가서 이 닦고 푹 자라고.

자네는 해커치고 잔소리가 심해. 지게차 속에 그냥 두고 왔어야 하는데.

그 무슨 섭섭한 소릴.

문득 처음 마주했던 그의 뇌가 떠올랐다.

내가 자넬 처음 발견했을 때 말이야.

응?

가방이 잠겨 있지 않던데.

그런데?

뇌를 보호하려면 잠가놨어야 하는 거 아냐?

취했어? 생뚱맞게 별걸 다 묻는군.

전부터 궁금했어.

뇌를 보호하려고 그런 거야.

보호하기 위해서라고?

그래.

납득이 안 되는데?

어리석은 중생이로고. 그렇다면 내 친히 설명해주지. 누군가 가방을 주
웠어. 굉장히 묵직하고 고급스러운 가방이야. 내용물이 궁금하겠지?
그런데 강력한 잠금장치가 달려 있네? 이쯤 되면 사람들의 행동은 두
가지야. 억지로 가방을 열어보거나 그대로 버려두거나. 만일 가방을 열
생각이라면 어떻게 하겠어? 충격을 가하겠지? 망치로 내려치거나 높

은 데서 떨어뜨리거나. 충격이 생명 유지 장치나 뇌에 치명적이라는 건 굳이 말 안 해도 알지? 반면 그냥 방치한다면 그것도 문제야. 시간이 흐르면 결국 생명 유지 장치가 꺼질 테고 동시에 나는 세상과 빠이빠이 할 테니까. 그래서 아예 잠금장치를 풀어둔 거야. 그럼 누군가는 가방을 열어보겠지. 앗, 이건 사람의 뇌잖아! 그렇게 깜짝 놀라는 순간 측은지심이 생기기 마련이거든. 자네가 그랬던 것처럼 말이야. 결국 활로가 열리는 거지.

나처럼 선량한 시민이 발견했기 망정이지 사이코 같은 놈이 열었다면 녀석 책상 위에 장식품으로 진열됐을걸.

자네가 선량한 시민인지는 모르겠지만 사이코를 만날 확률보다 인지상정을 지닌 평균적인 인간을 만날 가능성이 더 클걸.

그래도 그건 도박 같은데.

인간의 심리를 고려한 고도의 확률적 판단이었다니까.

잔에 남은 위스키를 마저 입에 털어 넣었다. 한 잔 더. 바텐더가 빈잔에 다시 위스키를 채웠다. 베이커의 목소리가 〈에브리띵 해픈스 투 미Everything happens to me〉를 부르기 시작했다. 리듬이 한결 경쾌해졌다. 바에 팔을 걸친 채 실내를 한 바퀴 둘러봤다. 테이블들을 훑던 눈이 구석에 앉은 여자와 마주쳤다. 겨자색 셔츠에 남색 재킷. 갈색 단발머리에 아담한 체격이었다. 하얀 피부가 멀리서도 눈길을 끌었다.

그런데 말이야.

나중에 얘기하지.

통신을 끊고 잔을 잡았다. 아까 내가 화장실에 갈 때도 그녀의 시선은 나를 향했었다. 이목구비가 또렷한 미인이었다. 자리에서 일어나 여자가 앉은 테이블로 향했다. 무심결에 잔을 흔들었지만 얼음이 없는 탓에 아무 소리도 나지 않았다. 그녀 역시 위스키를 스트레이트로 마시고 있었다.

그대로 마시기엔 독할 텐데요.

반짝이는 갈색 눈동자를 내려다보며 말을 걸었다. 여자가 잔을 들더니 이쯤이야 별거 아니라는 표정으로 훌쩍 남은 술을 비웠다. 고개를 뒤로 넘기자 하얀 목이 관능적으로 드러났다.

위스키의 어원이 뭔지 알아요?

내 질문에 그녀가 나를 빤히 올려보며 입술을 비죽였다. 오뚝한 코끝에 박힌 까만 점이 매력적으로 실룩였다.

늘 그런 질문으로 여자를 유혹하나요?

대답 대신 나무라듯 되묻는 질문이 돌아왔다.

질문의 답이 궁금하지 않은 건가요? 아니면, 나라는 사람이 궁금하지 않은 건가요?

도톰하고 빨간 입술에 싱긋 미소가 걸렸다. 발랄한 트럼펫 소리가 주위를 맴돌았다. 나도 미소로 답하며 의자를 끌어 그녀 앞에 앉았다.

지독한 갈증에 잠을 깼다. 사방이 온통 어둠이었다. 멍하니 어둠을 응시하다가 본능적으로 기억의 흔적을 더듬었다. 재즈 바의 몽롱한 불빛. 스텝을 밟듯 흐르는 멜로디. 호박빛 위스키. 부옇게 번지는 담배 연기. 오뚝한 코에 박힌 까만 점. 반짝이는 갈색 눈과 단발머리. 흩어진 기억의 파편들이 내 자취를 재구성하기 위해 모여들었다. 그러나 그것들을 해산하려는 알코올의 힘이 더 강력했다. 미모의 여자와 동석을 한 후 함께 술을 마시기 시작한 시점까지만 어렴풋이 기억날 뿐이었다. 여기가 호텔 방인지 내 방인지도 판단이 서질 않았다. 머리가 지끈거렸다. 잠시 사그라들었던 갈증이 다시 끓어올랐다. 몸을 일으키려 했지만 팔다리가 말을 듣지 않았다. 전뇌와 의체의 연결이 끊겨 있었다. 전뇌의 무선통신 모듈도 먹통이었다. 재차 확인했지만 마찬가지였다.

어둠 속에서 몸을 꼼지락대자 기척에 반응하듯 머리맡에 놓인 스탠드가 켜졌다. 갑작스러운 불빛에 눈이 부셨지만 억지로 눈을 부릅떴다. 한눈에 내 방이라는 사실을 알 수 있었다. 동시에 침대 옆에 의자를 놓고 앉은 여자가 눈에 들어왔다. 재즈 바에서 만난 여자였다. 반가우면서도 의아한 경계심이 고개를 들었다. 처음 만난 여자를 집으로 데려오다니. 아무리 술에 취했어도 나답지 않은 행동이다. 여자가 물끄러미 나를 내려다봤다.

거기서 뭐 해?

애써 웃음을 지으며 그녀에게 물었다.

당신에게 악감정은 없어.

매력적인 입술 사이에서 이해할 수 없는 말이 흘러나왔다. 그녀가 전혀 옷을 벗지 않았다는 사실도 이상했다. 그러고 보니 나 역시 외출복 그대로였다.

이건 매우 예외적인 상황이지만, 불가피한 일이야.

무표정한 얼굴로 여자가 말을 이었다. 도무지 갈피를 잡을 수 없는 데다 입과 목이 바싹 마르는 통에 골치가 아팠다.

무슨 말인지 모르겠는데, 좀 도와줄래?

의체 시스템과 전뇌의 무선통신 모듈이 작동하지 않지?

그걸 어떻게?

내가 그랬어.

전뇌와 의체 시스템은 강력한 방화벽으로 상시 보호된다. 술에 취해 잠이 들었다 해도 마찬가지다. 전뇌구속구처럼 단순히 통신을 차단하는 방식과 시스템 자체를 다운시키는 방식은 전혀 다른 얘기다. 더구나 샘이 업그레이드한 방화벽이었다. 쉽게 뚫릴 리가 없었다.

당신 누구야?

내 이름은 경이야.

여자가 순순히 이름을 밝혔다.

원하는 게 뭐야?

당신 기억을 지울 거야.

덤덤하면서도 묵직한 대답에 정신이 아득해졌다. 머릿속에 묻혀 있던 단서들이 펄떡거리며 이어질 듯 말 듯 가물거렸다.

기억을, 지울 수 있나?

응.

그녀가 가볍게 대꾸했다.

뇌에 아무런 해도 입히지 않고?

응.

혹시, 범죄 성향이 짙은 열 명의 기억을 지운 게, 당신이야?

맞아.

간결한 대답들이 순식간에 취기를 몰아냈다.

왜 그들의 기억을 지운 거지?

그들은 단순히 범죄 성향만 높은 게 아니야. 실제로 심각한 범죄를 저질렀어. 드러나지 않았을 뿐이지. 삭제는 그에 대한 응징이자 갱생할 삶을 부여하는 기회야.

범죄를 저질렀다면 법으로 해결해야지. 당신에게 처벌할 권한이 있는 건 아니잖아.

자신은 법을 잘 지키는 사람인 것처럼 말하네.

그녀가 코웃음을 쳤다.

왜 그런 일을 하는 거지?

서처들은 흔히 말하더군. 자신들이 경찰 업무의 공백을 메운다고. 나 역시 그와 비슷하다고 생각하면 돼.

던지는 질문마다 바로 답이 돌아온다. 생각이 치밀하고 두뇌 회전이 빠른 여자다. 쉽지 않은 상황에 직면한 것 같다는 위기감이 뇌리를 압박했다.

술을 너무 많이 마셨나 봐. 목이 마른데, 물을 좀 마실 수 있을까?

물론.

그녀가 망설이지 않고 자리에서 일어났다.

싱크대 찬장 왼쪽 위에 빨대가 있을 거야.

빨대는 오른쪽 맨 아래 서랍에 들어 있다. 일부러 가장 먼 장소를 알려주며 나는 필사적으로 전뇌의 무선통신 모듈과 의체의 관리 프로그램을 호출했다. 둘 중 하나라도 작동한다면 이 상황을 벗어날 길을 찾을 수 있다. 어느 쪽도, 반응이 없었다. 관리 프로그램들이 저장된 시스템 디렉터리를 검색했다. 허사였다. 둘 다 통째로 삭제된 듯했다. 복구 프로그램을 가동했지만 소용이 없었다. 로그 파일조차 남아 있지 않았다. 이게 가능한가? 하긴, 기억을 지울 정도의 실력이라면 강력한 방화벽을 뚫고 흔적조차 남지 않을 정도로 말끔히 시스템 파일을 제거할 수 있을지도 모른다. 막막한 마음에 억지로 팔다리를 움직여보려 했지만 연결이 끊긴 의체는 묵직한 쇳덩이나 다름없었다.

그녀가 빨대를 꽂은 머그잔을 들고 방으로 돌아왔다. 일단 갈증을 진정시키자는 생각으로 물을 빨았다. 시원한 물이 몸 안으로 흘러들자 반작용처럼 한숨이 흘러나왔다.

빨대 따위로 몇 초간 시간을 더 번다고 해서 달라질 건 없어.

내 입가에 컵을 대주던 여자가 냉랭한 목소리로 말했다.

눈치챘나? 이거 체면이 말이 아니군. 그런데 왜 내 기억을 지우려는 거야?

내게 위협적인 존재니까.

빈 컵을 스탠드 옆에 내려놓으며 여자가 대답했다.

내가?

나를 붙잡아 E-뉴로테크에 넘기려고 하겠지.

김진에 대해 알아?

그녀가 고개를 끄덕였다.

둘이 역할을 나눠 사람들의 기억을 지운 거야?

그도 나도, 서로 무슨 일을 하는지 몰랐어. 대상을 검색하던 중 당신과 E-뉴로테크의 통신 내용을 내가 감지한 것뿐이야.

갈피를 잡지 못했던 퍼즐 조각이 비로소 제자리를 찾은 기분이 었다. 안타깝게도 그런 쾌감을 즐길 상황이 아니었다. 담배 생각이 간절했다.

이건 일반적인 절차가 아니야. 당신은 삭제 대상에 해당하지도 않고. 하지만 최상위 원칙을 지키기 위해 어쩔 수 없는 일이야.

최상위 원칙? 그게 뭐지?

내 존재의 은폐.

원칙을 세우고 그걸 기준으로 행동하는 거야?

대답 대신 그녀는 자신의 목덜미에서 전뇌 케이블을 끌어내 내 전뇌 포트에 연결했다. 저항할 방법이 없었다.

담배라도 한 대 피울 수 있을까?

아니. 당신은 이미 술을 많이 마셨어. 의식이 돌아올 때까지 기

다리긴 했지만, 사실 다량의 알코올이 어떤 영향을 미칠지 알 수
없어. 니코틴까지 추가하고 싶진 않아.

　그녀가 단호히 거절했다.

　모든 기억이 사라지는 건가?

　보존할 수 있는 기억은 최대한 남길게.

　마지막으로 하나만 더 묻지. 대체 어떤 원리로 기억을 지우는 거
야?

　설명하기 어려워. 굳이 비유하자면 빅뱅을 거꾸로 되돌리는 과
정과 비슷하다고 할까.

　대답과 동시에 스탠드가 꺼졌다. 그녀의 등 뒤에 진을 치고 있던
어둠이 순식간에 방을 점령했다.

　결국
　이렇게 끝나는 건가.
　어둠을 응시하며 내가 중얼거렸다.

　아니
　새로운 시작이야.
　속삭이듯 그녀가 대꾸했다.

　가느다란 케이블을 타고 그녀의 의식이 순식간에 내 전뇌를 파
고들었다. 사방으로 팽창하던 나의 기억이 아득히 먼 점을 향해

되몰리기 시작했다. 기억의 끈을 부여잡듯 나는 질끈 눈을 감았다.

VI 손들의 형태

문이 열렸다.

진은 동굴처럼 컴컴한 집 안을 차분히 들여다봤다. 괴괴한 어둠이 잔뜩 웅크리고 있었다. 어둠을 머금은 공기가 슬금슬금 현관 밖으로 흘러나왔다. 저 어둠 속 어딘가에 사라진 기억이 있지 않을까. 동굴의 벽을 더듬듯 그는 차근차근 기억을 되짚으려 애썼다. 코끝을 드나드는 숨소리가 유난히 크게 느껴졌다. 귀가할 때마다 매번 반복하는 일이지만 늘 결과는 같았다. 기억의 촉수는 암담하고 허탈한 진공을 헤맬 뿐이었다. 혹시나 싶었던 기대감이 또다시 무너졌다. 묵직한 비닐주머니의 손잡이가 진의 손가락 마디들을 파고들었다. 진은 길게 숨을 내뱉은 후 집 안으로 발을 들였다.

정미연 씨를 만난 용건이 뭐였나요? 정신을 차린 직후였다. 진은 의사의 말을 이해할 수 없었다. 그는 침대에 누운 채 멀거니 의사를 쳐다봤다. 방은 환했지만 빛 한 줄기 들지 않는 동굴 속에서 눈을 뜬 기분이었다. 정미연 씨를 만난 용건이 뭐였나요? 의사가 냉랭한 목소리로 다시 물었다. 종잡을 수 없는 질문이 진을 더 깊은 나락으로 떼밀었다. 정미연이 누구죠? 여긴 어딥니까? 내가 왜 여기 있는 거죠? 필사적으로 출구를 찾는 조난자처럼 그는 마구 질문을 쏟아냈다. 의사는 아무 대답 없이 미심쩍은 얼굴로 진을 바라봤다. 그의 표정을, 진은 좀처럼 잊을 수가 없었다.

거실에 불을 켜자 익숙한 공간이 모습을 드러냈다. 검은색 인조가죽이 씌워진 3인용 소파와 나지막한 오크 무늬 탁자가 다리를 걸칠 수 있는 거리에 나란히 놓여 있었다. 2년 전 중고 가구점에서 직접 고른 것들이었다. 소파의 오른쪽 팔걸이 옆에 갈색 쿠션이 반듯하게 서 있었다. 진은 꺼림칙한 눈빛으로 거실을 건너다보며 육개장이 든 비닐주머니를 식탁에 내려놓았다. 미심쩍은 눈으로 자신을 바라보던 의사의 표정이 유령처럼 진의 뇌리를 맴돌았다.

의사들은 진에게 아무것도 설명해주지 않았다. 도무지 이해할 수 없는 질문을 반복해서 물었고 목적을 알 수 없는 온갖 검사를 실시했다. 사방이 하얀 벽으로 막힌 방에는 창이 없었다. 출입문은 항상 잠겨 있었고 외부와의 통신도 불가능했다. 진은 치료가 아니라 조사를 받고 있다는 사실을 깨달았다. 흰 가운을 걸치고 방을 드나드는 이들은 평범한 의사가 아니었다. 당신들 도대체 뭐 하는 사람들입니까? 이렇게 사람을 잡아두는 건 불법입니다! 항의는 전혀 먹혀들지 않았다. 물리적인 저항도 소용없었고 탈출 계획도 부질없었다. 그곳은 애당초 감금을 목적으로 설계된 공간이 분명했다. 그나마 다행이라면 수면을 제한하거나 밥을 굶기는 등의 가혹 행위는 없다는 점이었다. 방에 홀로 남겨질 때마다 진은 맞은편 벽을 바라보며 골똘히 기억을 더듬었다. 분명히 회사에서 근무를 하고 있었다. 점심시간이 끝날 무렵 황색경보가 발령됐고, 곧바로 정밀검역소에 진입해 작업을 시작했다. 그리고…. 그다음부터는 아무리 애를 써도 생각이 나지 않았다. 견고하고 거대한 하얀 벽이 진의 기억을 가로막고 있었다. 그런 상황에서 뜬금없이 육개장이 먹고 싶어지다니, 대체 무슨 심리였을까. 진은 쓴웃음을 지으며 육개장이 담긴 플라스틱 그릇의 뚜껑을 벗겼다.

마지막으로 기억나는 게 뭐죠? 의식을 회복한 지 열하루째 되는 날 진에게 처음으로 질문을 했던 의사가 무표정한 얼굴로 물었다. 이미 여러 번 말했잖아요. 검역 작업 중이었다니까요. 인공지능이 감별하지 못한 파일 여섯 개가 정밀검역소로 이송된 상태였어요. 대체 왜 이러는 겁니까? 내가 무슨 잘못이라도 했습니까? 진이 지친 표정으로 대답했다. 집요하게 진의 눈을 들여다보던 의사는 더이상 추궁하지 않고 방을 나갔다. 그것이 마지막이었다.

그날 밤 잠든 진의 머리에 두꺼운 자루가 씌워졌다. 진은 누군가에게 이끌려 방을 나왔고 차에 태워졌다. 어디로 가는 겁니까? 얼굴이 가려진 채 주위를 두리번거리며 진이 물었다. 아무도 대답하지 않았다. 실외로 나왔지만 여전히 네트워크에 접속할 수 없었다. 자루에 전파를 차단하는 기능이 있는 듯했다. 한참을 달리던 차가 멈췄다. 그들은 진의 머리에서 자루를 벗기고 진을 차 밖으로 내보냈다. 사방이 캄캄했다. 진이 돌아서자 번호판이 가려진 검은색 승합차가 어둠 속으로 황급히 사라졌다. 그사이 진의 전뇌가 네트워크에 연결됐다. 그곳은 진의 집 근처에 있는 굴다리 밑이었다. 굴다리를 빠져나오며 시간을 확인하던 진은 석상처럼 그 자리에 멈춰 섰다. 전뇌 시계의 날짜가 1년이 넘게 지나 있었다. 서늘한 바람이 진의 목덜미를 스쳤다.

여러 차례 확인했지만 전뇌 오류가 아니었다. GPS 위성에서 수신한 시간과 네트워크에서 내려받은 시간이 일치했다. 진은 멍하니 어두운 하늘을 올려다봤다. 깊이를 알 수 없는 동굴 속으로 굴러 떨어진 기분이었다. 정말 1년이 지난 걸까? 그들이 내게 이상한 짓을 한 게 아닐까? 무슨 짓을 한 걸까? 왜 아무것도 기억나지 않지? 1년이 넘는 시간이 흘렀다면 집은 어떻게 됐을까? 진은 집을 향해 뛰기 시작했다. 주택관리 시스템을 호출해 비밀번호를 입력했다. 곧바로 관리 화면이 열렸다. 세입자 등록 정보에서 자신의 이름을 확인하고도 진은 달음질을 멈출 수가 없었다. 적막한 밤거리를 달리는 진의 머릿속에 온갖 상념이 들끓었다.

현관문 앞에 도착한 진은 가쁜 숨을 진정시키며 전자 키를 입력했다. 자물쇠가 돌아갔다. 그는 문밖에 선 채 컴컴한 집 안을 들여다봤다. 아무 기척이 없었다. 불을 켜고 조심스레 거실로 들어서자 검정색 소파와 오크 무늬 탁자가 눈에 띄었다. 안도감과 동시에 묘한 이질감이 느껴졌다. 늘 소파를 점령하고 있던 담요가 보이지 않았다. 탁자와 식탁도 깔끔했다. 커피가 반쯤 남은 머그잔이라든가 먹다 둔 비스킷처럼 자질구레한 물건들이 하나도 없었다. 냉장고에는 생수와 유통기한이 하루 지난 우유 그리고 이온 음료가 잔뜩 들어 있었다. 우유는 그렇다 쳐도 그렇게 많은 이온 음료라니. 생뚱맞은 먹거리였다. 간단히 끼니를 때울 때 자주 먹던 냉동 볶음밥이나 냉동 피자는 찾을 수 없었다. 찬장에는 라면이나 햄 통조림 대신 시리얼이 잔뜩 들어 있었다. 그것도 네 종류나.

진은 소파에 앉아 벌컥벌컥 차가운 생수를 들이켰다. 얼마 전까지 누군가 여기에 살았다. 그러나 그가 자신인지 확신할 수 없었다. '진'이 꾸려온 공간과 '그'가 꾸려온 공간은 확연히 달랐다. 진은 주택관리 시스템에 접속해 출입 기록을 조회했다. 1년여 전부터 기록이 없었다. 자동차 운행 기록도 마찬가지였다. 통신 계정 사용 내역도 깨끗했다. 통화나 검색 기록은 물론 메일함도 텅 비어 있었다. 스팸 메일조차 없었다. 통장을 조회하던 진의 가슴이 철렁 내려앉았다. 퇴직금이 입금돼 있었다. 이미 1년이 지난 기록이었다. 코스모스는 급여와 근무 조건이 만족스러운 직장이었다. 퇴사할 이유가 없었다. 이해할 수 없는 건 그것만이 아니었다. 퇴직금이 들어온 이후 통장 잔고가 전혀 줄지 않았다. 식비를 비롯해 집세와 아파트 관리비, 통신 요금, 각종 공과금 등이 다달이 빠져나갔어야 했다. 조회 가능한 납부 현황을 모조리 확인했다. 지난달까지 모두 완납한 상태였다.

진은 3일간 집 밖으로 나가지 않았다. 경찰에 신고하지도 않았다. 자신도 납득할 수 없는 상황을 경찰에게 설명할 자신이 없었다. 그는 하루 종일 거실을 맴돌며 기억을 떠올리려고 발버둥 쳤다. 배가 고프면 시리얼에 유통기한이 지난 우유를 부어 먹었고, 목이 마르면 이온 음료를 마셨다. 자신이 먹었던 음식이 맞다면 그것들을 먹으며 뭔가 떠오를지도 모른다는 생각이었다. 만진 물건들은 모두 그 자리에 그대로 두었다. 어딘가에 분명 기억을 회복할 단서가 숨어 있을 거라 믿었다. 나흘째 되는 날 성과 대신 부작용이 나타났다. 속이 메스껍다 싶더니 아침으로 먹은 우유와 시리얼이 죄다 넘어왔다. 유통기한이 지난 우유 때문인지, 시리얼이 식성에 맞지 않기 때문인지, 과도한 스트레스 때문인지 확실치 않았다.

지난 1년간 나는 어떤 삶을 살았는가? 김이 모락모락 피어오르는 육개장을 내려다보며 진은 자문했다. 허공으로 사라지는 수증기처럼 그동안의 기억이 흔적도 없이 사라진 상태였다. 속이 헛헛했다. 진은 재빨리 빨간 국물을 한입 떠먹었다. 칼칼한 국물이 식도를 어루만지며 뜨끈하게 위장으로 흘러들었다.

토악질을 하고 욕실을 나오던 진은 어머니를 잊고 있었다는 사실을 깨달았다. 곧바로 요양병원에 전화를 걸었다. 별 탈 없이 지내고 계세요. 담당 간호사의 목소리는 밝았다. 전화를 끊고도 여전히 마음이 놓이지 않았다. 진은 그 길로 집을 나섰다. 오랜만에 오셨네요. 간호사가 활짝 웃으며 진을 맞았다. 진은 고개를 숙여 공손히 인사했다. 어머니는 흔들의자에 앉아 정원을 바라보고 있었다. 하루 종일 정원만 보세요. 기억은 더 희미해지셨고요. 간호사가 나직한 목소리로 설명했다. 진은 무릎을 꿇고 어머니와 눈높이를 맞췄다. 어머니. 진의 부름에 어머니가 천천히 고개를 돌렸다. 진과 눈이 마주쳤지만 어머니의 눈에는 아무 감흥이 없었다. 어머니의 기억은 치매에 풍화되고 침식되어 아들조차 알아볼 수 없을 정도로 스러진 상태였다. 진은 어머니의 주름진 손등을 쓰다듬었다. 손과 손 사이로 따뜻한 체온이 오갔다. 어머니는 고개를 돌려 다시 정원을 바라봤다. 워낙 성격이 유하셔서 그런지 큰 문제도 일으키시지 않고, 입원한 어르신들 중 제일 편안히 지내고 계세요. 간호사가 위로하듯 말했다. 진은 어머니가 점심을 먹는 모습을 지켜본 후 병원을 나섰다.

돌아오는 길에 집주인에게 연락을 했다. 무슨 일 있어요? 집주인은 약간 날 선 목소리로 전화를 받았다. 이번 달 월세가 제대로 입금됐나 해서요. 아, 잘 들어왔어요. 집주인의 목소리가 금방 누그러졌다. 분명 진의 계좌에는 출금 기록이 없었다. 진은 헛웃음을 쳤다. 그는 집으로 가던 차를 돌려 단골 식당으로 향했다. 처음 보는 종업원이 계산대 앞에 서 있었다. 주인이 바뀌었나요? 아니요. 오랜만에 오셨나 봐요. 제가 근무한 지 반년이 넘었는데. 종업원이 서글서글한 눈웃음을 지으며 대답했다. 60대 중반의 주인 할머니가 직접 요리를 하는 육개장이 일품인 집이었다. 종업원이 금세 뚝배기에 담은 육개장을 내왔다. 설설 끓는 육개장을 내려다보며 진은 흔들의자에 앉아 정원을 바라보던 어머니를 떠올렸다. 어머니는 더 이상 기억하지 못할 것이다. 아들이 가장 좋아하는 음식이 육개장이라는 것을. 그중에서도 단연 당신이 끓여준 육개장이라는 것을.

진을 감금했던 이들은 진의 기억에서 무언가를 찾으려고 했다. 그것이 무엇인지 진은 짐작조차 할 수 없었다. 그들의 정체도 오리무중이었다. 경찰에 신고해봐야 별 도움이 되지 않을 터였다. 경찰은 오히려 진의 통장 내역을 수상히 여길 게 분명했다. 귀가한 지 보름이 흘렀다. 기억은 여전히 제자리걸음이었다. 무작정 시간을 보내는 게 능사는 아닌 듯싶었다. 일상을 회복하고 규칙적으로 생활하다 보면 무언가 떠오르지 않을까. 진은 일자리를 찾기로 했다.

경력이 좋군요. 면접관은 진의 이력서를 보고 흡족한 표정을 지었다. 중소 규모의 서버를 대여하고 관리하는 기업이었다. 급여가 높지 않지만 그런 만큼 업무 강도도 세지 않았다. 무난한 직장이었다. 코스모스를 그만둔 이유가 뭔가요? 예상했던 질문이 날아왔다. 휴식이 필요했습니다. 진은 애써 미소를 지으며 대답했다. 면접관이 고개를 끄덕였다. 며칠 후 출근해달라고 연락이 왔다. 그렇게 새로운 일자리를 얻은 지 일주일이 지났다. 파트너는 고릴라처럼 덩치가 크고 양처럼 유순한 성격이었다. 그의 도움으로 금세 업무 대부분을 파악할 수 있었다. 진은 날마다 퇴근길에 단골 식당에 들러 육개장을 포장 주문했다. 그는 매번 문밖에서 컴컴한 집 안을 응시하며 잃어버린 기억을 떠올리려 애썼고, 주방 식탁에서 의혹이 가득한 눈으로 거실을 건너다보며 육개장을 먹었다.

검색 결과 진은 자신이 일곱 사도 사건의 폭발로 의식을 잃었다는 사실을 알았다. 하지만 그가 정신을 차린 곳은 병원이 아니었다. 그는 비밀스러운 장소에서 정체를 알 수 없는 자들에게 행적을 추궁당한 후 풀려났다. 더구나 열하루가 아니라 1년이 넘는 시간이 지나 있었다. 그사이의 공백을 그는 도저히 메울 수가 없었다. 그 공백이 허기로 둔갑한 것일까. 진은 육개장에 흰쌀밥을 말아 듬뿍듬뿍 떠먹었다.

진이 남긴 유일한 기록은 일기장이었다. 일곱 사도 사건이 터지기 전날 진은 가람을 방문했다. 잉크병에 잉크가 3분의 1정도 남은 것을 확인하고 잉크를 사러 갔다가 한정판으로 출시된 만년필과 중성지로 제본된 노트까지 구매했다는 내용이 꼼꼼히 적혀 있었다. 그것이 마지막 일기였다. 그때 산 잉크와 만년필, 노트는 어디에 있을까? 회사에 둔 채 그대로 퇴사한 걸까? 값도 비싸지만 좀처럼 구하기 힘든 것들이었다. 진은 밥을 말은 육개장을 끝까지 싹싹 긁어 먹었다. 플라스틱 그릇의 하얀 바닥이 드러났다. 냉장고에서 생수를 꺼내 마시며 우두커니 빈 그릇을 내려다보던 진의 뇌리에 불현듯 빛이 번쩍였다. 캄캄하기만 하던 동굴의 바위 틈 사이로 가늘지만 강렬한 빛줄기가 내리꽂혔다. 진은 물병을 내려놓고 방으로 달려갔다. 책상 서랍을 뒤져 잉크병을 꺼냈다. 나사선에 잉크가 굳어 뚜껑이 빽빽했다. 동그란 뚜껑을 손에 든 채 진은 병 안을 뚫어지게 들여다봤다. 3분의 1정도 남았다는 잉크 대신 투명한 유리 바닥이 훤히 드러나 보였다.

욕조 안의 온도는 정확히 35도였다. 좀 더 뜨끈하면 좋겠다고 이형일은 생각했다. 40도 정도면 찜질 효과도 있을 텐데. 당연히 그런 바람을 말하지 않은 것은 아니었다.

온도를 더 올리면 효소의 구조가 변형됩니다. 구조가 바뀌면 효소는 기능을 상실하지요. 다시 온도를 낮춰도 복구되지 않습니다. 현재로서는. 주치의는 그렇게 대답했다. 이형일은 높은 온도에서도 활동하는 효소를 개발하면 되지 않느냐고 대꾸하려다 말았다. 그는 주치의의 마지막 말이 마음에 들었다. 현재로서는. 한계를 확인하는 동시에 가능성을 제시하는 매력적인 표현이었다. 현재로서는, 마차를 타고 다니지만 조만간 자동차를 개발할 겁니다. 현재로서는, 땅 위를 달리지만 머지않아 하늘을 날 겁니다. 현재로서는, 대기권을 벗어나지 못하지만 수십 년 내에 달에 착륙할 겁니다. 현재로서는, 달에 첫발을 내디뎠을 뿐이지만 다음에는 화성을 탐사할 겁니다. 인류는 지금껏 '현재로서는'이라는 말을 발판 삼아 내일로 도약했다. 앞으로도 그럴 테고. 얼마나 멋진 말인가.

이형일은 세포 재생 용액 밖으로 손을 들어 올렸다. 우유처럼 하얀 액체가 손가락 끝에서 방울방울 떨어졌다. 30분간 몸을 담그고 있으면 피부의 노폐물과 각질이 배출된다. 그사이 피부에 난 상처가 복구되는 것은 물론이고 주름도 제거된다. 피부의 탄력과 보습력도 높아진다. 효과가 지속되는 기간은 한 달이다. 매달 중형차한 대에 해당하는 비용이 들지만 피부 재생욕을 하는 한 이형일의 피부는 계속해서 젊음을 유지할 수 있다. 아침마다 챙겨 먹는

다섯 개의 알약도 비슷한 역할을 한다. 그것들은 몸 구석구석으로 스며들어 세포의 노화를 막는다. 물론 한계는 존재한다. 주치의는 이형일의 수명을 140세로 예상했다.

120세까지는 30대 초반의 신체를 유지할 수 있습니다. 그 이후부터는 약물 요법과 피부 재생욕도 효과가 없을 겁니다. 20년간 급격하게 노화가 진행되고 결국 끝에 다다를 겁니다.

주치의가 언급한 '끝'은 단순히 완곡한 표현이 아니었다. 이형일은 DNA 염기 교정 수술을 받았다. 유전병이 발생할 가능성을 모두 제거한 상태였다. 140세까지 산다면 십중팔구 병이 아니라 세포의 기능이 다해 죽을 터였다. 한마디로 그는 생명의 종착점에 도착하게 된다. 현재로서는.

40대 후반인 이형일의 나이를 감안하면 시간은 넉넉하다. 그사이 새로운 기술이 개발될 가능성도 충분하다. 세포의 노화를 원천적으로 차단하는 물질을 발견할 수도 있고 새로운 신체를 배양해 몸을 바꾸는 방법을 찾을 수도 있다. 기계 몸은 나날이 정교해지고 있으며 인간의 의식을 컴퓨터에 업로드할 날도 머지않았다. 어떤 방식으로든 결국 생명을 연장하는 방법을 찾을 것이다. 중요한 건 그런 기술을 누릴 정보력과 재력이다. 두 가지를 모두 겸비한 이형일로서는 조급해할 필요가 없다. 먼 훗날의 문제는 접어두고 지금은 직면한 문제에 집중해야 한다.

이형일은 욕조에 등을 기대며 비서를 호출했다. 곧바로 남색 정장을 차려입은 비서가 들어왔다.

스물네 번째 백지증후군 환자 조사 결과가 나왔나?

네, 피부 재생욕이 끝나면 보고 드리려고 했습니다.

지금 보고하게.

기존 환자들과 비슷합니다. 말하고 운동하고 생각하는 것과 관련한 기억을 제외하고 모든 기억이 지워졌습니다. 목격자도 없습니다.

김진은 어떻게 지내고 있나?

집과 직장만 오가고 있습니다. 생필품을 사러 슈퍼에 가거나 퇴근길에 단골 식당에서 육개장을 사 가는 것 말고 특이사항은 없습니다.

이번 백지증후군 환자를 스물네 번째가 아니라 스물다섯 번째로 기록하게.

잠시 눈을 내리깔고 생각에 잠겼던 이형일이 비서에게 지시했다.

네?

비서가 어리둥절한 표정을 지었다.

스물네 번째 환자는 강현우야. 목록에는 일단 그의 이름만 넣도록 해.

알겠습니다. 그럼, 다른 서처를 찾아볼까요?

비서가 되물었다.

아니, 그건 내가 처리하지. 그만 나가봐.

스물네 번째 백지증후군 환자가 보고된 건 사흘 전이었다. 이형일은 즉시 감시 중이던 김진의 행적을 확인했다. 김진과는 전혀 관련이 없었다. 그렇다면 가능성은 두 가지였다. 애당초 김진이 백지증후군을 야기하지 않았거나 김진 외에 백지증후군을 유발하는 또 다른 요인이 존재하거나. 이형일은 강현우를 불렀다.

제 기억이 지워졌습니다.

강현우의 첫마디에 이형일은 당황했다.

그게 무슨 소립니까?

말씀드린 대로입니다. 백지증후군 사건을 의뢰받은 이후의 모든 기억이 제 머릿속에서 사라졌습니다.

강현우가 미간을 찡그리며 말했다.

어떻게 된 겁니까?

저도 잘 모르겠습니다. 아침에 눈을 떠보니 제가 기억하는 날짜가 아니었습니다. 3주가 지나 있었습니다. 가까스로 상황을 파악하긴 했지만 여전히 어리둥절한 기분입니다.

김진처럼 특정 기간의 기억만 지워졌군요?

이형일이 턱을 쓰다듬으며 물었다.

그렇습니다.

그렇다면 김진은 범인이 아닌 걸까요?

…글쎄요.

강현우가 확신 없는 목소리로 대답했다.

입원해서 조사를 받지 않겠습니까?

아니요, 괜찮습니다. 개인적으로 할 수 있는 건 다 했습니다만 아무 단서도 찾지 못했습니다. 입원한다고 해도 마찬가지일 겁니다. 사건과 관련된 일인데, 바로 연락드리지 않은 건 너무 당혹스러웠기 때문입니다.

이해합니다.

방을 나서는 강현우의 뒷모습이 왠지 수척해 보였다.

이형일은 욕조에 기대 눈을 감았다. 백지증후군 문제가 다시 불거질 거라고는 예상하지 못했다. 더 커지기 전에 수습해야 한다. 기존의 카드는 완전히 패가 드러났다. 새로운 접근 방식이 필요하다. 이형일은 깊게 숨을 들이마신 후 세포 재생 용액 속에 머리를 담갔다.

네트워크는 온통 국정원의 스캔들 기사로 가득했다. 샘은 못마땅한 표정으로 브라우저를 훑어보다가 아예 창을 닫아버렸다. 빙그르 의자를 돌리자 만두를 먹는 현우가 보였다. 현우는 허공을 응시하며 천천히 만두를 씹고 있었다.

현우가 찾아왔을 때 샘은 그가 농담을 하는 줄 알았다.

그러니까 여기서 의체 펌웨어를 업그레이드하고 에셔의 화집을 받은 이후부터 기억이 끊겼다는 말이지?

그래.

현우가 침울하게 대답했다.

눈을 떠보니 외출복을 입은 채 집 침대에서 자고 있었고, 3주가 흘렀다고?

응.

어제 술집에 갔던 건 기억나? 나랑 통화했잖아.

아니, 내가 술집에 갔어?

샘은 현우의 전뇌를 검사했다. 바이러스에 감염된 상태는 아니었다. 해킹을 당한 흔적도 없었다. 컴퓨터의 시스템 복원처럼 현우의 기억은 특정 시점으로 회귀해 있었다. 김진의 경우와 같았다. 샘은 네트워크에 접속해 김진의 행적을 추적했다. 김진은 현우가 기억을 잃은 다음 날 E-뉴로테크에서 풀려났다. 현우가 술을 마셨던 술집에서도 아무 단서가 나오지 않았다.

그 와중에 아르고스 프로젝트가 폭로됐다. 단순한 의혹 제기 수준이 아니었다. 계획 수립부터 시작해 개발 과정과 운용 내역까지 상세하게 공개되었다. 클릭만 하면 국정원장이 승인한 다양한 서류는 물론 수만 마리의 스파이 로봇들이 일제히 시험비행을 하는 광경을 볼 수 있었다. 내부자가 자료를 유출하지 않고서는 불가능한 일이었다.

샘은 스캔들을 폭로한 기자의 네트워크 계정을 해킹했다. 정체불명의 발신자가 기자에게 자료를 보낸 기록이 있었다. 곧바로 발신자를 추적했다. 영국, 일본, 인도, 미국, 러시아, 스페인, 중국…. IP 주소는 서른여섯 개 국가를 거쳐 다시 한국으로 돌아왔다. 어이없게도 최초 발신자는 메일을 받은 기자 본인이었다. 유머 감각이 있는 해커로군. 크게 한 방 맞은 기분이었다. 아깝지만 우선 꼬리부터 잘라야 했다. 검찰이 압수 수색을 시작하면 샘이 심어둔 스파이 칩들도 발각되기 십상이었다. 샘은 킬 스위치를 작동해 스파이 칩을 모조리 태워버렸다.

샘은 다시 차분하게 검색을 시작했다. 통신 내역이나 퍼블릭아이에 국정원 관계자와 기자가 접촉한 흔적은 없었다. 기자의 취재 파일에도 별다른 내용이 없었다. 오랜 시간 취재한 결과가 아니었다. 어느 날 덜컥 메일을 받은 것이 전부였다. 내부자가 아니라면 외부에서 해킹을 했다는 뜻인데 그건 거의 불가능한 일이었다. 아르고스 프로젝트는 특급 기밀이었다. 존재 자체를 아는 사람이 드물었다. 설령 안다고 해도 결코 해킹이 쉽지 않았다. 그렇게 많은 정보를 들키지 않고 빼돌린다는 건 말이 안 되는 일이었다.

내가 김진을 추적할 때 자네가 아르고스 시스템에서 단서를 찾았다고 했지?

천천히 만두를 삼킨 현우가 샘을 건너다보며 물었다.

그랬지. 그만큼 우수한 시스템이었지. 그건 왜?

김진을 잡은 내 기억이 지워졌고, 김진을 잡을 때 이용한 시스템이 폭로됐어. 뭔가 연결되어 있는 거 같지 않아?

그러니까 백지증후군을 일으키는 누군가가 자신에게 위험한 요소들을 제거한 거라는 뜻이야?

그럴지도 모르지.

그럼 김진 같은 녀석이 또 있다는 거야?

글쎄.

여하간 나는 이 녀석을 꼭 잡아야겠어.

굳이 그럴 필요가 있을까.

현우가 중얼거리듯 말했다. 샘은 놀란 얼굴로 현우를 바라봤다. 현우의 시선은 여전히 빈 공간에 초점이 맞춰져 있었다.

왜?

침묵을 깨고 샘이 물었다.

어째서 내 기억을 전부 지우지 않았을까? 만일 내가 자신에게 위협이 되는 존재라고 느꼈다면 내 기억을 깡그리 지워서 나를 무력화시키는 게 나았을 텐데 말이야.

샘은 대답하지 못했다.

누군지 모르지만 그 사람은 자신의 능력을 남용하지 않는 거 같아. 그리고 그 능력은 단순히 기억을 삭제만 하는 건 아닌 거 같고.

그건 또 무슨 소리야?

생각해봐. 기억은 일종의 그물처럼 연결된 구조물이잖아. 만일 하나의 기억이 사라지면 관련된 다른 기억도 연쇄적으로 무너질 수밖에 없어. 말하고 운동하고 생각하는 기억만 따로 삭제하는 게 애당초 가능하겠어? 다시 말해 그건, 기억을 지우는 대신 기억의 네트워크를 지탱할 무언가를 삽입한다는 뜻 아닐까?

아, 몰라! 여하간 나보고 이렇게 당한 채 물러나라고?

샘은 툴툴거렸다. 스파이 칩도 그렇고 아래층에 구축한 벙커도 쓸모없는 장소가 돼버렸다.

나도 범인이 누구인지 궁금해. 다만, 천천히 생각하라고. 일단 이리 와서 이거나 먹어.

현우가 포크로 스테이크형 의체식을 푹 찍어 들어 올렸다. 샘은 크게 한숨을 내뱉은 후 현우의 손에서 포크를 뺏어 들었다.

진은 서서히 문을 밀었다. 딸랑거리는 방울 소리와 낡은 문의 신음 소리가 뒤섞였다. 가람 안은 여전히 좁고 어둑했다. 통로의 맞은편 끝에서 숱이 적고 희끗한 머리가 고개를 들었다. 노인은 안경을 벗고 출입문 쪽을 건너다봤다. 잠시 후 노인이 환하게 웃으며 탁자를 돌아 나왔다.

이게 누구야? 도대체 얼마만이야?

잘 지내셨어요?

노인은 고개 숙여 인사하는 진을 끌어안았다.

여기 앉아.

노인이 탁자 밑에 있던 의자를 끌어냈다. 진이 의자에 앉는 사이 노인은 바로 커피포트에 물을 올렸다.

녹차 마실 거지?

다기에 찻잎을 떨구며 노인이 물었다.

네.

진이 웃으며 대답했다.

그동안 뭐 하느라고 한 번도 오질 않았어?

이래저래 좀 바빴어요.

젊은 사람이 바쁜 건 좋은 일이지. 암, 좋고말고.

난을 치고 계셨네요.

커다란 탁자 한편에 펼쳐진 화선지를 보며 진이 말했다.

아침부터 괜스레 마음이 싱숭생숭해서 진정 좀 시키려고. 반가운 손님이 오려고 그랬나 보네. 잠깐만 기다려.

노인은 탁자를 돌아가 하얀 접시 위에 누운 붓을 잡았다. 그는 벼루에서 먹물을 찍어 접시에 붓촉을 문질렀다. 먹물의 양을 가늠한 후 그의 손이 거침없이 화선지 위를 달렸다. 붓끝을 따라 우아하게 난잎이 뻗었다.

마지막 획이 남았는데, 해볼 테야?

노인이 진을 향해 불쑥 붓을 내밀었다.

멋있는 그림 다 망쳐요.

진은 손사래를 쳤다.

사양할 필요 없어. 지금 아니면 언제 경험해보겠어?

노인이 탁자를 돌아와 진의 손을 잡아끌었다. 어느새 커피포트에 물이 끓어올랐다.

진은 얼결에 붓을 잡고 그림 앞에 섰다. 묵향을 품은 난이 하얀 화폭 속에서 생기를 발산하고 있었다.

여기서 시작해서 저기에서 끝내면 돼.

노인이 손가락으로 허공에 선을 그어 보였다. 잠시 망설이던 진은 노인이 알려준 경로를 따라 무작정 붓을 그었다. 아니나 다를까 그것은 난잎이 아니라 볼품없이 휘어진 막대기가 되어버렸다. 순식간에 그림이 망가졌다. 진은 양쪽 귀가 화끈거렸다.

이럴 줄 알았어요.

괜찮아. 처음 한 건데 뭐.

노인은 망친 그림은 아랑곳하지 않고 진을 격려했다.

처음부터 다시 한 번 해볼 텐가?

노인이 새 종이를 꺼내 들었다. 차를 우리는 건 이미 잊어버린 듯했다.

아니에요.

걱정하지 마. 내가 도와줄게.

다시 하얀 백지 앞에 선 진은 정신이 아득해졌다. 어디서부터 손을 대야 할지 알 수가 없었다. 그때 투박한 노인의 손이 붓을 잡은 진의 오른손을 감싸 쥐었다.

세 가지만 기억해. 첫째 손과 팔에서 힘을 뺄 것. 둘째 내 손이 전달하는 힘을 느낄 것. 셋째 붓끝이 지나가는 경로를 눈으로 확인할 것.

노인은 진의 손을 끌어 붓에 먹물을 묻히고 접시에서 붓촉을 다듬었다. 숱이 적은 머리와 굽은 등에서는 상상할 수 없었던 강렬한 힘이 전해졌다.

여기에서 첫 획을 시작할 거야.

붓 끝이 종이에 닿자마자 곧바로 난잎이 하나 솟아났다.

두 번째 획은 첫 획 아래에서 위쪽으로.

첫 번째 획과 두 번째 획 사이로 아몬드 모양의 공간이 생겼다.

여기를 봉안이라고 해. 봉황의 눈이라는 뜻이지. 봉안은 난 전체의 균형을 결정하는 기본이야. 알았지?

진은 노인의 손이 움직일 때마다 그 힘을 느끼느라 정신이 없었다. 말없이 고개를 끄덕였다.

재미있는 건 이다음이야.

세 번째 획이 봉안을 가로질러 뻗어나갔다.

이렇게 봉안을 파괴해서 새로운 균형을 만드는 거지. 이걸 파봉안이라고 해.

노인은 신이 나 있었다. 진은 노인의 손에 자신의 손을 완전히 맡겼다. 차곡차곡 획수가 늘어나더니 드디어 마지막 획이 끝났다. 진의 눈앞에 한 떨기 난이 피었다. 진의 손을 감싸 쥐었던 노인의 손이 풀렸다. 진은 잔뜩 긴장했던 손을 폈다. 손바닥에 땀이 흥건했다.

잘 나왔네.

노인이 다기에 뜨거운 물을 따르며 중얼거렸다. 녹차 향은 여전히 담박했다.

손을 잡고 해주셨지만 이렇게 멋있는 난이 나올 줄은 몰랐어요.

자네가 손에서 힘을 빼고 내 손이 이끄는 대로 잘 따라왔기 때문이야.

문인화는 이런 식으로 그림을 가르치나 보죠?

아니, 이건 내가 어머니께 그림을 배운 방식이야. 어릴 적에 내가 하얀 종이 앞에서 겁을 먹고 선을 긋지 못하니까 어머니가 내 손을 잡고 이끌어주셨지. 나중에 나도 어머니처럼 다른 사람 손을 잡고 지도해봤는데 쉽지 않더라고. 다들 손에서 힘을 빼질 못해.

진이 고개를 끄덕였다. 노인은 흐뭇한 눈으로 진을 바라보며 차를 마셨다.

뭐 필요한 거 없어?

아, 맞다. 잉크가 필요해요.

진은 그제야 가람을 찾은 목적을 떠올렸다. 아까 노인의 반응으로 보건대 그간 자신이 가람을 찾아온 적은 없다는 걸 깨달았다.

어떤 걸로 줄까? 예전에 사간 건 좋았지?

그건 너무 고급이었어요. 이번에는 그냥 평범한 잉크로 주세요.

노인은 평소 진이 쓰던 잉크를 내왔다.

이건 선물이야.

잉크병 옆에 작은 수첩을 내려놓으며 노인이 말했다. 밤색 가죽으로 마감된 외피가 상당히 고급스러웠다.

이거 잉크보다 비싸겠는데요.

걱정하지 말고 받아. 선물이니까. 대신 내용물은 집에 가서 봐야 해.

노인이 소탈한 미소를 지었다.

가람을 나와 집으로 가던 진은 문득 '내용물'은 집에 가서 보라고 한 노인의 말이 걸렸다. 그는 길에 서서 수첩을 꺼냈다. 손바닥만 한 크기에 부드러운 소가죽이 덮여 있었다. 속지 역시 고급스러웠다. 페이지를 넘겨보던 진의 눈에 뭔가가 스쳤다. 페이지 사이에 접힌 메모지가 한 장 들어 있었다. 메모지를 펼치자 누군가 휘갈겨 쓴 글씨가 드러났다.

그날 검역소 안에서 나는 이육사의 시 〈광야〉를 봤고, 〈그리는 손〉이 새겨진 문을 봤어. 선배는 뭘 봤지?

경이었다.

이형일이 탄 검은 세단이 서울 외곽에 위치한 버려진 공장 지대로 접어들었다. 어둠에 묻힌 공장 지대는 적요했다. 차량의 바퀴가 자갈을 밀어내는 소리가 크게 울렸다. 좌우로 벽이 무너지고 유리창이 깨진 건물들이 즐비했다. 폐허가 품고 있는 음산한 기운이 이형일의 목덜미를 잡아끌었다. 전신 의체를 사용하는 비서와 전투용 휴머노이드까지 대동했지만 긴장감을 떨칠 수가 없었다.

세단이 어느 공장 마당에 들어섰다. 이형일은 차에서 내려 천천히 숨을 골랐다. 밤공기가 서늘하게 폐 속으로 흘러들었다. 밤바람에 쓸려 뭔가 굴러가는 소리가 들려왔다. 이형일은 일부러 가슴을 폈다. 휴머노이드가 앞으로 나서 공장 문을 열었다. 비서가 안을 들여다봤다. 안쪽 깊숙한 곳에 작은 등이 하나 켜져 있었다. 그 아래 의자에 누군가 반듯한 자세로 앉아 있었다. 비서가 이형일을 향해 고개를 끄덕였다. 이형일이 공장 안으로 발을 들였다.

앞뒤로 비서와 휴머노이드의 보호를 받으며 이형일은 불빛을 향해 다가갔다. 의자에 앉은 것은 사람이 아니라 구형 안드로이드였다. 보드라운 합성 피부 대신 금속성 외피가 전신을 덮고 있었다.

뭐가 두려운 거요?

안드로이드의 입에서 이질적인 기계음이 흘러나왔다.

인간은 누구나 낯선 장소를 두려워하는 법 아닙니까?

이형일은 솔직하게 대답했다.

당신은 뭐가 두려워서 모습을 드러내지 않는 겁니까?

두려워하면서도 두려움에 압도되는 인간은 아니군. 당신은.

안드로이드가 말했다.

우리는 이곳에서 만나기로 약속했습니다. 그런데 당신은 여전히 모습을 숨기고 있군요.

만나기로 했지 내 모습을 보여준다고 하지는 않았소. 당신은 사냥꾼을 찾고 있지 않소? 사냥꾼이 지녀야 할 최대의 덕목 중 하나가 뭔지 아시오?

은폐라는 답을 듣고 싶은 거군요.

이형일이 굳은 얼굴을 풀며 대답했다.

나를 찾은 이유가 뭐요?

당신이 최고의 사냥꾼이라 들었습니다.

나에 대해 무슨 이야기를 들었소?

당신의 별명이 '네 손가락'이 된 이유에 대해 들었습니다. 자세한 내막은 모릅니다. 다만 당신의 가족들이 몰살당했고 그 앞에서 당신이 자신의 오른쪽 새끼손가락을 물어뜯어 씹어 먹었다고 하더군요. 그렇게 복수를 다짐했다고 들었습니다. 그리고 다짐한 대로 당신은 마흔네 명이나 되는 원수를 하나도 빠뜨리지 않고 전부 찾아서 죽였다고 들었습니다.

빠뜨린 게 하나 있군.

뭐가 빠졌습니까?

나는 놈들을 죽이기 전 스스로 자신의 오른쪽 새끼손가락을 물어뜯게 만들었지. 그걸 못 하는 놈들은 죽인 후 내 입으로 직접 물어뜯어서 녀석들 입에 쑤셔 넣었지.

내게 뭐가 두렵냐고 물었습니까? 당신이 두렵군요.

당신이 내게 원하는 건 공포가 아닌가?

아닙니다.

아니라고?

안드로이드가 눈을 치떴다.

내가 원하는 건 마흔네 명이나 되는 원수를 찾아낸 당신의 수색 능력입니다. 죽이는 건 원치 않습니다.

킬러에게 죽이지 말라고 요구하다니, 놀랍군.

어차피 죽이는 거야 간단하지 않습니까? 당신에게는. 그저 간단한 일을 하지 말아달라는 것뿐입니다.

목표를 산 채로 잡아서 데려오라. 계약 조건은 그뿐인가?

안드로이드가 벌떡 자리에서 일어섰다. 이형일이 엉거주춤 뒤로 물러섰다.

한 가지 확인할 게 있습니다.

뭐지?

당신은 전뇌 이식을 받지 않았다고 들었습니다. 맞습니까?

그건 개인적인 문제요. 그걸 묻는 이유가 궁금하군.

당신을 위해서입니다.

나를 위해서라고?

안드로이드가 성큼 이형일 앞으로 다가섰다. 이형일을 지키던 휴머노이드가 나서려 하자 이형일이 손을 들어 막았다.

전뇌 이식을 받았다면, 기억이 지워질 수 있기 때문입니다. 자세한 내용은 착수금이 든 가방에 들어 있습니다.

이형일이 휴머노이드에게 손짓했다. 휴머노이드가 등에 달라붙어 있던 납작한 가방을 벗어 안드로이드 앞에 내려놓았다. 콘크리트 바닥에 부딪친 가방에서 묵직한 소리가 났다.

안드로이드가 가방을 들어 올렸다. 금괴의 무게를 측정하고 있으리라. 이형일은 속으로 웃음을 지었다.

계약은 성립됐소. 성공하면 약속대로 착수금의 세 배를 지급하시오.

안드로이드가 말했다. 동시에 불이 꺼졌다. 몇 초 후 다시 불이 들어왔다. 안드로이드가 보이지 않았다.

어디로 갔는지 봤나?

이형일이 비서와 휴머노이드를 돌아보며 물었다. 둘 다 얼떨떨한 표정으로 고개를 저었다. 불이 꺼지는 순간 그들의 눈은 적외선을 감지하기 시작했을 터였다. 잠깐 사이 눈앞에서 구형 안드로이드가 소리도 없이 사라졌다. 이형일은 만족스러운 미소를 흘리며 뒤돌아 걷기 시작했다.

진은 출근 직전 서버실 긴급 점검이 있을 거라는 메시지를 받았다. 밤샘 근무가 시작되는 한 주의 첫날이었다. 업무 시간 20분 전 직원 휴게실에 도착해보니 파트너가 이미 와 있었다. 고릴라처럼 덩치가 큰 파트너는 햄버거와 콜라를 먹으며 싱글벙글 웃어댔다.

뭐가 그리 좋아요?

진이 가방을 내려놓으며 물었다.

오늘밤에 서버실 긴급 점검을 한다잖아요. 세 시간 정도 걸린다는데 그게 우리한테는 노는 시간이죠.

갑자기 무슨 점검이래요?

서버실 온도가 34도가 넘었대요. 모든 감지기가 동일한 거 보면 간단한 문제가 아닌 거 같아요. 점검 시간이 더 길어질지도 몰라요.

그럼, 뭘 해야 하나?

일단 고객들에게 서버 사용 중단 통보를 해야 하는데 내가 벌써 다 해놨어요. 주로 낮에 접속하는 회사 서버들이라 큰 문제는 없을 거예요. 그 외에는 할 일이 없어서 굳이 사무실에 둘이 있을 필요가 없을 거 같은데….

파트너는 말을 흐리며 진의 눈치를 살폈다. 그가 선임이기는 하지만 경력으로 치면 진이 선배였다. 파트너는 늘 진을 조심스레 대했다.

여기서 한숨 자요. 사무실은 내가 지킬 테니.

진이 선심 쓰듯 대꾸했다.

고마워요. 통신 채널은 열어둘 테니 무슨 일 생기면 호출해요.

그래도 일단 오후 조랑 인수인계는 하러 들어가야죠?

그럼요!

파트너가 신이 나서 대답했다.

오후 조가 퇴근하자마자 파트너는 직원 휴게실로 갔다. 진은 잠시 책상에 앉아 있다가 안주머니에서 경의 메모가 든 가죽 수첩을 꺼냈다. 다시 가람을 찾아가지는 않았다. 이런 식으로 비밀스럽게 연락을 했다면 굳이 그 이유를 파헤칠 필요가 없다고 생각했다.

진은 검역소에서 본 것들을 떠올렸다. 파일 여섯 개 중 하나를 열었고 거기에서 이육사의 시 〈광야〉를 봤다. 그리고 〈그리는 손〉이 그려진 돌문을 보았다. 문에는 손잡이가 없었고 문이 열리는 순간 빛이 쏟아져 나왔다. 경도 같은 것을 보았다. 그녀는 왜 내가 본 것을 궁금해할까? 알 수 없는 일이었다. 서버실과 직통으로 연결된 회선이 울렸다.

무슨 일이죠?

여기 좀 내려와보셔야겠는데요.

무슨 일인데요?

직접 보셔야 돼요.

알겠습니다.

진은 관리실 회선을 전뇌와 연결한 후 지하로 내려갔다.

서버실 안은 생각보다 온도가 높지 않았다. 20도 정도를 유지하는 평소와 비슷했다. 사방으로 늘어선 서버들 저쪽에서 점검을 온 직원이 손을 흔들었다.

무슨 일인데 그래요?

가까이 다가가 물었지만 직원은 반응이 없었다. 무표정한 얼굴로 진을 바라보고 있었다. 왼쪽 가슴에 휴머노이드 표시가 붙어 있었다.

이쪽이야, 선배.

익숙한 목소리에 뒤를 돌아보니 모자를 눌러쓴 기술자가 서 있었다. 그가 고개를 들며 모자를 벗었다. 경이었다.

오랜만이군!

메시지 봤지?

진이 고개를 끄덕였다.

왜 그런 걸 묻는 거야? 더구나 그런 식으로. 궁금한 게 있으면 직접 연락을 하지. 그나저나 너도 코스모스를 그만둔 거야?

궁금한 게 많겠지만 일일이 대답해줄 시간이 없어. 용건만 말할게. 선배, 최근에 기억을 잃었지?

그걸 어떻게 알았어?

곰곰이 생각해봤어. 내가 만일 선배라면 그 상황에서 어떻게 했을까?

진은 경의 말을 이해할 수 없었다. 그는 무작정 경의 이야기에 집중했다.

내 추측은 이래. 내가 만일 선배라면 지워야 할 기억들을 모아서 삭제하는 대신 기억의 지평선 너머로 던져버렸을 거야. 기억은 보존되지만 아무도 찾을 수 없지. 마치 지워진 것처럼.

무슨 소리인지 모르겠는걸.

알아들으라고 한 말이 아니니까 신경 쓰지 마. 중요한 건 내가 의식의 지평선 너머를 살펴볼 수 있다는 거야. 내 추측대로 그 안에 선배의 기억이 있다면 선배는 기억을 찾을 수 있어. 없으면 더 이상 나도 어쩔 수 없고.

진은 어리둥절한 얼굴로 경을 바라봤다.

쉽게 말할게. 내가 선배의 전뇌에 접속해서 기억을 찾을 수 있게 허락해줘.

그러니까 네가 내 기억을 찾을 수 있다고?

그럴 수도 있다고.

못 찾으면?

선배가 나를 만난 기억을 지우고 나는 사라질 거야.

내가 거절하면?

역시 선배가 나를 만난 기억을 지우고 나는 사라질 거야.

나한테 선택권이 있는 거야?

그럼.

진은 생각을 정리하려 애썼다. 경의 말은 논리의 문제가 아니라 신뢰의 문제였다.

좋아, 내 기억을 찾아봐줘.

잘 생각했어. 한 가지 중요한 게 있는데, 기억이 돌아오면 선배는 쫓기게 될 거야.

어째서?

진이 정색하며 물었다.

그건 기억이 돌아오면 저절로 알게 돼. 어차피 선배는 늘 감시당하고 있어.

무슨 소린지 모르겠지만, 널 믿을게. 그런데 궁금한 게 있어.

뭔데?

왜 내 기억을 찾아주려는 거야?

생태계에 새로운 종이 하나 나타났어. 그 종이 살아남으려면 가장 중요한 게 뭘까?

질문에 질문으로 답하는 게 마음에 안 들면서도 진은 진지하게 답을 궁리했다.

다양성?

역시! 이래서 내가 선배의 기억을 찾아주려는 거야.

다양성 때문이라고?

대답을 하고도 진은 경의 말이 무슨 뜻인지 이해할 수가 없었다.

둘 다야. 다양성 때문이기도 하고, 답을 맞힌 선배가 대견하기도 하고. 아무튼 지금 바로 작업을 시작할게.

경이 말을 끝내자 휴머노이드가 작업 가방에서 침낭을 꺼내 서버실 바닥에 깔았다.

난 뭘 하면 돼?

눈을 감고 마음이 편안해지는 상상을 하도록 해. 나머지는 내가 알아서 할게.

그런데 너, 진짜 악필이더라.

진이 침낭에 누우며 말했다.

선배는 선배보다 백배 이상 멋진 할아버지를 친구로 뒀더군.

경이 코웃음을 치며 대꾸했다.

너도 내 친구잖아.

자신의 목덜미에서 뽑은 전뇌 포트를 경에게 건네며 진이 말했다. 살짝 고개를 끄덕이는 경의 얼굴을 올려다보며 진은 눈을 감았다.

진은 바다를 상상했다. 한없이 깊고 넓은 바다. 파란 하늘이 수평선 위에 쌍둥이처럼 펼쳐져 있고 황금빛 태양이 하늘을 산책하며 바다를 쓰다듬는다. 파도가 끊임없이 대지에게 말을 거는 사이 청량한 바람이 풀잎에게 춤을 청한다. 땅에서 날아올라 하늘을 누비던 새들이 수면을 뚫고 바다로 뛰어드는 광경을 떠올리는 순간, 경이 진의 전뇌에 침투했다. 진은 움찔 손을 떨었다. 따뜻한 체온이 진의 경직된 손을 진정시켰다. 경의 손이었다. 진은 가만히 경의 손을 잡았다. 흐트러졌던 호흡이 평정을 되찾았다.

다시 넓고 파란 바다가 펼쳐졌다. 바람에 실려 온 짭조름한 바다 내음이 코끝을 스친다. 바닷속으로 뛰어든 새들이 물고기를 입에 물고 하나둘 물 위로 떠오른다. 수면을 박차 오르는 새들의 힘찬 날갯짓을 그리는 진의 입가에 살며시 미소가 어렸다.

경계 서실 분? 경계 서면 30분 먼저 보내드립니다.

총기 지급이 끝난 직후 동대장이 솔깃한 제안을 했다. 향방작계 훈련이 실시되는 초등학교 운동장에 슬금슬금 저녁 어스름이 내리고 있었다. 동대장의 쉰 목소리 탓인지 예비군 특유의 무신경한 분위기 때문인지 동대장의 말을 주목하는 사람이 거의 없었다. 어쨌거나 나는 '어머, 이건 꼭 해야 해!'라는 심정으로 번쩍, 손을 들었다. 거의 동시에 저쪽에서 누군가의 손이 올라왔다. 뒤늦게 선수를 빼앗겼다는 걸 깨달은 이들의 탄식이 저녁 어스름에 뒤섞여 운동장에 짙게 드리우는 걸 느낄 수 있었다. 여전히 상황을 파악하지 못한 이들과 금쪽같은 기회를 놓쳐 자책하는 이들을 뒤로한 채 나는 학교 정문을 향해 걸었다. 나와 함께 손을 들었던 이가 저쪽에서 무리를 빠져나왔다.

정문에 도착한 우리는 어색하게 눈인사를 나눴다. 동원 훈련장에서는 카빈총을 줬는데 여기는 M16이네요, 라는 말을 건넬 새도 없이 그는 곧바로 휴대폰을 꺼내 누군가에게 전화를 걸었다. 분위기를 바꿔보려던 나는 머쓱해져서 길 건너로 시선을 던졌다. 금세 거리에 어둠이 차올랐다. 나란히 붙은 과일 가게와 야채 가게에 오렌지빛 백열등이 켜지자 행인들의 실루엣이 그림자극처럼 느껴졌다. 어린아이 하나가 신호등을 무시하고 건널목을 가로지르는 찰나 옆에서 큰 웃음소리가 들렸다. 고개를 돌려보니 방탄모를 쓴 뒤통수가 깔깔대고 있었다. 나도 누군가와 대화를 하고 싶었지만 내 휴대전화는 내 방 책상 위에서 휴식을 취하며 배터리를 충전하고 있을 터였다.

자동차 경적이 내 시선을 다시 도로로 잡아끌었다. 퇴근길 차량이 꼬리에 꼬리를 물고 이어졌다. 지체와 정체. 반복되는 풍경에 싫증이 난 나는 하늘을 올려다봤다. 매정하게도 초저녁 도시의 밤하늘은 별빛을 허락하지 않았다. 교육이 끝나려면 한참이나 남은 걸 알면서도 쓸데없이 시계를 들여다봤다. 지루함 탓인지 지구의 중력이 한층 더 강해진 느낌이었다. 총을 멘 어깨가 뻑적지근했다. 소총 개머리판을 바닥에 내려놓으려는데 옆에서 또다시 폭소가 터졌다. 나와 눈이 마주친 그는 겸연쩍은 듯 저쪽으로 자리를 옮겼다.

지루하고 따분하고 심심하고 무료하던 나는 괜스레 소총의 가늠쇠를 만지작댔다. 무심결에 총구를 들여다보는 순간, 뜬금없는 숫자가 튀어 올랐다.

직경 5.56밀리미터, 길이 45밀리미터.

M16과 K2 소총에 사용하는 총알의 크기였다. 내 머릿속에 그런 게 들어 있었나. 신병 훈련소에서 처음 배운 이후 한 번도 떠올린 적 없었던 숫자의 출현에 나는 적잖이 놀랐다.

예비군 동대장과 나, 나와 함께 손을 들었던 그, 그와 수화기 너머의 인물, 나와 내 휴대전화, 나와 학교 앞 풍경, 나와 밤하늘, 나와 소총. 브라운운동처럼 연속되던 불규칙한 충돌이 돌연 내 머릿속에 묻혀 있던 기억을 끄집어냈다. 내 생각이 완벽하게 독립적이고 주체적일 수 없다는 사실이 새삼스럽게 나를 일깨웠다. 뭐랄까. 시커먼 총구에서 튀어나온 가상의 총알이 직경 5.56밀리미터의 구멍을 내며 뇌를 관통한 기분이었다. 총알이 뚫고 지나간 구멍의 허전함을 메우려는 듯 이미지 하나가 떠올랐다. 에셔의 작품 〈그리는 손〉이었다. 이 소설은, 거기에서 출발했다.

머리를 관통한 총알의 궤적을 뒤쫓듯 경계를 서는 내내 내 안에서 끊임없이 이야기가 샘솟았다. 30분 일찍 집에 돌아온 후에도 도무지 잠을 이룰 수가 없었다. 3일 동안 밤잠을 설친 끝에 비로소 이야기가 종착지에 도착했다. 3일간 구축된 것은 지도가 아니라 약도였다. 보물섬의 위치가 그려진 약도를 발견한 소년처럼 가슴이 두근거렸다. 여행을 떠나지 않을 수 없었다.

글을 쓰는 동안 줄곧 〈그리는 손〉을 떠올렸다. 이야기와 나는 서로를 그리는 손이었다. 나는 이야기에 이끌려 자판을 두드렸고 이야기가 막히면 내가 활로를 모색했다. 그것은 누가 주체이고 누가 객체인지 알 수 없는 황홀한 춤이었다. 길고 고된 여정이었지만 무사히 목적지에 도착할 수 있었던 건 내가 소설과 사랑에 빠졌기 때문이라고 생각한다. 마지막 문장의 마침표를 찍고 보니 화려한 보석이 아니라 반들거리는 작은 총알 하나를 발견한 기분이었다. 내 머리를 뚫고 날아간 총알은 내 소설의 종착지에 떨어져 있었다.

작가가 되어 처음 만난 사람들은 독자가 아니라 책을 만드는 분들이었다. 첫 만남에서 깨달은 건 책은 작가 혼자서 만드는 게 아니라는 사실이다. 내가 발견한 총알이 더 멋진 궤적을 그리며 더 멀리 날아갈 수 있도록 많은 분들이 정성을 쏟아주었다. 총알의 무게중심을 보정하고 총알 표면에 난 미세 돌기들을 매끄럽게 다듬어준 김진섭 편집자와 총알이 정확하게 장전되도록 모든 사항과 일정을 조율해준 조유나 편집자, 그리고 총알이 최대한 추진력을 얻을 수 있도록 전폭적으로 지원해준 한성봉 대표께 감사의 말씀을 드린다. 아울러 책 제작에 도움을 주신 모든 분께 고개 숙여 인사를 드린다.

이제 독자를 만날 시간이다. 작가가 되기 전 나는 무슨 일을 하냐는 질문을 받으면 망설이지 않고 소설을 쓴다고 대답했다. 그러면 항상 두 개의 질문이 되돌아왔다. 첫 번째 질문은 장르가 뭐냐는 것이었다. 연애, 추리, 공포, SF 아니면 순수문학? 그들은 호기심 어린 표정으로 내 대답을 기다렸다. 장르를 선택해서 쓰는 건 아니고요, 그냥 떠오르는 대로 씁니다. 그러면 혼란스러운 표정으로 다음 질문이 이어졌다. 책을 냈나요? 아니요. 아직. 대화는 늘 거기에서 끝났다.

두 번째 질문에 대한 답은 바뀌었다. 다만 첫 번째 질문에 대한 답은 여전하다. 나는 내가 소설을 쓸 거라 예상하지 못했다. SF 소설을 첫 번째 책으로 출간하게 될 줄도 몰랐다. 앞으로 내가 어떤 소설을 쓸지 계산하는 건 내게 너무 복잡한 방정식이다. 그 방정식을 푸느니 차라리 그냥, 열심히 쓸 작정이다. 지금껏 그래왔듯 소설과 춤을 추며.

부디 내가 발견한 총알이, 혹은 총알의 궤적이 독자들에게 즐거움을 줄 수 있기를 바란다.

박상준 _서울SF아카이브 대표

이번 공모에서 장편 부문 심사는 시간이 오래 걸리지 않았다. 『에셔의 손』이 경쟁작들을 수월하게 넘어서는 발군의 기량을 지녔던 까닭이다. 진작 당선이 정해진 상황에서 심사위원들은 애써 이 작품의 아쉬움은 무엇인지에 대해 의견을 나누느라 시간을 쓸 정도였다.

『에셔의 손』은 무엇보다도 균형이 잘 잡힌 작품이다. 주제나 스토리텔링, 문장 등 문학 작품으로서 갖춰야 할 여러 품격들이 근미래의 과학기술적 전망이라는 SF적 디테일과 훌륭하게 융합되어 있다. 둘 중 어느 한쪽이 허술하면 전체적인 설득력이 떨어지기 마련인데, 『에셔의 손』은 신인이라고 믿기지 않을 만큼 완숙한 내공을 보여준다. 오랜 시간 공들여 준비한 작품이라는 사실을 금세 알 수 있었다. 독자로 하여금 텍스트를 곱씹어가며 읽도록 진지함을 이끌어내는 힘이 느껴질 정도이다.

ICT(정보통신기술) 기반의 테크니컬한 근미래상이 기정사실이 되어 이제 새삼스레 사이버펑크라는 범주로 묶지 않게 된 지 오래 이다. 그럼에도 굳이 이런 스타일의 작품이 나온다면 과학기술적 전망 그 자체의 디테일을 즐기거나 그로 인해 우리들이 겪는 정서 적, 감정적 변이를 고찰해보는 경우가 대부분이다. 물론 하드보일 드나 시니컬한 시선을 찾는 독자들도 꾸준하다. 그러나 그 이상의 무언가를 기대한다면? 『에셔의 손』은 이 만만치 않은 질문에 답하 려는 담대한 시도를 하고 있다. 바로 제목에서 드러나듯, 우주에서 인간의 삶이 지니는 폐쇄적 숙명성에 대한 하나의 비가elegy인 것 이다. 상처 입은 자들이 평생 안고 가야만 하는 기억들, 인류의 모 순성에 대한 절망, 온갖 체제와 시스템에 갇힌 삶, 그리고 그 모든 것들의 위에 군림하는 존재의 유한성 등등. 이 작품은 등장인물들 이 제각기 지닌 21세기적 환멸과 허무와 절망의 파노라마인 동시 에 그로부터 벗어나려는 모습들을 담은 소묘이기도 하다. 그리고 어쩌면 독자에 따라서는 그 숙명의 극복 가능성까지도 작품 안에 서 포착했을지도 모르겠다.

무한 반복의 운명을 상징한다는 점에서 '에셔의 손'은 '뫼비우 스의 띠'를 연상시키기도 한다. 그러나 둘의 차이점은 생각해볼수 록 절묘하다. '에셔의 손'은 자신의 운명을 스스로 그리는 자들의 이야기이다. '뫼비우스의 띠'처럼 벗어날 수 없게 일방적으로 주 어지는 굴레가 아니다. 나는 『에셔의 손』을 읽으면서 손 하나가 뭘가 다른 그림을 그리기 시작하는 상상을 했다. 이 우주가 뫼비우스의 띠일 수는 있지만, 적어도 인간은 '그리는 손'을 갖고 있다.

영국 작가 브라이언 올디스는 SF의 정의를 '우주에서 인간의 정의와 그 위상을 변화하는 지식체계 안에서 탐구하는 것'이라 했다. 『에셔의 손』은 그 정의에 부합하는 멋진 시도이다. 실존철학의 가장 근본적인 화두를 SF로 재형성하는 데 이 작품만큼의 성취를 이루기는 쉽지 않다. 작가의 앞날이 더 기대되는 이유이다.

김보영 _소설가

흔히 소설을 쓰기 위해 필요한 것이 필력이라 생각하기 쉽다. 하지만 보다 본질적인 점은 작가가 자신 안의 평범한 편견과 싸우는 것이다. 소설가가 대단한 철학가나 사상가일 필요는 없다. 평범한 사람이 흔히 갖는 평범한 편견과 차별의식을 넘어서기만 해도 한 인간으로서 할 일은 다 한 셈이니까. 그리고 그런 사람은 이미 소수다. 흔한 편견과 차별의식이 SF에서 더욱 문제가 되는 것은, 현실 인식에 맹점을 가진 채로 다른 세계를 펼치려 하면 모든 지점에서 아귀가 안 맞아버리기 때문이다. 다른 세계를 무대로 글을 쓰려는 사람은 현실을 무대로 쓰는 사람보다 더 논리적이어야 한다.

SF에는 또 다른 곤란한 편견이 있는데, 소설에 필요한 것이 과학적 지식이라 생각하기가 쉽다. SF는 문학이고 문학의 원칙이 적용된다. 잘 모르는 개념은 함부로 소설에 넣는 것이 아니다. 맥락 없이 과학적으로 보이는 단어를 늘어놓은들 독자를 속일 수는 없다. 독자는 당신보다 영리하며, 독자를 두고 그런 승부를 하면 필히 진다. 하다못해 SF 심사위원은 더욱 속일 수 없다.

국적 불명의 공간에서 국적 불명의 사람들을 쓴다고 설득력이 생기지 않는다. 결국, 한국인의 사고방식과 행동 패턴을 고스란히 가진 인물을 그려내면서 그런 설정을 해보았자 외국인에게도 한국인에게도 설득력을 갖지 않는다. 외국의 문화를 깊이 공부한 것이 아니라면, 한국인이 없을 듯한 공간이라 해도 뻔뻔하게 한국인을 쓰는 게 차라리 낫다.

내게만 이런 작품이 몰렸는가, 혹은 한 사람이 여러 편을 냈는가 의문이 들었는데, 같은 의문을 다른 심사위원들도 했다는 점에 놀랐다. 주인공이 마땅한 근거 없이 욕설과 폭력을 남발하며, 자신의 울분과 분노를 약자에게 푸는 작품이 넘쳐났다. 그 울분을 강자와의 싸움이나 사회변혁에 쓰는 이야기는 찾기 어려웠다. 모든 가치 판단을 지운다 한들 일단 심사위원이 지쳐서 좋은 평가를 할 수가 없다. 폭력적인 이야기를 쓸 때는, 이것이 전복적인 상상이 아니라 누구나 하는 진부하고 흔한 상상이라는 것을 반드시 염두에 두고 써야 한다.

그리고 그렇지 않은 작품이, 정갈하고 차분한 작품이 그 안에서 강해 보였고 빛났다는 것을 말해주고 싶다. 그리고 그런 작품은 설령 지금은 미숙하더라도 다음을 기대하게 했다. 소설을 쓰는 자의 내면은 몇 번을 다시 정제해도 모자라다. 글을 쓰고자 하는 자는 우선 마음을 가라앉히고 쓰라.

본심작 중 『러브슈프림 엔터테인먼트』는 문장과 이야기 구성은 어느 정도 안정되어 있었지만 기본적으로 너무 흔한 이야기였다. 대상화한 이질적 존재에게 권리가 있는가, 인간인가, 영혼이 있는가 하는 논의는 프랑켄슈타인 이래로 무수히 반복된 이야기다. 더해서 사랑을 선문답으로 논하기엔 이미 우리가 사랑에 대해 아는 것이 너무 많지 않은가.

『이빅션』의 노아의 방주 테마 역시 이미 무수히 반복된 이야기다. 다양한 인간 군상을 그려낸 점은 장점이었지만, 특정 종교들을 직접적으로 연상시키는 전개의 의도가 모호했다.

『몽이』는 일상의 풍경을 무난하게 잘 풀어낸 점이 좋았다. 하지만 등장인물들의 이야기가 서로 어우러지지 못했고 시작과 결말의 충격적인 사건 역시 전체를 아우르지 못했다.

『영원한 빛』은 점점 파국으로 치닫는 전개가 재미있었고, 로봇이 단계를 훌쩍 뛰어넘는 결말이 좋았다. 하지만 로봇과 인간의 구분이 모호했고 캐릭터 간 구분 역시 모호했다. 괴물의 습격과 광산 일이 구체적인 묘사 없이 반복되며 전개가 늘어지는 점도 단점이었다.

본선에 올리지는 못했지만 『아세빈 도시동맹 이야기』는, 개인적으로 작가가 상상하는 세계의 아름다운 원형이 엿보여 마음에 든 작품이다. 하지만 훈련이 많이 부족하다. 이야기는 훨씬 더 압축해야 하고, 세계관과 사건과 인물은 훨씬 분명해야 한다. 단지 계속 쓴다면 좋은 작품을 쓸 수 있는 작가인 듯하여 격려하고 싶다.

『에셔의 손』은 투고작 중 필력이 압도적인 작품이었고 몰입감도 상당했다. 추리소설의 형식을 띠고 있지만 '전뇌'의 설정을 활용하는 방식은 훌륭하게 SF적이고 장르 이해도도 높았다. 장마다 이야기가 깊어, 짧은 시간 내에 구축한 작품은 아닐 거란 생각을 했다. 단지 주요 등장인물 모두가 1인칭을 쓰는 점에 혼선이 있으니 이 부분에서 퇴고가 필요해 보인다. 처음에는 주인공의 구분이 되지 않아 단편 연작이라 착각했을 정도였다. 인물 중 한 명이 좌절과 분노를 살인으로 풀어내는 지점은 심사 당시에도 토론이 있었다. 작가로서 고민해보기를 바란다.

김창규 _소설가

제2회 한국과학문학상 공모전의 중단편 응모작에서는 크게 두 가지 흐름을 볼 수 있었다.

첫째, 소재가 인공지능으로 크게 경도되어 있었다. 최근 인공지능이 과학기술계의 큰 화두임을 감안하면 자연스럽다고 볼 수 있지만, 다른 한편으로는 그래서 더 아쉽다. SF의 과학적 요소와 문학성 가운데 전자에 더 무게 추를 싣고 손쉬운 영감에 글을 맡긴 흔적이 곳곳에 보였기 때문이다. 그 결과 인공지능이라는 광대한 가능성에 스스로 족쇄를 채우고 전형성에 갇혀버린 응모작들이 많이 눈에 띄었다. 그런 작품들이 주로 1인칭 독백 형태를 취한 것은 우연만은 아닐 것이다.

둘째, 그럼에도 불구하고 제1회 한국과학문학상에 응모했던 작품들보다는 SF의 본질을 제대로 꿰뚫은 글들이 상대적으로 늘었다. 흔히 SF가 과학적 아이디어나 소재 중심의 장르라고 오해하는 이들이 있는데, 이는 SF를 반밖에 이해하지 못하는 것이나 마찬가지다. 착상은 곧 작품 속 세계에 전적으로 녹아들어야 하고, 그 세계는 현실을 반영하는 동시에 새로운 풍경을 향해 열려 있어야 한다. 특히 지면에 여유가 적은 중단편에서는 세계의 새로운 풍경을 효과적으로 보여주는 능력이 크게 요구된다. 이 점을 제대로 염두에 두고 집필한 작품들이 늘어난 것은 반가운 일이다.

SF가 주는 경이감의 초점을 최대한 모을 수 있는 형식이 중단편이라면 장편은 작가의 호흡과 지휘 능력을 본격적으로 선보이는 장이다. 긴장이 꾸준히 유지되도록 사건을 적절히 안배하고 결말에서 독자에게 감동을 선사하는 것이 장편소설의 문턱이라고 볼 때, 적어도 안배라는 면에서는 응모작들이 모두 일정 수준을 넘고 있었다.

그런데 중단편과 달리 SF의 본질과 멀리 떨어진 작품들이 많아 당혹스러웠다. 천문학 용어만 살짝 도입한 황실 이야기나 과학적인 최소한의 개연성을 전혀 고려하지 않은 우주 활극은, 비록 오락성이나 완성도는 갖추고 있었으나 'SF'라고 보기 어려웠다. 주제의 무게감을 지나치게 의식한 나머지 독자적인 사유도 없이 종교적인 세계관을 작품 속에 욱여넣은 어느 글은 작가가 SF를 피상적으로 이해한다는 인상을 주기도 했다.

중단편과 달리 장편 부문 응모작들은 이처럼 SF에 대한 이해도가 양극으로 나뉘는 특징이 있었다. 그 결과 통과작을 선별하는 일은 중단편 부문보다 수월했다. 작품의 완성도는 높으나 과학 문학의 범주에 들지 못해 아쉽게 탈락한 응모자들이 다른 장르에서 빛을 보았으면 하는 바람이다.

당선작인 『에셔의 손』은 여러 가지 실험과 꾸준한 노력으로 단련된 작가의 작품이다. 보통 사이버 펑크 과학소설의 경우 디지털, 의식, 현실이라는 세 가지 세계를 한 울타리 안에 문학적으로 아우르는 기법에 따라 독자의 이해도가 크게 달라지게 마련이다. 『에셔의 손』은 다양한 상징을 즐비하게 전시한 다음 디지털 세계와 현실 양방향으로 확장하는 방법을 택했고, 그 능숙함이 돋보였다. 이야기가 절정으로 치닫기 전까지 적절한 순간마다 원리를 풀어 보이는 배려도 좋았다.

독자가 이야기를 마음에 담을 수 있는 여백이 필요한 자리까지 이미지와 설명이 차지하고 있다는 점, 다소 두루뭉술하고 개연성 없이 인간미가 부족한 인물의 시각 등을 단점으로 꼽을 수 있겠으나 과학소설, 특히 사이버 펑크 하위 장르의 장점을 제대로 살리면서 다른 후보작들과 격차가 상당해 당선작으로 꼽았다.

본심 진출작 『영원한 빛』은 무엇보다 이야기의 진행이 매끄럽다. 결말 또한 고민의 흔적이 보이며 독자를 실망시키지 않을 만한 수준에 도달하고 있다. 하지만 마지막 손질이 부족한 바람에 이야기의 재미를 고스란히 전달하지 못하는 점이 아쉬웠다. 특히 인간 등장인물과 달리 로봇들의 특성이 명료하게 구분되지 않는 점은 양날의 칼이었고 이 작품의 경우 부정적으로 작용했다. 작가는 개개의 로봇 캐릭터와 로봇 전체의 상징성 가운데 어느 한쪽에 집중하지 못했고, 그 결과 작품의 생동감이 크게 줄어들었다.

본심 진출작 『러브슈프림엔터테인먼트』는 '스트레인저'라는 인간의 창조물을 독자의 눈앞에 제시하고 감성을 자극하면서 생각할 기회를 주려 노력한 작품이다. 하지만 그 목표가 효과적으로 달성되지 못했다. 독자가 생각할 공간이 주인공의 갈등에 매몰돼 버렸고 작중 화자의 것을 비롯한 모든 목소리와 시선이 끝내 스트레인저를 피상적인 사물로 대하는 한계를 벗어나지 못했다.

본심 진출작 『이빅션』은 등장인물의 상황을 현실적으로 묘사하는 능력이 가장 뛰어났다. 하지만 작품의 중심 사건인 지구 규모의 재난과 인물의 상황 묘사가 서로 녹아들지 못한 점, 풍자의 수준이 그리 높지 못한 점이 작품 전체의 평가를 떨어뜨렸다.

본심 진출작 『몽이』는 무엇보다 작위의 흔적을 지우지 못한 것이 가장 큰 단점이다. 작가가 작품 속에 배치한 모든 요소는 목적이 있게 마련이다. 그 인공미를 자연스럽게 감출 때 독자가 이야기 속으로 뛰어들 수 있건만 이 작품은 그에 대한 고민이 다소 부족했던 것으로 보인다.

제2회 한국과학문학상에는 박상준 서울SF아카이브 대표가 심사위원장을 맡았고, 심사위원으로 김보영 작가, 김창규 작가, 배명훈 작가, 이정모 서울시립과학관장이 참여했다.

어느 날 문득 글이 쓰고 싶었다는 작가들의 고백을 나는 믿지 않았다. 어느 날 문득이라니, 그럴 리가. 그건 일종의 자기 미화라고 생각했다. 전신 성형도 하는 세상인데 그 정도의 꾸밈은 작가의 소박한 권리이자 예의가 아닐까. 아무려나 나와는 상관없는 일이라 여겼다.

오산이었다. 인생은 계산대로 풀리지 않는다는 아버지 말씀이 맞았다. 어느 날 문득, 그야말로 어느 날 문득 나는 글을 쓰고 싶다는 강렬한 충동과 맞닥뜨렸다. 막 서른의 문턱에 접어들었을 때였고 유난히 눈이 많이 왔던 겨울이 끝나갈 무렵이었다. 수년째 입원과 퇴원을 반복하던 아버지는 대학 병원 병실에서 죽음의 문턱을 서성이고 계셨다.

자신 있게 푼 수학 문제를 틀린 수험생처럼 나는 몹시 당황스러웠다. 한가하게 글이나 쓸 상황이 아니잖아. 현실적인 반박에도 불구하고 충동은 집요하게 나를 뒤흔들었다. 열병을 앓듯 며칠간 밤

잠을 설친 끝에 결국 노트북을 열었다. 짧고 좁은 보호자용 간이 침대에서 나는 무작정 자판을 두드렸다.

그다음 기억은 어렴풋하다. 묵직하게 가슴을 내리누르던 병실의 공기와 환자들의 색색거리는 숨소리, 간호사의 종종걸음과 코를 찌르는 소독약 냄새, 링거 걸이를 끌며 화장실을 오가는 지친 발소리, 누렇게 뜬 얼굴로 환자의 대소변을 받아내던 보호자들…. 그런 이미지들이 파편처럼 뇌리에 박혀 있을 뿐이다. 원고지 550매 분량의 마지막 마침표를 찍고 나서야 나는 비로소 자유로워졌다. 훌쩍 열흘이 지나 있었다.

거칠지만 에너지가 있어. 책으로 내도 되겠는걸. 글을 읽어본 친구가 말했다. 농담을 좋아하는 이가 아니었다. 문예창작학과가 아닌 국어국문학과를 졸업한 이의 평이었지만 헛짓을 한 건 아닌 듯했다. 내친김에 소설을 공모하는 출판사에 글을 보냈다. 우체국 현관을 내려서는데 시험을 마친 수험생처럼 가슴이 후련했다.

한 달 반 후 목련이 떨어지듯 고요히 아버지가 죽음의 문턱을 넘으셨다. 따뜻한 봄날이었다. 수년간 아버지의 곁을 지키며 내가 깨달은 것은 내 안에 내재한 죽음이었다. 휴대전화 배터리의 잔량은 확인할 수 있지만 생의 잔량은 확인할 수 없다는 현실 앞에서 나는 머뭇거렸다. 무엇을 하고 싶은지, 무엇을 할 수 있을지, 무엇을 해야 할지. 새삼스레 사춘기 소년처럼 고민하던 나를 찾아온 것은 또다시 글을 쓰고 싶다는 충동이었다. 머릿속에서 이야기들이 맞물리고 그것이 문장으로 흘러나오던 그 열흘간, 나는 어디에서도 느낄 수 없는 희열을 맛보았다. 계속해서 그 희열을 느끼고 싶었다.

출판사에 보냈던 글을 꺼내 읽어보았다. 부끄러웠다. 아무것도 모르고 전혀 훈련하지 않은 상태에서 무턱대고 뽑아낸 글이었다. 부끄럽지 않은 글을 쓰고 싶었다. 몇몇 작법서를 읽어봤지만 어떻게 써야 할지 여전히 확신이 서지 않았다. 그러다 문득 원고를 보냈던 출판사의 계간지가 눈에 띄었다. 까맣게 잊고 있었는데, 최종심 심사평에 내 이름이 올라 있었다. 당선되지는 못했지만 상관없었다. 나는 나를 사로잡았던 충동을 신뢰하기로 했다.

별빛에 매료된 청년이 무작정 우주로 뛰어들듯 나는 소설에 몸을 던졌다. 작고 초라한 우주선을 유지하기 위해 하루에 3분의 1은 엔진을 돌려야 했다. 나머지 시간에 틈틈이 별빛을 관찰했다. 광막한 우주는 예상보다 훨씬 싸늘하고 적막했다. 몸은 자주 경고 신호를 보냈다. 그래도 아름다운 별빛을 보는 기쁨에 하루하루가 흥겨웠다.

『에셔의 손』이라는 별을 찾는 데 1년이 걸렸다. 이후 6년간 세심하게 별빛을 살폈다. 관찰하면 할수록 『에셔의 손』은 더욱 또렷하게 빛났다. 마치 살아 있는 생명체처럼. 모든 작업은 정체를 알 수 없는 그 '충동'에 맡겼다.

이제 되었군. 그런 느낌이 든 건 3년 전이었다. 몇몇 우주정거장에 『에셔의 손』이 위치한 좌표를 발송했지만 이번에도, 인생은 계산대로 풀리지 않는다는 아버지 말씀이 맞았다. 어디서도 답신이 없었다. 아마도 이 소설은 빛을 볼 수 없는 운명인가 보다고 나는 생각했다. 아쉽지만 안녕. 작별 인사를 하려던 차에 SF 장편소설을 공모한다는 어느 우주정거장의 메시지를 보았다. 그리고 역시, 아버지가 옳았다.

글을 쓰는 동안 나를 지탱해준 친구들이 있었다.

내 생애 첫 독자 재현에게
청춘의 추억 천규에게
잊지 않고 늘 나를 찾아준 상호에게
나의 거울 현식에게
고마움을 전한다.

완성한 원고가 빛을 보는 건 대단한 행운이라고 생각한다.

한국과학문학상이라는 우주정거장을 제공해준 머니투데이 관계자분들께
내가 더 넓게 볼 수 있도록 조언해준 심사위원들께
책이 나오기까지 온 정성을 쏟은 동아시아출판사 식구들께
고개 숙여 감사드린다.

나를 격려하고 응원한 가족과 친지들께

내 삶의 근원

어머니, 아버지께 이 책을 바친다.

한국과학문학상은 머니투데이 주최로 2016년 첫 공모를 시작했다. 2017년 열린 제2회 한국과학문학상에는 1,000만 원 고료의 장편 부문이 신설되었고, 중단편 부문은 가작을 5편으로 늘렸다. 5명의 심사위원(박상준 · 김보영 · 김창규 · 배명훈 · 이정모)은 예심과 본심을 거쳐 장편 부문 대상 1편, 중단편 부문 대상 1편과 가작 5편을 선정했다. 심사는 최종 수상작이 선정될 때까지 이름, 성별, 직업 등 모든 정보를 비공개로 진행했으며, 이번 심사에서 중단편 부문 우수상은 선정작이 없었다. 제3회 한국과학문학상은 2018년 10월 1일부터 15일까지 머니투데이(mtsf@mt.co.kr)를 통해 접수를 받는다.

에셔의 손

© 김백상, 2018, Printed in Seoul, Korea

초판 1쇄 펴낸날 2018년 4월 25일
초판 5쇄 펴낸날 2023년 3월 29일
지은이　　　김백상
펴낸이　　　한성봉
편집　　　　김학제·신소윤·권지연·전소연·문정민
콘텐츠제작 안상준
디자인　　　권선우
마케팅　　　박신용·오주형·강은혜·박민지·이예지
경영지원　　국지연·강지선
펴낸곳　　　허블
등록　　　　2017년 4월 24일 제2017-000050호
주소　　　　서울시 중구 퇴계로30길 15-8 [필동1가 26]
페이스북　　www.facebook.com/dongasiabooks
인스타그램 www.instagram.com/dongasiabook
트위터　　　www.twitter.com/in_hubble
홈페이지　　hubble.page
전자우편　　dongasiabook@naver.com
블로그　　　blog.naver.com/dongasiabook
전화　　　　02) 757-9724, 5
팩스　　　　02) 757-9726

ISBN　　　979-11-960902-5-8　 03810

이 도서의 국립중앙도서관 출판예정도서목록(CIP)은
서지정보유통지원시스템 홈페이지(http://seoji.nl.go.kr)와
국가자료공동목록시스템(http://www.nl.go.kr/kolisnet)에서
이용하실 수 있습니다.(CIP제어번호: CIP2018011501)

허블은 동아시아 출판사의 SF 브랜드입니다.

※ 잘못된 책은 구입하신 서점에서 바꿔드립니다.

만든 사람들

편집　　　　김잔섭·조유나
크로스교열 안상준
디자인　　　전혜진
일러스트　　박혜림
본문 조판　 윤수진